# DIE ERHEBUNG DES MENSCHHEIT

## DIE HIMMELWÄRTS SAGA

### BUCH 5

## A.R. KNIGHT

KAPITEL 1

# HALTET DIE STELLUNG

ICH FANGE den schwarzgläsernen Speer auf, ducke mich unter den wild um sich schlagenden Klauen des pelzigen Wesens und stoße zu. Die Rüstung des Flaum, die eigentlich gegen den feurigen Tod der Bergleute schützen soll, kann wenig dagegen tun, dass die Speerspitze ihr Ziel findet. Das hektische Getrippel meines Gegners kommt zum Erliegen, als ich die Waffe zurückziehe, und bevor es sich entscheiden kann, ob es leben oder sterben will, versetze ich ihm einen Tritt und stoße den Flaum von der Bergklippe.

„Nicht schlecht gefangen!", ruft Viera von rechts, während sie eine ihrer silbernen Pistolen zückt und feuert.

Die Kugel saust über meine linke Schulter hinweg, und ich wirbele herum, um einen weiteren Flaum zu sehen, der gerade mit seinen Magnetenstiefeln gelandet ist und im Begriff war, mir einen Schuss in den Rücken zu verpassen. Er taumelt zurück, als sich Rot über seine Brust ausbreitet.

„Das ist deine Schuld!", rufe ich, dieses Mal den Blick auf das Landungsschiff über uns gerichtet, aber der Angriff neigt sich dem Ende zu, und dieser Transporter, zusammen mit den drei anderen, die entlang der weiten Klippe verteilt sind, wendet und fliegt zurück in die Umlaufbahn.

Sie werden in ein paar Stunden mit frischem Nachschub zurückkehren, während wir unsere Verwundeten zählen und uns fragen, wie lange wir noch durchhalten können.

„Wenn du aufhörst, deine Speere zu zerbrechen, muss ich dich nicht dafür beglückwünschen, dass du sie fängst", sagt Viera zu mir, in ihrer dunkelblauen gefärbten Lederrüstung, ihr kurzes graues Haar im Wind flatternd, während ich zu ihr hochklettere.

„Sag das den Schmieden", erwidere ich und werfe einen Blick nach oben, um sicherzugehen, dass sich die Sevora weiterhin zurückziehen. „Die Rüstungen, durch die wir uns schneiden, brechen nicht so leicht wie unser Leder."

Ich überfliege schnell unsere Verluste, und obwohl wir hundert Krieger auf dem Grat haben, werden mehr als ein Dutzend weggebracht, während weitere vier oder fünf reglos auf dem kalten grauen Fels zwischen den Schneewehen liegen. Sie werden nicht in Hängematten nach Marilo hinuntergelassen – ihre Körper werden hinuntergeworfen, genau wie die der Sevora. Man kann niemanden in Fels begraben, und sie zu verbrennen wäre zu riskant.

„Es sind immer zu viele und gleichzeitig zu wenige", sage ich und zittere trotz meiner Bemühungen, es zu unterdrücken. Ignos neigt sich der Dunkelheit zu, und auf den Berggipfeln ist es immer kalt. „Hat Avril eine Ahnung, warum sie nicht mit voller Stärke angreifen?"

„Ich habe sie nicht gefragt, Kaiserin", antwortet Viera. „Vielleicht haben sie Angst?"

„Sie könnten uns aus dem Orbit dem Erdboden gleichmachen." Ich mache mich auf den Weg zu den Leitern hinunter.

Es ist die Pflicht der Kaiserin, oder zumindest rede ich mir das ein, als Letzte das Schlachtfeld zu verlassen, aber selbst als ich gehe, klettert die nächste Schicht Soldaten über den Rand. Diese Krieger sind dicht in Tierfelle gewickelt und tragen Holzbündel auf dem Rücken. Bereit, die Nacht zu überstehen.

„Ich bin dankbar, dass sie es nicht tun", sagt Viera. „Auch wenn das hier nicht das beste Leben ist, ist es immer noch besser als der Tod."

„Soweit du weißt."

„Genau."

Am Rand, mit Kämpfern, die neben mir ein- und ausströmen, blicke ich auf die brennenden Schmieden, die geschäftige Festung Marilo, Hauptstadt der Lunare und im Moment der gesamten Menschheit. Hitze steigt auf durch das riesige Loch, das von denselben Aliens in die Bergseite geschlagen wurde, denen wir jetzt täglich gegenüberstehen; die Sevora, Kreaturen, die die Gedanken und Körper anderer Spezies übernehmen und sie zu Sklaven machen.

Ich hatte einmal einen in meinem Kopf und dachte, es sei ein Gott. Es konnte mich nicht kontrollieren und fand nie heraus, warum. Jetzt sind seine Freunde hier, um es herauszufinden.

Oder uns alle zu töten.

Die Strickleitern hängen dutzende Meter weit hinunter, mit langen Haken im Stein verankert. Wir haben ein paar tapfere Kämpfer bei der ersten Expedition verloren, um sie aufzustellen, aber wir konnten den Sevora nicht die Möglichkeit geben, sich über der Stadt einzunisten, selbst mit all den gefangenen Bergleuten, die wir zur Verteidigung dieses Lochs einsetzen.

Anfangs war der Aufstieg einschüchternd – Schritt für Schritt nach oben zu klettern, während der sichere Tod durch einen Sturz unter einem lauert, aber es ist schwer, Angst vor dem Tod zu haben, wenn er so oft um einen herum ist. Wir sind inzwischen alle abgestumpft.

Zumindest haben sich meine Blasen an den Händen zu Hornhaut verhärtet.

Viera besteht darauf, mir zu folgen und nicht umgekehrt, also beginne ich den Abstieg und kämpfe gegen die Knochenmüdigkeit an, die nach jeder Schicht kommt. Eine Verantwortung, die ich nicht übernehmen müsste, aber es tue, weil wenn das Überleben deiner Rasse auf dem Spiel steht, Rang nichts ist, was man missbrauchen sollte.

Marilo hat sich an das Leben in Kriegszeiten angepasst, wie es eine Kriegerkultur tut; durch Rationierung der Nahrung, Evakuierung der Alten, Jungen und Kranken aus der Stadt in eine der entfernten Siedlungen, die durch Höhlen mit der Hauptstadt der Lunare verbunden sind, und indem sie sich mit der grimmigen Realität abfinden, dass sie kämpfen, um das Unvermeidliche hinauszuzögern.

„Heute ist eine weitere Karawane aufgebrochen", berichtet mir Avril, als ich die Anführerin der Lunare im Kapitol von Marilo treffe, einem spiralförmigen Gebäude mit vielen Ebenen, die einen weiten zentralen Raum überblicken, wo in normaleren Zeiten Leute wie Avril dies oder jenes vor einer lauschenden Menge von Gouverneuren und Beamten verkünden würden.

Jetzt ist es fast leer, abgesehen von unseren Schatten – Wächtern, die uns so unauffällig wie möglich folgen sollen – und einigen Beamten, die Befehle entwerfen oder Berichte abliefern. Avril sitzt am zentralen Tisch und sieht genauso müde aus, wie ich mich fühle, obwohl ihre

Schlachten eher mit Logistik als mit eindringenden Außerirdischen zu tun hatten.

„Haben wir etwas von den anderen gehört?", frage ich.

Avril zuckt mit den Schultern. „Ja und nein. Sie
machen Fortschritte, aber keiner wird die Grenzen vor
Tagen erreichen."

Bis dahin, wer weiß, ob wir überhaupt noch da sein
werden, um diese Nachrichten zu empfangen. Wir haben
Karawanen von Handwerkern, Bauern und den Leuten, die
wir entbehren können, zusammengestellt und losgeschickt,
um zu erkunden. Um an die Ränder der Karte zu gehen
und sie zu erweitern, auf der Suche nach neuen Orten, an
denen die Menschheit Wurzeln schlagen kann, falls unser
derzeitiger Halt ausgerissen wird.

Weder Avril noch ich würden zusehen, wie unsere
Spezies zerstört wird.

„Ansonsten?"

„Die Stadt besteht weiter", sagt Avril, und ich denke, ihr
Haar ist sogar noch weißer als zuvor, als ob der Stress die
Lunare-Anführerin langsam in Schnee verwandelt, und als
sie plötzlich lächelt, scheint das blasse Rosa ihrer Lippen in
schrecklichem Kontrast zum feuerbeschienenen Dämmer-
licht von Marilo zu stehen. „Es gibt sogar etwas Hoffnung.
Heute kamen mehrere Händler zurück und verkauften
Weine. Ich habe eine Flasche gekauft. Der Traum ist, sie zu
öffnen, wenn die Kämpfe enden."

„Oder wenn die Sevora sich endlich entscheiden durch-
zubrechen."

„Immer noch kein Anzeichen, also?"

Die tägliche Frage, und meine tägliche Antwort kommt
mit einem Kopfschütteln. „Die Vincere haben sich noch
nicht gezeigt."

Wenn die Menschheit überleben soll, werden wir Hilfe

von außen brauchen. Vor einer Woche habe ich das Signal gesendet. T'Oli, ein Ooblot, der quer durch die Sterne gereist war, um mich nach Hause zu bringen, sagte, die Vincere würden die Nachricht hören und antworten, aber selbst es hat keine Ahnung, wie lange das dauern könnte. Wir könnten plattgemacht werden, oder wir könnten gerettet werden.

„Warum spielen die Sevora dann mit uns?", fragt Avril. „Sie haben vorher mit solcher Heftigkeit angegriffen, aber jetzt scheint es, als würden sie nur unsere Linien testen, um sicherzugehen, dass wir sie nicht vergessen."

„Ich habe mir die gleiche Frage gestellt", wirft Viera ein – sie verlässt meine Seite nicht mehr, und es macht mir nichts aus. „Ihre Leichen sprechen allerdings nicht."

„Hat dieses Ding etwas mitzuteilen?", Avril zeigt auf das Objekt an meinem Handgelenk, ein dunkelgrünes Armband.

Der Cache enthält mehr Informationen, als ich je durchsehen könnte, und ihn zu benutzen versetzt mich in eine Art Trance, während die Informationen, nach denen ich suche, wie Projektionen um mich herum schweben. Es ist unglaublich und gefährlich, und ich benutze ihn nur, wenn ich allein oder unter strengem Schutz bin. Der Cache ist auch der Grund, warum meine Augenlider schwer werden und meine Muskeln erschlaffen – zu viele Nächte in letzter Zeit, in denen ich durch seine endlosen Ozeane geschwommen bin.

„Er hat keine klare Antwort darauf, warum die Sevora sich so verhalten", sage ich. „Aber ich suche noch."

Der Rest meiner Nacht verläuft ähnlich; flüchtige Gespräche mit anderen Offiziellen, ein unsicherer Spaziergang durch die Stadt zu dem behelfsmäßigen Raum, der als mein Quartier bestimmt wurde, während meine Schatten und Viera mich den ganzen Weg beobachten. Schließlich falle ich auf die Matte aus verklumptem Stroh, die als mein Bett dient.

Es ist weit entfernt von der großartigen Behandlung, die ich erhielt, als ich mehr als nur dem Namen nach Kaiserin war, und fällt weit hinter den Annehmlichkeiten zurück, die ich in den verschiedenen Raumschiffen und außerirdischen Städten hatte, die ich während meiner holprigen Reise durch die Galaxie gesehen habe. Die Matte ist jedoch menschlich. Von Menschenhand gemacht, ohne versteckten Zweck außer Entspannung, außer mir die Möglichkeit zu geben, mich hinzulegen und für einen Moment die Augen zu schließen.

„Kaiserin", Vieras Stimme, gepaart mit dem schmutzigen Geruch von minderwertigem Kaffee, lässt mich blinzelnd aufwachen.

Viera muss nichts mehr hinzufügen. Die Routine setzt ein und ich stehe auf, greife nach meiner leichten Rüstung und ziehe sie an, ziehe das Leder über den Cache, der nie mein Handgelenk verlässt. Ich trage keinen Umhang, aber einer der Priester aus meiner alten Stadt, Damantum, nahm meine Smaragdkette mit, als sie evakuierten. Beim letzten Mal ließ ich die Juwelen in der Stadt, weil ich Angst hatte, sie zu verlieren.

Jetzt befestige ich sie um meinen Hals, das glitzernde Ensemble ist das einzige Zugeständnis, das ich meinem Rang mache, der einzige Luxus, den ich mir gönne.

T'Oli, ein überraschender Gast, wartet an diesem Morgen vor dem Apartment. Das cremefarbene Ooblot sieht größtenteils wie eine Pfütze aus, aus der ein Paar abgerundeter Stöcke ragt, obwohl diese Stöcke Augen haben und die Pfütze mir folgt, während wir zu den Strickleitern gehen.

Marilo am Morgen ist dasselbe wie Marilo am Abend – eine Schar von Kochfeuern, sich bewegenden Körpern und gelegentlichem Anpreisen von Waren, obwohl der Handel jetzt weniger mit Gold und mehr mit Notwendigkeiten zu tun hat. Weiter vorne kann ich bereits den Schichtwechsel sehen, während Krieger auf- und absteigen.

Keine Hängematten diesmal, stelle ich fest; entweder gibt es keine Verwundeten, oder es gab keinen Angriff letzte Nacht.

„Sie ziehen sich zurück", sagt T'Oli während wir gehen.

„Die Sevora?", ich erlaube mir ein leichtes Flattern der Hoffnung. „Warum?"

„Panik", antwortet T'Oli. „Etwas läuft auf ihrer Heimatwelt schief. Sie werden nachlässig mit ihrer Kommunikation, lassen sie offen, und ich konnte im Shuttle mithören. Ich würde sagen, es gibt dort oben keinen klaren Anführer mehr."

„Ich dachte, die Sevora sollen nicht in Panik geraten", sagt Viera. „Ist das nicht ihr ganzes Ding? Ordnung und Kontrolle über alles? Langweilig wie Dreck?"

„Sie geben sich gern so, aber die Sevora sind genauso voller Leidenschaft wie wir", antwortet T'Oli, dessen Ooblot-Haut die Laute formt, indem sie gegen sich selbst klatscht, da das Wesen keinen Mund hat. „Auf Vimelia hatte Clarity's Dawn mehr Erfolg damit, die Schnecken gegeneinander auszuspielen, als selbst voranzukommen. Ein Rivale ist ein Rivale, egal welche Spezies."

„Wenn sie die Kontrolle verlieren", spreche ich langsam und denke über die Möglichkeiten nach. „Was passiert, wenn sie uns aufgeben?"

„Oh, sie werden wahrscheinlich diesen ganzen Planeten verbrennen", sagt T'Oli. „Es wäre trivial und sicherer."

„Dann müssen wir evakuieren", ich beschleunige meinen Gang. „Alle tiefer in die Höhlen bringen."

T'Oli lacht, ein seltsames, bellendes Klatschen. „Ich würde mir keine Sorgen machen – sie werden die Atmosphäre überhitzen. Wir werden alle sterben, egal wohin wir gehen."

KAPITEL 2

# EIN TREFFEN DER KLAUEN

SIE WURDEN ERSCHAFFEN. Einer nach dem anderen in hängenden Brutstätten gezüchtet, nach den Entwürfen von Wesen, die sie benutzen wollten und es auch taten. Klauen, Krallen, Schwänze und Reißzähne, alles ausgewählt für ihre mörderische Effizienz. Ein Plan, der gut funktioniert hat und den Erschaffern all die Macht gegeben hat, die sie sich wünschen konnten.

Doch die Amigga wollen mehr, und die Oratus, ihre Schöpfungen, würden ihnen das geben.

Außer Sax. Außer Bas und die wachsende Zahl derer, die erkennen, dass eine Galaxie unter der Kontrolle einer Spezies, die keinen Respekt vor natürlichem Leben hat, ein gefährlicher, tödlicher Ort zum Leben ist.

Sax steht da, seine Mittelklauen ruhen auf einem langen, runden silbernen Tisch in der Mitte des einzigen Besprechungsraums der Fregatte. Der Tisch selbst ist blank poliert, und er ist hart genug, dass selbst das unnatürliche Metall von Sax' Klauen ihn nicht zerkratzt. Der Klang dieser Klauen lässt Sax jedoch zusammenzucken. Erinnert ihn daran, wer, was er nicht mehr ist.

Um den Tisch herum sind weiße Kreise alle eineinhalb Meter ausgerichtet und warten darauf, dass ihre Bewohner ihnen Leben einhauchen. Sax' eigener erhebt sich alle drei Meter mit ihm, stützt seine Beine und trifft seinen Rücken, während er eine Lücke für Sax' Schwanz lässt. Es ist eine Geste, die nicht nötig sein sollte, aber angesichts der Tatsache, dass Sax' graue Schuppen routingemäß von Flecken aus verwobenem Titan unterbrochen werden, gibt es genug Gründe für den Oratus, müde zu sein.

Über Sax' Brust öffnen sich sechs Lüftungsschlitze weit und schlucken recycelte Luft, die mit einem Hauch von Blumenduft von der Oberfläche von Solis, dem Planeten nicht weit jenseits der Hülle dieses Schiffes, versetzt ist. Als er seinen tiefen Atemzug beendet, öffnet sich eine kreisförmige Tür auf der linken Seite und gibt den Blick auf eine einzelne Wache und ihren Minenarbeiter frei. Die Flaum, klein, pelzig und mit ihren zwei Klauen um den Griff der Waffe gewickelt, die sie hält, führt ein Trio anderer Oratus herein.

Die erste, goldgeschuppt und selbstsicher, nickt Sax zu, als sie eintritt. Rav ist die leitende Offizierin auf dieser Fregatte, ein Oratus mit drei Buchstaben wie Sax, die das Kommando dem Einsatz ihrer Klauen vorgezogen hat. Sie ist der einzige Grund, warum Sax noch am Leben ist, und Rav hofft wahrscheinlich, dass Sax die beiden Oratus, die ihr folgen, davon überzeugen kann, dieses Schiff und alle an Bord nicht zu zerstören.

Der zweite Oratus trägt tiefblaue Schuppen, abgesehen von einer Reihe von Narben, die sich über seine Brust ziehen und zu gerippten schwarzen Linien verheilt sind. Seine dunkelroten Augen treffen auf Sax', und während sie sich vor Erkenntnis weiten, als sie das Gesicht sehen, das über die Fahndungsbildschirme der Galaxie geflimmert ist, hält der Oratus nicht inne und verlangt auch nicht Sax' sofortige Verhaftung.

Die dritte und älteste, mit verwitterten braunen Schuppen, hält inne, als sie Sax sieht. Ihr Blick jedoch, und das leichte Entblößen ihrer Reißzähne, ist lang und nachdenklich. Sie hält ihre Klauen an den Seiten, ihr Schwanz ruht ruhig auf dem Boden hinter ihr. Sax sucht nach Zeichen, sieht aber keine.

„Also hast du nicht gelogen", sagt die Braune zu Rav, die immer noch in der Tür steht.

„Bitte, Cacia, setz dich", sagt Rav.

Sax erstarrt. Ein Oratus mit fünf Buchstaben? Er hat noch nie einen getroffen und weiß, dass es in der gesamten Galaxie weniger als ein Dutzend geben muss. Was Cacia getan haben muss, um diese Buchstaben zu verdienen, kann er nicht ...

„Hör auf", sagt Cacia zu Sax, und der Oratus ertappt sich dabei, senkt seinen Schwanz wieder auf den Boden. „Ich bin es nicht wert, dass du dir Sorgen machst. Genau wie du habe ich meine Buchstaben verdient, indem ich meine Pflicht erfüllt habe. Im Gegensatz zu dir habe ich vor, sie zu behalten, indem ich dasselbe tue."

„Ich hab dir gesagt, dass sie das sagen würde", sagt der Tiefblaue, der sich auf die weiße Plattform gegenüber von Sax begeben und sich gesetzt hat, während sie sich seinem Körper anpasst. „Cacia wird sich nie gegen die Amigga wenden."

Rav, die rechts von Sax sitzt und Cacia den nächstgelegenen Platz überlässt, schüttelt den Kopf. „Ich glaube, Hul, sie wird dich überraschen."

„Mich überrascht nichts mehr", zischt Hul. „Ich bin zu gelangweilt vom Herumsitzen hier bei Solis, um überrascht zu werden."

Cacia ignoriert, was sie sagen, und geht zu ihrer eigenen Plattform. Im Gegensatz zu den anderen beiden, die wie Sax sitzen, wölbt sich Cacias Plattform um sie herum, sodass der Oratus sich fast auf den Rücken legen kann. Es ist eine unglaublich verwundbare Position, aber sobald sie darin ist, entspannt sich Cacias Gesichtsausdruck, ihre Klauen liegen flach, und ihre Augen schließen sich.

„Sax", sagt Rav nach einem Moment. „Mach weiter. Erzähl ihnen, was du mir erzählt hast."

Sax ist nicht gerade ein Meister der Reden, es sei denn, es handelt sich um einen Schlachtruf oder einen Befehl, seine Feinde auszuweiden. Hier jedoch kämpft er für etwas, das größer ist als er selbst, was Sax tiefer in eine Redekunst greifen lässt, von der er nicht wusste, dass er sie besitzt.

„Wir gewinnen den Krieg gegen die Sevora", beginnt Sax. „Was nur der Anfang ist. Die Amigga haben uns, die Oratus und die Vincere, erschaffen, um die Schlachten zu schlagen, die sie nie führen wollten. Das haben wir getan. Wir haben die Galaxie lange, lange Zeit vor allem beschützt, was der Chorus als Bedrohung angesehen hat."

Sax beobachtet sein Publikum, während er spricht; Hul ist interessiert, Rav sieht ein wenig gelangweilt aus, und Cacia hat immer noch die Augen geschlossen, als ob sie schläft.

„Was passiert aber, wenn die Bedrohung der Chorus selbst ist?", fährt Sax fort. „Was passiert, wenn sie beschließen, dass wir unseren Zweck erfüllt haben, wenn sie beschließen, dass wir mehr Ärger machen, als wir wert sind? Lassen wir zu, dass sie uns ein Ende setzen?"

„Wie denn?", unterbricht Hul. „Sie sind ein Haufen Amigga. Nur die Besten von ihnen können überhaupt eine Waffe führen, und das nicht besonders gut."

„Ich habe auf diesem Schiff kaum einen gespiegelten Oratus überlebt, der es auf mich abgesehen hatte", entgegnet Sax. Die Begegnung mit dem lichtbrechenden Oratus, einer Version von Sax' Spezies, die gezüchtet wurde, um die Art von dunklen, schattenreichen Missionen zu bewältigen, für die normale Oratus wenig Geschmack oder Talent hatten, hatte Sax ruiniert und ihn dazu gebracht, Metallplatten über zerrissene Lücken in seinen Schuppen transplantieren zu lassen. „Er behauptete, der Chorus hätte mich als Verräter gebrandmarkt und mein einziges mögliches Ende sei der Tod."

„Wie es ein Verräter verdient", zischt Cacia von ihrem Platz aus.

Sax atmet erneut lang und langsam ein. Er möchte seine Klauen nehmen und sie alle schütteln. Er möchte ihnen sagen, dass seine Gefährtin gerade dabei ist, ihre gesamte Rasse zu sabotieren, weil die anderen Spezies der Galaxie denken, dass man den Oratus nicht trauen kann. Wut wird bei diesen dreien jedoch nicht funktionieren – wenn Sax zu gefährlich wird, werden sie ihn einfach töten und weitermachen.

Also erzählt er stattdessen eine andere Geschichte.

„Als Teil einer Mission habe ich ein Sevora-Exemplar zu einer Amigga-Station namens *Cobalt* geliefert. Auf dieser Station züchteten die Amigga eine neue Spezies. Eine, die sie selbst kontrollieren konnten. Die keinen freien Willen hatte."

Hul lacht, ein zischendes Schnauben. „Ja, ja, wir haben die Gerüchte gehört. Wir werden alle durch Schleimkreaturen aus einem Reagenzglas ersetzt?"

Das ist unerwartet, aber nur weil das Ziel sein Spiel durchschaut hat, bedeutet das nicht, dass es nicht funktionieren wird.

„Sie waren mehr als Schleimkreaturen", zischt Sax. „Die Vertrauten, wie die Amigga sie nannten, waren tödlich, und sie wurden immer besser. Sie arbeiteten an Tarnungen, sodass man nie wissen würde, ob der Flaum neben einem echt oder ein Amigga-Sklave war. Wie lange, glaubt ihr, wird der Chorus uns noch behalten, wenn er seine Fregatten mit endlosen Horden blinder Anhänger bemannen kann?"

„Und wie, Sax, können wir sie aufhalten?", sagt Rav. „Selbst wenn wir dir glauben würden – und ich bin mir nicht sicher, ob wir das tun – würdest du von uns verlangen, dass wir unsere kleine Flotte nehmen, zum Chorus springen und gegen sie kämpfen? Für nichts sterben?"

Sax blinzelt. Er hatte sich so sehr darauf konzentriert, sie von der Wahrheit zu überzeugen, dass Sax keine Zeit damit verbracht hatte, darüber nachzudenken, was zu tun sei, wenn die anderen Oratus es tatsächlich erkannten.

„Helft uns", sagt Sax schließlich. „Es gibt Gruppen, die über die ganze Galaxie verteilt sind und auf kleine Weise daran arbeiten, unsere Zahl zu vergrößern, um Wege zu finden, den Chorus zu stürzen. Cacia, mit deinem Schiff könntest du helfen, den Einfluss des Chorus auf die aktuelle Gruppe neuer Oratus zu brechen. Hul und Rav, ihr könntet Cacia beschützen, Solis beschützen, bis die Vincere als Ganzes umgestimmt werden kann."

Sax hatte nie in seinem Leben geplant, eine Rede zu halten, aber dass sein erster und bisher einziger Versuch mit dumpfem Schweigen begrüßt wird, ist nicht das, was er erwartet. Rav reagiert auf die Stille mit einem langsamen Blick auf die beiden anderen Oratus, ihre Reaktionen abwägend. Die nicht viel zeigen: Hul atmet lang durch seine Schlitze, und Cacia behält ihre lässige Haltung bei. Kein Wort kommt von beiden.

Stille heizt sich schnell zu Wut auf. Sax' Blut pulsiert. Warum reden sie nicht? Nach allem, wofür Sax gekämpft hat, um hierher zu kommen, um einen Platz an diesem Tisch zu verdienen, ist ihre Reaktion, nichts zu tun?

Nachdem eine weitere Sekunde verstreicht, schlägt Sax mit seinen Mittelklauen auf den Metalltisch. Das Metall seiner Klauen erzeugt ein klingendes Geräusch, das im Raum widerhallt, und es ist seltsam genug, um die Augen von Rav und Hul auf sich zu ziehen. Sogar Cacia öffnet eine einzelne Iris.

„Ich gebe euch keine Wahl", zischt Sax. „Entweder ihr stimmt jetzt zu, unsere eigene Spezies und die Galaxie, in der wir leben, zu retten, oder Rav und ich werden euch erledigen und jemanden finden, der williger ist."

Einen Fünf-Buchstaben-Oratus zu bedrohen. Ein sofortiger Tod, zumindest nach Vincere-Protokollen. Sax ist jedoch nicht mehr in der Vincere. Dieses Treffen ist tatsächlich so weit von der Vincere entfernt, wie er nur kommen kann. Die Frage ist jetzt, ob jemand anderes im Raum genauso empfindet.

„Sax, ich habe nicht-", beginnt Rav, bevor Sax sie mit einem lauten Knurren unterbricht.

„Ich frage sie", zischt Sax. „Akzeptiert, oder sterbt hier."

Vielleicht erkennt Rav, dass sie zu weit gegangen ist, um einen anderen Weg als den von Sax einzuschlagen, denn sie bleibt still. Ihre Klauen sind angespannt, ebenso wie die von Hul, obwohl Letzterer seinen Blick auf Cacia gerichtet hält. Welchen Weg auch immer der Fünf-Buchstabe einschlägt, er wird ihm folgen.

Was Cacia betrifft, so entscheidet sie sich endlich dazu, einen Zug zu machen. Bei einem Zucken ihres Schwanzes faltet sich die Plattform unter ihr wie schmelzender Schnee in den Boden zurück und lässt Cacia aufrecht auf ihren Klauen stehen. Sie schwingt ihren Kopf zu Sax und fletscht die Zähne.

„Ich werde mich nicht von einem Drei-Buchstaben führen lassen. Dein Argument hat Verdienst. Deine Pläne haben keinen."

Sax hat genug Kämpfe erlebt, um zu wissen, wann er sich in einem befindet, auch wenn dieser mit Worten statt mit Klauen ausgetragen wird.

„Es ist das, was ich habe", sagt Sax. „Wir reagieren jetzt. Versuchen am Leben zu bleiben, bis wir gegen den Chorus zuschlagen können."

„Das hätte funktionieren können, als du dich versteckt hast. Als deine einzigen Mitglieder von niedrigeren Spezies waren." Cacia deutet mit einer Vorderklaue auf die Flaum-Wachen am hinteren Ende des Raums. „Jetzt weiß der Chorus, dass ihr existiert, und sobald sie mit den Über-resten der Sevora fertig sind, werdet ihr das einzige Ziel der Vincere werden."

„Ich kenne die Situation bereits", sagt Sax. „Entweder helft ihr uns, eine Lösung zu finden, oder lasst es bleiben."

„Wenn der Chorus beseitigt ist, wird ein Vakuum entstehen. Neue Anführer werden notwendig sein. Neue Kommandanten." Cacias Schwanz beginnt hin und her zu schwingen und macht ein schabendes Geräusch, während er über den Metallboden gleitet. „Ich bin es leid, auf diesem Planeten herumzusitzen, Sax. Ich sehne mich nach größe-ren, helleren Dingen. Ich kann beginnen, an den Hebeln zu ziehen, die die Vincere selbst in unseren Griff bringen werden, und im Gegenzug würde ich sie anführen."

Sax hat kein Recht, das Versprechen zu geben, keine Macht, es zu gewähren. Cacias Worte deuten jedoch darauf hin, dass sie denken, Sax müsse ein hochrangiges Mitglied dieses Widerstands sein, dass er einen gewissen Einfluss haben müsse. Also sagt Sax die Worte und gibt Cacia, was sie will.

Bas sagt immer, er müsse ein besserer Lügner werden.

# KAPITEL 3

# TÖDLICHE ANKUNFT

ICH KLETTERE die Strickleitern für meine Schicht hinauf und erreiche den Gipfel, wo Ignos' Licht an einem weiteren klaren, windigen Tag scheint. Schneeverwehungen, die mit dem Fortschreiten der Jahreszeiten zum Winter hin immer dicker werden, sammeln sich in den grauen Felsspalten und begraben Grasbüschel. In der Ferne, jenseits der kleineren Vorgebirge, die sich vor mir auftürmen, kann ich am Horizont den schwächsten Schimmer von Grün erkennen.

Meine wahre Heimat. Irgendwo in diesem tiefen Dschungel könnten meine Eltern noch am Leben sein. Mein Stamm, mein Volk könnte noch immer kämpfen. Die Sevora nahmen dieses Gebiet zuerst ein, und die Flüchtlinge flohen zu den Lunare und ihren Bergunterkünften, um zu überleben. Viele meiner eigenen ehemaligen Untertanen machten sich ebenfalls auf den langen Weg, überquerten Ebenen und Wüsten, bevor sie die Wälder erreichten.

Viele mehr schafften es nicht.

Also stehe ich nun hier mit unbekannten Verbündeten, bewaffnet mit Bögen, Speeren, gebogenen Kukri-Messern und Steinschlossgewehren. Nichts im Vergleich zu den Waffen, die ich gesehen habe, zu den Waffen, die ich in Damantum hergestellt hatte und die bei der überstürzten Flucht verloren gingen. Doch trotz ihrer Primitivität haben uns diese Werkzeuge bisher gute Dienste geleistet.

„Das ist nicht normal", Viera zeigt nach oben, und ich sehe, worauf sie hinweist.

Normalerweise schicken die Sevora ein paar Shuttles durch die Atmosphäre, die herabsausen und unsere Klippen-Position mit reichlich Laserfeuer eindecken. Wir ducken uns und suchen Schutz, nutzen die Felsen als Deckung und stürmen dann hervor, um uns in ein chaotisches Handgemenge zu stürzen, das so lange anhält, bis die Sevora beschließen, dass es genug ist, und sich zurückziehen.

Diesmal jedoch sind es statt vier Shuttles Dutzende. Dahinter sinken noch größere Gestalten durch die Wolken; größere stachelartige Dinge, die mit ihren runden Unterseiten auf uns zukommen und im reflektierten Licht schimmern.

„Sieht aus, als hätten sie keine Lust mehr, mit uns zu spielen", sage ich und wende mich dann an einen der Krieger. „Gib das Signal – wir brauchen jeden bereit, um hier die Stellung zu halten, und die Stadt muss geräumt werden."

Avril wird zu einem Nervenkitzel aufwachen, aber das ist immer noch besser, als gar nicht mehr aufzuwachen.

„In Deckung!", ruft Viera, als die ersten Shuttles näher kreischen.

Alle, einschließlich mir und Viera, tauchen in die in den Felsen gehauenen Nischen. Einige hängen über den Rand des Lochs zurück in Richtung Marilo und stützen ihre Füße auf eigens dafür geschaffene Kerben. Hundert

Kämpfer verschwinden binnen eines Augenblicks, und das ist auch gut so, denn im nächsten Moment beginnen die Sevora zu schießen.

Laser machen kein Geräusch, wenn sie herabsausen. Es gibt kein Knistern, kein Pfeifen wie von einer Pfeilfeder. Es gibt nur einen Blitz und ein Sprühen, wenn Fels zerbirst und zerspringt. Ein Zischen, wenn Schnee verdampft. Explosionen, wie wenn die Lunare ihre Kanonen einsetzen, gibt es nicht – stattdessen entstehen kleine Feuer, da der Boden buchstäblich schmilzt.

Ich sehe einige Kämpfer, die das Pech haben, am falschen Ende eines Beinahe-Treffers zu sein – der Laser erhitzt die Luft um sie herum so stark, dass ihre pelzgefütterte Rüstung in Flammen aufgeht und sie sich verzweifelt am Boden wälzen müssen. Unser eigener Unterschlupf, unter einer dicken Schieferplatte, hält Viera und mich in Sicherheit, und ich versuche, die Schreie der weniger Glücklichen zu ignorieren.

„Glaubst du, das ist das Ende?", fragt Viera, während die Blitze weitergehen.

„Ich glaube nicht, dass wir den ganzen Weg hierher gekommen sind, um jetzt zu sterben", antworte ich.

„Hoffe, du hast recht." Viera wirft einen Blick auf ihre Pistolen. „Es gibt so viele coole Waffen da draußen, die ich noch nicht benutzt habe."

Ich kann mir ein Lachen nicht verkneifen.

Das Feuer lässt nach, als die Shuttles näher kommen. Sobald die Blitze aufhören, ist es das Zeichen, aus unseren Verstecken hervorzubrechen, und ich stürme los, den Speer aus schwarzem Glas in meiner rechten Hand und ein Kukri an meiner Hüfte. Viera hat ihre Pistolen bereit, ein konventionelleres Lunare-Schwert hängt über ihrem Rücken.

„Für Malo?", sagt Viera, als wir die Deckung verlassen.

„Immer!", rufe ich zurück.

Der Geist meines Freundes, der bei unserer Flucht vom Heimatplaneten der Sevora fiel, was sich wie Jahre anfühlt, leitet meinen Speer, als ich auf das erste Quartett von Flaum zustürme, die von den Shuttles über uns abspringen. Ihre Stiefel blitzen auf und fangen jedes der pelzigen Wesen, etwa so groß wie ich, wenn auch von schmächtigerem Bau, beim Landen auf.

Mein erstes Ziel hat verklumptes bernsteinfarbenes Fell, das ihm ins Gesicht weht, als es dem Bergwind ausgesetzt wird. Diese ablenkenden Strähnen bieten mir die Öffnung, die ich brauche, um die Spitze an seiner Verteidigung vorbei zu schleusen, die aus einem hochgerissenen Arm mit einer kleinen Hand besteht, die einen Minenauslöser umklammert. Der Stich trifft, und ich beginne zurückzuziehen, um ein zweites Mal zuzustoßen, als das Flaum den Speer in seine Seite klemmt und die Spitze weiter hineindrückt.

Es muss ein unglaublich schmerzhaftes Manöver sein, aber wenn man von etwas anderem kontrolliert wird, etwas, das dein Leiden für seine eigenen Zwecke ignorieren kann, werden solche Züge durchführbar. Ich rechne nicht damit, also werde ich überrascht, als sich das Flaum von mir wegdreht und mir den Speer aus der Hand reißt.

Ich ziehe das Kukri, ein Messer, das sich entlang der Klinge biegt und in einer schwereren, flachen Spitze endet, ideal für die alltäglicheren Aufgaben des Lebens wie das Zerhacken von Früchten oder das Entfernen von Blättern. Ich benutze es, um einen Schnitt auszuführen, der das Flaum nicht so sehr verletzt, als es vielmehr zurückdrängt und mir einen Meter Raum gibt, um mich neu zu positionieren.

Zu beiden Seiten kämpfen andere Krieger mit den restlichen Flaum und nutzen unsere Überzahl, um sie zurück zum Rand der Klippe zu drängen. Viera arbeitet mit ihren Pistolen, zusammen mit anderen Lunare-Schützen, um andere Sevora-Schützen davon abzuhalten, uns von den Shuttle-Türen aus abzuschießen. Dies ist die sofortige Patt-situation, die ich erwartet habe, und eine, die durcheinandergebracht wird, als mehr Sevora-Shuttles über und hinter uns heranbrausen.

Das bernsteinfarbene Flaum macht seinen Zug, ignoriert seine Wunde und den herausragenden Speer, um den Minenauslöser auf mich zu richten. In diesem Moment springe ich jedoch nach vorne, schwinge das Kukri nach dem waffenführenden Arm des Flaum, während der Rest meines Körpers das leichtgewichtige Wesen rammt.

Ich bin selbst keine große Person – die meisten Krieger auf diesem Klippenvorsprung überragen mich deutlich in Größe und Gewicht –, aber Flaum sind mehr Fell als alles andere. Der Schwung des Kukri bringt das Flaum zum Zurückweichen, und mein Angriff mit der linken Schulter trifft seine Brust und wirft es in einen fallenden Stolperer. Mit meiner linken Hand packe ich den Griff meines Speers, während das Flaum ein panisches Kreischen ausstößt, und ziehe meine Waffe zurück.

Das Flaum und der darin befindliche Sevora stürzen über die Klippe. Es besteht die Möglichkeit, dass seine Stiefel genug Metall im Berghang finden, um den Fall zu stabilisieren, aber ich bin bereit, dieses Risiko einzugehen; es gibt dringendere Ziele.

„Das funktioniert nicht, Kaishi!", schallt Vieras Ruf über den Wahnsinn hinweg, und ich sehe, wie sie ihr Schwert in der linken Hand und eine Pistole in der rechten führt.

Viera duckt sich unter einem feuernden Flaum weg, das

in ihrer Nähe landet, und fegt dann mit ihrer Klinge die Beine des Wesens unter ihm weg. Ein schneller finaler Schuss auf das gestürzte Flaum verschafft meiner Freundin eine Atempause, die sie nutzt, um mir zu sagen, dass ich laufen soll.

„Es sind zu viele!", ruft Viera.

Ich eile zurück zur Linie, die jetzt eher einem Kreis um das lange Loch zurück nach Marilo gleicht und von allen Seiten durch die Sevora-Streitkräfte bedrängt wird. Minenarbeiter blitzen mit ihren Bolzen auf und unsere Krieger fallen, während die Sevora eine Verteidigungslinie bilden und den Reihen dahinter erlauben, Deckungsfeuer zu geben.

Ich werde zurückgedrängt, Viera zieht mich mit sich. Ich versuche mich umzudrehen, um bei meinen eigenen Truppen zu bleiben, aber meine Freundin lässt mich nicht, bis ich mich von ihr losreiße, mich umdrehe und in die Gesichter der Wesen blicke, die uns niederschießen.

„Kaishi", protestiert Viera über die Schreie, das Geschrei und das Klirren von Metall auf Metall hinweg. „Wir laufen jetzt, oder wir sterben!"

Ich bin schon einmal weggelaufen. Habe meine Leute zurückgelassen, damit sie sich selbst gegen eine feindliche Galaxie verteidigen, und das werde ich nicht noch einmal tun.

„Dann sterbe ich eben mit ihnen." Ich dränge mich nach vorne, komme an die Front, als der Krieger vor mir, ein bulliger Mann in einem weißen Fassoth-Umhang, in Flammen aufgeht und zusammenbricht.

Der Tod des Kämpfers offenbart eine grimmige Reihe von Flaum mit gezogenen, summenden Klingen, deren Ränder mit demselben Laserlicht glühen, das aus ihren Minenarbeitern schießt, und dahinter, mit gezückten

Waffen, sind die wahren Killer – die Sevora, die uns niedermähen.

Wir sind nicht genug, um zu gewinnen, aber wir sind genug, um Marilo ein wenig mehr Zeit zu erkaufen.

„Gemeinsam!", rufe ich und stoße den schwarzgläsernen Speer hoch, wo er das Licht von Ignos einfängt.

Und das Shuttle über unseren Köpfen explodiert mit einem ohrenbetäubenden Knall, die Druckwelle wirft uns alle, Menschen und Flaum gleichermaßen, zu Boden. Splitter regnen herab und verteilen brennende Messer in der Menge. Diesem ersten Knall folgen schnell zwei weitere; ein weiteres Shuttle-Paar wird in der Luft verbrannt.

Bevor ich vollständig begreife, was vor sich geht, werden die Flaum vor mir ausgelöscht, als Felsen explodieren und ein großes Schiff – größer als die Sevora-Shuttles, mit einer spitzen, glitzernden Front – in die Seite des Berges fährt. Die Seiten des Schiffes schieben sich nach oben und öffnen sich, und Kreaturen, von denen ich nie erwartet hätte, sie wiederzusehen, springen heraus.

Oratus.

Vier von ihnen, gefolgt von weiteren pelzigen Flaum und schneckenartigen Whelk, wobei letztere Spezies nur Beiwerk zu der brutalen Show sind, die die Oratus abziehen. Die drei Meter großen echsenartigen Monster mit ihren vier Krallenhörnern, zwei gezackten Klauen und langen, peitschenden Schwänzen verabreichen den Sevora-Truppen eine tödliche Strafe mit einer Geschwindigkeit, die ich kaum begreifen kann.

Die Sevora-Shuttles explodieren weiterhin durch eine Reihe von schnell bewegenden Splittern, die vorbeischießen und konzentriertes Feuer abgeben. Die Lufteinheit fliegt in einer Linie, jeder feuert der Reihe nach auf dieselbe Stelle, während sie vorbeifliegen, und bohrt schließlich ein brennendes Loch in das Sevora-Schiff, bis es explodiert.

Die Reaktion auf die Ereignisse kommt in verschiedenen Ausprägungen – da ist meine betäubte, fassungslose Analyse dessen, was vor sich geht, da sind meine Soldaten, die zwischen Jubel und Rückzug schwanken, und die Sevora, die ihre Fassung völlig verlieren und in panische Flucht verfallen. Sie springen von der Klippe, stürzen sich den Berghang hinunter und laufen davon.

Sie kommen nicht weit – die Flaum und Whelk, die mit den Oratus heruntergekommen sind, bauen ihre längeren Minenarbeiter auf und erledigen die Feiglinge, sodass wir nach hektischen Sekunden auf einem blutgetränkten, brennenden Schlachtfeld zurückbleiben, das frei von Feinden ist.

„Ich kann es nicht glauben", sagt Viera, und ich bin dankbar, dass sie wieder an meiner Seite ist. „Sie sind tatsächlich gekommen."

Alles, was ich tun kann, ist zu nicken und meinen Blick nach oben zu richten, auf die Lichtshow, die sich in der oberen Atmosphäre der Erde fortsetzt, während die Sevora-Streitmacht, die uns seit meiner Rückkehr in jedem wachen Moment verfolgt hat, auf systematische, tödliche Weise verbrennt. Es ist, als würde man Blumen an einem Frühlingstag aufblühen sehen, die grau-schwarzen Schiffe platzen in Orange und Weiß gegen den blauen Himmel.

Ich frage mich, ob Ignos, der Sevora, der einst in meinem Kopf lebte, dort oben ist.

Überrascht stelle ich fest, dass ich hoffe, dass es nicht so ist.

Die Aufräumarbeiten gehen schnell vorbei, wobei ich die meiste Zeit damit verbringe, den Oratus bei ihrem blutigen Geschäft zuzusehen. Unsere Krieger stellen schnell fest, dass ihre eigenen Bemühungen nicht ausreichen, und ziehen sich zurück, während sie zusehen, wie ihre Feinde sowohl in der Nähe als auch oben am Himmel von diesen neuen Akteuren ausgelöscht werden.

„Bleibt zurück!", rufe ich schließlich. „Greift nicht ein. Das sind ... " ‚Freunde' scheint das falsche Wort zu sein, aber ich muss etwas sagen, also entscheide ich mich für „Verbündete!"

Einer der Oratus, mit glitzernden grünen Schuppen und sauberer aussehend als die anderen nach dem Gemetzel, findet seinen Weg zu mir, sobald die Sevora-Bedrohung beseitigt ist. Ich habe vergessen, wie groß diese Kreaturen sind – dieser hier ist fast doppelt so groß wie ich, und er starrt auf mich herab, seine Zähne sichtbar, die Öffnungen an seiner Brust öffnen und schließen sich, um die Luft einzusaugen.

Meine Schatten – die drei übrig gebliebenen jedenfalls – treten um mich herum, und Viera hinter mir hat ihre Hände an den Pistolen. Ich hebe eine Hand und bedeute ihnen, nichts Dummes anzufangen.

„Du bist die Anführerin?", fragt der Oratus, sein leichtes Zischen vermischt sich mit dem Pfeifen des Bergwindes.

„Das bin ich", antworte ich. „Danke, dass ihr gekommen seid."

Der Oratus neigt seinen Kopf zur Seite. „Wir sollten dir danken. Dies war die letzte Sevora-Flotte. Mit ihrer Zerstörung ist ihre Fähigkeit zur Expansion zunichte gemacht."

Ich bin mir nicht sicher, wie ich mich dabei fühle, also belasse ich es bei einem Starren. Das Gespräch ist jedoch über die einfache Einleitung hinausgegangen und betritt unangenehmes Terrain. Die Vincere kamen, zerstörten unsere Feinde, und das Einzige, was ich jetzt von ihnen will, ist, dass sie gehen und uns uns erholen lassen.

Diplomatie erfordert jedoch Kompromisse. Erfordert Höflichkeit.

Dann spricht der Oratus und verwandelt meine Pläne zu Asche.

„Du scheinst nicht überrascht, uns zu sehen", sagt der Oratus. „Anders als die anderen deiner Art schreckst du nicht zurück. Zitterst nicht vor Angst." Das smaragdgrüne Wesen blickt zu Viera. „Sie auch nicht."

Ein zweiter Oratus, von dunklerer blauer Farbe, tritt hinter den ersten. „Sie sollten Angst haben."

„Gar", sagt der erste Oratus. „Hör auf. Du hast dich schon sattgefressen."

„Immer bereit für eine zweite Portion", antwortet der blaue, Gar. „Diese sehen auch nicht so pelzig aus, mit mehr Fleisch auf den Knochen."

Auch wenn meine Krieger sich um mich herum bewegen, erkenne ich einen Witz, wenn ich einen höre, und lächle. „Ich habe schon einmal Oratus gesehen. Einige von euch haben mich vor einiger Zeit von hier entführt."

Ich erwarte eine Frage, aber stattdessen sehe ich, wie sich beide Oratus plötzlich anspannen. Ihre Schwänze berühren sich, und dann bückt sich der grüne, bis seine Augen auf meiner Höhe sind.

„Wer hat dich entführt?"

„Es waren zwei", sage ich und habe das Gefühl, dass dies keine gute Idee ist, aber dass Lügen noch schlimmer wäre. „Einer mit grauen Schuppen, genannt Sax, der andere ein rosa-goldener namens Bas. Sie nahmen mich und ein paar meiner Freunde mit zu einer Station namens *Cobalt*."

Der smaragdgrüne Oratus richtet sich auf und blickt zu

Gar, der leicht die Zähne bleckt. Das scheint eine Botschaft zu übermitteln, die den smaragdgrünen Oratus dazu bringt, viel Luft aus seinen Öffnungen in einem schweren Seufzer auszustoßen.

„Wir haben nicht erwartet, unseren Botschafter so schnell zu finden", sagt der Oratus. „Du wirst mit uns zurückkehren, Mensch. Pack deine Sachen zusammen, und tue es sorgfältig, denn ich weiß nicht, wie lange du weg sein wirst."

# KAPITEL 4

# EINE SPEZIES RETTEN

DIE OBERFLÄCHE von Solis wird sichtbar, als das Shuttle die dicke Wolkendecke durchbricht. Es ist ein Anblick, den Sax seit sehr, sehr langer Zeit nicht mehr gesehen hat. Ein langer Streifen üppigen Grüns, eine Wunde in einer ansonsten trockenen und felsigen braunen Landschaft. An einem Ende der Narbe erhebt sich ein riesiger Berg, am anderen markiert ein tiefliegender See das Ziel der breiten Bäche und Flüsse, die durch diesen Dschungelstreifen fließen. Ein kilometerbreites Tal, das zwischen zwei aufsteigenden Klippen eingeschnitten ist.

Was jedoch am meisten ins Auge fällt, sind die Reihen von Bögen, die das Tal überspannen und sich über dem Dschungel von Klippe zu Klippe erheben, bedeckt mit steinartigem Panzer. Sie wirken natürlich, braun und verwittert durch die häufigen und turbulenten Stürme, die von einem Ende des Tals zum anderen brechen und spülen. An jedem dieser Bögen hängen wie reife Brombeeren die bauchigen Kammern, die Sax zum Leben erweckt haben.

„Hast du ein bestimmtes Ziel im Sinn?", fragt die Flaum-Pilotin, eine aschgraue mit vernarbten Ohren.

Sax beugt sich über sie und starrt durch die Windschutzscheibe des Shuttles. Das Crashnetz hängt hinter ihm, in diesem Moment vergessen. Genauso wie Sax seinen Partner finden wird. Ihre Mission war es, die Quelle der Oratus auszurotten, um zu verhindern, dass der Chor neuere, loyalere Versionen erschafft, die nicht zögern würden, Sax niederzumetzeln. Eine solche Aufgabe eignet sich nicht dafür, auffällig zu sein.

„Ich ... weiß nicht", zischt Sax.

„Du wirst dich bald entscheiden müssen", erwidert die Flaum. „Ich kann hier oben nicht ewig rumtrödeln. Cacias Eintrittscode wird nur eine begrenzte Zeit funktionieren."

„Sie würden uns nicht abschießen."

„Solis macht keine Scherze, Oratus", sagt die Flaum, und Sax gibt ein leises warnendes Zischen von sich, aber der Fellknäuel zuckt nicht einmal. „Du kannst mir keine Angst machen - wenn sie denken, dass wir nicht normal sind, werden sie uns in Stücke sprengen und es später herausfinden. Was deine Drohungen ziemlich wertlos macht."

Die Flaum hat einen Punkt, und so wählt Sax den am weitesten entfernten Bogen, den, der dem See am nächsten liegt. Es würde Sinn ergeben, wenn Bas von dort aus anfangen und sich nach oben arbeiten würde, anstatt zum Berg zu gehen und sich mit all den Oratus-in-Ausbildung auseinanderzusetzen, die ihr entgegenkommen würden.

Sax erwartet, dass das Shuttle an einer der Brutstätten landen wird, aber stattdessen steuert die Flaum die nahe Seite des dritten Bogens an und setzt zur Landung am äußersten Rand der felsigen Masse an. Als sie sich nähern, verschiebt sich der Boden jenseits des Bogens, der frei von Pflanzen und allem außer grauem Schmutz ist, und gibt eine kleine Andockbucht frei. Eine, die, nach der

Geschwindigkeit der Tür und dem Mangel an Licht im Inneren zu urteilen, seit sehr langer Zeit keine Besucher mehr gesehen hat.

Doch als die Einstiegsrampe sich senkt und Sax zum ersten Mal seit seiner Geburt einen Fuß auf seine Heimatwelt setzt, ist er nicht allein. Ein anderer Oratus, das tiefgrüne Armband eines Cache um seine türkisfarbene linke Vorderklaue gewickelt, wartet auf ihn. Die wenigen vorhandenen Lichter rahmen den einzigen Ausgang ein, eine einzelne große Tür, die eindeutig für den Transport kleiner Mengen Fracht gedacht ist. Der Oratus steht davor und beobachtet, wie Sax herabsteigt.

„Deine Wunden kennzeichnen deinen Status, Oratus", sagt der Begrüßende. „Was führt dich nach Solis?"

„Ich suche jemanden", antwortet Sax, während sich seine Klauen in den festgetretenen Erdboden der Bucht graben. „Obwohl, wenn du sie gesehen hättest, wärst du tot."

Wenn dies den Oratus überrascht, zeigt er es nicht.

„Du zweifelst an unseren eigenen Fähigkeiten? Solis ist seit seinem Bestehen unerobert geblieben", sagt der Oratus. „Wir haben hier Tausende und Abertausende ausgebildet. Jeder, der versuchen würde, diesen Ort anzugreifen, würde sich sowohl übertroffen als auch überlistet finden."

„Sie will nicht gegen euch kämpfen", sagt Sax. „Sie will euch töten. Ich muss ihr sagen, dass sie es nicht tun soll."

Das bringt den Oratus dazu, den Kopf schief zu legen. Einen Moment lang zu grübeln. Dann spricht er langsam: „Wenn das, was du sagst, wahr ist, dann solltest du hereinkommen. Lass deinen Piloten draußen. Keine andere Spezies ist auf Solis erlaubt, außer mit unserer Zustimmung."

Sax hat damit kein Problem. Flaum sind immer mehr Ärger, als sie wert sind.

Sax folgt dem Oratus den düsteren, felsigen Korridor hinunter. Die Luft ist kühl und still, und es ist angenehm, einmal zu gehen, ohne das Klacken von Klauen auf Metallboden zu hören. Festgetretener Schmutz mag primitiv sein, aber er fühlt sich weich unter Sax' Füßen an - der Sand weckt kurze Erinnerungen an seinen Anfang.

Seine Geburt, wenn Sax es so nennen will.

Der nächste Raum, der Hauptraum dieser Brutstätte, ist riesig. Wie die obere Hälfte einer Zwiebel steigen die geneigten Wände des Raumes weit über ihnen zu einem Punkt auf, wobei der Abschnitt im Bogen selbst verankert ist. Über den Raum verteilt, sowohl auf dem Boden neben ihnen als auch in wabenförmigen Nischen entlang der Raumseiten, befinden sich große purpurrote Säcke. An jedem ist eine kleine Maschine - nicht größer als Sax' Mittelklauen - befestigt, die einen allmählich grün werdenden Ring zeigt.

„Das ist dein erstes Mal zurück, nicht wahr?", sagt sein Führer. „Die meisten kehren nie nach Solis zurück."

„Ich bin nicht wegen der Erinnerungen hier", erwidert Sax. „Hast du sie gesehen? Bas?"

„Du hast es so eilig", sagt der Oratus und hält in der Nähe eines sich wölbenden Sacks inne, dessen Ring fast vollständig grün ist. „Ich denke, ein Teil des Problems unserer Spezies ist, dass wir immer zum nächsten Konflikt rennen."

„Was gibt es sonst noch?"

Der Oratus lacht darüber, aber Sax hört eine Menge Enttäuschung in dem leisen Zischen. „Weißt du, wie sie uns auswählen? Die, die die Brutstätten überwachen, die die neugeformten Oratus leiten?"

Von all den Themen, über die Sax in seinem Leben noch nie nachgedacht hat, muss dieses nahe am Boden der Liste sein. Welchen Nutzen hätte ein solcher Gedanke? Zu wissen, wie diese Brutstätten gewartet werden, wird ihm nicht helfen, die Sevora zu besiegen, wird ihm nicht helfen, den Chor zu destabilisieren.

Sax ist kurz davor, dem Führer zu sagen, dass er ihn zu Bas bringen und dabei still sein soll, aber etwas in dem Ausdruck des Oratus, ein Leuchten in seinen Augen und ein eifriges Zucken des Schwanzes der Kreatur, verrät Sax, dass dieser schon lange keine richtige Unterhaltung mehr geführt hat.

„Ich habe keine Ahnung", sagt Sax schließlich.

„Wir sind die Versager", zischt der Führer. „Diejenigen, die überleben, aber aus der Ausbildung herausfallen. Wir schaffen es nicht durch die Räder, finden keine Paare oder verlieren sie. Dies ist ein Exil, wenn es eine Ehre sein sollte."

Sax macht einen Schritt zurück, mehr wegen des Tonfalls als wegen irgendetwas anderem. Aus dem Mund dieses türkisfarbenen Oratus kommt echte Wut. Die gleiche Art von Frustration, die Sax vielleicht ausdrücken würde, wenn er auf einem Hintergrundplaneten verrotten und nichts anderes tun würde, als Tag für Tag beim Wachsen der Oratus zuzusehen.

„Fragst du dich nicht, wie wir bei Verstand bleiben? Was sie tun, um uns glücklich zu halten?", fährt der Oratus fort.

Sax wird jedoch jetzt bewusst, wie still es hier ist. Abgesehen von der gelegentlichen Bewegung eines Sacks gibt es kein Geräusch. Keine anderen Flaum, und Sax erinnert sich an viele von ihnen, als er zuerst auftauchte.

„Ich habe keine Zeit", bringt Sax eine Antwort heraus, während sich das seltsame Gefühl in seinem Bauch dreht.

Sax passt seine Haltung an, spreizt seine Beine und lockert seine Klauen. Er senkt seinen Schwanz auf den Boden und drückt ihn subtil in die Erde, sodass Sax ihn, wenn nötig, zum Abstoßen benutzen kann.

„Niemand hat je Zeit für uns", sagt der Oratus. „Als sie also kam, als sie mir erklärte, wie vergessen ich bin, wie wenig wir geschätzt werden, hörte ich die Wahrheit."

„Welche Wahrheit?"

„Dass wir sie alle verschonen müssen", der Oratus gestikuliert in Richtung der Brutstätte. „Alles, was die Amigga uns geben, sind Leben voller Gewalt und Tod. Warum sollten wir zulassen, dass das passiert?"

„Wo sind die Flaum, Oratus?"

„Weg, Sax." Der Sack neben dem Oratus bewegt sich über den Boden, und der Oratus wirft ihm einen düsteren Blick zu. Hebt eine Klaue, als wolle er ihn zerstören. „Sie sind nicht mehr nötig. Ich brauche ihre Hilfe dafür nicht."

Sax springt nach vorne, tackelt den Oratus und drückt den Führer zu Boden. Pinnt die Klauen des Führers gegen die Erde und achtet darauf, seinen eigenen Kopf hoch genug zu halten, weg von den scharfen Zähnen des Führers.

„Ihre Leben sind nicht deine Entscheidung", zischt Sax.

Sax erwartet Widerstand, Kampf, aber der Führer sieht nur verwirrt aus.

„Als Rav die Nachricht schickte, dass du kommst, sagte Bas, du würdest uns unterstützen?", sagt der Führer. „Du willst unserem Leid genauso ein Ende setzen wie sie?"

„Änderung der Pläne", sagt Sax. „Die Oratus müssen überleben, damit wir sicherstellen können, dass der Chorus es nicht tut."

Der Führer dreht seinen Kopf auf dem Boden, um den

Sack anzusehen, der kurz vor dem Schlüpfen steht. „Du würdest uns also einen neuen Zweck geben?"

„Wir versuchen, euch die Freiheit zu geben, selbst zu wählen."

„Und Bas? Warum sollte sie?"

„Weil wir zu dem Zeitpunkt dachten, ihr wärt besser tot als gegen uns kämpfend", sagt Sax. „Stellt sich heraus, man kann den Verstand eines Oratus ändern."

Sax macht eine schnelle Einschätzung, dass der Führer nicht mehr kämpfen will, und steht langsam auf, lässt den Führer seine Klauen zurückbekommen. Der Führer braucht seinerseits seine Zeit, um auf die Klauen zu kommen, mehr als nur ein wenig geschockt.

„Bas weiß es nicht", fährt Sax fort. „Ich muss sie finden."

Der Führer schüttelt den Kopf. „Sie ist nicht hier. Inzwischen ist sie wahrscheinlich auf dem entferntesten Bogen." Der Oratus starrt Sax an und hebt seine Vorder-klauen, als würde er erst jetzt begreifen, was er getan hat. „Bas war... sehr überzeugend. Sie hat sichergestellt, dass wir uns um unsere eigenen Assistenten kümmern. Du musst sie aufhalten."

„Ruf die anderen Bögen an. Sag ihnen, was ich dir erzählt habe", zischt Sax, obwohl er sich bereits umdreht, um zurück zu seinem Schiff zu rennen.

Die Flaum-Pilotin hat die Einstiegsrampe nicht hochge-fahren, und sie döst an den Kontrollen, als Sax' schwere Sprünge sie aus dem Schlaf schrecken. In wenigen Augen-blicken hat Sax die Geschichte erzählt und sie heben ab, durch die Türen und hinauf in den Himmel von Solis.

Zum ersten Bogen.

Sie sind kaum in der Luft, als das Kommunikationsarray des Shuttles durch die in der vorderen Reihe der Terminals eingebetteten Lautsprecher knistert.

„Kommt vom Boden", sagt die Flaum-Pilotin. „Sie rufen uns."

„Nimm an." Sax überprüft den Bildschirm - die Kennung ist blockiert, was auf eine gewisse Art identifiziert, wer es ist.

Die Flaum tippt auf den blinkenden orangefarbenen Bildschirm, der zu einem helleren Grün wechselt, um anzuzeigen, dass die Verbindung hergestellt wurde.

„Sax, du bist für mich gekommen", kommt Bas' Zischen durch das Terminal. „Das hättest du nicht tun sollen."

„Ich habe einen anderen Deal gemacht", zischt Sax. „Wir halten die Oratus am Leben."

Bas zögert. „Niemand hat mir das gesagt."

„Ich sage es dir", sagt Sax. „Wo bist du?"

„Auf dem ersten Bogen."

„Wartest du auf mich? Und tötest niemanden?"

„Du bist derjenige, der sich nicht beherrschen kann, Sax." In Bas' Stimme liegt ein Hauch von Lachen, aber auch ein Anflug von Unsicherheit.

Sie sucht nach etwas.

„Ich bin keine Geisel", sagt Sax. „Ich würde eher sterben."

Das entlockt dem Anruf ein glückliches Seufzen. „Bin froh, dass du das nicht musst", sagt Bas.

Sie treffen sich nicht lange danach, auf dem Boden außerhalb des ersten Bogens. Sax steigt die Rampe hinunter und findet seinen rosagoldenen Partner in der kleinen Bucht auf ihn wartend, Bas' eigenes Shuttle macht den Raum eng. Es ist die längste Zeit, die Sax ohne seinen Partner verbracht hat, seit sie sich kennengelernt haben. Tage vergingen, entweder auf Rathfall, wo er versuchte, seinen Weg zurück in die Zivilisation zu finden, oder auf Ravs Fregatte, wo er fast starb und dann wieder zusammengeflickt wurde. Das ist das Erste, was Bas auffällt, ihre gelben Augen weiten sich, als ihre Mittelklauen die fehlenden Abschnitte in Sax' glänzenden grauen Schuppen berühren. Sie lässt ihre Augen an ihrem Partner auf und ab wandern, und Sax bleibt für einen Moment still, während er dasselbe tut. Ihre Vorderklauen umklammern sich und die Spitzen ihrer Schwänze umschlingen sich auf dem Boden.

„Ich habe es gehofft, aber nicht gedacht, dass wir uns je wiedersehen würden", sagt Bas zuerst. „Sie sagten, du würdest nach Evva gehen und versuchen, den Chorus zu Fall zu bringen. Von hier aus sollte ich nach oben gehen und irgendwie versuchen, das Oratus-Trainingsschiff zu zerstören."

„Das musst du nicht mehr tun", sagt Sax. „Sie haben versucht, mich dazu zu bringen, das zu tun, was du gesagt hast, ich habe mich geweigert. Gewaltsam."

„Du hast sie nicht alle getötet."

Sax öffnet sein Razermaul zu einem Lächeln. „Sie leben noch."

„Was jetzt? Evva?"

Sax nickt. „Das war der Deal. Ich würde herkommen und deinen Teil der Mission stoppen, dann würden wir beide zum Chorus gehen und sie auseinandernehmen."

„Du hast fast zu lange gebraucht", Bas wirft einen Blick hinter sich. „Ich habe nie realisiert, wie nahe all diese Betreuer-Oratus daran sind, den Verstand zu verlieren. Alles, was ich tun musste, war zu erklären, wie wir benutzt werden, und sie waren bereit, alles wegzuwerfen."

„Sie werden einen besseren Zweck haben, sobald die Amigga weg sind."

Bas lacht. „Ist es so einfach? Sobald sie weg sind?"

„Bas, es ist mir gelungen, die Vincere-Anführer, die

diesen Planeten umkreisen, auf unsere Seite zu ziehen. Wenn ich Leute überzeugen kann, ohne meine Krallen zu benutzen, dann sind wir dazu bestimmt zu gewinnen."

Bas stellt weitere Fragen und Sax antwortet, dann tauschen sie die Rollen und reden weiter. Schließlich kommt die Flaum-Pilotin herunter und fragt, ob sie noch lange bleiben werden, da sie hungrig wird und sie nicht viel Essen in ihr Schiff gepackt haben. Das dient als ausreichender Hinweis, um einen Snack zu greifen, wieder in ihr Shuttle zu klettern und zum Orbit aufzubrechen.

Auf dem Weg nach oben sendet Bas noch eine lange Nachricht an die Betreuer, die sie gerade gegen ihre eigene Rasse aufgebracht hat. Es ist eine kurze Bitte, ihre Krallen zurückzuhalten, die neuen Oratus weiter wachsen zu lassen, ein Versprechen, dass sie in eine bessere Zukunft schlüpfen werden.

Ein Versprechen, von dem Sax weiß, dass sie es halten werden.

# KAPITEL 5

# PLANMÄSSIGER AUFBRUCH

„SCHON KLAR, ABER ICH GEHE NIRGENDWOHIN." Ich weiche nicht vor dem Oratus zurück, obwohl seine Klauen mich in Stücke reißen könnten, bevor einer meiner Schatten eingreifen könnte. „Ich bin gerade erst hierher zurückgekommen, und mein Volk wurde angegriffen."

Der Oratus starrt mich an. Betrachtet mich, wie ich eine besonders interessante Pflanze betrachten würde.

„Mensch, du bist eine neue Spezies", zischt der Oratus. „Du stehst jetzt abseits vom Rest der Galaxie. Kennst du den Chor?"

Ich habe den Begriff schon gehört, hauptsächlich auf Vimelia, der Heimatwelt der Sevora, wo der Chor meist mit Verachtung erwähnt wurde. Angeblich besteht der Chor aus einer Gruppe von Amigga – diese runden, seltsamen Kreaturen – und sie benutzen diese Oratus, um die Galaxie dazu zu zwingen, das zu tun, was sie wollen.

Da ist auch noch die Tatsache, dass einer dieser Amigga, einer namens Ignos, die Menschen erschaffen haben könnte.

„Ich habe davon gehört", sage ich schließlich.

„Sie werden jemanden brauchen, der für eure Spezies spricht. Wenn du das nicht sein wirst, wer dann?", sagt der Oratus.

„Ich mache es", verkündet Viera hinter mir. „Sie muss nicht gehen."

„Viera?" Ich sehe sie verwirrt an. „Was?"

„Hab's dir doch gesagt, Kaiserin. Ich bin eine Reisende – deshalb habe ich vor so langer Zeit die Berge verlassen und bin in den Dschungel gegangen. Wenn wir nicht angegriffen werden, dann scheint es, als würden wir nur die Menschheit wieder zusammensetzen", Viera zuckt mit den Schultern. „Das interessiert mich nicht."

Könnte ich Viera allein als Botschafterin für die Menschheit gehen lassen?

„Komm zurück", sage ich dem Oratus. „Morgen. Wenn das Licht wieder aufgeht, werden wir hier sein, bereit zu gehen."

Der Oratus gibt ein leises Zischen von sich: „Akzeptabel."

Sobald die Erklärung abgegeben ist, verliert der Oratus keine Zeit; er brüllt einen Befehl, und seine Truppen drängen sich zurück in das Schiff. Die Türen schließen sich, während wir zurückweichen, und ich frage mich, wie das Shuttle sich aus dem Felsen befreien wird, in den es bei der Landung gefahren ist, als ein lautes Mahlgeräusch beginnt. Der Boden unter unseren Füßen bebt, lose Steine rasseln und Schnee rutscht von seinen Plätzen, als das Schiff sich freibohrt.

Ich erwarte, dass das Shuttle, als sich seine Front vom Felsen löst, umkippen und den Hügel hinunterrutschen wird, aber ein Feld kleiner oranger Kreise auf der Unterseite des Rumpfes erwacht zum Leben und lässt das Shuttle sich in der Luft schwebend aufrichten. Es dreht sich, schwebt ein kleines Stück weg und mit einem rauchenden Ausbruch knisternden Geräusches donnert das Schiff hinauf in einen Himmel, der noch immer mit den verblassenden Überresten der Sevora-Flotte gesprenkelt ist.

„Du willst nicht, dass ich gehe?", sagt Viera später, als wir wieder unten in Marilo sind und große Gläser Wein teilen.

Die Stadt hat sich zum Feiern herausgeputzt. Niemand kümmert sich darum, dass die Vincere sich umdrehen und uns genauso angreifen könnten wie die Sevora. Stattdessen sind die Straßen voller Menschen in trunkener Ausgelassenheit. Läufer, die auf den großen weißen Fassoths reiten, wurden in alle Ecken der Berge geschickt, und diejenigen Solare- und Charre-Stammesangehörigen, die es wünschen, machen sich zwischen Tänzen und Liedern bereit, in ihre Heimatländer zurückzukehren.

Ich beobachte gerade eine Gruppe von ihnen von unserem Balkon im Kapitol-Gebäude von Marilo aus, eine Gruppe von mehreren Dutzend; Krieger, Kinder, Priester und mehr. Solare, die sich darauf vorbereiten zu sehen, ob von ihrer Heimat noch etwas übrig ist. Sie nehmen auch Waffen mit – niemand geht davon aus, dass der letzte Sevora auf dem Planeten heute auf diesem Berghang gestorben ist.

„Ich kann dich nicht gehen lassen", sage ich und nehme noch einen Schluck. Der Wein ist säuerlich, herb und angespannt, aber trotzdem willkommen. „Nicht allein."

„Also vertraust du mir nicht."

Wir sitzen in weichen geflochtenen Stühlen, und meiner knistert, als ich mich zurücklehne und Viera ein Lächeln zuwerfe. „Ich vertraue dir nicht, dass du die Finger von deinen Pistolen lässt."

„Das hab ich ganz gut hinbekommen, als ich bei deinem Stamm war."

Das bringt mich kurz zurück. Avril hat bereits Späher ausgeschickt, um zu sehen, ob meine Eltern, ob mein Heimatdorf noch steht, aber ich klammere mich nicht daran. Sie sind nie in den Bergen aufgetaucht, und die Sevora haben zuerst in den Dschungeln und Ebenen zugeschlagen.

„Wir haben dich nicht bedroht", sage ich. „Diese Dinge, du hast gesehen, was auf der *Cobalt* passiert ist. Sie werden versuchen, dich zu beugen, dich zu brechen. Sie werden wollen, dass die Menschen sie als Herren akzeptieren."

„Und?", Viera nickt in Richtung der hüpfenden Fröhlichkeit über dem Rand. „Wenn das das ist, was wir bekommen, spielt es eine Rolle?"

„Dalachite, der Amigga auf der *Cobalt*? Er hat Kopien von uns gemacht. Und du weißt, was auf der anderen Seite dieser Berge ist – Beweise dafür, dass die Amigga uns erschaffen und versucht haben, uns zu zerstören. Was sagt, dass sie es nicht wieder tun werden, wenn es ihnen passt?"

„Glaubst du, wir könnten sie aufhalten, wenn wir wollten?"

Da ist die Wahrheit, die ich mir selbst nicht eingestehen wollte. Nein. Nein, wir könnten keinen Krieg gegen diese Oratus oder ihre Armee, die sie Vincere nennen, gewinnen.

„Deshalb muss ich gehen", sage ich, und jetzt, wo die Worte draußen sind, ist es offensichtlich. „Du und ich sind die Einzigen, die die Wahrheit kennen. Wir müssen uns als Gleichgestellte präsentieren, wir müssen unsere Zukunft sichern."

„Du willst für dein Volk kämpfen, indem du es wieder verlässt?", lacht Viera, aber es klingt traurig. „Du bist die einzige Kaiserin, die ich kenne, die ihre ganze Zeit damit verbringt, ihrem Reich aus dem Weg zu gehen."

Nicht, weil ich es will.

Avril hat nichts gegen den Plan einzuwenden, und ich frage mich, ob es daran liegt, dass ich ihr wieder einmal die ganze Macht gebe, die sie will. Die Lunare haben jetzt jeden Vorteil gegenüber den anderen Stämmen, und obwohl Avril sagt, dass sie nicht sofort eine Reihe von Eroberungen beginnen wird, bin ich mir nicht sicher, ob ich ihr glaube.

Ich bin einmal zu meinem Volk zurückgekehrt und fand es ruiniert vor, und beim nächsten Mal könnte es komplett verschwunden sein.

Es gibt noch eine Person, mit der ich vor dem Morgen sprechen muss: Vee, ein Oratus, den wir bei unserer Rückkehr zur Erde gefunden haben, gefangen in den trostlosen Überresten der Amigga-Basis, die, wie ich glaube, zur menschlichen Spezies führte.

Vee hat nachts Schichten übernommen und zieht die kalte Dunkelheit dem hellen Tag vor. Seine Anwesenheit dort oben hat, wie ich gehört habe, unzählige Leben gerettet. Trotzdem bin ich nervös, als ich die Tür zu dem gedrungenen Gebäude öffne, dessen oberstes Stockwerk, einst eine Reihe von Wohnungen, ihm überlassen wurde.

Vee ist bereits wach, als wir ankommen, und steht bereit.

„T'Oli, willst du es erklären?", biete ich dem Ooblot an, der sich Viera und mir nach unserem Glas Wein angeschlossen hat.

„Oh nein, ich denke, du wirst das viel besser machen", sagt T'Oli. „Ich habe kein Gewicht für solche Dinge."

Ich seufze, aber T'Oli hat recht.

„Welche Dinge?", zischt Vee.

„Die Vincere sind hier", sage ich.

„Deshalb ist es heute also so laut." Vee nickt in Richtung der kleinen Fenster.

Sie haben kein Glas, sodass die Geräusche fröhlicher Trommeln und Feierlichkeiten hindurchdringen. Wahrscheinlich eine ziemliche Veränderung zu der totenstillen, zum Untergang verdammten Atmosphäre, die bisher über der Stadt lag.

„Sie wollen, dass Viera und ich mit ihnen gehen", sage ich, nachdem ich die Zerstörung der Sevora beschrieben habe. „Ich dachte, du möchtest vielleicht auch mitkommen?"

Vee braucht einen langen Moment. Schließt die Augen.

„Ich habe meinen Partner bei dem Angriff auf die Basis verloren", sagt Vee schließlich. „Die Vincere haben mich dort unten zurückgelassen. Ich nehme an, sie glauben, ich sei tot. Ich hatte nichts, wofür es sich zu leben lohnte, bis ihr mich gefunden und mir einen Zweck gegeben habt."

Der Oratus macht einen großen Schritt auf mich zu und legt seine rechte Vorderklaue auf meine Schulter. Es sollte tröstlich sein – ich weiß, Vee bedroht mich nicht –, aber die schiere Kraft selbst in diesem einen Glied zwingt mich, ein Zucken zu unterdrücken.

„Ich habe jetzt Freunde hier, diejenigen, mit denen ich gekämpft habe", sagt Vee. „Und wie du sagst, könnte es noch Sevora in dieser Welt geben, im Dschungel."

„Du willst hier bleiben?", platzt es aus Viera heraus. „Wirklich?"

Vee lacht, ein rumpelndes, zischendes Geräusch. „Ist das so überraschend?"

„Ehrlich gesagt, ja."

„Ich verstehe", sage ich und schüttle den Kopf in Vieras

Richtung. „Morgen werde ich ihnen nichts sagen. Sie werden nie erfahren, dass du überlebt hast."

Vee nickt mir dankbar zu und blickt dann zum Ooblot. „Was ist mit dir, T'Oli? Bleibst du oder gehst du mit dem Menschen?"

„Oh, ich würde lieber gehen", sagt T'Oli. „Menschen sind furchtbar zerbrechlich, und nachdem ich mir so viel Mühe gegeben habe, Kaishi am Leben zu erhalten, möchte ich, dass sie es auch bleibt."

„Das ist nicht einfach", murmelt Viera.

„Hey", sage ich. „Ich könnte euch beiden befehlen, hier zu bleiben, wisst ihr."

„Wir würden nicht gehorchen", antwortet Viera.

Ich weiß, dass sie es nicht tun würden, und ich bin froh darüber.

Der nächste Morgen kommt schneller, als ich möchte, besonders mit den Nachwirkungen mehrerer weiterer Gläser Wein, die in meinem Schädel tanzen. Viera ist in noch schlechterer Verfassung, und sie verbringt den größten Teil des Weges zu den Strickleitern mit geschlossenen Augen und die Hände an den Kopf gepresst.

„Warum konsumiert ihr Menschen Dinge, die euch so offensichtlich schaden?", sagt T'Oli und gleitet mit uns mit.

„Weil wir dir zuhören müssen", sagt Viera.

Ich sage lieber nichts, weil ich wirklich keinen weiteren Lärm will. Nicht einmal meine eigene Stimme. Jeder Ton bringt einen weiteren Schlag meiner Kopfschmerzen mit sich.

Das Klettern an der Strickleiter wirkt jedoch wie Zauberei und lässt mich mich besser fühlen. Vielleicht ist es die Anstrengung oder die Notwendigkeit, meinen unwilligen Körper auf eine lebenswichtige Aufgabe zu konzentrieren. Als wir die Bergflanke erreichen, mit ihrer eisigen

Luft, vertreibt es die Reste des Katers, und ich blicke mit gefasstem Gesicht in den heller werdenden Himmel.

Die Dutzend Krieger, die wir hier oben stationiert haben – weil Avril sich weigerte zu glauben, dass alle Bedrohungen verschwunden waren, und ich ihr zustimmte – winken uns zu, kommen aber nicht näher. Ich erwidere die Geste und bin nicht beleidigt, dass sie nicht herüberkommen – ein Shuttle schwebt auf unseren Abschnitt der Klippe zu, und die offenen Türen zeigen, dass der smaragdgrüne Oratus wartet. Niemand würde dem näher kommen wollen, wenn er nicht muss.

Der smaragdgrüne Oratus springt aus dem Shuttle, das etwa einen Meter über dem Felsen schwebt. Mit seinen Klauen hilft der Oratus uns beim Einsteigen, hebt zuerst mich, mit T'Oli auf meinem Rücken, und dann Viera in das Fahrzeug.

Das Innere, wie beim ersten Vincere-Shuttle, in dem ich geflogen bin, gibt dem Wort ‚spartanisch' eine eigene Definition. Es gibt einfach nichts im hinteren Teil außer Netzen, obwohl ich bemerke, dass das Shuttle von innen viel höher zu sein scheint, mit einer Reihe von Stangen, die quer über die Decke gespannt sind. Das Cockpit befindet sich bei diesem Modell zu unserer Rechten, im hinteren Teil, wo zwei Flaum in engen Verhältnissen über den Triebwerken sitzen. Links zeigt die durchscheinende Aussicht den schrumpfenden Berg, während das Shuttle sich zurückzieht.

„Ist das alles, was ihr braucht?", fragt der Oratus und starrt auf unsere kleinen Rucksäcke.

„Wir waren nicht lange genug an einem Ort, um Besitztümer anzusammeln", sage ich, obwohl ich meine Hände an die smaragdgrüne Halskette lege. Dieses Mal möchte ich sie behalten, und ich denke, ein kleines Zeichen von Königswürde wird nicht schaden, wenn ich vor dem Chorus erscheine.

Der Oratus nickt. „Wir behalten auch nichts für uns selbst, außer den Waffen, die wir für unsere Fähigkeiten am geeignetsten halten." Es gibt eine Pause, während der Oratus etwas Luft einsaugt, und Viera sich in einem Abschnitt des hängenden Netzes niederlässt. „Mein Name ist Lan, und ich heiße dich, Botschafterin der Menschheit, bei den Vincere willkommen."

Ich nehme an, dass in diesem Satz etwas Zeremonielles liegen soll, aber im Moment lehne ich an einem schwarzen Netz, während ich meine Heimat viel zu früh verlasse, und ich kann mich nicht ganz darauf einlassen. Also stelle ich stattdessen eine Frage.

„Kennst du Sax?"

An der Art, wie Lan zuckt, erkenne ich, dass ich den Oratus überrascht habe.

„Wir haben zusammen gedient", sagt Lan langsam. „Eine Zeit lang, bis er zum Verräter an den Vincere und an seiner Rasse wurde."

„Das klingt nicht nach Sax." Was ich von dem Oratus in Erinnerung habe, ist seine Hingabe an die Mission, an die Zerstörung jeder Bedrohung. „Er hat alles getan, um uns am Leben zu erhalten."

Diese Worte werfen weitere Fragen auf, und der Rest des Shuttle-Fluges wird damit verbracht, Geschichten über die Oratus auszutauschen, zuerst über Sax, dann Bas und schließlich über die vier von ihnen, wobei Gar der letzte ist, der auf uns auf dem Führungskreuzer in der Vincere-Flotte über der Erde wartet.

Wenn ich eines aus dem Gespräch mitnehme, dann, dass Lan nicht ganz die seelenlose Maschine ist, als die sie die Oratus darstellt. Ihre Erinnerungen sind von Bedauern und Verwirrung durchdrungen, als sie sie erzählt, und ich kann das nachempfinden; jede Nacht wälze ich die Zeit mit Ignos - den Sevora - in meinem Kopf herum und frage mich, ob irgendetwas von dem, was es tat, aus Sorge um mich oder die Menschheit geschah, oder ob alles nur im Eigeninteresse war. Ob die Sevora sich überhaupt um mich oder mein Volk kümmern konnten.

*Nunilite* ist angeblich der Name des Kreuzers, so erzählt es Lan, weil das auch der Name des Amigga ist, der die Sprung-Technologie entdeckt und entwickelt hat. Warum gerade dieses Schiff den edlen Namen trägt, liegt an der riesigen Kuppel, die am Vorderende des Kreuzers angebracht ist. Sie ist vom Shuttle aus sichtbar, vor allem weil ihre kupferfarbene Tönung vom strahlenden Weiß des restlichen Rumpfes absticht.

„Springen schickt ein Schiff durch Falten in der Raumzeit", sagt Lan, und das aufgeregte Zischen in ihrer Stimme verrät mir, dass sie dies der traurigen Diskussion über ihre früheren Partner vorzieht. „Diese Technologie kehrt die Wissenschaft um." Bei meinem leeren Blick – Viera schläft und wer weiß, was T'Oli denkt – hält Lan einen Moment inne und versucht es dann erneut. „Anstatt ein Schiff durch eine Falte im Universum zu schieben, um sich von einem Ort zum anderen zu bewegen, kann die *Nunilite* eine neue Falte zwischen zwei Punkten erzeugen. Sie kann sie zusammenbringen."

„Warum?"

Lan starrt mich an. Ich muss etwas Dummes gesagt haben. Der Oratus öffnet den Mund, um zu erklären, schließt ihn dann aber wieder.

„Vielleicht ist es besser, wenn du es nicht weißt", sagt Lan. „Du bist schließlich noch nicht auf unserer Seite."

Wenn Lan erwartet, dass ich nachhake, sie über die Art

des kosmischen Wunders bedränge, das die *Nunilite* über das Universum entfesseln kann, wird sie enttäuscht sein. Im Moment schaue ich Viera an und bin ziemlich neidisch auf ihren Ausflug in die Traumwelt, und mit einer einfachen Aussage teile ich Lan mit, dass ich mich an den gleichen Ort begebe.

Der Oratus sagt, sie werde uns wecken, wenn wir ankommen, aber ich bin bereits eingeschlafen, bevor sie den Satz beendet hat.

Ich bin nun an drei Orten außerhalb der Erde gelandet – *Cobalt*, einer albtraumhaften Raumstation, wo ein Amigga versuchte, meine Spezies in Kohlenstoffklone für seine eigenen Zwecke zu verwandeln, Vimelia, der Heimat- welt der Sevora, wo zwei Fraktionen versuchten, meine Freunde und mich zu benutzen, um einen Krieg anzufa- chen oder zu beenden, und jetzt die *Nunilite*, die mir den ersten Einblick in die Vincere in ihrem Element gibt.

Die Shuttletüren öffnen sich und Lan ist die erste, die aussteigt, ihr smaragdgrüner Körper dient als Orientierung im grellen Licht der Andockbucht. Im Gegensatz zu einigen anderen, die ich gesehen habe, ist diese Bucht jedoch leer von anderen Schiffen. Sie ist auch nicht groß, mit tiefschwarzen Böden, Stahllattenewänden und einer Gruppe von Flaum- und Whelk-Soldaten, die auf unseren Ausstieg warten.

Noch überraschender ist die Menge an Artillerie, die für unsere Ankunft bereitsteht. Minenwerfer zielen in unsere allgemeine Richtung, und mindestens zwei der Flaum sind in größeren... Anzügen eingeschlossen, die ihnen durch metallische Erweiterungen längere Glied- maßen und größere Kanonen verleihen.

„Ist das eine Drohung?", frage ich Viera, als wir langsam das Shuttle verlassen.

„Vielleicht denken sie, wir wären die Gefahr."

„Ihr seid eine Unbekannte", zischt Lan, als sie von uns zurücktritt, um jede Chance zu vermeiden, von einem verirrten Schuss getroffen zu werden. „Die Vincere gehen keine unnötigen Risiken ein."

„Stimmt, wir könnten ja einfach durchdrehen und euer Schiff hier in die Luft jagen", sagt Viera und schüttelt dabei den Kopf, eine Bewegung, die sofort aufhört, als all diese Minenwerfer in Alarmbereitschaft gehen und das leise Summen sich aufladender Waffen die Bucht erfüllt.

„Ich würde keine Witze machen." Lan nickt in Richtung des einzigen Ausgangs der Andockbucht, einer dicken lehmroten Tür, die sehr verschlossen wirkt.

„Empfindlich", flüstert Viera mir zu, als wir Lan zur Tür folgen.

„Die Vincere waren nie für ihre Fröhlichkeit bekannt", stellt T'Oli von meinem Rücken aus fest, wo der Ooblot seinen üblichen Platz eingenommen hat. „Manche sagen, man muss seinen Sinn für Humor töten, um beizutreten."

„Wir heben uns unser Lachen für das Schlachtfeld auf", sagt Lan, ohne sich umzudrehen. „Dort verspotten wir unsere Feinde, wenn sie fallen."

„Erinnere mich daran, sie nicht zu unserer nächsten Party einzuladen", sage ich zu Viera.

Hinter der roten Tür, die sich erst öffnet, nachdem wir gescannt wurden und Viera ihre Pistolen und ihr Schwert abgeben musste, befindet sich einer von vielen, vielen Gängen, wie ich vermute. Er ist breit und voller geschäftiger Truppen, schwebender Plattformen mit Kisten und gelegentlich summender Drohnen, die über unseren Köpfen vorbeischießen.

Nachrichten, die Einzelpersonen, Trupps und andere Substantive, die ich nicht kenne, Befehle erteilen, hallen über uns. Niemand schenkt uns Beachtung. Anfangs, angesichts unseres Empfangs, hätte ich gedacht, wir wären die Stars des Schiffes, aber Lan informiert uns, dass wir, da wir freigegeben wurden, nicht mehr beachtenswert sind.

„Wohin gehen wir?", frage ich Lan, während wir weiterlaufen und ich mich im Labyrinth verliere.

„Wir nehmen den langen Weg zur Brücke", antwortet Lan.

„Warum den langen Weg?", fragt Viera.

„Damit ihr das Ausmaß des Schiffes und euren Platz darin versteht."

Ich könnte die Worte als Drohung auffassen, aber unser langsames Tempo und die endlose Aktivität um uns herum geben mir die Möglichkeit, darüber nachzudenken. Wir sind auf einem Militärschiff, Teil der sogenannten ‚Vincere', und Lan hat uns gesagt, dass der Zweck unseres Mitkommens darin besteht, die Menschheit dem Chorus als eine Spezies zu präsentieren, die es wert ist, in der Galaxis zu existieren. Um uns herum weichen Flaum und Whelk, zusammen mit vereinzelten anderen Spezies, deren Namen ich nicht kenne – stabähnliche mit winzigen Gliedmaßen und große, schwerfällige Dinge, die wie lebendiger Fels aussehen – alle Lans Gegenwart aus. Sie machen ihr Platz, vermeiden Blickkontakt und verhalten sich generell wie meine eigenen Wachen um mich herum.

Wo würden Menschen in dieser Hierarchie stehen? Lans Worte deuten darauf hin, dass wir genau in dieser Mischung wären, zusammen mit den Spezies, die dazu bestimmt sind, den Oratus und ihrer Macht zu dienen und sie zu unterstützen. Den Amigga in jeder gewünschten Weise zu helfen.

„Welcher Platz ist das genau?", fragt Viera, als ich zu diesem Schluss komme.

Lan lacht zischend. „Welcher Platz auch immer für euch gewählt wird. Der Chor bestimmt den Zweck der Galaxie und die Grenzen des Lebens darin."

Die Brücke des Kreuzers ist anders als alles, was ich je gesehen habe – die dreifach breiten Türen öffnen sich zu einer erhöhten Plattform, die eine breite, silberblaue Grube teilt, in der Dutzende von Flaum und anderen Spezies an verschiedenen Stationen arbeiten. Am Ende der Plattform, die alle überwacht, steht ein rostfarbener Oratus, dessen Schuppen so vernarbt sind, dass ich bei all den Schmerzen, die er gefühlt haben muss, zusammenzucke.

Jenseits des Anführers – denn der rostfarbene Oratus macht durch seine kerzengerade Haltung und den langsam schwenkenden Blick deutlich, dass er es ist – befindet sich ein riesiger transparenter Schild, der in der unteren rechten Ecke den sanft blauen Rand der Erde zeigt. Direkt voraus kommt Nomis' massiger Körper in Sicht, ihre graue Oberfläche wirkt aus dieser Entfernung narbig und dunkel.

Lan führt uns drei auf die Plattform hinaus und bittet uns dann, etwa auf halbem Weg zum Ende anzuhalten, während sie weitergeht.

„Vielleicht ist unsere Spezies nicht gut genug, um ganz nach vorne zu kommen", sagt Viera.

„Wir wurden schon früher unterschätzt", erwidere ich. „Wir haben ihnen das Gegenteil bewiesen."

„Zweifellos werden eure vergangenen Ergebnisse ein Indikator für zukünftigen Erfolg sein!", sagt T'Oli, wenn auch nur durch das leiseste Klopfgespräch.

„Bist du sarkastisch?", sagt Viera zu dem Ooblot auf meinem Rücken.

„Ja." T'Oli verlagert sich auf meine Schultern, sodass es jetzt weniger wie ein Rucksack und mehr wie ein Umhang wirkt. „Die Chancen, dass eine Spezies mit eurem technologischen Niveau einen nennenswerten Eindruck in der Galaxie hinterlässt, sind gering."

„Ja, nun, du bist eine lebende Pfütze. So viel dazu."

Ich kann ein Lachen nicht ganz unterdrücken, was ein Lächeln auf mein Gesicht zaubert, als Lan und der rostfarbene Oratus heranstampfen und sich vor mir aufbauen.

„Lan sagt mir, dein Name sei Kaishi", sagt der rostfarbene Oratus. „Ich bin Kolas. Willkommen auf meinem Schiff, in meiner Flotte und in unserer Galaxie."

Ich weiß nicht, wie das Protokoll hier ist – wäre dies, sagen wir, ein Anführer eines Solare-Stammes zu Hause, würde ich mich verbeugen. Allerdings bin ich auch eine Kaiserin. Ich bin hier, um die gesamte Menschheit zu vertreten. Und unsere Spezies sollte sich vor niemandem verbeugen.

Also nicke ich Kolas stattdessen zu und hoffe, dass das ausreicht. Als ich wieder zu dem Oratus aufblicke, bemerke ich, dass Kolas stahlgraue Augen hat, einen unnatürlichen blaugrauen Farbton, der so hart wie das Metall wirkt. Sein Mund ist voller scharfer Zähne, obwohl viele davon zackig oder abgebrochen sind.

„Du bist ein hässlicher Kerl", sagt Viera hinter mir. „Lan hier sagt, dass wir in der Rangordnung der Spezies weit unten stehen. Ich weiß nur nicht, wie wir unter etwas wie dir stehen können, wo du doch so ramponiert und kaputt bist."

Ich kneife die Augen fest zu. Seufze. Hoffe, dass Vieras Worte uns nicht auf der Stelle ausgeweidet werden lassen.

Statt des herannahenden Todes höre ich jedoch ein lautes zischendes Lachen. Als ich die Augen öffne, nickt Kolas immer noch lachend in Vieras Richtung.

„Wie ist dein Name, kleiner Mensch?", sagt Kolas. „Dein Mut macht deiner Spezies alle Ehre."

„Viera", sagt meine Freundin und momentane Quelle der Verzweiflung. „Dachte, wir sollten die Verhandlungen stark beginnen."

„Wenn ich es nur wäre, den ihr überzeugen müsstet", sagt Kolas. „Ich bin das Gefäß des Chors, um die Vincere zu führen, aber ich bin nicht der Chor selbst. Bewahrt euren Mut für sie auf, und sie werden euch gut behandeln."

„Werden sie das?", frage ich. „Denn ich glaube nicht, dass sie wollten, dass wir existieren."

Das ruft die erste Überraschung hervor, die ich je auf einem Oratus-Gesicht gesehen habe. Lans Mund öffnet sich leicht, ihre Kiemen saugen eine Menge Luft ein. Kolas jedoch starrt mich nur tot an, der Rest seines Humors verschwindet schnell.

„Ihr wart ein Fehlschlag", sagt Kolas. „Eine Spezies, die weit unabhängiger ist, als es die Notwendigkeit erforderte. Schau, was wir bereits haben – Flaum, Whelk, Vyphen. Sie alle sind genauso fähig wie eure Art, und noch formbarer dazu. Deshalb habt ihr eine schwere Prüfung vor euch. Ihr müsst beweisen, dass die Galaxie euch braucht."

Kolas' Antwort sagt mir nicht, warum der Chor die Menschen überhaupt erschaffen hat, was diese Notwendigkeit war, aber bevor ich die Frage stellen kann, dreht sich der Oratus um und bellt einen Befehl hinunter in die Grube der Flaum. Ein Ruf, den Kreuzer und die Flotte auf einen Sprung vorzubereiten. Kolas blickt zu uns zurück.

„Lan wird euch für den Sprung in eure Kabine bringen", sagt Kolas. „Wenn es vorbei ist, könnt ihr hierher zurückkehren, um das Ende des längsten Krieges in der galaktischen Geschichte zu bezeugen."

# KAPITEL 6

# DAS ZENTRUM DER GALAXIE

EIN VERTRAUTES SCHIFF schwebt jenseits des Paares von Fregatten. Die *Mobius*, die wie die Spitze eines Dreizacks durch den Weltraum gleitet, wartet auf Sax und Bas, weit außerhalb der Reichweite eines möglichen Vincere-Überraschungsangriffs. Bevor sie andocken, gelingt es Sax, eine letzte Nachricht des Dankes an Rav zu schicken, doch als der Kommandant fragt, wohin sie als Nächstes gehen, hält Sax sich bedeckt.

„Die nächste Mission", zischt Sax durch den Weltraum zu Rav.

„Es gibt immer eine weitere", antwortet Rav. „Viel Glück, Sax. Ich hoffe, ich muss dich nicht noch einmal retten."

„Das wirst du nicht." Sax fügt nicht hinzu, dass es zu spät sein wird, wenn sie dort, wo sie hingehen, gerettet werden müssen.

Die Flaum-Pilotin fragt auch nicht weiter nach, und das Wesen scheint erleichtert, als sich die Luftschleusen öffnen und die beiden Oratus ihr Schiff verlassen. Angesichts des blutigen Chaos, das ihm für gewöhnlich folgt, kann Sax es ihr nicht verübeln.

Auf der anderen Seite der Luftschleuse steht ein vertrauter Anblick: Plake, ihre regenbogenfarbenen Federn um ihre Arme geschlungen, steht in der Mitte, mit Agra-Red, einem karmesinroten, gelecartigen Whelk, dessen Körper einen riesigen, bewaffneten und einsatzbereiten Minenarbeiter an seiner Seite trägt, neben ihr.

„Engee und Nobaa sind hinten bei den Triebwerken beschäftigt", sagt Plake, als Sax sich neugierig umschaut. „Ich habe Silver und Black auf Rathfall gelassen." Plake verzieht für einen Moment das Gesicht. „Eigentlich haben sie mich verlassen. Anscheinend verdienen sie mit deiner Käferjagd-Strategie mehr als je zuvor mit Frachtflügen."

„Coorvin?", fragt Sax.

Der ältere Flaum ist der einzige seiner Art, den Sax mag. Coorvins lange Dienstzeit unter dem eisernen Griff eines psychotischen Amigga hat ihn zu einem unendlich angenehmeren Begleiter gemacht als das geschwätzige Irresein seiner Artgenossen. Das und Coorvins unheimliche Fähigkeit, sich unbemerkt durch die Seitenwege des Raums zu schleichen, würden ihn zu einem wertvollen Gut für ihre Mission machen.

„Er ist vorausgegangen", spricht Agra-Red für seinen Kapitän. „Der kleine Kerl ist zwar ruhig, aber ich glaube, er brennt auf ein bisschen Rache. Ich möchte kein Amigga sein, der allein mit ihm erwischt wird."

„Er ist ein Flaum", sagt Bas. „Was könnte er schon tun?"

„Spezies haben sich schon lange gegenseitig umgebracht, bevor eure Klauen je aufgetaucht sind, Oratus", erwidert Agra-Red. „Coorvin ist schlau genug, einen Weg zu finden."

Rav hat Sax und Bas ein paar Minenarbeiter und

Masken gespendet, aber das ist die einzige Ausrüstung, die die beiden Oratus auf die *Mobius* mitbringen. Nach einer Minute Vorbereitungszeit löst sich die Luftschleuse vom Vincere-Shuttle, und Sax' ehemaliger Pilot lässt sich keine Zeit, um zu den Fregatten zurückzujetten.

Die anderen versammeln sich im Cockpit, während Plake die Triebwerke für einen Sprung hochfährt. Die Kapitänin macht einen kurzen Anruf bei Engee und bestätigt, dass sie startklar sind. Absturzsicherungsnetze fallen um sie herum herab, und Sax schnallt sich an.

„War schon mal jemand auf Aspicis?", fragt Plake, während sie eine Hand über dem Terminal schweben lässt.

„Nie", sagt Sax, und Bas pflichtet ihm bei. „Niemand würde es wagen, den Chorus anzugreifen, also wurden wir nie dorthin gerufen."

Die Heimat der Amigga und damit praktisch die Hauptwelt der Galaxie; Aspicis ist fast ein mythischer Ort. Sax vermutet, dass die begrenzten Informationen Absicht sind – allein um auf den Planeten zu gelangen, braucht man eine ganze Reihe von Genehmigungen. Selbst Caches, jene Wissensspeicher auf Schiffen und gelegentlich in Individuen, waren meist gelöscht bis auf die Auflistung dessen, was getan werden musste, um Zutritt zum Planeten zu erhalten.

„Einmal", sagt Agra-Red, und Sax dreht überrascht seinen Kopf zum Whelk. „Bevor ich dich kannte, Plake."

Die Kapitänin nimmt ihre befiederte Hand vom Startknopf. „Gibt es etwas, das wir wissen sollten?"

„Wir wollten Rache", sagte Agra-Red. „Die Sevora haben unseren Planeten ruiniert. Also sind wir nach Aspicis gegangen, um um einen Platz bei den Vincere zu bitten, eine Chance auf unsere eigene Vergeltung. Es hat mehr oder weniger funktioniert. Deshalb gibt es jetzt Whelks bei den Vincere. Ich wurde in einen Frachter gepackt, und soweit ich weiß, haben wir nie die Oberfläche erreicht. Die Vincere haben uns weit außerhalb der Umlaufbahn gestoppt, und wir haben alles über Langstreckenkommunikation erledigt."

Die blubbernde Geschichte des Whelk passt zu dem Wenigen, das Sax weiß. Aspicis ist weniger ein Ort zum Besuchen als eine Festung, die sich nur für wenige öffnet.

„Also können wir nicht erwarten, eingelassen zu werden." Plake schließt für einen Moment die Augen, dann drückt sie den Intercom-Knopf. „Engee, Nobaa, ändert das Sprungziel. Ich will so nah wie möglich an den Planeten selbst herankommen."

„Was?", kommt Engees Stimme hoch und hell zurück. „Dir ist klar, dass das gefährlich ist, oder?"

„Die ganze Sache ist Selbstmord", sagt Plake. „Wenn wir eine Blockade durchbrechen wollen, können wir genauso gut so weit wie möglich durchstarten. Du magst Rätsel, Engee. Löse dieses hier."

Der Teven sagt, sie machen sich an die Arbeit, und Plake wendet sich wieder den Sternen zu. „Lustig, ich hätte nie gedacht, dass ich jemals etwas Wertvolles tun würde, nachdem sie uns aus den Vincere rausgeworfen haben. Scheint, als hätte ich mich geirrt."

Sax fädelt seinen Schwanz durch das Netz, wickelt ihn um Bas. „Wir werden uns nie wieder trennen."

Sie lacht zischend. „Sax, mach keine Versprechungen, die du nicht halten kannst."

„Dieses werde ich halten." An ihrem leichten Kopfschütteln erkennt Sax, dass Bas ihm nicht glaubt, aber das spielt keine Rolle, denn es ist sein Versprechen, das er halten wird.

Engee piepst zurück, sagt, die Berechnungen seien fertig. Plake kann starten.

„Wenn das schiefgeht", sagt Plake, „werden wir keine Chance haben, uns zu verabschieden, also macht jetzt euren Frieden."

Der Countdown beginnt bei zehn, fällt aber schneller auf null, als Sax es für möglich hält. Nur wenige Herzschläge, dann verzerrt und verbiegt sich das Universum um sie herum. Der Sprung faltet die *Mobius* durch den Weltraum genau an den Punkt, den Engee für sie festgelegt hat. Ein Punkt, der von einem Asteroiden, einem vorbeifliegenden Schiff oder zahlreichen anderen Dingen besetzt sein könnte. Normalerweise halten Welten die Sprungkorridore frei von ankommenden Schiffen und Trümmern, aber hier weichen sie der vorgesehenen Route aus. Hier fliegen sie direkt in die Höhle des Löwen.

Als alles wieder in den Fokus rückt, ist das Einzige, was Sax durch die Frontscheibe der *Mobius* sehen kann, ein riesiger, glitzernder Rumpf. Ein Schlachtkreuzer, mehr als doppelt so groß wie eine Fregatte – die Analyse läuft durch Sax wie ein Instinkt – und mehr als fähig, sie in Sekundenschnelle in Stücke zu blasen. Plake begreift das auch und schickt die *Mobius* in einen spiralförmigen Sturzflug, der die tiefgrüne Welt von Aspicis ins Blickfeld rückt.

„Auf die Stationen!", ruft Plake, als sich das Absturznetz wieder in die Decke zurückzieht.

Es gibt keine Schwerkraft auf dem Schiff, also sind Sax und die anderen auf Hand- und Fußhalterungen angewiesen, um sich fortzubewegen. Die *Mobius* hat einige Waffen über den Rumpf verteilt, und die beiden Oratus und Agra-Red begeben sich zu den jeweiligen Positionen. Sax stößt sich zum Heck ab, wo ein Klauendruck gegen ein einzelnes großes Terminal im hinteren Teil des Frachtraums stabilisierendes Absturznetz ausfährt und Sax an Ort und Stelle fixiert. Das Terminal wechselt zu einer klaren Sicht aus dem Heck der *Mobius*, wo sich hastig bewegende Vincere-Jäger als Punkte zwischen der fünf Kreuzer umfassenden Phalanx zeigen, die sich in die Ferne erstreckt.

Zumindest verschafft ihnen ihr Sprung einen Überraschungsmoment. Die Vincere-Jäger drehen sich nur langsam zu ihnen um, und Sax hat genügend Zeit, sich auf das nächstgelegene Trio zu konzentrieren. Und zögert. Das sind nicht die normalen Flaum-Klauenjäger, im Wesentlichen dreizackige Haken, an die Sax gewöhnt ist. Diese sehen eher wie Nadeln aus. Ihr Profil ist lang, dünn und winzig. Sie scheinen auch keine Waffen zu haben.

„Seht ihr das?", zischt Sax durch das Interkom im Terminal.

„Ich erkenne sie nicht", sagt Bas, die sich zu seiner Rechten am Rand des Rumpfes befindet. „Sie müssen neu sein."

„Ist mir egal, ob sie neu oder alt sind", sagt Plake. „Werdet sie los!"

Die ersten hellen Blitze heißer Energie schießen vom nahen Kreuzer auf die *Mobius* zu, obwohl die Schüsse weit daneben gehen und über und unter ihrem Schiff vorbeifliegen. Sax ist nicht überrascht – der Kreuzer hätte Schwierigkeiten, das winzige Ziel zu treffen, aber wenn er die *Mobius* in eine enge Bahn zwingen könnte, hätten die Vincere-Jäger ein leichtes Spiel, sie abzuschießen.

Also konzentriert sich Sax, zielt und beginnt ein dichtes Sperrfeuer durch den Weltraum zurück auf diese Nadeln. Hinter dem ersten Trio befinden sich noch ein Dutzend weitere, und sie nähern sich schnell. Zu schnell. Sax kann sie kaum sehen, und das Terminal hat Schwierigkeiten, diese kleinen Profile auf seinen Scannern zu erfassen, sodass der Oratus im Grunde genommen ins Blaue schießt und hofft.

Zu beiden Seiten eröffnen auch Agra-Red und Bas das Feuer, ihre Ströme haben es schwerer, in die Nähe der Nadeln zu kommen, die ihr Bestes tun, um direkt hinter der *Mobius* zu bleiben. Sax kann nicht sagen, ob er Treffer landet, bis ein Schuss Glück hat, eine der Nadeln im Cockpit erwischt und den Jäger in einen funkelnden, wirbelnden Sturzflug von ihnen weg schickt. Nur kommt der Treffer aus nächster Nähe, die Nadeln sind so, so nah.

Die Nadeln haben noch keinen Schuss abgefeuert und kommen immer näher.

„Sie werden uns rammen!", zischt Sax, als er begreift, warum diese Jäger diese langen, spitzen Formen haben.

„Was?", schafft es Agra-Red zu sagen, bevor der erste Nadeljäger in das Heck des Frachters einschlägt.

Es gibt ein reißendes, knallendes Geräusch, als die Verkleidung um einen der Motoren der *Mobius* wegreißt und das spitze Ende der Nadel hindurchbricht. Eine heiße Sekunde später, als durchdringende Teven-Schreie durch das Interkom dringen, erfüllt ein stetiges Heulen den Frachter und Sax' Terminal sprüht Funken und stirbt ab. Es ist nicht schwer zu erraten, was passiert ist, und das saugende Geräusch des Vakuums macht deutlich, dass die *Mobius* mit einem einzigen Schlag erledigt ist.

„Zu den Rettungskapseln!", schreit Plake, als sie aus dem Cockpit gerannt kommt.

Ihre Stimme ist kaum zu hören über dem Lärm der *Mobius*, die dabei ist, auseinanderzureißen. Es gibt zwei dieser Fluchtfahrzeuge, beide wie Blutegel an der Fracht-bucht befestigt. Sax kämpft sich mit Klauen und Krallen zum ersten, schlägt auf das Bedienfeld, um es zu öffnen. Fest verdrahtet mit den eigenen Batterien der Rettungskapsel für genau solche Fälle, funktioniert das Bedienfeld noch genug, um die Tür der Fluchtkapsel zu öffnen. Bas kracht gegen Sax, und gemeinsam purzeln die beiden Oratus hinein.

Agra-Red folgt ihnen einen Augenblick später, und der Whelk schließt die Tür und macht die Rettungskapsel startbereit.

„Sie sind alle in der anderen", sagt der Whelk, als Bas und Sax ihn mit Fragen bedrängen. „Wir starten."

Eine Rettungskapsel ist unbewaffnet, im Wesentlichen ein schwimmender Tank mit einer Rakete an einem Ende. Wenn sie in einen mit Lasern und Jägern gefüllten Weltraum hinausgeschleudert werden, sind sie ein leichtes Ziel.

„Startet noch nicht", kommt Plakes Stimme über das Interkom – Kurzstreckenkommunikation zwischen den beiden Kapseln. „Wartet bis zum letzten Moment. Ich habe uns in einen instabilen Sturzflug zur Oberfläche gebracht."

Als spielten sie auf ihre Worte an, beginnt die Rettungskapsel zu zittern, als Aspicis gegen ihren Fall zerrt. Während sie sinken, nimmt das Rumpeln zu, bis die Rettungskapsel hart ruckt, zu hart für die Atmosphäre. Agra-Red tut dann etwas, das Sax für unmöglich hält – der Whelk wird noch röter, als würde das Blut in seinem Gelkörper buchstäblich kochen.

„Das war die *Mobius*", quillt es aus dem Whelk. „Plake und ich haben lange gebraucht, um dieses Schiff zu verdienen, Fracht für andere Idioten zu transportieren und unser Geld zu sparen, bis wir sie uns leisten konnten."

Sax, der schon bei vielen Vincere-Schiffen dabei war, die in den Explosionen des Krieges mit den Sevora verloren gingen, kann nicht mitfühlen. Er hat nie viel Wert auf irgendein Schiff gelegt – es ist unvermeidlich, dass sie eines Tages in einem brennenden Feuerball aufgehen werden.

„Ihr werdet ein anderes finden", zischt Sax.

„Du musstest dir in deinem Leben noch nie etwas verdienen", erwidert Agra-Red. „Was weißt du schon?"

„Ich habe mir meinen Namen verdient", sagt Sax.

Die beiden starren sich finster an, während Bas durch das vordere Sichtfenster schaut, wo Aspicis jeden verfügbaren Blick ausfüllt. Sax folgt den Augen seines Partners – es macht keinen Sinn, einen Willenskampf mit dem Whelk zu führen, da Sax die Kreatur hier in Sekunden zerfetzen könnte, und die Fähigkeit, einen Gegner endgültig zu besiegen, ist die wichtigste Berechnung in jedem Streit.

Was Sax allerdings bemerkt, als er in den Weltraum hinausblickt, ist, dass keine anderen Schüsse an ihnen vorbeischießen. Die Vincere-Jäger verfolgen sie offenbar nicht zum Boden hin, und die Kreuzer versuchen auch nicht, sie zu verbrennen.

„Warum?", sagt Sax zu Bas. „Sie sollten uns doch zerstören können, bevor wir den Boden erreichen."

„Zwei Evakuierungsmodule", sagt Bas. „Das ist alles. Das kann keine Invasion sein, und zweifellos verfolgen sie unsere Landezone. Sie werden auf uns warten."

„Sie werden mehr bekommen, als sie erwarten", gluckst Agra-Red, dessen schlaffe Arme um seinen Bergarbeiter geschlungen sind.

„Verhör?", fragt Sax nach dem einzigen Grund, der ihm in den Sinn kommt.

Warum sollte man eine gegnerische Truppe auf eigenem Boden landen lassen, wenn man nicht davon profitieren würde?

„Entweder wissen sie nicht, wer wir sind, und wollen verstehen, was jemanden dazu bringen würde, so nah an Aspicis zu springen", sagt Bas. „Oder sie wissen es und wollen ein Exempel an uns statuieren."

Ah. Das Letztere ergibt Sinn. Sax war schon oft an solchen Aktionen beteiligt. Kleine Widerstandsnester; Planeten oder Spezies, die beschließen, dass sie lieber ihre eigenen Entscheidungen treffen möchten, anstatt sich den Forderungen des Chorus zu beugen. Diese Ausbrüche von Unabhängigkeit leben so lange, bis ein paar Oratus-Trupps auftauchen und der Himmel blutet, während Vincere-Kreuzer Städte aus dem Orbit pulverisieren. Dann, während überall Videoübertragungen laufen, hält Sax den Anführer der Sache mit einer Klaue an dem Teil fest, das die überzeugendste Demonstration abgeben wird, und fordert entweder ein Treuegelöbnis ein oder zieht die Konsequenzen für dessen Verweigerung.

„Sie werden diese Chance nicht bekommen", sagt Sax. „Wenn die Situation aussichtslos ist, müssen wir verhindern, dass sie uns lebend in die Hände bekommen."

„Ich übernehme die Ehre", sagt Agra-Red. „Hätte nichts dagegen, ein paar Oratus in die Luft zu jagen, bevor ich gehe."

Wenn es irgendeine Möglichkeit gäbe, das Ableben des Whelk in diesem Evakuierungsmodul plausibel zu machen, würde Sax danach handeln, aber da es keine gibt, begnügt er sich damit, den karmesinroten Klumpen anzustarren.

Das Evakuierungsmodul verschiebt ihren Kampf jedoch, indem es in den dichten Teil von Aspicis' Atmosphäre eintritt. Draußen umgibt blau-orangefarbenes Feuer das Sichtfenster, während drinnen die drei Insassen auf ihren Bänken hin und her geschüttelt werden. Sax benutzt seine Klauen, um sich festzuhalten, außer seiner linken Mittelklaue, die für Bas reserviert ist. Agra-Red wippt einfach mit der Bewegung mit, wobei seine breite, klebrige Basis dafür sorgt, dass der Whelk auf der Bank sitzen bleibt.

Eine Weile sind sie still und lauschen dem Brüllen und

Knallen der Welt, die sich um sie herum formiert. Es gibt etwas an diesem Moment, so nah am sofortigen Tod zu sein, das Sax davon abhält, bissige Kommentare abzugeben oder taktische Überlegungen für die Landung anzustellen. Es ist eines dieser Dinge, die bei jedem atmosphärischen Eintritt und bei den meisten Schiff-zu-Schiff-Angriffen passieren; der Punkt, an dem eine Spezies, wenn sie einen Gott hat, sich an ihn wenden sollte.

Die Oratus haben keine Gottheiten, beten an keinem Altar außer dem blutigen des Überlebens. Sax macht das nichts aus, nicht einmal hier. Mit Bas an seiner Seite und einem Zweck, der auf der Oberfläche des Planeten wartet, hat Sax alles, was er braucht. Dennoch kann er nicht verhindern, dass seine Lüftungsschlitze einen kleinen Seufzer ausstoßen, als das Rumpeln nachlässt und der Stress des Tauchflugs durch die Atmosphäre in einen hellen, klaren Abstieg auf das Gewirr riesiger Ranken übergeht, die Aspicis' Oberfläche verhüllen.

Wie Rathfall, nur ohne die Blumen und um ein Vielfaches größer, haben die Amigga Aspicis zu einem perfekten genetischen Generator für alles, was sie brauchen, kultiviert. Jede dieser Ranken enthält hinter der dicken grünen Haut den Nährstoffbrei, der die Rationsboxen auf jedem Vincere-Schiff füllt. Andere Planeten wurden als vorgelagerte „Farmen" kultiviert, aber keiner erreicht die Produktion der Heimat des Chorus.

Aus dieser Höhe kann Sax auch einige andere Flecken sehen, Rankencluster, die andere Schattierungen als das vorherrschende Smaragdgrün angenommen haben. Bläuliche Ranken in der Farbe des Morgenhimmels und purpurrote wie fallende Blätter in der Dämmerung erscheinen in Flecken und dienen als Ernte für die Heilgele und waffenfähigen Chemikalien, die sich in den Vincere-Streitkräften immer mehr ausbreiten.

„Sie werden schließlich die ganze Galaxie bedecken", sagt Bas und starrt durch das Sichtfenster.

Während sie hinabstürzen, wird das Evakuierungsmodul immer wärmer und wärmer und gleicht sich an, während die Horizonte verschwinden und die verworrenen Knoten aus Grün die gesamte Sicht ausfüllen, bis zu einer Temperatur, die nicht weit von der von Solis entfernt ist. Sax kann jedoch nichts vom Planeten riechen, da das Modul selbst unter Druck bleibt. Was angesichts ihrer rasanten Fallgeschwindigkeit eine gute Sache ist.

Evakuierungsmodule haben genug Saft für ihre Mikrodüsen – vorausgesetzt, die Flüchtlinge surfen nicht zu lange durch die Galaxie vor ihrem Abstieg –, um selbst auf Planeten mit hoher Schwerkraft eine holprige Landung zu überstehen. Aspicis ist nicht besonders groß, aber groß genug, dass das Evakuierungsmodul einen harten Ruck macht, als seine Düsen zünden.

„Plake?", sagt Agra-Red, und Sax dreht sich um und sieht, dass der Whelk das Kurzstreckenkommunikationsgerät des Evakuierungsmoduls benutzt. „Bist du noch bei uns?"

„Wir sind angesengt, aber hier. Glaube nicht, dass sie sich die Mühe gemacht haben, auf uns zu schießen."

„Die Oratus denken, das bedeutet, dass sie am Boden auf uns warten."

„Wir denken nicht", sagt Sax laut genug, damit die Gegensprechanlage ihn aufnimmt. „Wir wissen es."

„Ich stimme den Hässlichen zu", antwortet Plake. „Seid bereit für Gesellschaft. Ich habe Koordinaten für Evva, oder zumindest für ein Versteck, also wenn wir es so weit schaffen, ohne dass sie uns erwischen …"

Der Rest ihrer Worte geht in einem Rauschen unter, als das Evakuierungsmodul seine ganze Kraft in die letzten Phasen des Falls steckt. Wenn die ersten Minuten eine Ewigkeit zu dauern schienen, als sie langsam durch den Weltraum in Richtung des Planeten glitten, vergehen die letzten paar wie ein Blitz, die Ranken stürmen auf sie zu und prallen, mit einer halben Sekunde Vorwarnung von Bas, auf das Modul.

Das Fluchtfahrzeug ist jedoch stabil und bahnt sich seinen Weg durch die Ranken wie eine Minenexplosion durch eine dünne Wand. Das Sichtfenster verwandelt sich von einem kleinen Fenster in die Außenwelt zu einem nutzlosen Schmierfleck aus lila und grünem Schlamm, als ihr Absturz das Laub von Aspicis zu Brei macht.

Zumindest bis sie auf den Boden darunter aufschlagen.

Es ist weicher, humusreicher Boden – alles auf Aspicis ist für optimale Bedingungen kontrolliert – und er fängt das Evakuierungsmodul auf wie das Kissen, das Sax sich hinter seinem Kopf wünscht, der gegen die Seite des Moduls knallt, als es sich neigt und zum Stillstand kommt.

Eine heiße Sekunde später, nachdem bestätigt wurde, dass die Atmosphäre atembar ist, öffnet das Evakuierungsmodul seine Luke und lässt die Feuchtigkeit von Aspicis hereinströmen. Eine Sicherheitsfunktion für den Fall, dass die Passagiere des Moduls handlungsunfähig sind oder es in einem versinkenden Lavasee gelandet ist, ermöglicht die schnelle Öffnung Sax, sein kleines Netz wegzuschneiden und aus dem Fahrzeug zu springen.

Auf eine Welt, von der er nie zu träumen gewagt hätte, sie zu sehen.

# KAPITEL 7

# EINE LETZTE BOTSCHAFT

UNSERE UNTERKÜNFTE SIND NICHT MEHR als ein paar dürftige Netze, die von der Decke hängen. Eins für Viera, eins für mich, und T'Oli webt sich hindurch und nutzt dann seine Ooblot-Gene, um sich um die Bänder herum zu verhärten. Der Raum, in dem wir uns befinden, ist schmal und kahl, mit einem Bedienfeld außerhalb des Eingangs und keinem im Inneren. Sobald Lan uns hereinführt, zieht sich der Oratus aus dem Raum zurück und die Tür schließt sich auf eine endgültige Art und Weise, die besagt, dass sie sich nur öffnen wird, wenn jemand, der nicht wir ist, es ihr befiehlt.

„Ich hätte wohl nicht mehr erwarten sollen", seufzt Viera, als wir in die Netze schlüpfen.

Eine Stimme unterbricht sie, die durch eine neben der Tür eingebaute Gegensprechanlage ertönt und einen Countdown zum Sprung beginnt.

„Warum, weil wir auf einem Vincere-Schiff sind?", frage ich.

„Ich dachte, das wären die Guten. Wir haben so hart gekämpft, um den Sevora zu entkommen und sie zurückzuschlagen. Es scheint, als hätten wir inzwischen eine Pause verdient."

„Clarity's Dawn hat sehr lange in den Tiefen von Vimelia überlebt", klappert T'Oli. „Jeder dort hätte eine Pause verdient, eine Chance zu gehen und etwas aus sich zu machen, und wir haben es nie geschafft."

Die Erwähnung der Rebellengruppe bringt mich zurück. Wir waren kaum aus Vimelia entkommen, wegen des großen Überfalls, den die Gruppe befreiter Spezies inszeniert hatte. Ihr Ziel war es gewesen, ein Signal an die Vincere zu senden, um ihnen den Standort der Heimatwelt der Sevora mitzuteilen, damit der Chorus seine militärische Macht nutzen konnte, um den Krieg zu beenden.

Clarity's Dawn hatte die Sache nicht als Selbstmordmission dargestellt.

„Nein", sagt T'Oli, als ich es frage. „Aber nur weil man es nicht direkt ausspricht, heißt das nicht, dass es nicht wahr ist. Nur wenige von uns erwarteten, diesen Tag zu überleben."

„Nun, ich bin froh, dass du es geschafft hast."

Der Sprung kommt hart und schnell, ein plötzlicher Ruck, gefolgt von einem Verdrehen, Biegen und fast Brechen der Realität. Meine Sinne spielen verrückt, während Farben über mein Sichtfeld spritzen, mein Magen sich hebt und windet, und Wellen eiskalter Taubheit sich mit extremer Hitze abwechseln. Es dauert ein paar Sekunden und fühlt sich an wie Jahre.

„Daran werde ich mich nie gewöhnen", sage ich, als sich das Universum wieder einrenkt.

„Es ist nicht die einfachste Reisemethode", sagt T'Oli, „aber es ist die schnellste."

Viera drückt ihre Gefühle durch den Inhalt ihres Magens aus, der einen spritzigen Auftritt auf dem Boden des Raumes hat. Lan, die einen Moment später die Tür öffnet, schenkt den Überresten keinen Blick. Als wir drei zurück in den Korridor gehen, schweben kleine Reinigungsroboter, die wie surrende Scheiben aussehen, in den Raum.

Lan spricht nicht, während wir zurück zur Brücke gehen, selbst als ich ihr ein paar Fragen stelle, wie wo wir sind, wann ich eine Mahlzeit bekommen kann und wie hoch Kolas' Rang ist. Ihre Gedanken sind offensichtlich woanders, und schließlich schließen wir uns alle dieser sanften Stille an.

Als wir die Brücke erreichen, verstehe ich warum: Durch diese riesige Windschutzscheibe ist eine Form zu sehen, die ich schon einmal gesehen habe. Eine große, beigefarbene Kugel, die Heimat der Sevora, ist übersät mit blinkenden Lichtern. Hier draußen wirbeln Dutzende und Aberdutzende von Schiffen in tödlichen Tänzen umeinander – Formen, die meiner Meinung nach unsichtbar wären, wenn nicht die roten und blauen Umrisse wären, die die Windschutzscheibe um alle sichtbaren Schiffe legt.

Kolas steht nicht mehr frei und ungehindert in der Mitte der Plattform: Vier Streben sind aus den Ecken seiner Station emporgestiegen, und der Kopf des Oratus ist in etwas eingehüllt, das wie eine Halbkugel aus Perlen aussieht.

Lan hält uns weit zurück und lässt uns den ständigen Strom von Stimmen aus den Gruben unter uns, den Gegensprechanlagen um uns herum und den Durchsagen von oben aufnehmen. Letztere klingen wie Befehle, die verlangen, dass diese und jene Gruppe sich in diesem und jenem Abschnitt melden soll.

„Ihr greift ihre Heimat an", bringt Viera heraus. „Hätte nicht gedacht, dass das je passieren würde."

Jetzt zischt Lan leise und langsam. „Wir wussten nie,

wo sie war, bis vor kurzem ein anonymes Signal durch einen unserer Horchposten kam. Alles, was es enthielt, waren diese Koordinaten und was sie bedeuteten."

„Dann waren wir erfolgreich", sagt T'Oli, aber die klappernde Stimme des Ooblot klingt kaum jubelnd. „Gab es keine anderen?"

„Nicht dass ich wüsste." Lan fragt T'Oli, was der Ooblot meint, und T'Oli erzählt von Clarity's Dawn.

Ich blende ihre Diskussion aus und konzentriere mich stattdessen auf Vimelia und wie der Planet näher kommt, während sich unser Kreuzer nähert. Ich habe jetzt auch das Farbschema erkannt, und die riesigen roten Mengen, die die Vincere-Streitkräfte anzeigen, haben die blau getönten Sevora in einem langsamen Zusammenbruch. Ein sich zusammenziehendes Schraubstock um den Planeten.

„Das ist nicht nur eine Schlacht", sage ich zu Viera. „Das ist eine Ausrottung."

„Die Sevora haben Malo getötet", erwidert Viera. „Rottet sie aus."

Ohne die Sevora, ohne Ignos, wäre ich nicht hier. Vieras und Avrils Volk, die Lunare, hätten unseren Dschungel überrollt und unseren Stamm zerstört. Ihre Waffen hätten sich auch für Malos Volk, die Charre, als zu mächtig erwiesen. Erst mit Ignos, einem Sevora, der auf der Erde abgestürzt war, leisteten wir genug Widerstand, um uns zu retten. Und doch, all das gegen die Schrecken aufgewogen, die die Sevora der Galaxis zufügen, die sie mir zugefügt haben … Ich erhebe meine Stimme nicht, um sie zu retten.

Wir verbringen lange Zeit damit, die sich langsam bewegende Zerstörung zu beobachten. So hungrig oder durstig ich mich zuvor auch gefühlt haben mag, der Gedanke, die Brücke und den Anblick der ständigen Explosionen, des brennenden Feuertodes und des unerbittlichen

Vorrückens der Vincere zu verlassen, kommt mir nicht in den Sinn.

Erst als Kolas aus der Sphäre auftaucht und mit seinem glänzenden, vernarbten rostfarbenen Selbst auf uns zuschreitet, schüttle ich mich aus der Schlachtfeldtrance.

„Wie ihr seht", sagt Kolas, „haben wir sie endlich in der Falle. Kein einziges Sevora-Schiff ist dem System entkommen, seit wir eingetroffen sind, und kein einziges von ihnen wird diesen Kampf überleben."

„Woher willst du das wissen?", sage ich. „Es könnten noch mehr von ihnen in der ganzen Galaxie verstreut sein."

Kolas nickt mir leicht zu. „Stimmt, und eines Tages könnte einer ihre gesamte Streitmacht wieder aufbauen, aber ohne Vimelias Ressourcen im Rücken werden die Sevora viele Wunder brauchen, um den Chorus erneut zu bedrohen."

„Werdet ihr dann jeden Zentimeter des Planeten niederbrennen?", fragt Viera.

Kolas deutet durch die Frontscheibe nach unten, wo ein Hauch des goldenen Ovals an der Vorderseite des Kreuzers zu sehen ist. „Vimelia hat einen großen Satelliten. Mit diesem Schiff können wir seine Umlaufbahn stören. Wenn der Mond auf den Planeten stürzt, wird der Aufprall unsere Arbeit für uns erledigen und sicherstellen, dass auch die Sevora, die tief in Vimelias Kruste vergraben sind, sterben."

Viera ist sprachlos. Ich bin nicht so beeindruckt.

„Du behauptest, sie seien alle schuldig", sage ich. „Dass sie alle den Tod verdienen?"

„Natürlich", sagt Kolas. „Die Sevora sind die einzige fortgeschrittene Spezies, die nicht an den Chorus gebunden ist. Sie haben sich geweigert, unsere Bedingungen zu akzeptieren und sich der Galaxie anzuschließen. Als solche sind sie eine Bedrohung und müssen ausgelöscht werden."

Kolas beendet seine Rede und atmet ein, als ob der Oratus weitere Gründe auflisten wollte, warum die Sevora sterben müssen, aber ein plötzlicher Ruf von einem der Flaum unten tötet die Idee ab.

„Admiral, wir haben eine eingehende Nachricht von einer der Sevora-Fraktionen", verkündet der Flaum, ein struppiger weiß-brauner, von seinem Terminal aus. „Ich würde Sie normalerweise nicht damit belästigen, aber es ist eine seltsame, Sir."

„Zeig sie", sagt Kolas und nickt zur Frontscheibe.

„Für alle?"

„Dies sind die letzten Atemzüge einer sterbenden Spezies", zischt Kolas. „Wir alle verdienen es zu erfahren, wie sie ihr Leben beenden würden."

Der Flaum argumentiert nicht weiter und wendet sich wieder seinem Terminal zu. Ich starre Kolas an und frage mich, was der Oratus denken könnte - als Kaiserin hörte ich viele private Nachrichten, die sowohl interessant als auch völlig unangemessen für andere Ohren gewesen wären. Anscheinend operieren die Vincere, oder zumindest Kolas, offen.

Ein Flimmern läuft über die Frontscheibe, und dann verschwindet ein großer Teil von Vimelia unter einem breiten schwarzen Rechteck. Eines, das sich mit einer riesigen, überfüllten Kammer füllt. Spezies sitzen in Reihen, dicht aneinander gedrängt. Flaum, Whelk, Teven und andere, die ich nicht benennen kann, starren alle steif zurück auf das Fenster oder auf die anderen, bergarbeiterarmigen Wachen, die am Rand des Bildes zu sehen sind und auf die offensichtlichen Gefangenen zielen.

„Seht ihr all diese Unschuldigen?", kommt Jels gewellte Stimme durch, leicht verzerrt in der Übertragung. Das Wesen und sein Whelk-Wirt führen eine Fraktion der

Sevora an, die Frieden mit dem Rest der Galaxie will, aber nie die Macht hatte, ihn zu erzwingen. „Wenn ihr euren Angriff fortsetzt, werden sie alle sterben. Ihr Blut wird an euren Klauen kleben. Oder ihr könnt verhandeln. Arbeitet mit uns zusammen, um eine Lösung zu finden, die keinen Völkermord erfordert!"

Als Jels Gewarble verklingt, schwenkt das Fenster zum anderen Ende der Reihen von Spezies und beginnt einen langsamen Durchlauf. Ich erwarte, Wut und Angst in den Gesichtern zu sehen, aber alles, was sich zeigt, ist eine stetige Resignation gegenüber dem ihnen zugedachten Schicksal. Viele der Spezies sehen alt aus, mit ausfallenden Haarbüscheln, Flecken gebrochener Haut oder sogar verlorenen Gliedmaßen. Von den Sevora abgelehnte und unerwünschte Wirte.

„Kaishi", sagt Viera.

Ich weiß. Ich sehe ihn auch.

„Malo", sage ich seinen Namen und es ist ein Geist, der zum Leben erwacht, ein Geist, von dem ich dachte, ich würde ihn nie wiedersehen, der dort auf der Frontscheibe Fleisch geworden ist.

Es ist leicht, den Charre-Krieger zu erkennen, meinen Freund und Anführer meiner Armeen, als er direkt zu uns zurückstarrt. Immer mutig, immer trotzig, sieht Malo dennoch näher am Rande des Todes aus als bei unserem Abschied. Ich sehe Schnitte entlang seiner Haut, Blutergüsse an einem Körper, der dünner ist als ich mich erinnere. Dennoch durchdringen diese Augen die Distanz zu mir.

„Reicht uns die Hand und helft uns, die Galaxie zu retten!", Jels letztes Flehen verstummt, als das Fenster verblasst und verschwindet, und Vimelia wieder in den Mittelpunkt rückt.

Die Flaum, die die Brücke bemannen, scheinen es nicht

bemerkt zu haben - sie setzen ihr zwitscherndes Kommandieren fort wie zuvor. Lan jedoch hat ihre Augen auf mich gerichtet, ebenso wie Kolas, sobald der Admiral sich umdreht.

„Sie haben einen Menschen?", fragt Kolas, als es sich nähert.

Die Frage veranlasst eine Zusammenfassung unserer letzten Reise nach Vimelia, die ich so schnell wie möglich durchgehe, denn mit jeder verstreichenden Sekunde, so fühle ich, kommen die Vincere ihrem Mond-Crash-Moment näher.

„Du würdest also, dass wir ihn retten?", fragt Kolas. „Du würdest, dass wir mit den Sevora verhandeln, um das Leben eines einzigen Menschen zu retten?"

Ich weiß, was der Oratus vorhat. Ich weiß, Kolas will mich in ein schreckliches Argument locken - eines, das jeder Herrscher irgendwann führen muss: Wie viel ist ein einzelnes Leben wert?

Für mich ist Malo jedoch alles wert, was es braucht.

„Ihr werdet diesen Planeten nicht zerstören", sage ich. „Nicht solange Malo noch dort ist."

Ich gehe das Risiko ein. Ich glaube nicht, dass Kolas darauf verzichten wird, Vimelia niederzubrennen oder die Sevora vollständig auszulöschen, aber ich könnte den Oratus vielleicht von diesem einen Leben überzeugen.

Kolas faltet seine vier Klauen zusammen und schenkt mir das zahnige Grinsen, das ich mit Raubtieren in Verbindung bringe, die wissen, dass sie ihre Beute gefangen haben.

„Weißt du, warum wir dich hierher mitgebracht haben, Mensch?", sagt Kolas.

„Ich dachte, es ginge darum, Zeuge der Rache zu sein", antworte ich. „Für das, was die Sevora der Erde angetan haben?"

„Zum Teil. Doch müssen wir deine Entschlossenheit sehen. Die Galaxie hat keinen Platz für Spezies, die nicht bereit sind, Opfer für ihren Fortschritt zu bringen."

„Malo zu retten ist ein Opfer?"

„Der Chorus würde sagen, dass deine Verbindung zu einer einzelnen Person dich schwach macht", sagt Kolas. „Als Oratus jedoch, gebunden durch die Stärke der Paarung, denke ich, dass eine einzelne Person vielleicht das Wertvollste sein kann, wofür es sich zu kämpfen lohnt." Der Oratus streckt seine linke Vorderklaue nach mir aus. „Du willst deine Malo retten? Dann gebe ich dir die Erlaubnis, es zu tun. Ich kann allerdings keine Vincere-Leben dabei riskieren, und der Planet Sevora wird zerstört werden, mit oder ohne dich darauf."

# KAPITEL 8

# DIE LAGE DES LANDES

DER ABSTURZ des Evakuierungsmoduls hat ein Loch in die verworrene Decke aus Ranken geschlagen, ein Loch, das nun das einzige Licht wirft, das Sax in den Raum eindringen sieht. Aspicis umkreist einen weißen Zwergstern, und dessen perlmuttartiger Schein lässt Sax blinzeln, während er nach unmittelbaren Gefahren Ausschau hält.

Falls es welche gibt, sind sie von der Erde bedeckt, die das abstürzende Modul aufgewirbelt hat. Jenseits des Regens aus tiefbrauner – fast schwarzer – Erde gibt es Anzeichen dafür, wie Aspicis aussieht, wenn es nicht gerade als Landeplatz dient; eine dicke Schicht aus bräunlichen, alten Ranken und den Moosen, die darauf aus sind, sie zu verschlingen. Selbst diese wurden wahrscheinlich von den Amigga konstruiert, um tote Ranken zu zermalmen und den Boden zu erneuern.

Die Moose sind es allerdings nicht, die die Geräusche verursachen, die Sax hört. Nämlich den ununterbrochenen Strom boshafter Flüche, der von seiner Rechten kommt. Die leichte, glucksende Stimme eines Vyphen.

„Klingt, als hätte es die Kapitänin geschafft", sagt Agra-

Red, als der Whelk neben Sax auftaucht, die Hände den schweren Miner in seiner Brust führend.

Die schneckenartige Kreatur gleitet aus dem Modul, ihr roter Blick wird im weißen Licht fast rosa. Der Whelk bewegt sich, indem er seine Haut um sich herum verschiebt, wie ein Kettenantrieb, und als Agra-Red den Boden berührt, bleibt der Schmutz an seinem Körper kleben, sodass der Whelk, als er den Rand der Lichtung erreicht, ein geflecktes Durcheinander ist.

Zu diesem Zeitpunkt sind aber auch Sax und Bas aus dem Modul heraus, tragen ein paar Notfallrationen bei sich, zusammen mit einem Paar kleiner Miner, die an ihren Masken befestigt sind. Die Masken haben keine richtigen Gürtel, sondern formen sich um die Griffe von allem, was gegen sie gedrückt wird, und versiegeln den Gegenstand an ihrem Körper, bis Sax oder Bas beschließen, danach zu greifen.

„Wer will vorangehen?", fragt Agra-Red, seine beiden großen Augen schauen durch seine neue Schutzbrille aus Schmutz. „Nehmt nicht mich. Ich bin besser, wenn ich Zeit zum Zielen habe."

Sax lässt ein Zischen los und tritt um den Whelk herum. Anders als auf Rathfall sind diese Ranken zu dick zum Durchschneiden – nicht, dass Sax es nicht könnte, er will nur nicht die Zeit dafür aufwenden – also klettert er stattdessen darüber, hindurch und dazwischen. Keine Dornen zumindest, und die Ranken sind weich genug, sodass Sax sie greifen kann. Bas folgt seinem Pfad und hebt gelegentlich den Whelk durch Bereiche, durch die Agra-Red sich nicht schleimen kann.

Sie folgen Plakes lauten Geräuschen für ein paar Minuten, bis sie zum zweiten Evakuierungsmodul kommen, nur dass Sax statt der Vyphen-Kapitänin und dem Teven-Paar nur ein leeres Modul und eine verlassene Lichtung sieht. Ein schneller Sprung zum Gefährt bestätigt, dass Plakes Stimme aus dem Intercom kommt und eine Aufnahme in Schleife abspielt.

„Sie ist nicht hier", sagt Sax.

„Aber warum?", fragt Bas hinter ihm. „Was soll der Zweck des Lärms sein?"

„Um sie herauszulocken", die Stimme passt zu den anhaltenden Flüchen aus dem Intercom, und Sax blickt zurück zum Rand der Lichtung, wo er Plake auf einer Ranke hocken sieht. Jetzt, da er genau hinsieht, erkennt Sax auch das Teven-Paar, Plake gegenüber. Sie alle halten Miner in den Händen.

„Sie werden bald hier sein", sagt Plake. „Ich will sie nicht im Laufen bekämpfen."

Sax muss nicht fragen, wer *sie* sind – es ist mehr als offensichtlich an dem ansteigenden Summen, dass sich etwas nähert, und die Chancen stehen schlecht, dass dieses Etwas freundlich gesinnt sein wird.

„Wir können nicht gegen sie alle kämpfen", ruft Bas zu Plake hinauf. „Wir müssen fliehen!"

Sax ist kurz dankbar, dass es seine Partnerin ist, die zum Rückzug aufruft – er ist sich nicht sicher, ob er einen solchen Befehl in sich hat.

„Noch nicht", erwidert Plake, und Sax erspäht ein verschmitztes Lächeln im Gesicht des Vyphen, das auf ihren gefalteten, gefiederten Armen ruht, oben auf der Ranke. „Sie wissen nicht, wer wir sind. Es werden nicht viele sein. Wir können diese Truppe ausschalten und dann verschwinden, bevor sie Verstärkung rufen können."

„Kein schlechter Plan", sagt Sax, und ohnehin ist ihnen die Zeit ausgegangen, also bricht der Oratus zum Rand der Lichtung auf.

Bas folgt ihm, und die beiden klettern zu einem Punkt zwischen Plake und den beiden Teven hoch, die zusammengekauert sind, ihre Miner wie bewaffnete Dornen herausragen lassend. Agra-Red, der eindeutig nicht klettern kann, schleimte sich in das Evakuierungsmodul.

„Ich glaube, ich mag den Whelk", zischt Bas, als sie sich neben Sax auf der Ranke niederlässt.

„Er ist tödlich", erwidert Sax, was das höchste Lob ist, das er geben kann.

Das Summen wird lauter, dann teilt es sich in zwei. Ein Paar Shuttles. Sax und die anderen kamen in einem Paar Evakuierungsmodulen herunter, also ergibt das Sinn, aber es bedeutet, dass sie nicht die gesamte Chorus-Truppe auf einmal bekämpfen werden. Plakes Plan hängt von der Geschwindigkeit ab – wenn sie zu lange brauchen, um die Chorus-Kräfte zu eliminieren, werden sie unter Beschuss fliehen müssen. Auf einem Planeten, der vom Feind kontrolliert wird, wäre es in diesem Zustand schwierig, ein Versteck zu finden.

Sax tippt mit seinem Schwanz gegen Bas', und sie versteht, worauf er hinauswill. Die beiden brechen aus der Lichtung aus, Sax nickt Plake noch einmal kurz zu, und sie rasen durch die obere Schicht der Ranken zurück zu ihrem eigenen Modul.

Das Chorus-Shuttle schwebt über ihrer ursprünglichen Lichtung, ein tiefblaues Gefährt, das das Kugel-und-Linien-Siegel seiner Besitzer trägt. Seitliche Klappen falten sich aus und geben den Blick frei auf den gepanzerten Flaum-Trupp, der zum Boden abseilt. Anders als auf industrielleren Planeten haben diese Flaum keine magnetisierten Stiefel, um ihren Fall auf Metallböden abzufangen. Stattdessen knallen die Stiefel an den kleinen Füßen der mageren, pelzigen Kreaturen auf, als sie sich dem Boden nähern.

Kinetische Pakete – sie speichern Energie durch Bewegung und setzen sie bei Bedarf frei, um gerade genug Schub zu liefern, um einen Fall abzubremsen oder einem Sprung den nötigen Schwung zu geben, damit die Flaum dorthin gelangen, wo sie hin müssen. Entscheidend für niedere Spezies, um mit einem Oratus Schritt zu halten.

Nicht, dass es ihnen hier helfen würde.

Sechs Flaum, alle bewaffnet mit Bergbaugeräten und leichten Westen, die mit reflektierenden Beschichtungen glitzern, um Laserfeuer zu zerstreuen. Besser ausgerüstet als bei einer oberflächlichen Inspektion, aber dennoch hoffnungslos.

Sax blickt kurz zum Shuttle, dann hinunter zu den Flaum. Bas macht eine leichte Geste mit ihrer Vorderkralle in Richtung Himmel. Sax grinst. Sein Paar bevorzugt immer die interessanteren Herausforderungen. Andererseits ist es schon eine Weile her, dass Sax etwas Zähes zwischen den Zähnen hatte.

Das Signal kommt von hinten; zwitschernde Rufe und Schreie, als Plake, Agra-Red, Nobaa und Engee damit beginnen, ihr Team niederzumähen. Der Lärm versetzt Sax' Ziele in einen Rausch, sie greifen nach verschiedenen Kommunikationsgeräten und richten dann ihre Bergbaugeräte in Richtung des Lärms.

Wohin sie allerdings nicht schauen, ist nach oben.

Sax stürzt herab, ein zischendes Geschoss. Ganz Klauen, Zähne und Krallen. Der Flaum-Trupp ist bereits in Unordnung; ihre Umzingelung des Evakuierungsmoduls wurde durch das Chaos mit ihrem Schwestertrupp gestört. So ist es keine Formation, in die Sax hineinreißt, sondern eher eine verstreute Gruppe felliger Soldaten, die wahrscheinlich in ihrem ganzen Leben noch keinen echten Kampf gesehen haben.

Auch das hier erfüllt dieses Kriterium nicht; Sax erledigt seine ersten beiden Ziele, das einzige Paar, das nahe beieinander steht, mit einem Eröffnungssprung, bei dem er jeweils eine Vorder- und Mittelkralle für jeden Flaum einsetzt und sie mit genug Kraft zu Boden drückt, um sicherzustellen, dass Sax' Opfer sich mehr auf ihr Überleben als auf einen Gegenangriff konzentrieren.

Mit seinen Krallen, die einen luxuriösen Halt im weichen, durch den Absturz aufgewühlten Boden finden, stürzt Sax nach rechts, wobei er mit seinem zahnbewehrten Maul den Weg zum nächsten Flaum in der Reihe anführt. Sein Angriffswinkel hält die Masse des Evakuierungsmoduls zwischen Sax und den Flaum, die er nicht gerade zerfetzt, was bedeutet, dass der erste Schuss, der in seine Richtung abgefeuert wird, vom vierten Flaum kommt, der gerade gesehen hat, wie ein dritter Kamerad angegriffen und zu Boden geworfen wurde.

Was Schüsse angeht, hat Sax schon Besseres gesehen. Es ist ein Sprühen blauer Bolzen – was bedeutet, dass diese Truppen wirklich die Absicht hatten, jeden, den sie finden würden, zu betäuben – und die Schüsse treffen den Boden vor Sax, als der Oratus von seinem letzten Opfer in die Luft springt. Er kommt hoch genug, dass die Augen des Flaum sich weiten, als sie Sax nach oben und dann, in einer für den Soldaten unglücklichen Wendung, direkt auf seine reflektierende Weste zufliegen sehen.

Die Rüstung des Flaum bietet guten Schutz gegen einen Energieangriff. Sie bietet nichts mehr als Papier gegen Sax' Klauen.

Trotzdem achtet Sax darauf, tödliche Wunden zu vermeiden. Die Kräfte abzuschlachten, die man für seine Sache gewinnen will, ist ein schlechter Weg, um ihre Unterstützung zu bekommen. Also entscheidet sich Sax stattdessen für eine leichte Verstümmelung, genug, um zu beweisen, dass es im besten Interesse des Flaum liegt, am Boden zu bleiben.

Vier erledigt zu haben, lässt immer noch ein Paar Ziele übrig, die ihre Bergbaugeräte auf ihn richten, und Sax schafft es, sie in den Blick zu nehmen, als sie um das Evakuierungsmodul herumkommen. Als sie ihre Waffen heben, wendet sich Sax dem rechten zu und macht sich bereit, einen oder zwei Treffer einzustecken.

Der Schlag, der kommt, stammt jedoch nicht von einem Bergbaugerät. Stattdessen ist es ein Regen aus zerbrochenem Metall und brennenden Terminals, der von oben herabprasselt. Ein scharfes Heulen schneidet zwischen die Rufe und Schüsse aus dieser Lichtung und dort, wo Plakes Gruppe ihre mörderische Melodie spielt, als die Triebwerke des Shuttles mit einem Cockpit kämpfen, das jetzt nichts weiter ist als ein zerfetztes, funkenschlagendes Opfer von Bas' reißenden Krallen und Klauen.

Bas springt frei, als das Shuttle sich auf einen Crashkurs in Richtung der Oberseite des Evakuierungsmoduls begibt, was Sax und die beiden Flaum zu hektischen Sprüngen veranlasst, um sich in Sicherheit zu bringen. Kreischendes, sich verdrehendes Metall und das gurgelnde, langsame Brennen von Batterien, die ihre aufgestaute Energie in feurigen Fontänen freisetzen, bilden den Hintergrund, während Sax am äußeren Rand der Lichtung zum nächsten, noch bewaffneten Flaum kriecht.

Dieser hat sich kaum von seinem Sprung erholt, als Sax ihn trifft, und der Oratus reißt mit seinen Vorderkrallen das Bergbaugerät weg, beißt sanft in das Bein des Flaum, um sicherzustellen, dass er sich nicht schnell bewegen wird, und beendet dann den Kampf mit einem seitlichen Schlag von Sax' Schwanz gegen den Kopf, während er sich zum letzten wendet.

Nur ist der Flaum, als Sax um die Trümmer herumkommt, bereits erledigt.

Bas steht über ihrer Beute, zerbricht das Bergbaugerät in Fragmente, während ihre rechte Kralle den Flaum tiefer in den Schmutz drückt. Sax kommt neben ihr an, gibt Bas einen kurzen Schwanzschlag, um einen gut ausgeführten Angriff anzuerkennen, und dann stürmen sie zurück zu Plakes Lichtung.

Wenn Sax und Bas mit einer gewissen Absicht kämpften, die Flaum am Leben zu erhalten – Bas erwähnt sogar, dass das Shuttle, das sie zum Absturz brachte, seinen Platz im Autopiloten hielt – blitzten Plake und der Rest ihrer Crew ihre Feinde mit endgültigeren Mitteln nieder. Sax muss die ausgebrannten Flaum nicht näher betrachten, um zu wissen, dass sie nicht wieder aufstehen werden.

„Sie werden sich uns nie anschließen", sagt Plake, als Bas fragt, warum sie nicht auf Betäubung gesetzt haben. „Es ist besser, eine Aussage zu treffen, als nett mit ihnen zu spielen."

„Das ist eine Art, Freunde zu gewinnen", zischt Sax.

„Wir sind nicht hier, um Freunde zu finden", sagt Plake und richtet dann ihr Bergbaugerät nach oben zum zweiten schwebenden Shuttle. „Kannst du mir einen Schubs geben?"

Sax nimmt die Vyphen in seine Vorderkrallen und gibt ihr mit einem Stoß seiner Beine einen Schub nach oben in Richtung des offenen Shuttles. Es ist ein guter Zehn-Meter-Wurf, und er bringt Plake bis zur Kante der offenen Frachttür, was ausreicht, damit sie sich festhalten und hineinziehen kann.

„Fang jetzt nicht an, Mitgefühl für diese Dinger zu

empfinden", sagt Agra-Red und schlängelt sich neben Sax und Bas. „Wenn sie uns gefangen hätten, wären wir betäubt und dann bei lebendigem Leib vor der ganzen Galaxie gehäutet worden. Rate mal, wie viele Mitleid mit uns gehabt hätten."

Null ist eine gute Antwort auf diese Frage. Sax denkt jedoch an Rav und den Rest der Vincere-Streitkräfte zurück über Solis. Wenn er diese Schiffe wie ein rasender Wirbelsturm getroffen und so weit wie möglich durch ihre Reihen gerissen hätte, hätte Sax es nie zu Bas geschafft, wäre von Soldaten niedergeschossen worden, die jetzt Verbündete sind.

„Es ist nicht so einfach", bringt der Oratus heraus.

„Für dich vielleicht nicht", sagt Agra-Red.

Jedes weitere tiefe Eintauchen in die Vor- und Nachteile, seine Feinde am Leben zu lassen, verschwindet, als das Paar eifriger Teven von ihren Lianen auf den Boden springt und sich spindeldürr zu Sax bewegt. Nobaa, dessen Panzer mit Pflöcken und Haken übersät ist, die allerlei kleine Geräte halten, zwitschert Engee an, dessen eigener leichterer Panzer ebenso mit Schnickschnack verziert ist.

„Die Platten, seht ihr, übertragen die Nervensignale durch Faserleitungen, die ich eingewoben habe", erklärt Nobaa, und Sax bemerkt, wie der Teven an einem der mehreren Brüche in den Schuppen des Oratus herumstochert, die jetzt von einer geschichteten Metallversiegelung besetzt sind. „Es gibt keine Nervenunterbrechung."

Die Gliedmaßen des Teven gleiten durch Löcher, die seinen Panzer überziehen, ein und aus, einschließlich der Augen auf kleinen Stielen, und Nobaa greift nach einer Metallplatte, die Sax' Bein ziert. Der Oratus zuckt vor dem zappligen Wesen zurück.

„Hände weg", sagt Sax.

„Ich will Engee doch nur zeigen, wie sie funktionieren!", ruft Nobaa, wobei die Aufregung aus ihm heraussprudelt. „Du bist meine Schöpfung!"

„Er ist was?", fragt Bas.

Sax' rosagoldenes Paar ragt hoch über Nobaa auf, dem, wie Sax klar wird, sie nie wirklich begegnet ist. Nach dem Gesichtsausdruck von Bas zu urteilen, der irgendwo zwischen Belustigung und *Ich werde dieses Ding zum Abendessen zerlegen* liegt, könnte die erste echte Begegnung zwischen den beiden besser laufen.

„Der Teven hat mir auf der Fregatte das Leben gerettet", sagt Sax. Er hat Bas bereits alles über den gespiegelten Oratus erzählt, darüber, wie er mit Hilfe von Nobaas Metallimplantaten kaum überlebt hat. „Er ist nützlicher als nervig. Gerade so."

„Hey", bringt Nobaa heraus, aber angesichts von acht Klauen-Sets drängt er nicht weiter.

„Haben sie denn funktioniert?", fragt Engee. „Wenn ja, würde das eine ganz neue Welt eröffnen von-"

Engees Offenbarungen werden glücklicherweise vom scharfen Wind der Mikrojets unterbrochen, als Plake das Shuttle herunter bringt. Sie kann nicht landen – die Lichtung, die das Evakuierungsmodul geschaffen hat, bietet nicht genug Platz –, aber die Vyphen bringt das Schiff tief genug, damit die fünf am Boden einsteigen können. Sax und Bas helfen abwechselnd den weniger mobilen Wesen hinein und klettern dann selbst hoch.

Es ist eng – Sax und Bas nehmen eine dauerhafte gebückte Haltung ein, ihre Nacken drücken gegen die Decke – und das Shuttle ist zu karg, um viel Komfort zu bieten. Stattdessen nimmt Plake das schmale Cockpit für sich ein, und der Rest quetscht sich in einer hinteren Bucht zusammen, die noch enger wird, als Plake die Schiebetüren schließt.

Agra-Reds schleimiges Selbst klebt an Sax' rechtem Bein, während Engee und Nobaa einen zentralen Platz im Schutz der großen Oratus-Formen besetzen, was es den beiden Teven bequem ermöglicht, weiter über Sax' metallische Ergänzungen zu reden.

„Evva, oder jemand, der mit ihr arbeitet, hat uns die Koordinaten zu einem kleinen Dorf gegeben", sagt Plake über die Sprechanlage. „Wir sind nicht gerade in der Nähe, also macht es euch bequem."

„Wie lange, bis der Chorus merkt, dass dieses Schiff nicht mehr ihres ist?", fragt Sax, als das Shuttle nach oben und vorwärts ruckt und über ein Meer von wirbelnden Ranken unter einem sehr hellblauen Himmel gleitet.

„Ich ignoriere ihre Anrufe, seit ich die Kontrolle übernommen habe." Plake scheint sich keine Sorgen darüber zu machen – ihre Worte haben einen fatalistischen Unterton, seit sie hier herausgesprungen sind, als ob die ganze Sache unweigerlich in einer Katastrophe enden wird und sie es weiß.

Plakes Befürchtungen bewahrheiten sich nicht sofort, und sie gleiten für lange Zeit ohne den geringsten Alarm über die unteren Lüfte von Aspicis. Während sie dahinsausen, bemerkt Sax, dass das Tageslicht konstant bleibt, und so ruft Plake Aspicis' Eintrag im Computer des Shuttles auf. Die Worte erscheinen auf dem Cockpit-Terminal, und mit einem weiteren Knopfdruck der Vyphen spielt eine monotone Wiedergabe des Textes über die Lautsprecher des Shuttles.

Aspicis dreht sich langsam um seine Achse, aber der nahe Stern ist kühl, so dass die Seite, die so lange von Licht überflutet wird, nicht ausbrennt. Die gegenüberliegende, dunklere Hälfte des Planeten wird unglaublich kalt, was letztendlich dazu beiträgt, dass diese Ranken ihr Inneres in das nahrhafte Gelee verwandeln, das die Galaxie ernährt.

Was den Chorus betrifft, so sitzt ihre Meridia am Nordpol des Planeten und ragt aus der Atmosphäre heraus, während sie sich dreht.

Plake steuert sie nirgendwo in die Nähe der Tag-Nacht-Grenze, so dass sie, als sie beginnt, die Mikrojets des Shuttles zu bremsen, immer noch in einer ebenso hellen Welt sind wie der, in der sie gelandet sind. Sax kann nicht sehen, wo sie landen; er bekommt nur ein Bild von Ranken, als sie sinken, und er denkt, sie hätten ein zufälliges Dschungelversteck gefunden, bis er farbige Lichter zwischen den großen grünen Ranken schimmern sieht.

„Öffnung in drei", sagt Plake. „Ich empfange keinen Willkommensgruß, aber lass uns auf einen vorbereitet sein."

Nach ihrem Countdown öffnen sich die Seitentüren des Shuttles, und Sax stürzt heraus, seine Mittelklauen greifen um seine Maske, um das Paar Bergarbeiter abzusetzen, das er trägt. Was er für seine Mühe erntet, ist ein sehr verängstigter und sehr junger Flaum. Der kleine Fellknäuel huscht vom Shuttle weg, mit etwas, das wie ein Snackriegel in seiner rechten Hand aussieht.

Jenseits des Kindes nimmt Sax viele Augen wahr, die ihn anstarren, und schon bald entpuppt sich eines dieser blinzelnden Paare als ein aufgeregter Elternteil, der nicht eine Chorus-Uniform trägt, sondern gewöhnliche, schmutzige, beigefarbene Zivilroben, der herausstürzt und das Kind in seine Klauen schwingt.

Es gibt jedoch keine Bergarbeiter. Keine bellenden Befehle zur Kapitulation oder Anweisungen, auf die Neuankömmlinge zu schießen.

„Klar", zischt Sax, und einen Moment später tut Bas dasselbe.

Die Teven, zusammen mit Agra-Red und Plake, schieben sich aus dem Shuttle. Sie formieren sich um Sax – Bas eingeschlossen – und stehen mit bereiten Waffen da.

„Das ist alles, was ich habe", sagt Plake, während sie weiterhin mit ihren Augen über die Formen gleiten, die hinter den Ranken um ihre Landezone verborgen sind. „Evva soll uns hier treffen."

„Vielleicht weiß sie nicht, dass wir angekommen sind", sagt Sax, dann saugt er tief Luft durch seine Kiemen ein. „Evva?"

Das Brüllen trägt weit, obwohl Sax sich keine Sorgen macht, dass andere es hören könnten. Jeder, der dem Chorus treu ist, weiß wahrscheinlich bereits, dass sie hier sind, und da das gestohlene Shuttle leicht zu verfolgen ist, wird dies ohnehin nur ein kurzer Zwischenstopp sein.

„Sehr subtil", bringt Plake heraus, aber Sax hört ihr nicht zu.

Worauf er hört, aber nicht bekommt, sind irgendwelche Willkommensgeräusche. Jegliche Anerkennung oder Einladung. Sogar Feindseligkeit würde zeigen, dass sie zumindest irgendwo angekommen sind, wo Evva bekannt ist. Stattdessen gibt es nichts. Zumindest nicht, bis derselbe aufgelöste Elternteil, sein Kind fest in den Armen, wieder auf die Lichtung kommt.

„Ihr seid also nicht gekommen, um uns zu töten?", sagt sie.

„Das ist nicht der Plan", antwortet Plake, während die ganze Gruppe den einzigen Flaum anstarrt, der mutig genug ist, mit ihnen zu sprechen.

„Das sagen alle, und wir sind trotzdem gestorben",

schnieft der Flaum. „Es ist nur noch einer für euch hier, und dem geht es nicht gut."

„Er?", Plake behält ihre Kapitänsrolle bei.

„Wenn es bedeutet, dass ihr geht, zeige ich euch, wo er ist." Die Flaum dreht sich um und geht zurück zu den Ranken, aus denen sie gekommen ist.

Plake blickt zu den anderen, sieht keinen Widerspruch und sie beginnen zu folgen.

„Der Chor wird dieses Shuttle verfolgen", sagt Bas das, was Sax bereits denkt.

„Sollen sie doch", erwidert Plake. „Wir müssen einfach schnell sein. Außerdem, was können wir schon dagegen tun?"

Bas lacht zischend. „Wartet kurz."

Sie klettert zurück ins Shuttle, dessen Mikrotriebwerke einen Moment später wieder anspringen. Das Fluggerät schwebt hoch und aus der Lichtung heraus, obwohl seine Laderampe offen bleibt. Bas taucht wieder auf, hängt herab und lässt sich dann direkt in Sax' Arme fallen. Einen Augenblick später schießt das Shuttle davon und rast durch den Himmel.

„Es wird weiterfliegen, bis der Tank leer ist", sagt Bas.

„Sie werden es einfach hierher zurückverfolgen", erwidert Plake. „Zum letzten Ort, an dem es gelandet ist."

„Nachdem es abgestürzt ist, ja, aber das wird noch lange dauern."

Plake nickt schließlich und gibt Bas recht. Sax findet die ganze Sache ermüdend – Bas sollte sich nicht erklären müssen, schon gar nicht gegenüber einer Vyphen. Stattdessen drängt er an Plake vorbei, durch die Ranken und zum Dorf selbst.

Jenseits der Landezone ist es düster. Das weiße Licht des Sterns wird von der dichten Vegetation blockiert, aber die Lösung des Dorfes erscheint Sax wunderschön; tränenförmige Laternen, bemalt in einer Palette von Lila-, Blau- und Grüntönen, sind entlang der Ranken aufgehängt. Die Farben leuchten zusammen und geben den Blick frei auf die feuchten Straßen einer echten Stadt unter dem Bewuchs.

Einstöckige Gebäude erheben sich aus Erdhügeln oder scheinen aus gehärteten Häuten älterer Ranken geschnitzt zu sein. Türen existieren als Baumwollvorhänge, was Sax sich fragen lässt, wie diese Orte die lange Kälte überstehen, die zweifellos kommt, wenn Aspicis sich durch seine langsamen Jahreszeiten dreht.

Durch das ganze Ensemble huschen Flaum-Familien. Es ist so lange her, dass Sax einen Ort besucht hat, der für das echte Leben gemacht ist und nicht ein Militärschiff oder ein Ort für die verzweifelten Ausgestoßenen der Gesellschaft, um Arbeit oder Zuflucht zu finden, dass er mehr Zeit als wahrscheinlich nötig damit verbringt, Spezies zu beobachten, die einfach Spaß daran haben, einander zu jagen oder mit verschiedenen Spielfiguren zu spielen.

Abgesehen von den Laternen gibt es hier einen deutlichen Mangel an Technologie. Sax kann das Summen von Generatoren nicht hören, obwohl der Geruch von Kochfeuern in der Luft liegt. Metall scheint abwesend zu sein, einige Flaum tragen Becher aus Ton und Kisten aus der rauen Haut toter Ranken.

„Das ist anders", bringt Sax heraus, während sie gehen.

„Es ist seltsam", grummelt Agra-Red. „Nicht meine Art von Ort."

Die beiden Teven scheinen es jedoch zu genießen. Jetzt, da die Bedrohung des unmittelbaren Todes gewichen ist, verfallen Nobaa und Engee in plappernde Wissenschaftler, rennen von Ort zu Ort und bitten darum, dies anzufassen, jenes zu probieren oder eine Erklärung dafür zu bekommen, was ein Flaum gerade tut.

„Gibt es hier nur Flaum?", fragt Bas ihren Führer, der lange genug innehält, um sich zu ihnen umzudrehen.

„Dann seid ihr nicht vom Chor?", sagt die Flaum und muss ihre Antwort aus den Blicken lesen, die sie ihr zuwerfen. „Die Amigga erlauben anderen Spezies nicht ohne strenge Genehmigung auf dem Planeten zu sein. Zumindest nicht auf der Oberfläche."

„Warum?"

„Weil sie denken, dass ihr gefährlich seid. Ihr alle."

Die Flaum klingt nicht, als würde sie scherzen, als sie das sagt, und Sax erfährt warum, als sie um einen besonders großen, verknoteten Hügel biegen, der mit roten Laternen bedeckt ist. Auf der anderen Seite, eingebettet in ein Cluster von Ranken, befindet sich das, was einmal ein weiteres Haus war. Jetzt sind allerdings nur noch zerbrochene Lichter, zerborstene Rankenstücke und gespaltene Felsen übrig. In der Mitte liegt, mit einem Paar Flaum, die ein lilafarbenes Gel über seine Wunden verteilen, ein Verräter, den Sax nie wieder zu sehen erwartet hatte.

Avan ist sowohl der Oratus, der er zu sein scheint, als auch nicht. In dem schwarzschuppigen Kopf, der mit mehr Narben und Kratzern bedeckt ist als beim letzten Mal, als Sax ihn sah, steckt ein Sevora. Zumindest nimmt Sax an, dass der Parasit noch da ist und immer noch vom Leben eines Vincere-Soldaten zehrt.

Sax bemerkt, dass er leise und sanft zischt, als er Plake und Agra-Red ihn anstarren sieht. Bas berührt seinen Schwanz mit ihrem eigenen, und gemeinsam gehen die beiden an ihren Teamkollegen vorbei und betrachten den Verräter näher, den sie einst von einem Sevora-Saatschiff gerettet hatten. Damals hatte Avan versprochen, er hätte wertvolle Informationen, und nicht lange nachdem sie ihn zu Evva zurückgeschickt hatten, hatte ihr Widerstand begonnen.

In gewisser Weise, so wird Sax klar, ist die Entscheidung, Avan leben zu lassen und ihn zu Evva zu schicken, der ganze Grund, warum sie jetzt hier stehen.

Er ist sich nicht sicher, ob er diesen Schritt bereut.

Avan wahrscheinlich schon; der Oratus ist in schlechtem Zustand und weist eine bunte Mischung aus Schnitten und Laserverbrennungen auf. Der Verlierer eines Kampfes, der aus der Ferne begann und dann nah und tödlich wurde. Ein kurzer Blick auf die Zerstörung um sie herum bestätigt, dass der Boden und das Steingebäude nach innen zusammengebrochen sind, zweifellos einem Ansturm von Energie erlegen, die seine Integrität wegkochte.

„Lebt er?", fragt Sax das Paar Flaum, die sich notdürftig um Avan kümmern.

Sie blicken zu Sax auf, erstarren für einen Moment, bevor einer nickt und sie beide die Flucht ergreifen. Sax verfolgt sie nicht – die Pfleger sind nicht das Ziel, und es lohnt sich nicht, Kreaturen zu danken, die zu ängstlich sind, um einem direkten Blick eines Oratus standzuhalten. Also wendet er seine Aufmerksamkeit dem Verräter zu.

Avans Augen sind geschlossen, öffnen sich aber schnell, als Sax etwas Stim – eine berauschende Mischung aus Adrenalin und anderen Drogen, die die beiden Oratus in kleinen Fläschchen bei sich tragen – in den Mund des Verräters träufelt.

„Wo ist Evva?" Sax verzichtet auf Höflichkeiten. Irgendwann wird der Chor sie wieder finden, und wenn das passiert, wird Avans Meinung von Sax keine Rolle mehr spielen. „Wer hat das getan?"

„Ihr habt es geschafft." Avans raues Krächzen weckt

eine Erinnerung, eine schlechte, in der der Verräter Sax tief in Feindesgebiet seine Maske abluchste.

Der Sax von damals hätte Avan vielleicht eine Klaue an die Kehle gesetzt, wie er da liegt, aber dieser, der neuere, hält sich zurück. Beschließt, ein längeres Spiel zu spielen. Außerdem wird es noch genug Gelegenheiten geben, Avan zu töten, wenn der Sevora nicht mehr nützlich ist.

„Beantworte die Frage", sagt Sax.

Avan blinzelt. Atmet ein, der Schmerz dabei ist offensichtlich in dem plötzlichen Zusammenziehen des Rasiermessermundes des Oratus.

„Der Chor hat uns hier aufgespürt, oder jemand hat uns verraten", sagt Avan. „Ein Amigga kam tatsächlich, zusammen mit einem Paar gespiegelter Oratus. Sie haben Evva mitgenommen, dachten wahrscheinlich, sie hätten mich getötet."

„Weißt du, wohin sie gegangen sind?"

„Du denkst, ich stand noch, als sie gingen?", versucht Avan zu lachen – es ist ein hoffnungsloses Krächzen. „Frag sie. Sie werden es wissen."

Sax hat tausend weitere Fragen an den Verräter, aber er hält sie zurück. Evva hat Priorität. Stattdessen wendet er sich um und feuert die Fragen auf die Flaum ab, die sie hierher gebracht hat und immer noch bei ihnen steht, als würde sie auf etwas warten.

„Sie sind weg", antwortet die Flaum.

„Wohin?"

„Bevor ich es euch zeige, müsst ihr mir etwas versprechen. Die andere, Evva, hat es getan, aber falls sie nicht überlebt, möchte ich, dass ihr das gleiche Versprechen gebt."

„Versprechen?", unterbricht Plake. „Du wirst uns sagen, wohin sie Evva gebracht haben, oder wir werden-"

„Halt", zischt Sax der Vyphen zu. „Was willst du?"

Die Flaum lässt ihren Blick über das Dorf um sie herum schweifen und dann hinunter zu dem Kind, das sie immer noch in den Armen hält. „Versprecht, dass ihr diese Welt nicht zerstören werdet. Evva sagte, sie würde es nicht tun, dass Zerstörung nicht ihr Ziel sei. Wenn ich euch helfe, versprecht, dass ihr nicht ruinieren werdet, was wir haben."

Die Amigga beherrschen die Galaxis, haben sie so lange beherrscht, dass die meisten Spezies sich nicht an eine Zeit erinnern können, in der der Chorus nicht diktierte, was geschehen durfte und was nicht. Sax ist nicht so blind, dass er den Komfort darin nicht sehen kann, selbst wenn das Ergebnis nicht immer gut für eine Spezies, eine Stadt oder einen Planeten ist. Plake hatte, als sie sich zum ersten Mal trafen, davon gesprochen, wie das Kommen der Oratus ihr Leben ruiniert, die Vyphen aus dem Vincere vertrieben und ihren Zweck verzerrt hatte.

Veränderung ist verheerend. Sax muss nur auf seine eigenen Klauen schauen, um das zu sehen. Sich nicht zu verändern kann jedoch genauso verheerend sein. Plake wäre tot, wenn sie sich nicht angepasst hätte. Sax wäre tot ohne Nobaas Metallplatten, die ihn zusammenhalten.

„Ich kann dieses Versprechen nicht geben", sagt Sax. „Aber ich *kann* versprechen, dass wir es versuchen werden. Dass jede Veränderung, die kommt, wenn die Amigga nicht mehr unsere Schicksale kontrollieren, nicht gemacht wird, ohne an das zu denken, was ihr habt."

Bas berührt seinen Schwanz. Es ist die einzige Bestätigung, die er braucht, und das resignierte Nicken der Flaum ist die ganze Belohnung.

Die Flaum führt ihre kleine Gruppe durch den Rest des Dorfes zu einem anderen Landeplatz. Der Kampf kam offensichtlich diesen Weg; zahlreiche Gebäude, Ranken und sogar Menschen tragen Brandspuren, Löcher und

Schlimmeres. Aufgehäufte Roben und Tücher bedecken das, was Sax für Leichen hält, obwohl keine groß genug zu sein scheint, um ein Oratus zu sein.

„Wie viele?", fragt Sax während sie gehen.

„Sie haben alle getötet. Vielleicht ein Dutzend", sagt die Flaum. „Sie haben nur Evva mitgenommen. Sie sagte uns, wir sollen uns verstecken, und der Chorus ignorierte uns."

Der zweite Landeplatz ist kleiner als der erste und trägt die Zeichen von mindestens einem kleinen Sieg für Evvas Truppe: ein zerstörtes Shuttle bedeckt den moosigen Untergrund, zerbrochen und immer noch rauchend von einem der Mikrojets.

„Also ist der Chorus nicht weggeflogen", sagt Agra-Red.

„Sie rennen", antwortet die Flaum und zeigt über die Lichtung.

Dort sind einige der Ranken geschnitten und bilden einen schmalen Pfad.

„Warum haben sie nicht einfach um Hilfe gerufen?", es ist diesmal Engees Stimme, die die logische Frage stellt. „Wir sind auf der Welt des Chorus?"

Die Flaum schüttelt den Kopf. „Ich weiß es nicht. Sobald sie Evva hatten, nahmen sie sie mit und gingen."

Was bedeutet, dass mit jeder Sekunde, die sie hier stehen und reden, Evva weiter wegkommt. Sax stößt ein scharfes Zischen aus und unterbricht Engees nächste Frage.

„Bas und ich werden ihr folgen", sagt Sax. „Der Rest von euch kann nachkommen, wenn ihr wollt."

Mit einer schnellen Berührung ihrer Schwänze und Plakes Befehl zu warten ignorierend, brechen die beiden Oratus in einen Lauf aus, drängen sich durch das Unterholz auf der Verfolgung ihrer Kommandantin und ihrer Freundin.

DIE PLANUNG GEHT SCHNELL. Obwohl Kolas sagt, dass keine Vincere-Leben riskiert werden sollen, meldet sich Lan freiwillig, um für uns ein Shuttle nach Vimelia zu fliegen. Da sich die Sevora in ihrer eigenen Atmosphäre verschanzen, wird die Reise nach unten gefährlich sein, und deshalb sind wir auf ein kleines, schnelles Schiff angewiesen.

Unsere Crew besteht aus fünf Personen: Lan, ihr Partner Gar, T'Oli, Viera und ich.

Als ich T'Oli sage, dass der Ooblot nicht mitkommen muss, lacht es einfach und meint, Viera und ich wären ohne seine Hilfe in Sekundenschnelle tot. Ich spare mir die Mühe, T'Oli zu sagen, dass ich denke, der Ooblot hat Recht.

Wofür ich jedoch Zeit habe, während wir unsere Masken aufsetzen und Miner und kleine lasergeschärfte Schwerter zum Mitnehmen zusammensuchen, ist die Frage, wie Malo überlebt hat. Ich habe ihn während unserer Flucht aus Vimelias Raumhafen nie erreicht. Ich sehe ihn immer noch vor mir, wie er dort am Boden an der Felswand liegt, verbrannt, zerschnitten und regungslos.

Ich versuchte, zu ihm zu gelangen und scheiterte, und nahm an, er sei tot.

Jetzt weiß ich, dass er all diese Wochen am Leben war, in denen ich gegen die Sevora gekämpft, Tunnel durchquert und versucht habe, die Menschheit vor dem Aussterben zu bewahren.

„Ich weiß nicht", sage ich, als Viera mich fragt, wie ich damit umgehe, während wir im Shuttle sitzen und Lan die Vorflug-Tests durchführt. „Ich sollte mich schuldig fühlen, weil ich ihn hier zurückgelassen habe, aber was wäre, wenn ich versucht hätte, ihn zu holen und gescheitert wäre?"

„Alle wären tot." Viera ist wie immer nicht zimperlich mit ihren Worten. „Du hast die richtige Entscheidung getroffen, Kaishi. Ich bin sicher, Malo würde das Gleiche sagen."

„Ich hoffe, wir können ihn fragen."

Nicht einmal die Optimistischsten unter uns glauben, dass wir einfach nach Vimelia fliegen und mit Viera, T'Oli und mir allein uns den Weg dorthin freiräumen können, wo Jel Malo gefangen hält, um ihn zu retten. Kolas lässt die Vincere eine Blockade um den Planeten errichten, zufrieden damit, die Sevora ihre eigene Atmosphäre kontrollieren zu lassen, bis Kolas beschließt, Vimelias Mond auf die Oberfläche krachen zu lassen – etwas, von dem die Sevora offenbar nicht wissen, dass die Vincere dazu in der Lage sind.

Ich schlug Kolas dort auf der Brücke vor, für Ablenkung zu sorgen. Genau wie mein Solare-Stamm es tun würde – die Aufmerksamkeit des Ebers auf einen Jäger gerichtet halten, während die anderen den tödlichen Schlag vorbereiten. Ein Vincere-Überfall oder Bombardement würde ihren bevorstehenden Vernichtungsversuch verschleiern und unserem kleinen Shuttle die Chance geben, unbemerkt zur Oberfläche zu gelangen.

Deshalb flucht Lan, als unser Shuttle in die Atmosphäre eintritt. Obwohl Viera und ich hinten im Hauptladeraum angeschnallt sind, lässt Lan die Wandbildschirme so erscheinen, als wäre unser Shuttle durchsichtig, und Viera und ich bekommen einen vollen Blick darauf, wie ein Vincere-Angriff aussieht:

Kolas' Kreuzer ist der Star unter den Dutzenden von Schiffen, die in der Größe von kleiner als das Shuttle bis zum Doppelten der *Nunilite* – ein riesiger Koloss, den Lan als Träger bezeichnet – reichen, und sie alle scheinen gleichzeitig zu funkeln, als sie ihre Verwüstung auf Vimelias Oberfläche loslassen.

Normalerweise kommt ein Miner-Strahl nur als Blitz, ein Moment, der mit tödlichen Folgen in weniger als einem Wimpernschlag vorübergeht. Die Entfernung, die diese Strahlen zurücklegen, und ihre schiere Größe fangen das Shuttle in dem ein, was wie lange Wellen aus blauem, rotem und gelbem Licht aussieht. Der Weltraum wird von der Helligkeit ausgewaschen, und die Ränder der Bildschirme glühen, als die Hitze der Laser an der Abschirmung des Shuttles entlangstreift.

„Jetzt werden wir sterben, oder?", sagt Viera, und in ihrer Stimme liegt eine angespannte Angst, die ich noch nie gehört habe.

„Sie wissen, was sie tun", antworte ich. „Sie werden uns nicht treffen."

„Ich dachte immer, ich würde in einem Kampf sterben oder beim Erforschen eines neuen Ortes", sagt Viera, und sie spricht nicht wirklich mehr mit mir, ihre Augen starren direkt auf das kaskadierende Licht. „Ich hätte nie erwartet, dass ich ohne Kontrolle gehen würde, gefangen in etwas, das ich nicht einmal verstehe."

„Versuch zu glauben, dass du *überleben* wirst, wegen etwas, das du nicht verstehst", sage ich.

Mir wird klar, dass ich keine Angst habe, und das liegt daran, dass Ignos, während es Platz in meinem Kopf einnahm, mein Leben lange Zeit an die Grenze von Dingen brachte, die ich nicht verstand. Nicht verstehen konnte. Nach einer Weile lernte ich, einfach loszulassen und darauf zu vertrauen, dass ich es auf die andere Seite schaffen würde. Und bisher habe ich das mehr oder weniger getan.

Vimelias Atmosphäre umhüllt das Shuttle, klare Luft ersetzt die schwarze Leere, das reflektierte Beige der Oberfläche fängt das Laserlicht ein und lässt die weltraumschwarzen Wände unseres Überlebenskorridors verblassen. Jetzt sehen diese Bolzen wie glitzernde Blitze aus, harmlos im fröhlichen Tageslicht. Tod um uns herum, und ich kann ihn nicht einmal sehen.

Lan allerdings, die das Shuttle hart nach links und aus dem feurigen Regen heraus steuert, kann es. Jels Kommunikation enthielt Koordinaten für ein Treffen, und dorthin sind wir unterwegs, in der Hoffnung, dass dort die Gefangenen festgehalten werden. Bis wir Gewissheit haben, sagte Kolas, würde ihr Bombardement alle Gebäude vermeiden, die dem Profil im Video entsprechen.

Das lässt allerdings noch viele Ziele übrig, und die Verwüstung ist offensichtlich, als wir uns drehen und Viera und ich durch die Seite des Shuttles klare Blicke auf die Planetenoberfläche werfen können.

Die große Stadtlandschaft brennt. Gebäude bröckeln und stürzen ein, während Lasertreffer tief in ihre Seiten eindringen. Andere Strahlen zerschneiden Röhrentransporte oder treffen Sevora-Schiffe, die noch durch den Himmel schwirren, und lassen sie in feurigen Explosionen verschwinden. Schwarzer Rauch steigt in Wolken auf, während immer mehr Einschläge die Stadt in Brand setzen.

„Es ist ... schrecklich", sage ich. „Ich mag die Sevora nicht, aber das ist willkürlich. Sie zielen nicht auf-"

„Sie werden sowieso alles mit dem Mond auslöschen", unterbricht mich T'Oli. „Alles wird früher oder später verschwunden sein. Es lohnt sich nicht, sich darüber schlecht zu fühlen – die Sevora hätten dasselbe mit Marilo und euren Städten gemacht, wenn sie die Zeit dazu gehabt hätten."

Es lohnt sich nicht, sich über den Untergang einer ganzen Zivilisation schlecht zu fühlen? Andererseits haben die Sevora vielleicht alle verbliebenen Solare-Dörfer auf der Erde ausgelöscht. Die Charre auch. Eine existenzielle Bedrohung, die die gesamte Menschheit vereint, gerade rechtzeitig, damit ich sie einer größeren, tödlicheren Macht verspreche. Eine, die offenbar nicht zögern wird, einen Aufstand mit Angriffen auf Ausrottungsniveau niederzuschlagen.

„Du kannst diesen Kampf nicht gewinnen", flüstert mir Viera zu. „Wir sind nicht stark genug. Noch nicht."

Noch nicht. Ich nehme an, es liegt ein gewisser Trost in der Vorstellung, dass wir, wenn wir am Leben bleiben, stark genug werden könnten, um das Schicksal der Sevora zu vermeiden.

Es ist zumindest ein Ziel, auf das man hinarbeiten kann.

„Schnallt euch fest", zischt Gar, Lans Partner und der andere Oratus im Shuttle, aus dem Cockpit. „Wir haben Aufmerksamkeit erregt."

Die Warnung des Oratus kommt gerade noch rechtzeitig, damit ich mich am Netz festhalten kann, bevor Lan das

Shuttle in einen spiralförmigen Sturzflug schickt. Draußen kann ich sehen, dass wir uns einer der Lücken der Stadt nähern, wo der ständige Teppich aus Gebäuden weiten, spärlicheren Flächen aus Sand und gelegentlichen Gärten weicht. In der Ferne erheben sich auch Berge, und es sieht so aus, als würde Lan versuchen, uns näher an ihre tiefbraunen Gipfel heranzubringen. Versuchen ist hier das Schlüsselwort; zu meiner Rechten kann ich ein Trio schwarzer Keile sehen, die direkt auf uns zukommen. Wir sind jetzt weg von dem blitzenden Strom des Vincere-Bombardements, so dass die Sevora frei gleiten können. Zumindest so lange, bis rote Laser von der Oberseite des Shuttles ausbrechen und brennende Bolzen hinter unseren Verfolgern herschicken.

Die Sevora-Piloten beginnen einen seltsamen Tanz, ihre Schiffe zucken und wirbeln herum, behalten aber immer den gleichen Anflug auf uns bei. Der Kampf ähnelt dem kratzenden, greifenden Ringen, das ich zwischen Dschungelvögeln gesehen habe, bei dem jede Seite auf und ab schwingt und versucht, einen Treffer zu landen.

Hier sind wir jedoch in der Unterzahl. Die Sevora teilen ihr Trio auf, als sie sich dem Shuttle nähern, und brechen nach oben, unten und geradeaus aus. Gar, der die Verteidigung des Shuttles bedient, stößt einen mächtigen Strom zischender Flüche aus und schickt hektisch überall Bolzen hin.

Die Sevora beschließen endlich anzugreifen.

Aus drei Winkeln ergießt sich heiße Energie in das Shuttle. Zunächst scheinen die Laser mit blau-weißem Knistern zu verpuffen, bevor sie auf die Hülle treffen, obwohl die plötzliche Kaskade heller Alarme zeigt, dass der Angriff nicht ohne Auswirkungen war.

„Das lässt uns nur wissen, dass unsere Schilde weg

sind", sagt T'Oli. „Jeder Treffer verbraucht etwas Energie, und bevor du dich versiehst, bist du leer."

„Ich vermute, das ist keine gute Sache?", bringe ich heraus zu fragen.

„Nicht, wenn du ein Fan davon bist, am Leben zu bleiben."

„Hab dir ja gesagt, dass wir hier oben sterben werden", fügt Viera hinzu.

Diesmal kann ich es ihr nicht wirklich abstreiten. Die Sevora-Jäger schwenken für einen weiteren Blitzangriff herum, und plötzlich ruckt das Shuttle und ich spüre, wie mein Magen versucht, nach oben und aus meinem Mund zu fliegen. Wir sind schwerelos, im freien Fall, der sich schnell nähernde Boden fließt außerhalb des Shuttles auf uns zu.

Ich schreie auch, zusammen mit Viera, aber unsere Stimmen verschwinden in einem großen Zusammenprall anderer Alarme.

Kurz bevor das Shuttle auf den Boden aufschlägt, prallt es jedoch ab. Das Netz spannt sich, als es uns auffängt, und als mein Magen zurück in seine Position knallt, gebe ich mein Frühstück von mir.

Ich habe keine Chance mich zu erholen, da Lan das Shuttle schnell vorwärts treibt und mich von den Netzen wegdrückt und die wenige Luft, die noch in meinen Lungen ist, herauspresst. Bolzen pepern den Boden um uns herum, erhitzen den Sand und lassen Bäume, Hecken und anderes Grün in Flammen aufgehen. Es gibt einen Blitz-Knall von oben und ich höre Gar brüllen, und sehe warum, als das Aschewrack eines Sevora-Schiffs links von uns einschlägt und in tausend Stücke zerbricht.

Die anderen beiden finden jedoch ihre Zone. Es ist leicht zu erkennen, weil die Hülle über uns buchstäblich wegbrennt, als die Sevora-Laser auf sie einschlagen. Zuerst glüht das Metall orange, dann schält es sich zurück und ein einzelner Schuss dringt durch, zerschneidet das Netz zwischen Viera und mir. Ohne die Unterstützung des Netzes fallen wir beide auf den Boden des Shuttles, während weitere Schüsse das Innere durchnähen.

„Bring uns runter!", schreie ich nach vorne, obwohl ich mir nicht sicher bin, ob Lan angesichts des Rauchs, der den Körper des Shuttles füllt, eine andere Wahl hat.

„Rückt eng zusammen", sagt T'Oli, der Ooblot gleitet von den Netzen zu uns herunter.

Viera und ich rutschen, während das Shuttle auf einen schnellen Absturz zuruckt, eng zusammen. T'Oli macht sich dünn, bewegt sich über uns und wickelt sich wie eine Decke um unsere Beine. Einen Moment später verhärtet sich der Ooblot und gibt uns etwas Schutz, als das Shuttle beginnt, durch Gärten und niedrige Mauern zu krachen.

Wären wir noch in der Stadt gewesen, hätten wir uns jetzt schon durch ein Gebäude geschmettert und verbrannt.

So wie es ist, sehe ich durch das Cockpit, den Mund in einem endlosen Schrei geöffnet, wie sich das Shuttle in schmutzigen Boden eingräbt. Sand und Steine spritzen um das Fahrzeug herum, um uns herum, wobei viel davon ins Innere fällt, in meine Haare und von der Maske abgleitet, die Kolas jedem von uns gegeben hat, bevor wir losgingen.

Dann Stille. Laute, schreckliche Stille.

Ich mache einen schnellen Check meines Körpers – ich atme, das ist schon mal was. Meine Augen können das zerbrochene und funkelnde Cockpit vor mir sehen, obwohl der zunehmende Rauch es schwierig macht zu erkennen, ob Lan und Gar noch am Leben sind. Ein paar Zuckungen bestätigen, dass meine Arme und Beine den Absturz unversehrt überstanden haben.

„Alles in Ordnung bei dir?", frage ich Viera.

„Oh ja. Völlig in Ordnung." Viera wischt sich automatisch den Schmutz aus dem Gesicht. „Lass uns das noch mal machen."

„Ich würde sagen, unsere Chancen, einen weiteren solchen Absturz zu überleben, sind sehr, sehr gering", fügt T'Oli hinzu.

„Das war ein Scherz, T'Oli", sage ich. „Sie macht Witze. Kannst du jetzt von uns runter?"

Der Ooblot gehorcht, wird weich und gleitet weg. „Was für eine seltsame Zeit, um einen Witz zu machen."

Ich stehe langsam auf, meine Muskeln zittern immer noch. „Menschen sind seltsam, T'Oli." Ich versuche, etwas von dem Rauch wegzuwedeln und mir wird klar, dass wir wahrscheinlich nicht länger als nötig im abgestürzten Shuttle bleiben sollten. „Lan? Gar?"

Es gibt ein leises Zischen, und dann bricht Gar durch den Rauch, Lan in seinen vier Klauen haltend. Lans smaragdgrüne Haut ist an vielen Stellen schwarz verbrannt, aber ich sehe, wie sich ihre Kiemen noch öffnen und schließen.

„Raus hier, sofort", zischt Gar, dann stapft er zur Seite des Shuttles und schlägt auf das Wandpanel.

Die Tür öffnet sich nicht.

„Natürlich", sagt Viera, als sie neben mir steht. „Das würde ja bedeuten, dass bei dieser Mission mal etwas glatt läuft."

T'Oli fließt an meiner Seite entlang, über meinen Arm bis zum Rand meiner Hand. Ich spüre, wie sich ein Teil des Ooblots verhärtet, um sich an meinem Handgelenk festzuhalten, seine Augenstiele ragen zu den Seiten heraus. Der Rest seines Körpers erstreckt sich von meiner Hand aus und passt seine Form an, um eine sehr feine, sehr scharfe Kante zu bilden.

Sieht so aus, als müssen wir hier auf die unordentliche Art rauskommen.

„Weg da", sage ich zu Gar, und der große, dunkelblaue Oratus tritt beiseite, als ich mich zur Tür bewege. „Ich hoffe, du bist scharf genug dafür."

„Locker", antwortet T'Oli.

Ich schwinge den Ooblot und schlitze die Seite des Shuttles auf. Jeder Schnitt trennt das Metall, als würde ich Gras mähen, und innerhalb von Augenblicken haben wir einen behelfsmäßigen Ausgang. Das ist gut, denn kleine Feuer brechen aus – zumindest haben unsere Angreifer uns den Gefallen getan, einen Ausgang für den Rauch zu brennen – und ich spüre, dass eine weitere Minute drinnen uns verbrennen und durchgaren würde.

Stattdessen schaffen wir es hinaus auf ein brennendes Feld, das wie eine Art stängelgewachsene Feldfrucht aussieht. Dank unseres lasererfüllten Absturzes befinde ich mich jedoch inmitten einer Anordnung von Kerzen. Gar mit Lan und Viera folgen mir nach draußen, und allmählich werden unsere Blicke von dem sich nähernden Pfeifen der beiden Sevora-Schiffe angezogen.

„Sie richten sich für einen Angriff aus", sagt Gar. „Wir müssen sofort weg."

Beide schwarzen Gestalten sehen wie Splitter am Himmel aus, als sie auf uns zukurven, und für einen Moment überlege ich, ob ich den Bergbaulaser aus meiner Maske ziehen und anfangen kann zu schießen.

„Lass es", sagt Viera zu mir. „Du wirst sie nicht treffen."

Ich komme nicht dazu zu antworten, weil Viera mich – mit T'Olis jetzt stumpfer Gestalt immer noch um mein Handgelenk gewickelt – vom brennenden Shuttle wegzieht und hinter Gars hüpfender Form her. Der Oratus, selbst mit einem anderen seiner Art beladen, überholt uns mühelos und rennt in die dickeren Pflanzen.

„Wird er nicht auf uns warten?", keucht Viera, während wir uns bewegen.

„Warum?", erwidert T'Oli. „Schuldet Gar euch etwas?"

„Ist diese ganze Galaxie voller gieriger Mörder?", entgegnet Viera.

„Ich reiche mich selbst als Beweis ein, dass dem nicht so ist", sagt T'Oli.

„Was ist das?", sage ich, sowohl um ihr zielloses Gespräch zu unterbrechen als auch um auf das schlanke, hellgelbe Gebäude hinzuweisen, das vor uns auftaucht.

Bevor jemand antwortet, gibt es einen prasselnden Knall hinter uns, und ein schneller Blick bestätigt, dass die Überreste unseres Shuttles in welches Jenseits auch immer für Raumschiffe geschickt wurden. Die Sevora-Jäger neigen sich nach oben, dann färben sich ihre Heckdüsen weiß-blau und sie rasen zurück Richtung Stadt.

„Ich glaube, das ist, wofür wir hergekommen sind", sagt T'Oli, seine Augenstiele zum Gebäude gerichtet. „Kolas hatte die Kommunikation zurückverfolgt, und Lan hat versucht, uns so nah wie möglich heranzubringen."

„Glaubst du wirklich, sie haben uns nicht gesehen?", Viera beobachtet immer noch die Kondensstreifen der davonrasenden Jäger. „Diese Stängel sind nicht so hoch."

„Entweder sie haben uns gesehen und es ist ihnen egal, oder sie haben uns überhaupt nicht bemerkt", antworte ich. „Wir sollten hier trotzdem nicht herumstehen. Lass uns gehen."

Was keiner von uns sagt, während wir durch die hohen Stängel auf das Gebäude zugehen, ist, dass wir jetzt hier gefangen sind. Festsitzend auf einem Planeten, der sehr heiß werden wird, sehr schnell, wenn Kolas beschließt, dass unsere Zeit abgelaufen ist.

Als wir uns dem Gebäude nähern, bemerke ich, dass sein Dach ständig die Farbe wechselt. Es ist nicht nur gelb, sondern ein wirbelnder Mix aus Schattierungen, die umeinander herumflitzen. Jel und ihre Sevora-Fraktion hatten ähnliche Gemälde an den Wänden ihrer Basis, die wir bei unserer ersten Reise nach Vimelia gesehen hatten.

„Zumindest sieht es so aus, als hätte Lan uns zu einer von Jels Basen gebracht", sage ich.

Das Wort ‚Basis' ist für das Gebäude übertrieben. Es ist nicht viel größer als das Shuttle, und Düsen zieren die Außenseite, verbunden mit Schläuchen, die wiederum zu schwebenden Drohnen führen, die Wasser über die Felder sprühen. Sie scheinen sich nicht darum zu kümmern, dass die Hälfte ihres Feldes durch die Explosion unseres Shuttles abbrennt.

„Es gibt keine Tür", sagt Viera ein paar Minuten später, als wir um die Struktur herumgehen. „Was bringt ein Gebäude, wenn man nicht hineinkann?"

„Vielleicht haben wir nicht den richtigen Schlüssel?", sagt T'Oli.

„Kannst du wieder dein Schwert machen?", sage ich. „Dann schneide ich einfach ein Loch."

„Das funktioniert nur bei dünnem Metall, wie der Hülle des Shuttles", antwortet T'Oli. „Ich würde zerbrechen, wenn du versuchst, damit Stein zu zerschneiden."

Ich starre die gedrungene Struktur an. Es muss etwas geben, das wir übersehen. Ich würde Gar oder Lan fragen, aber die beiden Oratus sind verschwunden. Stattdessen fahre ich mit meinen Händen über die weiche graue Oberfläche. Sie fühlt sich kühl an, und das ganze Gebäude vibriert durch die Menge an Wasser, die hindurchfließt.

„Lan hat versucht, uns aus einem Grund hierher zu fliegen", sage ich. „Es muss einen Weg hinein geben."

„Vielleicht müssen wir zuerst den Ausweg sehen", sagt
Viera, und ich sehe, wie sie T'Oli ansieht.

„Mir gefällt dieser Blick nicht", sagt T'Oli.

„Wann hast du zuletzt gebadet?", erwidert Viera und
lächelt zum ersten Mal seit langem.

Mit einer der Energieklingen schneiden wir ein Loch in
einen der Schläuche, die zu einer der Bewässerungs-
drohnen führen. Die Schläuche selbst sind halb so breit wie
ich, und die Wassermenge, die sie versprühen, ist gewaltig,
aber sie ist auch nicht konstant. Die Drohnen schalten ihre
Sprühfunktion aus, wenn sie sich über eine große Fläche
bewässerter Felder bewegen müssen. In einem dieser
kurzen Momente stopfen wir T'Oli, oder so viel vom Ooblot
wie wir können, in das Rohr.

„Ihr seid beide schreckliche Menschen", sagt T'Oli,
seine Stimme in einem gereizten Plätschern zurück-
kommend.

„Kannst du es blockieren?", frage ich.

„Hab ich schon", sagt T'Oli. „Ich bin auch ein Stück
den Schlauch hinunter – wenn das funktioniert, werdet ihr
einen großen Knall in der Ecke dort sehen."

Die Drohne scheint kein Problem zu bemerken und
bewegt sich zu einem Abschnitt fröhlich brennender Feld-
früchte. Es gibt einen Ausbruch von rauschender Span-
nung, und dann erschüttert es das Gebäude.

„Das schuldet ihr mir beide", sagt T'Oli.

„Was immer du willst", antwortet Viera.

„Du hast doch gar kein Geld."

„Wir besorgen dir etwas Besseres", sage ich. „Einen
Titel. Ooblot der Kaiserin."

„Hör auf damit."

Das blockierte Wasser macht sich zuerst durch das schnelle Rasseln des am Gebäude angebrachten Rohrs bemerkbar, das T'Oli mit seinem Ooblot-Körper verstopft. Dann beginnt Metall zu fliegen, als Halteringe platzen, Nähte brechen und die gesamte Ecke des Gebäudes, wie T'Oli es vorhergesagt hat, zerbröckelt, als das Rohr birst.

Wasser explodiert um uns herum und als sich das Rohr gewaltsam um T'Oli herum weitet, wird das Ooblot ebenfalls weggeschleudert. T'Oli landet ein Dutzend Meter entfernt. Viera und ich jedoch haben unsere Miner draußen und laufen bereits durch die sich ausbreitende Pfütze, vorbei an Vimelias neuestem Geysir, in das sich neigende Gebäude.

In der Mitte des Bodens befindet sich der Grund, warum es keine Tür gibt - eine Plattform, groß und aus Metall, mit einem Bedienfeld auf einem Ständer etwa in Kopfhöhe. Sie ist eindeutig dafür gedacht, nach unten zu fahren.

„Sieht so aus, als hätten wir unseren Weg hinein gefunden", sagt Viera.

„Die Frage ist, wohin?"

T'Oli holt uns ein, als wir am Bedienfeld herumprobieren. Es ist nicht allzu schwer zu verstehen - ein großer Pfeil nach unten in einem grünen Quadrat - aber jedes Mal, wenn ich versuche, ihn zu drücken, gibt das Bedienfeld einen genervten Piepton von sich und der ganze Bildschirm blinkt rot.

„Weißt du, wie man so etwas bedient?", frage ich das Ooblot, als T'Oli sich auf die Plattform schleicht.

Nachdem ich T'Oli gezeigt habe, was los ist, dreht das Ooblot seine Augen zu mir und blinzelt, dann wendet es seinen Blick zum hinteren Teil der Plattform, hinter der Stelle, wo Viera und ich stehen. Dort, eingeklemmt in den schmalen Spalt zwischen der Plattform und dem Rest des Gebäudebodens, steckt ein Stück eines der Halteringe des Rohrs.

Ich werfe Viera einen Blick zu und sie macht einen Schritt zu dem Stück hinüber, greift danach und zieht es mit etwas Anstrengung aus dem Spalt. Sie wirft es weg, während ich erneut auf das Bedienfeld drücke. Diesmal blinkt es grün und die Motoren des Aufzugs beginnen hochzufahren.

„Manchmal sind es die offensichtlichen Lösungen", sagt T'Oli.

„Häufiger als man denkt", erwidere ich.

Die Plattform sinkt unter die Oberfläche in einen Schacht, der kaum größer ist als die Plattform selbst. Weiße Lichter tupfen eine tiefblau gestrichene Wand. Anscheinend verdient dieser Aufzug nicht die spektakuläre Bemalung, die dem Dach des Gebäudes zuteilwurde, aber er ist trotzdem ziemlich hübsch. Wenn ich es zurück zur Erde schaffe, werde ich mich mehr für so etwas einsetzen - das Leben ist schon hart genug, da sollte es wenigstens angenehm anzusehen sein.

„Oh nein", sagt Viera plötzlich, und ich folge ihrem Blick nach oben, wo ich zwei massive Gestalten sehe, die auf uns zufallen.

Gar und Lan landen auf der Plattform, ihre riesigen Körper lassen den Aufzug erzittern und die Motoren aufheulen, aber offenbar bauen die Sevora ihre Aufzüge gut, denn er stoppt nicht. Ich schaue Lan an, mein Mund leicht geöffnet angesichts des schieren Ausmaßes der Verletzungen, die sich über ihren Körper ziehen; Verbrennungen, gebrochene Schuppen und eine lange, dunkle Narbe, die sich ihren Hals hinunterzieht.

„Ein knapper Schuss", sagt Lan, als sie bemerkt, dass ich

es sehe. Andere Verletzungen sind mit klaren Cremes bedeckt, Zeug, das zu wimmeln scheint. „Nanoroboter, die Wunder vollbringen. Meine Maske hat mich vor dem Tod bewahrt, und diese werden mich einsatzfähig halten."

„Warum seid ihr weggelaufen?", frage ich Gar, weil ich nicht weiß, was Nanoroboter sind, und ich lieber herausfinden möchte, ob wir den lebenden Waffen, die gerade in unserer Mitte gelandet sind, noch vertrauen können.

„Ich brauchte Platz, um ihr zu helfen", zischt Gar. „Ihr wart eine gute Ablenkung."

Viera hat ihren Miner erhoben und zielt, als Gar fertig ist. „Sag noch mal, was wir sind, du übergroße Eidechse."

Zum ersten Mal stimme ich meiner Freundin zu, obwohl ich mir sicher bin, dass die beiden Oratus uns ohne einen zweiten Gedanken töten könnten. Gar jedoch verfällt nur in ein zischendes Gelächter.

„Übergroße Eidechse?", sagt Lan. „Diese Beschreibung habe ich noch nie gehört." Der Oratus wendet sich Viera zu, die ihren Miner schwenkt, um Lan zu verfolgen. „Ich glaube nicht, dass du hier wählerisch bei deinen Verbündeten sein kannst, Mensch. Wenn wir euch verlassen, wer wird euch dann von diesem Planeten wegfliegen?"

„T'Oli und ich können fliegen", sage ich. „Viera hat recht. Wenn wir nicht darauf vertrauen können, dass ihr bei uns bleibt, dann solltet ihr gehen. Wir stecken da entweder zusammen drin oder gar nicht."

Gar hört für einen Moment auf zu zischen, und beide Oratus schauen zu mir herüber.

„Dieser Mensch ist mutig", sagt Gar. „Sie denkt, sie kann alleine überleben."

„Aber sie wird es nicht müssen", zischt Lan. „Kolas hat gefragt, ob wir helfen wollen, und wir haben uns freiwillig gemeldet. Wir werden dafür sorgen, dass dein Freund zurückkehrt, oder wir werden bei dem Versuch sterben."

Als Lan diese Worte sagt, fällt eine Last von meiner Brust, von der ich nicht einmal wusste, dass sie da war. Tief in meinem Inneren weiß ich, dass Viera, T'Oli und ich Malo nicht alleine retten können - es werden zu viele Sevora sein und zu wenig Zeit. Aber mit zwei Oratus?

Es könnte eine Chance geben.

ES IST EINE WEILE HER, dass Sax jemanden gejagt hat, und durch die dichten Ranken von Aspicis zu rennen, sorgt für einen aufregenden Rausch. Er handelt instinktiv und folgt den winzigen Lichtstrahlen, die es schaffen, vom Himmel herabzudringen. Jeder von ihnen ist ein Wegweiser, der Sax zur nächsten Kurve führt, zur nächsten Stelle, an der er seine Krallen eingraben kann, während er und Bas den ausgehöhlten Pfad entlang rasen.

Die beiden Oratus bewahren während des Laufs Schweigen und sparen ihren Atem fürs Atmen. Es ist nicht abzusehen, wie lange es dauern könnte, Evvas Entführer einzuholen, oder wie weit das Amigga und seine Oratus-Wachen kommen müssen, bevor sie einen anderen Weg zum Fliegen finden.

Als ob es die Bedeutung des Moments spüren würde, ist Aspicis selbst still. Abgesehen von den *kratzenden* Geräuschen, die ihre Krallen machen, wenn sie sich in den Boden graben, gibt es wenig andere Geräusche; keine Vogelrufe, kein Zischen und Knurren des Dschungels, auch nicht das schwere mechanische Rumpeln von Technologie. Die Amigga haben ihre Heimatwelt nach ihren eigenen Wünschen gestaltet, und Sax findet das Ergebnis langweilig.

Auch die Gerüche sind fade. Die Ranken blühen nicht, und der einzige Duft, den sie verströmen, ist eine lauwarme Liebkosung; eine weiche, undefinierte Schicht in der Luft, die nach getrocknetem Gras schmeckt. Die Amigga haben sich auf eine Suche nach der uninteressantesten Mischung von Sinneseindrücken begeben.

Dieser Gedanke endet, als Sax das Ende des Pfades erreicht. Es ist nicht klar, wie weit sie gelaufen sind, aber sie sind an einem weiteren Dorf angekommen. Oder nein, etwas anderem.

Was vor Sax steht, ist eine große zylindrische Kuppel, gemacht aus Ranken, die noch lebendig aussehen, aber so gelenkt wurden, dass sie so wachsen. Die Kuppel selbst ist riesig, mehrmals so hoch wie Sax selbst und lang genug, um ein Raumstationsflügel zu sein. Am entfernten Ende, wo die Kuppel abgeschnitten zu sein scheint, befindet sich das größte Zugeständnis an mechanische Notwendigkeit, das Sax auf dem Planeten gesehen hat.

Eine Magnetschwebebahn.

Es ist eine einzelne schimmernde silberne Schiene, die fast einen Meter über dem Boden schwebt. Die Strecke erstreckt sich von der Kuppel weg von Sax und Bas und verschwindet im dunklen Dschungel.

Die Kuppel und die Umgebung strahlen vor Helligkeit, da die Ranken darüber entfernt wurden. Sax kann auch andere Pfade erkennen, die von der Kuppel wegführen, und diese sind von Gruppen von Flaum besetzt, die sich zur und von der Station bewegen. Einige ziehen Koffer hinter sich her, andere schieben lange Karren, die mit Kisten beladen sind und auf Mikrojets schweben.

„Also ist Aspicis nicht immer rückständig", zischt Bas, als sie neben Sax steht.

„Der Krieg. Ich wette, sie konnten den Planeten nicht mehr heilig halten, nicht wenn sie Nachschub brauchten."

Ungeachtet dessen sehen sie, als sie sich umschauen, weder Evva noch ihre Entführer. Das Amigga und seine Leibwächter sind nirgendwo hier. Zumindest nicht in Sichtweite.

„Verstecken sie sich da drin?", sagt Bas und errät, was Sax denkt.

„Wenn sie es tun, werden sie wissen, dass wir kommen", Sax deutet auf einige der sich bewegenden Flaum. Viele der pelzigen Kreaturen haben Blicke in ihre Richtung geworfen, ihre Gesichter verzerren sich zu Schock oder Verwirrung, dann weichen sie zurück in Angst und beschleunigen ihren Schritt. „Nicht dass es eine Rolle spielt. Wenn wir Evva nicht retten können, dann ist das alles hier wertlos."

Bas widerspricht nicht, also schreiten die beiden Oratus gemeinsam über die Lichtung zur Kuppel. Der Eingang zur Station befindet sich anscheinend auf der anderen Seite ihres Anmarschwegs, so dass ihr erster Blick auf das Amigga fällt, als es um das nahe, abgeschrägte Ende der Station biegt.

Anders als Dalachite, das letzte Amigga, das Sax gesehen hat, das buchstäblich in die unter seiner Leitung gebaute Raumstation hineingewachsen war, hat dieses eine typischere Anordnung: Seine runde, fleischfarbene Form ist von einer klaren Hülle umgeben, mit einem Paar weißmetallener Stangen, die zu beiden Seiten herausragen. Jede Stange teilt sich in eine Vielzahl von Gliedmaßen, wobei eine gerade nach unten ragt und in einem schwachen Mikrojet endet, der das Amigga vom Boden abhebt.

Was wirklich wichtig ist, ist, wie viele der „Arme" dieses Amigga in Bergbaugeräten oder scharfen Klingen enden. Sax zählt ein halbes Dutzend Waffen, die alle auf die Oratus gerichtet sind. Zwei der Bergbaugeräte, eines auf jeder Seite des Amigga, ragen größer heraus; Hochenergie-Modelle, die dazu gemacht sind, zu verwüsten und zu zerstören. Das Ensemble macht klar, wie das Flaum-Dorf zu einem flachen Durcheinander aus zerbrochenen Häusern und verbrannten Körpern wurde.

„Ihr seid nicht befugt, hier zu sein", verkündet das Amigga mit reichlich Schleim in den Worten. Die Stimme kommt übersetzt und durch seine Lautsprecher geleitet, so dass es keinen Mund gibt, den das Amigga zu einem ätzenden Grinsen verziehen könnte. „Tatsächlich seid ihr nirgendwo mehr befugt zu sein, Verräter."

Das Amigga wartet keine Antwort ab – sobald es den Satz beendet hat, beginnen diese großen Bergbaugeräte auf beiden Seiten, geschmolzene Energie auf Sax und Bas zu sprühen. Die beiden Oratus hatten jedoch keinen freundlichen Plausch erwartet und schaffen es, dem ersten Angriff auszuweichen. Als er zur Seite springt, benutzt Sax seine rechte Mittelkralle, um eines der Bergbaugeräte von seiner Maske zu greifen und, als er landet, blitzschnell zu zielen und zu feuern.

Sein Schuss trifft ins Schwarze und schmilzt die Vorderseite des rechten Bergbaugeräts des Amigga, während Bas dasselbe mit der Kanone auf der gegenüberliegenden Seite des Wesens macht. Die einzige Antwort des Amigga ist ein Lachen, während es seinen Satz von vier kleineren Bergbaugeräten in Stellung bringt.

Diese kommen nicht einmal zum Schuss. Offenbar ist

der Amigga nicht daran gewöhnt, gegen Vincere-ausgebildete, drei-buchstabige Oratus anzutreten, denn jedes Mal, wenn einer seiner Miner anlegt, sprengen Sax und Bas ihn in rotglühende Stücke. Sax hat jetzt in beiden Mittelklauen Miner, und sie hören nicht auf zu schießen, bis der Amigga ohne eine einzige Waffe auf seinem Bohrturm dasteht.

„Wo ist Evva?", krächzt Bas den Amigga an, als dieser begreift, dass er waffenlos ist und endlich aufhört, sich zu einer bewaffneten Seite zu drehen.

„Drinnen", sagt der Amigga. „Sie wartet auf den Zug. Ihr könnt euch ihr gerne anschließen. Wir nehmen euch alle gerne mit."

Der Amigga würde Evva nicht allein in der Station lassen, was bedeutet, dass der verspiegelte Oratus dort drin sein muss, also geht Sax dorthin. Oder versucht es zumindest. Er macht einen langen Schritt auf den Amigga zu, um den harmlosen Klumpen zu umgehen, als etwas in seine Seite kracht und Sax zu Boden wirft. Dann hebt es ihn hoch und schleudert ihn zurück zu Bas.

„Kah, du hättest nicht hier rauskommen müssen", sagt der Amigga, während Sax den Kopf schüttelt, um die Verschwommenheit loszuwerden. „Ich hatte sie im Griff."

Bas ist jetzt bei ihm und hilft Sax aufzustehen. Gemeinsam mit seinem Paar drehen sie sich um und sehen, dass die zerbrochenen und funkelnden Verteidigungsanlagen des Amigga von einem massiven verspiegelten Oratus ergänzt werden. Sax kann Kahs Züge nicht genau erkennen, da die reflektierenden Schuppen nur einen groben Umriss zeigen, wo das Licht sich zu biegen scheint.

„Ist das das, wogegen du auf der Fregatte gekämpft hast?", flüstert Bas. „Ich dachte nicht, dass es sie wirklich gibt."

„Die gibt es, und sie tun weh."

„Verräter!", ruft der Amigga. „Ich frage noch einmal - ergebt euch, und vielleicht wird euer Tod schnell kommen!"

Versteht der Amigga nicht, dass ein Vincere-Oratus sich niemals ergeben wird? Dass sie dazu ausgebildet wurden, alles zu tun, außer sich einem Feind zu ergeben? Eine Liste von Dingen, zu denen, wie es sich herausstellt, auch das Zurückschlagen gehört.

„Erledige den Amigga", zischt Sax. „Dann hilf mir."

Sax gräbt seine Klauen in den Schmutz, täuscht einen schnellen Vorstoß in Richtung des verspiegelten Oratus vor und feuert dabei beide Miner ab. Kah bleibt nicht stehen und nimmt das Feuer hin, sondern springt nach oben und vorwärts, stürzt sich knapp über Sax' Ziel auf ihn und beißt an. Also gräbt sich Sax fest ein, lehnt sich zurück und hebt die Miner, als Kahs Sprung nicht den Angriff trifft, den der verspiegelte Oratus erwartet.

Zu seiner Rechten sieht Sax einen vorbeihuschenden rosa Schemen, als Bas auf den Amigga zusteuert. Ohne seine Waffen sollte das Monster nicht mehr als ein Snack für sein Paar sein.

Auch Kah ist für einen heißen Moment nicht mehr als ein Ziel, als sein Schwung den verspiegelten Oratus direkt in Sax' Feuer trägt. Sengende Verbrennungen leuchten auf Kahs Brust auf, schmelzen Lüftungsschlitze und ziehen tiefe Schnitte in die reflektierende Haut der Kreatur.

Dann rammt Kah hart in Sax hinein, drängt ihn zurück und reißt die beiden Miner weg. Es ist ein aggressiver Zug für jeden Oratus, besonders für einen, der eigentlich in der Lage sein sollte, Sax mit etwas anderem als seinen Klauen anzugreifen. Jetzt befinden sie sich in einem verbissenen Duell aus schlagenden Klauen, beißenden Zähnen und Angriffen mit allen vier Armen.

Auf Ravs Fregatte war Sax nicht genug gewesen. Der verspiegelte Oratus hatte ihn überwältigt, Sax in Stücke gerissen. Hier jedoch beweisen Nobaas Ergänzungen ihren Wert; die Metallplatten bieten Schutz, und Sax manövriert sich so, dass er die Angriffe des verspiegelten Oratus auf diesen Teilen abfängt, während seine eigenen Klauen einen Körper zerfetzen, dessen ganzer Vorteil darin besteht, aus der Ferne schwer zu sehen zu sein.

Kah begreift schnell, dass dies kein Kampf ist, den er führen möchte, und mit einem Schwung seines Schwanzes zwingt der verspiegelte Oratus Sax zurück. Blutend und verbrannt hat Kah Mühe, gerade zu stehen, während Sax seine Kratzer mit offenem, zischendem Maul erträgt.

Bereit für mehr.

Zumindest bis er sieht, wie ein zweiter Schatten in Bas kracht und sie wegstößt. Der Flaum im Dorf hatte zwei verspiegelte Oratus erwähnt, und der zweite beginnt, Bas zu verprügeln, nagelt sie am Boden fest und setzt zum tödlichen Schlag mit seinen Klauen an. Der Amigga, hinter allem, krächzt erneut nach der unmöglichen Kapitulation.

Sax reagiert. Er verfällt in den Blutrausch, jenen instinktiven Alles-oder-Nichts-Zustand, in den Oratus geraten, wenn das Überleben keine anderen Optionen lässt. Er stürmt auf Kah zu, täuscht dann einen Schritt nach rechts vor, als wolle er am verspiegelten Oratus vorbei auf den gackernden Amigga zulaufen. Als Kah darauf reinfällt – offenbar ist Kah nicht an trickreiche Kämpfer gewöhnt – pflanzt Sax seine rechte Klaue ein und springt.

Es ist eine Taktik, die gegen einen frischen Gegner nicht funktionieren würde, gegen einen, der hochspringen könnte, um ihn abzufangen, oder Sax' Schwanz packen und den Oratus zurück auf den Boden schleudern könnte, aber

Kah ist verletzt und müde und verpasst seine Chance. Sax landet hinter Kah und stößt den verspiegelten Oratus mit einem harten Schulterangriff von Bas herunter.

Und Bas verschwendet den Moment nicht, rappelt sich auf und zieht ihre beiden Miner hervor. Sie richtet einen auf Kah und den zweiten auf den verspiegelten Oratus, den Sax gerade von ihr weggestoßen hat.

„Du hast es gesagt", zischt Sax in Richtung des Amigga in dem plötzlich stillen Moment. „Ergebt euch."

„Das werden wir nicht", krächzt Kah und bewegt sich in langsamen, unsicheren Schritten auf den Amigga zu. „Entweder tötet ihr uns oder lasst uns gehen, Verräter."

„Das ist eine leichte Wahl", sagt Sax. „Erledige sie, Bas."

„Wartet!", sagt der Amigga, und seine Stimme ist zum ersten Mal nicht von hochmütiger Überlegenheit durchtränkt. „Ihr seid wegen des Oratus hinter uns her, richtig?"

„Sie ist in der Station", sagt Bas. „Wir holen sie zurück, nachdem wir uns um euch gekümmert haben."

Nicht, dass er vom aktuellen Konflikt abweicht, aber Sax nimmt ein Rascheln in der Luft wahr. Vibrationen im Boden. Mit einem flüchtigen Blick in die Peripherie bemerkt Sax, dass die Flaum, die sich um die Station bewegt haben, alle verschwunden sind – nicht ganz überraschend, wenn man bedenkt, dass vor Momenten noch ständig Miner gefeuert wurden, aber dass nicht ein einziger zur und von der Station unterwegs ist?

„Ihr werdet sie dort nicht finden", sagt der Amigga. „Noch nicht jedenfalls."

Amigga haben keine Gesichtsausdrücke. Keine Anzeichen, besonders wenn ihre Gliedmaßen in ihre Exoskelette eingewachsen sind. Sax hat keine Ahnung, ob dieser lügt, aber die Art, wie die verspiegelten Oratus stillstehen, bedeutet, dass er nicht versucht, ihnen Deckung für einen Überraschungsangriff zu geben.

„Gib mir einen Grund, nicht zu feuern." Bas schüttelt ihre Miner leicht.

„Also", beginnt der Amigga. „Es gibt da ein Gespräch—"

Bas drückt den Abzug, und ihr linker Miner feuert, schlägt eine tiefe Wunde in den unteren Bauchbereich des linken, weniger verletzten Oratus. Keiner von beiden bewegt sich, was Sax' Respekt verdient.

„Sie ist in der Station", platzt es aus dem Amigga heraus. „Ich habe gelogen. Wir haben sie betäubt und dort gelassen, als wir euch kommen sahen. Lasst uns gehen!"

Da ist es. Die Feigheit, von der Sax glaubt, dass sie im Kern des Chorus und der gesamten Amigga-Spezies sitzt. Warum sonst jemanden erschaffen, der für einen kämpft? Warum sonst versuchen, alles zu entfernen, was die eigene Macht bedroht, anstatt mit ihnen zusammenzuarbeiten, um eine gemeinsame Lösung zu finden?

Bas nickt Sax zu, der zögert. Er möchte Bas nicht hier draußen mit diesen dreien zurücklassen. Sie nimmt ihm jedoch die Entscheidung ab, mit einer einfachen Berührung ihres Schwanzes, einem Versprechen, dass sie in Ordnung sein wird.

Obwohl er es nicht ausspricht, gibt Sax ein eigenes Versprechen – er wird alle drei dieser Monster finden und erledigen, wenn sie auch nur einen Teil seines Paares berühren. Und damit macht er sich auf den Weg zur Station, umrundet die Außenseite der Rankenstruktur in Richtung des Eingangs, der weniger eine Tür als vielmehr ein breiter Bogen ohne jegliche Versiegelung ist.

Drinnen, unter kaltem elektrischem Kugellicht, befindet sich eine große Plattform für den Magnetschwebebahn. Auf dem Boden liegend, bewusstlos, ist Evva.

Büschel von Flaum besetzen die Wände und drücken sich zurück, um Sax auszuweichen, als er vorwärts geht, Evva in seine Klauen nimmt und sie nach draußen trägt.

Als er die Kuppel verlässt, wird das Grollen, das er gespürt hat, stärker und wird nun von einem schrillen Pfeifen begleitet. Sax dreht den Kopf und kann die leuchtend lila und blaue Front des Magnetschwebebahns in Sicht kommen sehen. Sie bewegt sich schnell und ist größtenteils leise, dieses Grollen kommt, wie Sax erkennt, von der Energiezufuhr aus der Tiefe unter ihm hoch zur Schiene.

„Lasst uns in diesen Zug", sagt der Amigga, als Sax zu Bas zurückkehrt, die ihre Minenwerfer und ihre Ziele immer noch im Todesgriff hält. „Das ist das Mindeste, was ihr tun könnt."

„Sie haben versucht, uns zu töten", zischt Sax. „Tu ihnen das Gleiche an."

„Geht", verkündet Bas. „Steigt in den Zug und verschwindet von hier."

Der Amigga und seine Begleiter warten nicht, bewegen sich langsam und vorsichtig, während Bas sie mit ihren Minenwerfern zum Zug führt. Die Zugwagen öffnen sich weit, ihre ganzen Seiten schwingen nach oben und lassen Flaum ein- und aussteigen, obwohl Sax sieht, dass mehr als ein paar es vorziehen, sitzen zu bleiben, anstatt auf demselben Bahnsteig auszusteigen wie ein Quartett blutiger Oratus und ein Amigga, der dringend einen neuen Anzug zu brauchen scheint.

Trotzdem wird Platz gemacht. Die verspiegelten Oratus steigen ein und helfen dem Amigga, sich ihnen anzuschließen. Die Zugwagen schließen sich, und mit einem weiteren zischenden Grollen fährt der Magnetschwebebahn rückwärts los und verschwindet auf der Strecke.

„Warum?", fragt Sax schließlich. „Warum hast du sie gehen lassen?"

„Weil ich nicht wusste, ob ich sie alle hätte töten können, bevor sie mich erreicht hätten", sagt Bas, ihre Augen verfolgen den abfahrenden Zug. „Du hältst Evva. Wir haben das Ziel erreicht. Warum ein Risiko eingehen?"

Sein Paar macht Sinn, und doch ...

Sax hätte geschossen.

DIE PLATTFORM BEENDET IHREN ABSTIEG, indem sie neben einer Kopie ihrer selbst anhält. Die beiden Plattformen liegen bündig nebeneinander, wobei die zweite entlang eines geraden Tunnels verläuft, der den weißen kugelförmigen Lichtern in die Ferne folgt.

„Scheint, als wäre die Fahrt hier noch nicht zu Ende?", sagt Viera.

Wir wechseln auf die neue Plattform, was ein kniffliger Prozess ist, wenn man ein Paar drei Meter große Oratus hat, die all ihre Gliedmaßen in dem engen Raum manövrieren müssen. Offenbar haben die Sevora nie erwartet, Wirte wie Gar und Lan für die Art von Wartungsarbeiten zu verwenden, für die diese einfachen Transporter gedacht sind.

Die zweite Plattform hat ein Bedienfeld wie die erste, und schon bald sausen wir den Tunnel entlang auf ein dunkles Ende zu, das sich schließlich in einen riesigen Raum verwandelt. Er ist so groß wie die Raumhäfen, die ich früher auf Vimelia gesehen habe, aber anstatt dass Schiffe ein- und ausfliegen, füllt sich das riesige Rechteck mit Strömen frischer Ernten, die aus einer von vielen

Öffnungen hineinfließen. Andere Tunnel mit anderen Plattformen spiegeln den wider, auf dem wir uns befinden, und sie alle verbinden sich mit einem Gittersteg, der den oberen Bereich der Kammer umkreist.

„Jedes Mal, wenn ich denke, wir hätten etwas richtig gemacht, sehe ich, dass es hier größer gemacht wird", sage ich und denke an die Kornspeicher von Damantum zurück. Ich dachte, unsere Vorratskammern wären riesig, mit genug Platz, um unsere ganze Stadt eine Saison lang zu ernähren. Dieser Ort und die Menge an Nahrung, die in die untere Ebene der Kammer geschleust wird, unterteilt durch Stahlwände, um die Ernte zu sortieren, lassen unsere besten Bemühungen kläglich aussehen. „Wir haben noch einen so weiten Weg vor uns."

„Vergleicht euch nicht mit diesem Ort", sagt Gar. „Er wird schon bald ausgelöscht sein."

Es ist fast traurig, denn der Klang von so viel Überfluss, der hereinströmt, der Anblick von so viel Nahrung, die so viel Hunger beenden könnte, zeigt, dass die Sevora nicht völlig böse sind. Sie kümmern sich offensichtlich genug darum, ihre eigenen Leute zu ernähren, in Konstrukte zu investieren, die ihre Zivilisation unterstützen.

Wenn man Milliarden von Gefangenen halten will, muss man sie wohl irgendwie ernähren.

Zu unserer Rechten gibt es nichts außer weiteren Portalen zu weiteren Plattformen, und keine von ihnen sieht anders aus als unsere. Zu unserer Linken setzt sich der Gehweg noch ein gutes Stück fort bis zu dem, was wie eine permanentere Trennwand aussieht, mit dem Umriss einer Tür. Auch hier säumen Plattformen die Außenseite, aber zumindest gibt es am Ende etwas anderes.

„So gern ich auch noch mehr Fahrten machen würde",

sage ich und nicke nach links. „Lasst uns in diese Richtung gehen."

Wir schaffen es gerade mal ein Dutzend Schritte, bevor sich die Tür, auf die wir zusteuern, öffnet. Ein Paar Whelk, beide von kränklichem Blau, schlängeln sich heraus, mit erhobenen Minern. Ich will sie gerade fragen, wo die Gefangenen sind, als sie das Feuer eröffnen.

Viera taucht in einen der offenen Plattformtunnel, Lan folgt ihr, während Gar einen Sprung nach rechts macht und seine Krallen benutzt, um sich am Geländer des Laufstegs festzuhalten und auf die Whelk zuzukrabbeln. Bevor ich mich bewegen kann, wickelt sich T'Oli um meine Brust und verhärtet sich zu seinem undurchdringlichen Selbst - gerade noch rechtzeitig, denn eine Sekunde später prallt ein Geschoss auf den Ooblot und hinterlässt eine harte schwarze Narbe.

„Jederzeit, wenn du zurückschießen möchtest!", sagt T'Oli.

Ich bin dabei; ich reiße meinen Hauptminer von meiner Maske, hebe die Waffe und drücke ab. Hellrote Bolzen schießen heraus und ziehen eine Linie weit über die kurzen Whelks hinweg.

„Tut mir leid!", sage ich und tauche zur linken Wand, um in Vieras Tunnel zu gelangen. „Ich weiß nicht wirklich, wie man schießt!"

Bögen, ja. Miner? Nein.

„Dafür bin ich ja da", sagt Viera, streckt die Hand aus und zieht mich in den Tunnel.

Ich bin überrascht, dass die Whelk mich nicht öfter getroffen haben, aber nachdem ich wieder nach draußen gespäht habe, sollte ich es wohl nicht sein; Gar hat nicht nur ihre Aufmerksamkeit auf sich gezogen, der Oratus hat sich auch um beide Whelk komplett gekümmert und die schleimigen Überreste ihrer Körper über den ganzen Laufsteg verteilt. Mit ein paar Bissen zermalmt der Oratus ihre Miner zu Schrott.

„Das ist es, worin er gut ist", sagt Lan, als wir die Zerstörung betrachten.

„Offensichtlich", sage ich.

Gar ist nicht unbeschadet aus der Begegnung hervorgegangen - seine Maske ist an seinen Beinen und in der Mitte seiner Brust gesplittert, wo direkte Minertreffer die Rüstung zersetzt haben, aber der Oratus scheint sich nicht darum zu kümmern.

Wir treffen Gar an der Trennwand, und ich übernehme die Führung beim Durchschauen der Tür, die die Whelks geöffnet haben. Auf der anderen Seite ist der Grund, warum diese Wachen überhaupt hier waren; die Gefangenen, die wir auf dem Video gesehen haben, sind alle auf der unteren Ebene dieser Hälfte zusammengepfercht. Die Erntewände wurden entfernt, sodass alle Gefangenen in einer riesigen Menge am Boden sitzen können, zusammen mit den Dutzend Wachen, die sie mit bereiten Minern beobachten.

Es gibt ein weiteres Quartett hier oben, auf unserer Ebene, und sie beobachten unseren Türeingang. Ich muss meinen Kopf zurückreißen, als ein paar Flaum feurige Schüsse auf mich abgeben.

„Gefangene und Wachen", sage ich und beschreibe die Situation. „Lan, Gar, ihr habt die meiste Erfahrung damit. Was denkt ihr?"

„Angreifen und verschlingen?", zischt Gar.

„Ja, außer dass wir dabei nicht erschossen werden wollen", sagt Viera.

„Erobert die obere Ebene, und die Wachen unten werden ihre Position verlieren." Lan übernimmt. „Sie werden sich entweder ergeben oder, ohne Deckung, werden wir sie schnell erledigen. Was die Überwindung der vier Wachen hier oben angeht, brauchen wir eine Ablenkung und dann ein paar präzise Schüsse."

Lan beendet den Plan mit einem Blick auf Viera, die nickt. „Ich werde sie treffen, keine Sorge."

„Und was ist dann die Ablenkung?", frage ich.

Die Oratus zeigt mit ihrer grüngeschuppten Vorderkralle auf T'Oli, das immer noch um mich geschlungen ist. „Der Ooblot sollte in der Lage sein, das Feuer auf sich zu ziehen, ohne sich selbst zu gefährden."

„Genau das, was ich gerne höre", schmatzt T'Oli. „Schickt den Ooblot raus – es ist ja sowieso nur eine Pfütze!"

Lans Gesichtsausdruck verändert sich nicht. Gars auch nicht. Ich blicke zu Viera und sie zuckt mit den Schultern.

„T'Oli?", sage ich.

Der Ooblot gleitet von mir herunter auf den Laufsteg und schlängelt sich zur Tür. Seine Augenstiele drehen sich zu uns zurück, während wir uns außer Sicht an den Seiten festklammern.

„Wenn ich dafür sterbe, kreid ich es euch allen an", sagt T'Oli, dann gleitet der Ooblot durch die Tür und verschwindet aus unserem Blickfeld.

„Jetzt!", zischt Lan Viera zu, und meine Freundin huscht schnell zur Tür.

Viera bei der Arbeit zuzusehen, ist faszinierend – die Lunare hält in jeder Hand einen Miner, dreht sich mit der Schulter an der Trennwand, um durch den Türrahmen zu schauen, und obwohl ich nur ihr aschweißes Haar und den Rand ihres entschlossenen Gesichts sehe, weiß ich, dass jeder Bolzen, der ihre Miner verlässt, sein Ziel trifft.

Nach der blitzenden Kaskade tritt Viera durch die Tür

und wir folgen ihr. Die Ergebnisse ihrer Handarbeit sind die rauchenden Überreste der vier Wachen, zusätzlich zu dem sporadischen und schnell nachlassenden Gegenfeuer von unten, während Viera ihre Aufräumaktion fortsetzt. Als ich das Geländer erreiche, meinen eigenen Miner und meine mangelnde Fähigkeit in der Hand, haben die fünf verbliebenen Flaum-Wachen ihre Waffen bereits zu Boden geworfen.

„Gute Arbeit", sage ich zu ihr.

„Ich weiß." Viera schaut nicht zu mir herüber, behält ihren Fokus auf den Wachen.

Ich bin eine glückliche Kaiserin, solche Freunde wie sie zu haben.

Auf der gegenüberliegenden Seite, an der Endwand, gibt es eine weitere Plattform, die uns auf die Bodenebene bringt. Viera entscheidet sich, oben zu bleiben und Deckung zu geben, also begleiten mich T'Oli – glücklicherweise unversehrt nach seinem Köder-Einsatz – und die beiden Oratus.

Was ich sehe, sind dreißig oder vierzig Gefangene, hauptsächlich Flaum und Whelk, die an der Wand zu meiner Linken aufgereiht sind. Sie sind dicht aneinandergedrängt und sehen alle gebrochen und elend aus. Wie die Überreste, die ich getroffen hatte, die in Clarity's Dawn gedient hatten, aber ohne jeden Funken Hoffnung. In der Mitte unter ihnen befindet sich jedoch derjenige, den wir hier zu finden kamen.

„Malo", sage ich seinen Namen und es schwingt mehr als ein bisschen Unglaube mit, als ich es tue. „Du lebst."

Er blickt langsam auf, als ich mich nähere, und der Schaden, den ich während des Videos bemerkt hatte, ist aus der Nähe noch schlimmer. Malo ist dünn, mit Schnitten und blauen Flecken über den ganzen Körper, und er ist in dieselben Lumpen gekleidet wie der Rest der Gefangenen. Seine Augen sind rot, und obwohl sein Mund ein halbes Lächeln für mich formt, kann ich mich kaum davon abhalten zu weinen.

„Hallo, Kaiserin", sagt Malo, seine Stimme ein Flüstern.

„Was haben sie dir angetan?", frage ich und strecke meine Hand aus, fahre sie an der Seite seines stoppelbedeckten Gesichts entlang.

„Sie haben versucht, mich zu brechen", sagt Malo.

Ich schüttle den Kopf. Was hätte es für einen Sinn, Malo zu brechen? Er ist nicht bei den Vincere, er würde nichts Nützliches wissen.

„Menschen, wir müssen gehen", zischt Lan hinter mir. „Diese Sevora sagen, sie seien der Bodensatz, dass alle übrigen von Jels Streitkräften versuchen, auf das einzige gute Schiff zu kommen, das noch auf diesem Planeten ist. Das Schiff, das wir brauchen."

Ich blicke zurück zu der Oratus. „Sie haben nie erwartet, die Gefangenen gegen ihr Leben einzutauschen?"

„Ich glaube nicht, dass sie daran geglaubt haben", flüstert Malo hinter mir. „Sie hofften, die Vincere könnten sich vielleicht darum scheren, aber sie glaubten nicht daran."

Ich schließe für einen Moment die Augen. Dies ist vielleicht nicht der Zeitpunkt für Politik, für Moral. Wir müssen vom Planeten fliehen. Jetzt. Und wir nehmen sie alle mit. „Die Gefangenen kommen auch mit. Wenn wir schon diese Reise gemacht haben, können wir auch so viele retten, wie wir können."

Gar zischt etwas, das ich nicht verstehe, bevor Lan ihr Paar mit einem Zucken ihres Schwanzes unterbricht. Sie erhebt jedoch keinen Einspruch, sondern zeigt stattdessen mit einer Vorderkralle auf die fünf verbliebenen Wachen, die aufgereiht und geschlagen aussehend dastehen.

„Kann einer von ihnen uns führen?", frage ich Lan.

„Sie werden", sagt Lan.

„Auch wenn sie Sevora sind?"

Lan fletscht die Zähne. „Wenn sie uns zu diesem Schiff bringen, werden wir sie mitnehmen. Bitten Sie Kolas vielleicht darum, ihnen eine Chance zu geben." Lan schaut mich an, sodass die Wachen hinter ihr ihre gelben Augen, diese schwarzen Schlitze in ihren Pupillen, nicht sehen können. Keiner dieser Sevora wird von diesem Planeten kommen, egal was sie tun.

Und es ist mir egal.

Ich dachte, sie hätten mir Malo genommen. Ich dachte, er wäre in dieser Höhle gestorben, als T'Oli uns wegflog. Jetzt steht er hinter mir, und wenn er nicht tot ist, dann ist er dem ziemlich nahe. Mich von Malo abzuwenden, verwandelt meine Traurigkeit, das Mitleid und die getrübte Hoffnung, ihn lebend zu sehen, in Wut, in Zorn. Die düstere Kraft, die kommt, wenn man jemanden, den man liebt, nicht retten konnte.

Ich gehe an Lan vorbei zu der Reihe von fünf Sevora-Wachen, allesamt Flaum, und alle in der dunkelblauen Rüstung von Jels Fraktion, deren Namen ich nicht einmal kenne. Ich begegne jedem ihrer Blicke, und ihre kleinen schwarzen Augen starren zurück. Natürlich wissen sie es nicht. Natürlich waren sie nicht verantwortlich für das, was Malo an jenem Tag zugestoßen ist.

„Viera?", rufe ich, ohne den Blickkontakt mit den Sevora zu unterbrechen.

„Kaiserin?", antwortet Viera von oben.

„Wenn einer dieser fünf etwas ohne meine Erlaubnis tut, will ich, dass du sie erledigst. Warte nicht. Sie bekommen keine zweite Chance."

„Alles klar."

Ich nicke den Sevora zu, um ihnen zu zeigen, dass ich jetzt mit ihnen spreche. „Ihr habt die Oratus gehört. Bringt uns zu dem Schiff, damit wir diese elende Welt verlassen können."

Ich marschiere an der Spitze, mit Viera, T'Oli und Lan. Gar meldet sich freiwillig, um das Ende zu sichern, und zischt, dass er es genießen wird, jeden zu fressen, der zurückbleibt. Die Sevora-Wachen führen uns zu einer Nebenkammer des großen Raums, einem Raum vollgepackt mit Terminals, die den Erntefluss und die Wasserversorgung überwachen, und der eine einzige Transportröhre hat.

Eine so große Gruppe in einer dieser Röhren zu bewegen, scheint ein Problem zu sein, bis die Sevora – auf meinen Befehl hin – das Bedienfeld an der Seite der Röhre benutzen, um einen größeren Transport anzufordern. Wir beobachten, wie sich der einzelnen Perlenplattform, die ihre Oberfläche an unsere Sitzbedürfnisse anpassen kann, zehn weitere anschließen. Sie sitzen nicht als separate Plattformen, sondern bilden stattdessen zwei Meter lange weiße Verbindungen von einer zur nächsten.

„Einsteigen?", frage ich die Sevora und insbesondere einen rotbraunen pelzigen Flaum, der die Position als ihr Anführer eingenommen hat.

„Sie werden alle zusammenbleiben", sagt der Sevora. „Wir sollten nach vorne gehen."

Viera, mit ihren gezückten und gezielten Minern, folgt mir, während wir voranklimmen. Die fünf Sevora scharen sich mit uns auf der vorderen Plattform, während Lan sich auf der direkt dahinter befindlichen aufhält, zusammen mit der ersten Gruppe von Gefangenen. Ich lasse Malo, der zunehmend erschöpft wirkt, bei Lan bleiben, und er lehnt sich an die Oratus, als wäre sie der einzige Grund, warum er noch steht.

Ich möchte mit ihm reden. Möchte Malo sagen, wie leid es mir tut, aber dafür ist keine Zeit, also verbeißen ich mir die Worte und konzentriere mich auf die Sevora, auf die Plattform, darauf, uns zum Schiff zu bringen.

Die Plattformen rucken vorwärts, beschleunigen dann immer schneller, bis wir mit atemberaubender Geschwindigkeit unter der Erde dahinrasen. Deckenlichter flitzen so schnell vorbei, dass sie wie ein einziger weißer Streifen inmitten der grauschwarzen Tunnelwände aussehen. Der Streifen verschwindet jedoch in einem Augenblick, als wir aus dem Untergrund schießen und in eine klare Röhre gelangen, die durch einen verbrannten Himmel emporsteigt.

# UNTERDRÜCKUNG

DIE BEIDEN ORATUS stehen direkt vor der Station, mit einem dritten, bewusstlosen Oratus zu ihren Füßen. Rettung war der Plan, und jetzt, da sie das geschafft haben, ist sich Sax nicht sicher, wohin sie gehen sollen. Die Flaum sind sicherlich keine große Hilfe – die meisten sind einfach geflohen, und diejenigen, die geblieben sind, zucken jedes Mal zusammen, wenn Sax in ihre Richtung schaut, während sie sich in den Ecken der Station aneinander klammern.

„Ich glaube, wir haben das nicht ganz durchdacht", sagt Bas.

Sax schaut sie an und unterdrückt ein Lächeln. Sie sieht immer noch strahlend aus, selbst nach dem Gerangel mit dem verspiegelten Oratus und dem Amigga, selbst nach dem Rennen durch einen dunklen und schmutzigen Dschungel. Hier, während sie mit dem Unglück flirten, ist er bei ihr. Bas und die Mission. Nichts anderes zählt.

Die Mission allerdings ist derzeit betäubt, und Sax vermutet, dass es nicht lange dauern wird, bis dieser

Amigga mit einer größeren Truppe zurückkommt, um seine Beute zurückzuholen.

„Schau dir diese beiden Hässlichen an", kommt die Stimme von rechts, die schleimige von Agra-Red. „Sie haben auch einen Oratus gefunden!"

Der karmesinrote Whelk schiebt sich vollständig um die Station herum, zielt mit seinem eingebauten Bergbaugerät mit der linken Hand, während er in der rechten einen kleineren Shooter hält. Bereit, alles in molekulare Vergessenheit zu sprengen, was Agra-Red nicht gefällt. Dahinter stehen Plake und die beiden Teven, bewaffnet und bereit.

„Sie ist betäubt", erklärt Sax, als Plake Evva einen besorgten Blick zuwirft, und die Vyphen hält beide ihre gefiederten Hände über Evvas Brust, bis sie spürt, wie die Lüftungsschlitze des Oratus Luft einsaugen.

„Dann müssen wir sie hier rausbringen", sagt Plake.

„Du sagst das, als hätten wir nicht schon darüber nachgedacht, wie wir das anstellen sollen", erwidert Bas.

„Habt ihr das?" Plake wendet sich ihr zu. „Einen Weg gefunden? Oder ist Herumstehen das Beste, was euch eingefallen ist?"

„Ich dachte, wir würden dich in Stücke schneiden und Evva mit deinen Federn tarnen", bietet Sax an und untermalt seine Worte mit seiner zahnigen Visage.

Engee, der Teven, tritt zwischen die Gruppe. „Während ihr alle hinter ihnen her wart, haben Nobaa und ich noch mehr mit Avan gesprochen. Evvas Truppe musste ja irgendwie zu diesem Dorf kommen, und er sagt, sie haben dort hinten Skiffs. Die wir benutzen können."

Alle, Sax eingeschlossen, starren den Teven an.

„Das konntest du nicht früher erwähnen?", fragt der Whelk.

„Früher gab es keinen Grund dafür", antwortet Engee.

„Skiffs sind nicht sicher!", fügt Nobaa hinzu.

„Hier zu bleiben ist auch nicht sicher", sagt Plake. „Lasst uns gehen."

Es steht außer Frage, wer das Vergnügen hat, Evvas gelähmten Körper zu tragen. Sax fängt an, dann übergibt er Evva an Bas, als seine Arme von dem Gewicht taub werden. Gemeinsam spielen die beiden ein seltsames Übergabespiel mit Evva, bis sie zurück zum Flaum-Dorf kommen.

Avan ist da, um sie zu empfangen, und sieht besser aus, wenn auch immer noch weit entfernt von einer vollständigen Genesung.

Was Avan allerdings tun kann, ist, sie in Richtung der Lianenschlitten zu führen, kleine Skiffs, die kaum für einen einzelnen Oratus ausreichen und wie mit Mikrodüsen beschichtete Schlitten aussehen. Eine kleine Windschutzscheibe wölbt sich von vorne nach oben, mit einem Paar Mikrodüsen an der Oberseite, um bei plötzlichen Abstürzen zu helfen.

„Ich nehme an, keiner von euch weiß, wie man so ein Ding fährt?", sagt Avan, als sie vor den zehn Skiffs stehen, die Evvas Crew benutzt hat, um in die Stadt zu kommen.

Die Oratus-Anführerin lehnt jetzt an Sax, kommt langsam zu sich, ist aber noch nicht in der Lage, aus eigener Kraft zu stehen oder mehr als ein paar gemurmelte Worte auf einmal zu äußern. Sie müssen sie mit einem starken Schuss betäubt haben, um Evva, einen großen, roten Oratus, so lange außer Gefecht zu setzen. Andererseits, warum Risiken eingehen mit dem meistgesuchten Wesen der Galaxie?

„Ich kann's rausfinden", verkündet Plake.

Engee und Nobaa sagen das Gleiche – und klettern prompt in einen der Skiffs, legen sich Seite an Seite hin und klemmen ihre kleinen Gliedmaßen an den Rändern des Schlittens fest. An den Rändern des Schlittens sitzen kleine Hebel, die entweder nach oben oder unten gehen und bei Bedarf einen Aufstieg oder einen Sturzflug ermöglichen. Nobaa nimmt einen, Engee den anderen.

„Schon gut", zischt Avan, als Agra-Red sich fragt, ob die Teven sich synchron halten werden. „Die beiden Hebel sind miteinander verbunden. Sie werden dahin gehen, wo der Schub oder Zug am stärksten ist."

Das lässt einen Skiff für jeden von ihnen übrig, plus ein paar zusätzliche, die Avan ohne Zögern dem Dorf spendet. Eine kleine Wiedergutmachung für den Schaden, den sie verursacht haben, aber Sax stimmt zu, dass es besser ist als nichts.

So viel darüber nachzudenken, wie andere ihre Handlungen sehen, ist frustrierend; es wäre viel einfacher, die Mission mit Blick auf die Ergebnisse und nichts anderes durchzuführen.

„Wer nimmt Evva mit?", fragt Sax, als Avan seinen eigenen Skiff besteigt.

„Ich nehme sie", sagt Plake. „Ich bin die Einzige, die klein genug ist."

Der Whelk ist auch nicht groß, aber Agra-Red trägt immer noch dieses monströse Bergbaugerät, und zusammen würden die zwei eng sitzen. Sax und Bas können definitiv keinen zweiten Oratus auf ihren Skiffs unterbringen. Also wird die Entscheidung ohne Diskussion getroffen, und die Gruppe lädt auf.

Der Skiff ist eine seltsame Passform, da Sax seine Mittelklauen über die Seite legen und dann im Wesentlichen den Schlitten mit dem Rest von sich umarmen muss. Er folgt Avans Beispiel und klemmt seinen Schwanz an seiner Seite ein, die Spitze in der Nähe seines Kopfes. Ein

Blick auf Plake bestätigt, dass sie am schlechtesten dran ist; Evvas Masse drückt Plakes gefiederte Gliedmaßen hart in das Gefährt, und die Vyphen streckt ihren Hals so weit wie möglich, um ihre Augen dort zu haben, wo sie sehen können.

„Die Gleiter sind darauf programmiert, meinem zu folgen", verkündet Avan, sein Zischen noch immer leicht von den Wunden. „Ihr müsst euch nur festhalten und mitfahren."

Sax ist froh, das zu hören – Oratus werden nicht als Piloten ausgebildet, schon gar nicht für kleine Gleiter. Bas hat zwar einige Erfahrung mit Shuttles und dergleichen, aber Sax konzentriert sein Wissen lieber auf Waffen und deren Einsatz.

Mit einem synchronisierten Summen starten alle sechs Gleiter und erheben sich einen Meter über den Boden. Sax duckt sich auf seinem Gleiter und späht durch die gläserne Windschutzscheibe auf die glühenden violetten Dorflampen, während die Mikrojets hochfahren.

„Holt tief Luft!", ruft Avan über das Heulen hinweg.

Tief Luft holen? Sax öffnet instinktiv seine Luftklappen und saugt Luft ein. Es ist gut, dass er das tut, denn einen Moment später schießt der Gleiter in einen atemberaubend schnellen Start. Die Windschutzscheibe verhindert, dass Sax vom Luftstrom weggeblasen wird, aber er krallt sich trotzdem fest, während die Ranken unter ihm vorbeirasen.

Das warme Licht von Aspicis' Stern erweist sich als ideal, sobald Sax sich an die rasante Geschwindigkeit des Gleiters gewöhnt hat. Es bietet ihm einen hervorragenden Blick über die riesige smaragdgrüne Weite der gewaltigen, sich windenden Ranken. Flauschige perlweiße Wolken und treibender Nebel durchbrechen den azurblauen Horizont.

Es ist wunderschön, obwohl Sax die schiere Abwesenheit von Landschaft desorientierend findet; es gibt keinen einzigen Hügel oder Berg, der die Ranken nach oben drückt, keine Täler oder Hochebenen. Nur ein relativ gleichmäßiges Blätterdach, das sich dort bildet, wo die Ranken zu schwer werden, um sich weiter nach oben zu schieben.

Es ist eine Welt, die vollständig gezähmt wurde, um der Spezies zu dienen, die sie besitzt.

Die Gleiter halten sich treu an ihre Programmierung und fliegen alle in Formation hinter Avan her, was wie eine Ewigkeit dauert, bevor der Verräter zu bremsen beginnt. Dann neigt Avan seinen Gleiter nach vorne und taucht auf das zu, was wie ein dichtes Bündel von Ranken aussieht. Sax rechnet nicht mit dem Richtungswechsel und überlegt, von dem selbstmörderischen Kurs abzuspringen, bis sie sich nähern und er erkennt, dass das Licht seinen Augen einen Streich gespielt hat.

Die Ranken sind nicht ganz so dicht, wie sie aussahen, und Sax schießt zusammen mit den anderen durch eine Reihe enger Lücken und kommt schließlich in einen Bau, der von denselben hängenden, farbigen Kugeln beleuchtet wird wie das Flaum-Dorf.

Während jener Ort Familien und alle Elemente eines echten, zivilisierten Lebens beherbergte, hat dieser hier die Zusammensetzung eines Militärlagers. Die Gleiter setzen in der Mitte nieder – wo bereits viele andere Gleiter am Boden stehen – und Sax sieht Tische, die aus Ranken und zufälligem Schutt geschnitzt sind, bedeckt mit Waffen, Werkzeugen und Ersatz-Caches, jenen allumfassenden Armbändern des Wissens.

Überall sind Terminals verstreut, die an behelfsmäßigen Verbindungen hängen, die in die Ranken gebohrt wurden. Sax verfolgt die Kabel, und sie alle führen zu einer kreisförmigen Platte – dem einzigen echten Metallstück am Boden –, die ganz leicht orange glüht.

Die Neuankömmlinge werden von einer Ansammlung von Flaum angestarrt, aber auch von einer Vielzahl anderer Spezies. Keiner von ihnen trägt Chorus-Uniformen, und die meisten sehen aus, als hätten sie lange Zeit am Rande der Gesellschaft gelebt; geflicktes Fell, Narben oder sogar fehlende Gliedmaßen, zusammengewürfelte Kleidung, bei der Funktion klar über Mode geht.

Und keine Angst.

Evva hat sich eine abgehärtete Crew zusammengestellt, und Sax' Hoffnung auf Erfolg steigt, als er sich aus dem Gleiter befreit und seine ersten Schritte macht. Etwas Köstlicheres als Nährstoffbrei brutzelt auf einem Grillgestell an einer Seite, ein lindgrüner Whelk in einer schmutzigen braunen Schürze bewacht, was vermutlich das Abendessen ist.

„Willkommen in Quell", sagt Avan, als die Gruppe von ihren Gleitern abgestiegen ist. „Das ist das Nächste, was ihr auf diesem Planeten ein Zuhause nennen könnt." Der Verräter – Avan wird in Sax' Gedanken nie etwas anderes sein – zeigt im Kreis herum und gibt den verschiedenen Orten wie Küche, Duschen und diverse Räume für Missionsplanung, Technik und mehr einfache Namen.

Quell ist gut organisiert, genau das, was Sax von Evvas Lager erwartet hätte. Was es allerdings nicht ist, ist aufregend genug, um die Erschöpfung fernzuhalten, die ihn überrollt. Sie sind in einem ununterbrochenen Rush, seit sie vor einer gefühlten Ewigkeit von Solis geflohen sind.

Evva muss sich noch erholen, und sie scheinen nicht in unmittelbarer Gefahr zu sein, also lässt sich Sax von Avan den Weg erklären, dann bahnen er und Bas sich einen

kurzen Pfad durch weitere Ranken zu einem Hängematten-
bereich. Die gibt es in allen Größen, und sie sind aus steifer,
gewebter Rankenhaut gefertigt.

„Glaubst du, die halten unser Gewicht?", zischt Bas.

„Ich bin bereit, es zu versuchen", sagt Sax. „Oder ich
schlafe direkt auf dem Boden."

Sie wählen die größten, die zufällig nahe beieinander
sind, klettern hinein und schlafen ein – ihre Klauen
berühren sich im Zwischenraum – bei der sanften Brise
und den stetigen Geräuschen eines Lagers, das sich auf
seine Abendmahlzeit vorbereitet.

Der Morgen findet Quell und die Menschen darin
genauso vor, wie Sax sie verlassen hatte, als er zum Schlafen
verschwand. Es gibt keine Veränderung im Licht, in der
Temperatur, aber die Gerüche sind anders; vor allem gibt es
keinen Hauch von kochendem Essen, keinen ozonartigen
Geruch von Batterien, die repariert oder an Miner angeschlossen werden. Als Sax die Hauptlichtung betritt – Bas
gönnt sich noch ein paar Momente Ruhe –, steht dort eine
kleine Gruppe von Kämpfern, alle bewaffnet und alle
schweigend.

Evva ist auch da und hebt eine einzelne Vorderklaue an
ihren Mund. Es ist ein universelles Signal, das Sax respektiert, und er schleicht sich zurück unter den Schutz einer
nahen Ranke und hält seine Fragen zurück. Einen Moment
später ertönt ein lautes Summen von oben, das wie eine
riesige Biene klingt und fast so schnell wieder verschwindet,
wie es gekommen ist. Erst als der Klang verstummt,
entspannen sich die Kämpfer, kehrt Quell zu seinen
normalen Eigenheiten zurück.

„Sie kämmen den Planeten ständig durch", sagt Evva,
als sie Sax in der Mitte der Lichtung trifft.

Die große rote Oratus, alle vier Buchstaben Stärke,

Führung und Haltung, sieht nicht viel schlechter aus nach ihrem langen Aufenthalt im Bewusstlosen. Dennoch bemerkt Sax, dass etwas von ihrem Glanz verschwunden ist; Evva ist nicht mehr ganz so sauber, so poliert, wie sie es war, als sie noch Kommandantin eines Vincere-Kreuzers war. Ihre Schuppen sind oft zerkratzt, ihr Hals trägt eine lange, wulstige Narbe von ihrem Gesicht bis zum oberen Teil ihres Torsos, etwas, das auf einem Vincere-Schiff hätte geheilt werden können, stattdessen aber zu einer Narbe verhärtet ist.

„Sie?", fragt Sax.

„Wir nennen sie Brummer", antwortet Evva, und auf Sax' fragenden Blick hin fährt sie fort. „Ich habe sie außerhalb von Aspicis noch nie gesehen. Sie suchen nach Unregelmäßigkeiten in den Ranken, in den Dörfern, und katalogisieren alles, was auffällig ist."

Es macht Sinn, dass die Amigga paranoide Ressourcen darauf verwenden, ihren Planeten so zu erhalten, wie sie ihn mögen.

„Sie können eure Maschinen nicht erkennen? Die Energie?"

„Falls sie das haben, wissen wir es nicht", sagt Evva und nickt dann zu einer Metallplatte, die im Boden eingelassen ist. „Strom wird hier nicht von einem Generator erzeugt. Wir stehlen ihn, wie die Amigga, aus Aspicis' Kern. Dies zapft eine Durchgangsleitung an, und wir zweigen ab, was wir brauchen."

„Es sieht nicht so aus, als würdet ihr viel brauchen", erwidert Sax und starrt Evva dann hart an. Es gibt eine Frage, die er schon lange stellen wollte. „Was hat dir Avan gesagt, das deine Meinung geändert hat?"

Evva schnaubt bei der Frage und fegt dann mit ihren Klauen über die arbeitenden Quell-Mitglieder. „Du verstehst jetzt, dass die Amigga kein Interesse daran haben, dies am Leben zu erhalten. Uns am Leben zu erhalten. Sobald wir unsere Nützlichkeit ausgespielt haben, werden sie uns durch die nächste Schöpfung ersetzen. Du hast sie bereits gefunden, glaube ich?"

„Die Menschen?"

„Avan hat mir erzählt, dass die Sevora eines ihrer wenigen verbliebenen Saatschiffe in diesen Raum nur für die Erde geschickt hatten. Der Geist, den er übernommen hatte, hatte Vorstellungen von einer dort erschaffenen Spezies, die gescheitert war, aber zu nah dran war, um sie gänzlich aufzugeben", sagt Evva. „Eine, die dazu bestimmt war, den Sevora einen tödlichen Schlag zu versetzen, aber auch die Amigga von unseren tödlichen Klauen fernzuhalten, sollten wir uns je gegen sie wenden. Ich musste sehen, ob Avan recht hatte."

„Also hast du uns geschickt."

„Ich habe die beiden Oratus geschickt, denen ich meiner Meinung nach vertrauen konnte", sagt Evva. „Als du mitgeteilt hast, was du über die Spezies entdeckt hast, habe ich weiter gegraben. Ich habe den Befehl zur Eliminierung der Menschen gefunden und die Analyse, die eine neue Version mit Änderungen empfahl. Der Chorus wird nicht aufhören, Sax, bis wir alle befriedet oder tot sind. Die Amigga sind nicht an einer gemeinsamen Galaxie interessiert – sie wollen sie für sich allein."

Eines der Quell-Mitglieder, die limettgrüne Whelk, die um die Öfen herumschwebt, als wären sie ihre wertvollsten Besitztümer, nähert sich mit einem Paar gebräunter, dicker grüner Kreise. Sie reicht einen davon Sax, und Sax starrt ihn an.

„Lianenkuchen", blubbert die Whelk. „Gewöhn dich dran."

Das Wesen gleitet davon, nachdem Evva ihren Anteil genommen hat, und Sax beißt hinein. Es ist knusprig, die Bräunung fügt etwas Geschmack hinzu, aber ansonsten ist es fade Füllmasse. Geringfügig besser als Nährstoffbrei, aber Sax hatte auf Besseres gehofft. Nirgendwo in dieser Galaxie gibt es noch wirklich gutes Essen.

„Was passiert, wenn wir gewinnen, Evva?", fragt Sax. „Wenn wir den Chorus zerlegen, die Meridia zerstören?"

„Zuerst überzeugen wir die Vincere, uns zu unterstützen. Dann drängen wir darauf, dass Vertreter jeder Spezies zusammenkommen und Statuten entwerfen, so wie die Vincere selbst sie verwenden. Hoffentlich können wir von da aus eine gemeinsame Basis finden, um eine neue Zivilisation zu beginnen."

„Ich war an Orten, die sich selbst regieren", sagt Sax. „Sie überleben kaum, Evva. Ihre Bewohner kämpfen täglich ums Essen, sie zerstören einander für den kleinsten Gewinn. Es gibt keine höhere Sache, keine große Vision, nach der man streben kann."

*Scrapper Station* und ihre verworrenen Machtgeflechte sowie Rathfalls wahnhafte Mischung aus Jagd, Profit und Kasten von Gasförderern und Führungskräften bleiben hartnäckig in Sax' Gedächtnis haften.

„Zumindest treffen wir so diese Entscheidung", sagt Evva. „Es mag nicht besser sein als jetzt. Es könnte schlimmer sein, aber zumindest wird es unsere Entscheidung sein."

# KAPITEL 13

# DURCH DIE STRASSEN

EINE ZERSTÖRTE STADT erstreckt sich vor uns bis zum Horizont. Türme, die einst wie funkelnde Diamanten oder scharfe Speere in den Himmel ragten, sind jetzt zerbrochen und brennend, während die Vincere ihr langes Bombardement aus dem Weltraum fortsetzen. Einschläge treffen wie Blitze, brechen in Gebäude ein oder setzen Straßen in Sekundenschnelle in Brand.

Mit Ausnahme eines riesigen Bauwerks, das über den anderen aufragt, eine Kugel, deren Unterseite im Boden verschwindet. Wir rasen jetzt darauf zu, vorbei an Kreuzungen mit anderen Röhren, wo die Plattformen sich drehen und in andere Ecken der Stadt oder darüber hinaus schwenken können.

Die ganze Zeit bewegen wir uns so schnell, dass Sprechen unmöglich ist – abgesehen vom tosenden Wind kann ich nur meine eigenen Gedanken hören. Um mich herum stehen die Sevora-Wachen aufrecht, die Plattform formt sich um unsere Füße und hält uns trotz der Geschwindigkeit fest. Ihre Augen sind nach vorne gerichtet, ihre Arme locker, als hätten sich die Sevora mit ihrem Schicksal abgefunden.

Ich wage einen Blick zurück, um zu sehen, wie es den Gefangenen geht, und sie sind das Gegenteil der Wachen. Sie sind nicht gefasst, sondern drängen sich so weit wie möglich von den Rändern weg, wie es die Plattformen zulassen. Sie umarmen und halten sich gegenseitig, wie Mütter und Kinder, sogar über verschiedene Spezies hinweg. Ich vermute, das Ende der Welt wäre erschreckend, selbst wenn die einzige Welt, die man je gekannt hat, eine schreckliche war.

Vor uns nähern wir uns dem Rand der Stadt selbst, und diese Blitze werden immer heller. Aus dieser Nähe kann ich sehen, dass die riesige Kugel nicht steht, weil Kolas nicht versucht hat, sie zum Einsturz zu bringen, sondern weil die Blitze, die sie treffen, an etwas verpuffen, das wie eine unsichtbare Blase aussieht; ein Schild, wie ihn unser Shuttle benutzte, bevor die Sevora-Jäger es überwältigten.

Der Gedanke lässt mich nach mehr von diesen Jägern Ausschau halten, und während viele Schiffe durch den Himmel rasen, scheint keines auf Patrouille zu sein, sondern sie fliegen vielmehr zu verschiedenen Zielen. Während ich noch schaue, krachen zwei Schiffe ineinander, als sie versuchen, einem orbitalen Schuss auszuweichen, ihre Trümmer regnen wie Schrapnell auf die Straßen der Stadt herab.

Die Plattform erschüttert, als wir in die Stadtlandschaft eindringen, und ich richte meinen Blick abrupt nach vorne. Es ist ein direkter Weg von hier zur Kugel, und ich begreife, dass dieses riesige Gebäude Nasiyas eigenes Hauptquartier sein muss, und welch besserer Ort, um deinen letzten Fluchtweg aufzubewahren, als dein Zuhause?

Ich bin auch bereit dafür. Bereit für den Kampf. Meine Maske hat zwei Miner darauf, zwei Rasierklingen, mit denen ich weit vertrauter bin, und ich habe Vieras Scharfschützenkünste und ein Paar sehr tödlicher Oratus, die bereit sind, noch mehr Blut zu vergießen.

Worauf ich nicht vorbereitet bin, ist ein zweites, längeres Beben. Eines, das mich von einer Seite zur anderen schiebt und die ganze Röhre erschüttern lässt, bevor sie sich stabilisiert. Ein Gebäude, das bereits durch Explosionen beschädigt wurde, neigt sich vor uns zur rechten Seite und zerbröckelt. Zuerst denke ich, es müsse ein Erdbeben sein – etwas, das wir von Zeit zu Zeit zu Hause hatten –, aber eine Form im Augenwinkel lässt mich länger hinsehen.

Vimelias Mond ist ein großer, grauer Klumpen. Bei meinem ersten Besuch auf diesem Planeten bemerkte ich, dass sein Kreis unserem eigenen ähnelte, aber jetzt ist er ein gestrecktes Ding, als würde jemand an seiner rechten Seite ziehen und ihn verzerren. Und er streckt sich in Richtung Vimelia, der verzerrte Teil dehnt sich zu einer geisterhaften weißen Fläche aus, während sich der Mond dem Planeten nähert.

Unsere Zeit läuft ab.

Ein heller Blitz durchbricht die eisige Angst vor dem, was ein abstürzender Mond bedeutet, und der plötzliche Ruck der Plattform lässt mich nach vorne taumeln. Ich fange mich am alabasterweißen Geländer ab, als unsere Geschwindigkeit abnimmt. Die Röhre vor uns steht in Flammen, durch einen Einschlag von oben in zwei Teile gerissen. Die Plattform wird auch nicht schnell genug langsamer – wir kommen näher und sind ein Dutzend Meter über dem Boden.

„Viera!", rufe ich, als das tosende Windgeräusch unserer

Fahrt zusammen mit unserer Geschwindigkeit abstirbt. „Runter von der Plattform!"

„Es wäre eine gute Idee, wenn wir uns auch bewegen würden", sagt T'Oli, der Ooblot fest an meinen Rücken gepresst.

Aber unsere Füße sind versiegelt. Ich versuche mich zu bewegen, versuche wegzukrabbeln, während die Plattform durch den gläsernen Tunnel auf die gezackte Öffnung zurutscht. Ich schaue auf meine Füße und versuche, sie hochzuheben, als eine grün geschuppte Klaue herabschlägt und mich freischneidet.

„Los!", zischt Lan, während sie weiter die anderen auf unserer Plattform frei hackt, sogar die Sevora.

Ich drücke mich zurück und versuche wegzukommen, als sich der Boden unter meinen Füßen verschiebt, als mein Magen sich zusammenzieht, während die Schwerkraft von mir Besitz ergreift.

Ich falle.

Die Plattform fällt unter mir weg und ich springe, greife nach Malo, der auf der zweiten Plattform festsitzt, und mein Krieger, mein General, schafft es, meine Hand zu fassen. Ich hänge einen Moment lang, spüre seine warmen Finger an meinen, seine Augen müde und rot, sein Mund von der Anstrengung, mich zu halten, verzerrt, und dann stürzen wir ab.

Und landen in einem brennenden, milchigen Durcheinander. Ich schlage auf, und mein Rücken explodiert vor Schmerz, aber ich werde abgefedert, als würde ich auf eine schwere Wassermasse treffen. Dann pralle ich ab, rolle auf die harte Straße inmitten feuriger Asche und flackernder Flammen, dem Endzustand von Kolas' Bombardement. Malo ist neben mir, und ich stürze mich sofort auf ihn, wische brennende Flocken von seiner Haut. Er hat keine Maske, keinen Schutz.

Erst als ich den Krieger gesäubert habe, schaue ich mich um und sehe die kaskadierenden Klumpen von Menschen und Plattformen, die um uns herum fallen. Der Blick offenbart den Grund, warum ich noch am Leben bin – die Plattformen verlieren beim Aufprall auf den Boden nach dem Fall ihre Form und werden stattdessen zu weichen, blobartigen Kissen. Das Polster ist breit genug, um die meisten davor zu bewahren, aufeinander zu landen, obwohl die Gruppen von Gefangenen nicht so viel Glück haben. Die meisten rollen auf dem Boden oder liegen still.

„Du hast überlebt", sagt Viera, während sie zu Malo und mir hinüber humpelt.

„Einer der wenigen, wie es scheint", sage ich und blicke an der Lunare vorbei.

Beide Oratus sehen in Ordnung aus, als wäre der große Sturz für sie nicht mehr als ein normaler Sprung gewesen. Was es vielleicht auch ist. Auch die ersten Sevora-Wachen scheinen in Ordnung zu sein, sie stehen zusammengedrängt an der Seite, obwohl ihre pelzigen Gesichter vor Schmerz angespannt sind.

„Sieht so aus, als würde unsere Rettung nicht so gut laufen", stimmt Viera in meine Bestandsaufnahme ein.

„Wir haben ihnen eine Chance gegeben", stellt T'Oli fest. „Das ist besser als das, was sie hatten."

Der Ooblot hat nicht Unrecht, und ich werde die geringe Chance, die der Rest von uns hat, nicht ruinieren, indem ich in der Allee warte.

„Los geht's!", rufe ich und errege die Aufmerksamkeit derer, die mich hören können. „Wir haben nicht viel Zeit!" Ich helfe Malo vom Boden auf und bemerke, dass der

Krieger schwer atmet. „Komm schon, Malo. Das ist doch nur ein weiterer Tag für uns, oder?"

„Nur ein weiterer Tag", wiederholt der Krieger und schenkt mir ein leichtes Lächeln. „Ich hab dich vermisst, Kaishi."

Ich werfe ihm ein zerkratztes, erschöpftes Lächeln zurück. „Ich dich auch."

Die Trümmer um uns herum sind allerdings kein guter Ort, um einen Moment zu teilen, denn abgesehen von den weichen Plattformen ist die Kreuzung, die zu unserem Landeplatz geworden ist, voller brennender Opfer von Kolas' Bombardement. Über und um uns herum ragen weitere Überreste der Transportröhre und die nackten Gitter von Gebäuden auf, deren Fenster zerborsten oder geschmolzen sind.

Der Himmel, so bemerke ich, wird immer oranger, und obwohl ich den Mond von meinem Standort aus nicht sehen kann, vermute ich, dass unsere Zeit knapp wird.

Die noch Lebenden und Fähigen bilden eine schleppende Gruppe, die unter der Transportröhre in Richtung der großen Kugel geht. Zuvor, bei meiner ersten Reise nach Vimelia, waren die meisten Straßen verlassen, und die Massen zogen es vor, sich in Transportröhren oder Shuttles zu drängen, die über die Oberfläche fuhren. Zu Fuß zu gehen ist für die Sevora anscheinend nicht effizient genug. Jetzt aber, da alle Normalität in Stücke gesprengt wurde, schließen sich panische Sevora unserem bunt zusammengewürfelten Haufen aus sich erholenden Verwundeten, Sevora-Wachen, Menschen und Oratus an. Viele werfen mit ihren Wirten einen Blick auf Lan und Gar, halten uns für eine Raubgruppe und laufen schreiend in die andere Richtung – Warnungen in den Wind rufend. Andere hoffen, dass die Vincere nicht auf ihre eigenen Leute schießen werden und vertrauen unser aller Leben unserer Gruppe an, schließen sich als Nachzügler an, wo Gar sie mit einem zahnbewehrten Auge im Blick behält.

„Ich muss sagen, das ist wie ein wahr gewordener Traum", sagt T'Oli, während wir die verwüstete Straße entlanggehen. „Ich wollte Vimelia schon lange brennen sehen."

„Mit dir noch darauf?"

„Man darf das Perfekte nicht im Weg des Guten stehen lassen, Kaishi."

„Der Ooblot verliert den Verstand", sagt Viera hinter mir. „Überraschend, dass eine lebende Pfütze so lange die Fassung bewahrt hat."

„Ich bin weitaus vernünftiger als jeder Mensch", erwidert T'Oli.

„Ihr seid beide verrückt, soweit es mich betrifft", sage ich und ducke mich unter einem breiten Metallträger hindurch, der quer über die ganze Straße von einer Seite zur anderen gefallen ist.

Ich möchte mich schneller bewegen, aber die Sevora zum Laufen zu zwingen, würde bedeuten, die Gefangenen zurückzulassen, und jemand müsste Malo tragen. Blicke auf den Mond, wenn die Ruinen es zulassen, scheinen zu zeigen, dass unser Untergang langsam voranschreitet, aber andererseits habe ich noch nie zuvor eine planetare Vernichtung gesehen.

„Malo, was haben sie dir angetan?", fragt Viera unseren geretteten Kriegerfreund.

„Alles und nichts", antwortet Malo. „Wenig Nahrung, viele Fragen. Versuche, mich zu infizieren."

„Hat es funktioniert?"

Malo macht eine Mischung aus Lachen und Husten.

„Ich bin hier, aber jedes Mal, wenn sie scheiterten, versuchten sie es erneut. Bis die Vincere kamen."

Ich balle meine Hände. Ich erinnere mich daran – als die Vertrauten auf der Raumstation *Cobalt* die Sevora aus meinem Kopf saugten und sie dann wieder hineinließen, nachdem ich einen guten langen Blick geworfen hatte. Zu sagen, dass diese Erfahrung unangenehm war, wäre untertrieben. Zu sagen, dass ich mehr Albträume hatte, als ich zählen kann ...

„Wir sind da", verkündet einer der Sevora-Wachen, und ich schaue auf, nur um festzustellen, dass wir tatsächlich fast am Fuß der Kugel sind.

Aus dieser Nähe ist sie größer, als ich dachte, und scheint mit Reihe um Reihe dunkler Lamellen bedeckt zu sein, die im Tageslicht schimmern. Auf Bodenhöhe verschmilzt die Kreiskurve wie ein Berg mit der Landschaft, ein glatter Übergang zu einem Flickenteppich aus Steinmustern darunter. Auf dem Vorplatz stehen Masten mit Bannern, die Nasiya und seinen Oratus-Wirt zeigen, obwohl die meisten inzwischen in irgendeinem Grad verbogen und verbrannt sind, auch wenn die Kugel selbst unberührt aussieht.

Während wir zuschauen, trifft ein weiterer Blitz von oben die Kugel und lässt den Schild aufblitzen, die leichte blaue Welle kaskadiert um die Struktur und verpufft zu nichts.

„Funktioniert die Vordertür?", fragt Viera und deutet mit ihrem Bergmann auf eine Reihe von Lamellen auf Bodenhöhe, die vertikal statt zur Seite angewinkelt sind.

Jede von ihnen hat eine gepunktete Linie grüner Lichter um die Außenseite. Es sieht freundlich genug aus, aber als keine der Sevora-Wachen auf Vieras Frage antwortet, wiederhole ich sie.

„Wir wissen es nicht", antwortet der eine, der die ganze Zeit gesprochen hat, mit seinem vom Absturz versengten rot-braunen Flaum-Fell. „Nasiya und seine Fraktion waren nie unsere Freunde, wir waren noch nie hier."

„Jetzt seid ihr eingeladen", sagt Viera. „Los geht's."

Ich nicke und bekräftige den Befehl. Die Wachen blicken sich zögernd an, bis Viera ihre Bergleute auf sie alle richtet. Lan unterstreicht die Drohung mit einem Zischen.

Wenn Nasiyas Basis irgendeine Art von Verteidigung hat, ist es besser, wenn die Sevora sie auslösen als einer von uns.

Aber es gibt keine Explosion, kein Verstreuen von Sevora- und Flaum-Teilen, als sich das Quintett den Lamellen nähert. Vielmehr blinken die grünen Lichter auf, als sie näher kommen, und alle Lamellen gleiten zur Seite, offen und frei.

„Na, das ist enttäuschend", sagt Viera neben mir.

„Wir könnten sie trotzdem noch brauchen", erwidere ich.

„Sie sagten, sie seien noch nie drinnen gewesen", wirft T'Oli ein. „Ihre Nützlichkeit für die Mission ist wahrscheinlich minimal zu diesem Zeitpunkt. Es wäre sicherer, sie zu eliminieren."

Alle fünf Wachen haben uns den Rücken zugewandt, zumindest bis ihr Anführer sich umdreht, um zu sehen, ob wir nachkommen. Ich stehe mit Viera und Malo zu meiner Linken, Lan zu meiner Rechten, ein paar Dutzend zufällige Gefangene, Gar und sein Anhang von Sevora-Mitläufern. Viera könnte alle fünf Wachen niederbrennen, daran habe ich keinen Zweifel.

„Noch nicht", sage ich. „Wir können sie immer noch als Köder benutzen."

Warum lasse ich die Sevora am Leben? Vielleicht, weil

wir von so viel Tod umgeben sind, dass ich es nicht über mich bringe, jetzt noch mehr zu befehlen. Vielleicht, weil diese fünf wahrscheinlich sowieso später sterben werden, durch Lans Klauen.

Und wenn ich bis dahin warte, werde ich nicht verantwortlich sein.

„Was immer du sagst, Kaiserin." Viera senkt ihre Bergleute. „Ich nehme an, das bedeutet, wir gehen rein?"

„Ja", antworte ich. „Waffen bereit. Wir haben keine Ahnung, was drinnen vor sich geht."

Als wir durch die Lamellen gehen, wird jedoch klar, dass wir das Hauptereignis verpasst haben. Nasiyas Hauptquartier öffnet sich mit einer monströsen Lobby, die höher ist als unsere Ebenen zuhause, höher als der Röhrentransport. Sie ist auch voller Farbe – obwohl diese Wandgemälde sich nicht verschieben und, anstatt verstreuter Farben, gestochen scharfe Bilder verschiedener Planeten sind. Die Lobby selbst ist wie eine Miniaturversion des Gebäudes angeordnet, in dem sie sich befindet – geschwungene Wände enden in einer gewölbten Decke, von der diese Bilder wie Banner herabhängen.

Entlang der Wände fließen auch glasversiegelte Flüsse der tintenvioletten Flüssigkeit, an die ich mich gut von der allerersten Nacht erinnere, als ich die Sevora in meinem Dschungel-Zuhause abgestürzt vorfand. Die Flüsse sind voneinander getrennt und fließen in Becken auf beiden Seiten des silbernen Zentrums zusammen, ein Raum, der wunderschön sein könnte, wären da nicht all die Leichen.

Jede Spezies, die ich benennen kann, ist unter den Opfern vertreten, vom verkohlten, farbigen Schlamm der Whelks bis zu den zerbrochenen Panzern der Teven. Flaum-Fell ist reichlich vorhanden, und einige Teile davon brennen noch immer.

„Das war ein großer Kampf", sagt T'Oli.

Ich warte auf Vieras schneidende Bemerkung, aber ausnahmsweise sagt sie nichts, während wir durch den Friedhof gehen. Sogar der Lunare ist angesichts des Anblicks verstummt.

„Einer, den ich froh bin, verpasst zu haben", sage ich schließlich und wende mich dann an Lan. „Wo denkst du, bewahrt Nasiya sein Schiff auf?"

„Ganz oben", zischt Lan. „Wo Nasiya selbst die meiste Zeit verbringt."

Die Idee ergibt Sinn – halte das Fluchtmittel dort, wo du sein wirst.

„Hier hinten ist ein Aufzug", sagt Viera, die weitergelaufen ist, während ich mit dem Oratus spreche. „Wird aber eng für alle."

„Dann schicken wir zuerst die Wichtigsten", sagt Lan zu mir, und ich weiß, was sie vorschlägt.

Das ist der Punkt, an dem wir die Mitreisenden, die Schmarotzer und die Sevora loswerden. Ich schaue zu den Gefangenen hinüber. Diejenigen, die es bis hierher geschafft haben, scheinen nur Augen für die Leichen zu haben, und ich bin sicher, sie stellen sich selbst in dieser Rolle vor.

„Dann schicken wir den Aufzug wieder nach unten", sage ich. „Für den Rest von ihnen."

Lan nickt, und in wenigen Sekunden haben wir das Sternenschlag-Team zusammengestellt; Malo, Viera, ich selbst und T'Oli, und die beiden Oratus. Niemand hinterfragt die Anordnung, denn wir sind die Einzigen mit Waffen.

Viera hat Recht; der Aufzug ist nicht für einen Haufen Oratus gedacht, aber wir lösen das Puzzle und schaffen es, alle auf die weiße Plattform zu quetschen. Als wir einsteigen, erschüttert ein weiteres Beben den Boden, dieses länger und tiefer als die anderen, was einige scharfe Quieker von den zusammengekauerten Gefangenen in der Lobby hervorruft.

„Hoffen wir, dass sie diesen Ort gut gebaut haben", sagt Viera.

„Es ist das stärkste Gebäude auf dem Planeten", antwortet T'Oli. „Clarity's Dawn hat oft versucht, es zu knacken, hat sogar Sprengstoff um die Basis herum eingesetzt. Nichts, und wir haben bei dieser Aktion einige gute Seelen verloren."

Wir könnten auch bei dieser Aktion einige gute Seelen verlieren, aber die Plattform wird nicht der Ort sein, an dem das passiert. Nachdem wir alle drauf sind – Malo nimmt eine wahrhaft erschöpfte Pose ein und sackt auf dem Boden der Plattform zusammen – stellen T'Oli und ich das Ziel auf dem Bedienfeld des Aufzugs ein. Ganz nach oben.

„Was denkst du, werden diese Wachen jetzt tun, da wir weg sind?", fragt Viera, als der Aufzug seinen Aufstieg beginnt. „Diese Spezies wieder gefangen nehmen?"

„Sie haben keine Waffen", antworte ich. „Was spielt das für eine Rolle? Nichts hier wird sowieso lange bestehen."

„Ich hoffe, sie kämpfen gegeneinander", zischt Gar. „Das wäre eine bessere Art zu sterben als durch Mondfall."

„Mondfall?", ich greife das Wort auf. „Ihr habt einen Begriff dafür?"

„Während diese Technologie neu ist", zischt Lan, „wurde eine allmählichere planetare Zerstörung schon versucht. Einen Mondfall durchzuführen kann helfen, eine Eiswelt aufzubrechen, einem kleineren Planeten Land hinzuzufügen oder Zugang zu schwierigen Mineralien zu erhalten."

Ich schüttle den Kopf. Wieder einmal erweist sich diese

Galaxie als ein Ort weit jenseits dessen, was ich für möglich gehalten hatte.

Vorerst verlangsamt sich der Aufzug jedoch, und das Bedienfeld piept, dass wir kurz vor unserem Ziel sind, was bedeutet, dass es Zeit ist zu sehen, ob dieser Kampf noch im Gange ist oder ob Nasiya bereits weg ist.

Was bedeuten würde, dass wir tot sind.

DIE WAHRE ÜBERRASCHUNG KOMMT SPÄTER, nachdem Sax und Bas ihre Mahlzeiten zu sich genommen und sich an Quell und dessen Funktionsweise gewöhnt haben. Die Basis hat nicht viel zu bieten, obwohl Nobaa und Engee sofort von den Terminals und den Kernleitungen fasziniert sind, die Quell anzuzapfen geschafft hat.

„Also haben wir Zugriff auf ihre Logistikdaten?", hört Sax Nobaa an einem Punkt ausrufen.

Sax ist nicht so griesgrämig zu glauben, dass solches Wissen nicht nützlich wäre, aber Evvas Quell ist nicht dafür gebaut, einen langen Zermürbungskrieg zu überstehen. Zum einen gibt es hier nicht genug Kämpfer, und laut Evva haben sie nur wenige andere sichere Häuser. Das bedeutet, wenn der Chorus diese Basis findet, ist die ganze Initiative zum Scheitern verurteilt, bevor sie überhaupt richtig begonnen hat.

Als also ein weiteres Skiff mit einem vertrauten Flaum am Steuer in die Basis hinabgelassen wird, spürt Sax den ersten echten Hoffnungsschimmer, seit er auf Aspicis angekommen ist.

Coorvin, dessen aschschwarzes Fell besser aussieht als Sax es je gesehen hat, steigt vom Skiff und wird von einer Schar von Quell-Mitgliedern umringt, die ihn nach diesem und jenem fragen. Sax wendet sich jedoch mit einer anderen Frage an Plake.

„Wie habt ihr ihn hierher gebracht?" Sax vermutet, dass die Vyphen irgendwie dafür verantwortlich ist, und Plakes Achselzucken bestätigt, dass er nicht falsch liegt.

„War nicht schwer", sagt Plake. „Coorvin hat einen Grund, hier zu sein – er war auf der *Cobalt*, als sie explodierte, und der Chorus wollte mit ihm darüber sprechen. Er ist außerdem ein Flaum, was, falls du es nicht bemerkt hast, eine Art Voraussetzung ist, um auf diesen Planeten zu kommen. Also hat er sich an die Vincere auf Rathfall gewandt, sagte, er sei entführt worden und bräuchte eine Extraktion. Sie haben ihn geholt und hierher gebracht."

„Und er ist entkommen?"

„Falls sie überhaupt versucht haben, ihn festzuhalten", Plake wirft Sax einen skeptischen Blick zu. „Glaubst du, *du* würdest viel Mühe darauf verwenden, einen Flaum eingesperrt zu halten, wenn es keine Beweise gegen ihn gibt?"

Sax denkt, er würde die Kreatur wahrscheinlich ausweiden, wenn die Chance besteht, dass sie ihm Schaden zufügen könnte, aber das ist wohl nicht angemessen zu sagen, also stimmt er Plake zu.

Coorvin lässt den Chorus jedoch für ihre Unwissenheit bezahlen; während er im Meridia war, dem riesigen Gebäude, das von der Oberfläche von Aspicis bis in den erdnahen Weltraum aufsteigt, machte der Flaum sich sorgfältige Notizen darüber, wie der Chorus seine Sicherheit aufrechterhält. Es ist ein heikles Setup: viele Wachen, Passcodes und zeitlich begrenzte Zugänge, je höher man kommt, desto mehr. Um überhaupt durch den Haupteingang zu kommen, müssten sie einen Amigga-only Bioscanner passieren.

Mit jeder Beobachtung der undurchdringlichen Sicherheit des Meridia sieht Sax, wie die Moral unter den Anwesenden sinkt. Es ist eine Sache, an eine Sache zu glauben, wenn es eine Chance gibt, eine ganz andere, weiter zu glauben, wenn das Scheitern sicher ist.

Coorvin lässt sie jedoch bis zum Schluss zappeln, wo er ihnen einen Hoffnungsschimmer gibt: Obwohl die Aufzüge gestaffelt sind, sodass niemand direkt bis ganz nach oben fahren kann, obwohl die Sicherheitsmaßnahmen umfangreich sind, wäre eine Aufständischen-Truppe, einmal im Inneren des Meridia, schwer zu bezwingen. Der Schlüssel ist, in die Basis des Turms zu gelangen.

„Die Ebenen selbst sind überfüllt, mit leicht zu verteidigenden Punkten", schließt Coorvin. „Ihr werdet Wege finden müssen, die Aufzüge zu bedienen, aber sobald ihr drin seid, solltet ihr in der Lage sein, in die höheren Ebenen zu gelangen. Der schwierigste Punkt ist der Eingang. Man muss ein Amigga sein oder mit einem zusammen sein, um reinzukommen. Und wenn sich nichts geändert hat, haben wir keinen Amigga auf unserer Seite."

„Wir brauchen keinen", schaltet sich Engee hier ein. „Bioscans können überlistet werden. Wenn wir Zugang zum Scanner bekommen könnten, oder zur Steuerung ..."

Coorvin nickt. „Daran habe ich auch gedacht, aber ich konnte nicht anfangen, Fragen darüber zu stellen, ohne verdächtig auszusehen."

„Ich kann es erraten", sagt Evva, ihre Augen befehlen dem Rest der Quell-Kräfte, zu ihrer Arbeit zurückzukehren. „Die Vincere hat ein Protokoll für sensible Sicherheitssysteme, eines, dem der Chorus vermutlich folgt: Halte die Steuerung nie neben ihrem Ziel."

Ja. Sax kennt dieses – es ist der Grund, warum jedes Vincere-Schiff seine Brücke so weit wie möglich von seinen verletzlichsten Teilen, den Triebwerken, entfernt hat. Es ist der Grund, warum die Energiequelle, die diese Triebwerke steuert, in einem anderen Teil des Schiffes untergebracht ist, um ein Angriffsteam zu zwingen, das ganze Kreuzerschiff zu durchqueren, bevor es vollen Zugriff auf seine Systeme bekommt.

„Du denkst, die Steuerung für die Sicherheit des Meridia befindet sich außerhalb des Meridia selbst?", sagt Coorvin.

„Das Meridia ist ein riesiges Ziel für jeden, der Aspicis angreifen will", sagt Evva. „Der Chorus hat die Vincere, die stärkste Militärmacht der Galaxie, auf seiner Seite, was bedeutet, dass jeder Angriff nur kurze Zeit hätte, um erfolgreich zu sein. Würdest du riskieren, dass ein einziger, gezielter Überfall dein System knacken und bis nach oben gelangen könnte, nur weil du deine eigenen Schlüssel am selben Ort aufbewahrst?"

„Wenn die Steuerung für den Bioscan irgendwo anders ist", sagt Bas. „Wo dann?"

„An dem Ort, der am unwahrscheinlichsten ausfällt!", sagt Nobaa. „Deine lebenswichtigen Systeme sollten dort sein, wo die geringste Chance besteht, dass sie unterbrochen werden, und das bedeutet Energie."

Alle Augen wenden sich der Metallplatte zu. Energie aus dem Kern des Planeten: unaufhörlich und ununterbrochen.

Von da an entwickelt sich der Plan schnell; Nobaa und Engee übernehmen die Entwicklung eines Überlistungsprogramms, das den Bioscan so umstellen soll, dass er jede Spezies als die richtige erkennt, nicht nur Amigga. Sax und die anderen nutzen Quells Terminals, um sich ein gutes Bild vom Ziel zu machen.

Cavignum: Aspicis' größtes Kraftwerk, das dem Meridia am nächsten liegt. Ein massives Ding, das im Wesentlichen um ein riesiges Loch herum gebaut ist, das tief in den Planeten gebohrt wurde. Das Konstrukt zapft die Hitze an, die aus dem Kern von Aspicis strömt, und nutzt sie, um die Energie zu erzeugen, die das Meridia antreibt und ein Viertel der gesamten Welt mit Strom versorgt.

Aus diesem Grund ist Cavignum mehr als ausreichend verteidigt. Die wenigen Bilder, die sie abrufen können, machen deutlich, dass es Boden- und Lufttürme, jede Menge Wachen und all die üblichen Sicherheitsmaßnahmen wie verschlossene Türen, Bereiche, die abgeriegelt werden können, und mehr gibt. All das wird mit der Tatsache gekoppelt, dass Momente nach Beginn eines Angriffs ein endloser Strom tödlicher Verstärkungen nur Augenblicke entfernt ist.

Abgesehen von einer Orbitalbombe ist sich Sax nicht sicher, wie sie hineinkommen sollen. Besonders wenn Nobaa und Engee sagen, dass sie zum richtigen Terminal im Kraftwerk selbst gelangen müssen.

„Es ist nicht so einfach, wie nur das Programm laufen zu lassen", sagt Nobaa. „Wir müssen Zugang zum Bio-Scansystem bekommen. Buchstäblich in seine Funktionsweise eindringen und ändern, was es tut. Das kann nicht aus der Ferne gemacht werden, soweit wir das sehen können."

„Also müssen wir euch beide ins Kraftwerk bringen", sagt Evva. „Und euch dort lange genug lassen, um euer Programm laufen zu lassen, und euch dann wieder rausholen?"

„Das würde es tun. Natürlich gibt es keine sichere Vorhersage, wie lange das dauern könnte. Das System könnte leicht zu knacken sein, und wir wären in ein paar Minuten fertig. Oder es könnte einen Tag dauern."

„Das wird nicht funktionieren."

Die Diskussion ebbt von da an auf und ab, treibt Sax schließlich fast in den Wahnsinn. Es gibt zu viele Variablen, zu viele Unbekannte, um einen Plan zu erstellen, der Erfolg haben könnte. Was sie wirklich brauchen, sind mehr Informationen. Was sie nicht haben, ist Zeit, um sie zu sammeln.

Diese Verzweiflung erzwingt einen Kompromiss: Nobaa und Engee werden zusammen mit ihrem Programm versuchen, so nah wie möglich an Cavignum heranzukommen, damit sie, wenn Sax, Bas, Plake und Agra-Red einen Weg finden, es zu knacken, die beiden Teven die Gelegenheit nutzen können. Evva, Avan und der Rest von Quell werden daran arbeiten, Ablenkungen zu schaffen und, wenn möglich, sich darauf vorbereiten, die Meridia anzugreifen, sobald die beiden Teven die Vordertür öffnen.

Es ist ein loser, brüchiger Plan mit vielen Lücken. Es ist auch der einzige Plan, den sie haben.

Also besteigen Sax, Bas und Plake kurz darauf die Skiffs. Coorvin hat einen Kontakt für sie, jemanden, der sie nah an das Kraftwerk heranbringen sollte, wenn nicht sogar hinein. Das Problem, wie Coorvin erklärt, ist, dass dieser Kontakt ausschließlich aus Gier handelt.

Sie werden ihn davon überzeugen müssen, dass der Sturz des Chorus seine Profite steigern wird.

Coorvin liefert die Koordinaten und Sax, Bas, Plake und Agra-Red geben die Zahlen in ihre Skiffs ein. Ihre Miner haben die ganze Nacht aufgeladen, sie sind mit Waffen und Vorräten bestückt, und sowohl Sax als auch Bas haben ihre Masken aufgesetzt und sind bereit loszulegen.

Sax ist so gut vorbereitet wie schon lange nicht mehr und seine Klauen jucken, dies auszunutzen.

Plake bietet an, die Führung zu übernehmen, und sie verbinden ihr Skiff mit dem der Vyphen, sodass, wenn sie ihren Aufstieg beginnt, Sax' Gefährt mit ihrem mitgehoben wird. Er wirft einen verstohlenen Blick zurück zur Quell-Basis und bemerkt, dass keine einzige Seele damit beschäftigt ist, ihnen zuzuschauen - sie alle rüsten sich für ihre eigenen Aufgaben.

So sollte es sein.

Ihr Ziel ist eine Stadt, eine der wenigen auf dem Planeten, die nicht direkt mit der Meridia verbunden ist. Sie heißt Terrodyne und ist das Fertigungszentrum des Planeten. Die Energieversorgung all dieser Fabriken übernimmt Cavignum, das um ein in den Planetenkern gebohrtes Loch herum gebaut wurde. Weit nördlich ihrer aktuellen Position gelegen, wird es eine lange Fahrt werden.

Während die Skiffs beschleunigen, duckt Sax seinen Kopf unter die Windschutzscheibe, wo der Lärm der vorbeirauschenden Luft abnimmt und es möglich ist - gerade so - zu sprechen. Plake ist vorne, während sie über die Ranken rasen, und führt eine Rautenformation an, mit Agra-Red als hinterer Spitze. Gegenüber von Sax kann er Bas sehen, wie er zusammengekauert wie er selbst im hellen Licht wunderschön rosa aussieht.

Es ist eine friedliche Fahrt. Es gibt keine Anzeichen von Stürmen, und die endlosen Ranken unter ihnen werden gelegentlich von Magnetschwebebahn-Gleisen oder Anzeichen kleiner Siedlungen unterbrochen. Sax würde es fast angenehm nennen, wäre es nicht so langweilig. Es gibt nichts zu tun außer zu sitzen und die gleiche Aussicht zu genießen, während die Minuten vergehen.

„Augen auf", knarzt Plakes Stimme durch das kleine

Intercom des Skiffs. „Wir haben Skiffs, die von links kommen, und es sieht aus, als würden sie auf Abfangkurs gehen."

Sax versucht in diese Richtung zu schauen, aber Bas schneidet ihm die Sicht. Den Kopf zu hoch zu heben, könnte Sax vom Gefährt blasen, also muss er darauf vertrauen, was die Vyphen sehen kann.

„Sie sind bewaffnet", zischt Bas. „Haben wir irgend- welche Waffen auf diesen Dingern?"

„Ich sehe keine", sagt Agra-Red, und Sax zischt zustimmend.

Es gibt nichts auf seinem Skiff außer dem Paar Hebel zur Steuerung der Neigung des Gefährts, der rechte mit einem Auslöser für Beschleunigung und der linke zum Bremsen. Ein kleines Display auf der Windschutzscheibe zeigt Koordinaten gegen eine geografische Karte der Welt und hebt den Weg zu ihrem Ziel hervor. Kein Anzeichen eines Waffensystems, von Schilden oder irgendetwas von kampfrelevanter Bedeutung.

„Dann müssen wir sie ausfliegen", sagt Plake. „Ich trenne die Verbindung. Wenn etwas schief geht, trefft euch am Ziel, wie auch immer ihr könnt."

„Führt den Feind nicht dorthin", sagt Sax. „Die Mission steht über euch selbst."

Er hätte die Worte nicht gesagt, wenn nur er und Bas hier wären, aber Plake und Agra-Red sind Söldner. Man kann ihnen nicht vertrauen, dass sie das Opfer bringen würden.

„Verbindung getrennt!", sagt Plake, und Sax fühlt sich sofort lose im Skiff.

Er driftet nach rechts, weil Sax sich in diese Richtung lehnt. Der Oratus stabilisiert sich selbst, wobei das Skiff ganz leicht hilft, Sax auf Kurs zu halten. Er bewegt sich nach links, dann wieder nach rechts, um ein Gefühl dafür zu bekommen, wie viel er sich bewegen muss, um das Skiff zum Wenden zu bringen. Dann zieht er die Hebel zurück und lässt das Skiff nach oben über die anderen drei steigen.

Jetzt hat Sax einen klaren Blick auf die Verfolger - ein halbes Dutzend Skiffs, die mit jeder Sekunde näher kommen. Sie sind in zwei ungleichmäßigen Linien, einer W-Formation, und sie steuern auf Plakes Führung zu. Sax' Aufstieg bringt ihn hinter seine eigene Gruppe, was dem Oratus die Chance gibt, die Initiative zu ergreifen.

Sax lehnt sich nach links und drückt die Hebel nach unten, wodurch das Skiff in einen Sturzflug auf die herannahende Gruppe zugeht.

„Was machst du da, Sax?", fragt Agra-Red. „Bringst du dich um?"

„Vielleicht", ist alles, was Sax sich zu antworten begnügt.

Er stürzt auf die ankommenden Skiffs zu, und Sax sieht, dass sie alle von Flaum gesteuert werden, die die gleichen tiefblauen Chorus-Uniformen tragen, einschließlich dicker, mit Visieren versehener Helme. Keine Eliteeinheit also. Sie erwarten keinen solchen Widerstand. Jedes Skiff sieht jedoch so aus, als hätte es ein Paar Sturmmineure vorne festgeschnallt, die wie Nadeln herausragen.

Sie sind jedoch nicht unvorbereitet. Als Sax näher kommt, zerstreuen sich die Chorus-Skiffs, einige steigen auf, andere fliegen nach rechts, um unter Sax hindurchzufliegen, und das letzte Paar bremst hart ab, um zu versuchen, Sax davon abzuhalten, sie zu treffen.

Eine Taktik, die funktionieren würde, wäre da nicht Sax' Schwanz. Der Oratus beschleunigt auf Höchstgeschwindigkeit, lehnt sich stark nach links, zieht die Hebel zurück, um sein Skiff über die beiden, die hart abbremsen, hinwegzufegen. Die Flaum blicken zu Sax hoch, gerade rechtzeitig, um den Oratus zu sehen, wie er, sein Skiff auf die linke Seite gekippt, mit seinem Schwanz ausschlägt und den ersten Flaum quer übers Gesicht trifft.

Der Aufprall lässt den Schmerz durch Sax' Körper pulsieren und versetzt das Skiff in ein Taumeln, das Sax über sein zweites Ziel hinwegschießen lässt. Offenbar sind Oratus-Schwänze nicht dafür gemacht, mit solcher Geschwindigkeit gegen andere Objekte zu prallen. Trotzdem gelingt es Sax, nach links zu ziehen und rechtzeitig herumzuschwingen, um die Ergebnisse seines Angriffs zu sehen, die sich unten in einem orangefarbenen Feuerball entfalten.

„Ausweichmanöver nach rechts!", schreit Plake durch das Interkom, und Sax verlagert sein Gewicht, als blauweißes Feuer dort vorbeischießt, wo er sich gerade noch befand.

Es gibt hier zwei Möglichkeiten – Sax kann sich entweder darauf konzentrieren, den Verfolgern auszuweichen, oder ein Ziel finden und hoffen, dass er durch den Angriff darauf seine Verfolger abschüttelt. Sax entscheidet sich natürlich für die zweite Option.

Da er bereits nach rechts ausweicht, lehnt sich Sax in die Kurve, umrundet sie und gerät auf Kollisionskurs mit dem zweiten Skiff, das er bei seinem ersten Schwanzschlag-Angriff verfehlt hatte. Dieses Skiff beschleunigt gerade erst, und der Flaum hat keine Zeit zu reagieren, als Sax' Skiff darauf zuschießt. Sax selbst schafft es nur noch, die Hebel seines Gefährts zurückzureißen und die Nase nach oben zu richten, als er das Chorus-Skiff trifft.

Sax' härterer Rumpf kracht durch die Windschutzscheibe des anderen Skiffs und erfasst auch den dahinter sitzenden Flaum. Der Aufprall bedeutet das erwartete

Ende für Sax' Gegner, aber ein paar blinkende rote Lichter und ein ständiger Funkenregen von der Vorderseite von Sax' Skiff zeigen, dass er nicht ungeschoren davongekommen ist. Tatsächlich scheint sein Skiff in einem konstanten, allmählichen Sinkflug zu sein, und diese Ranken sind nicht mehr allzu weit entfernt.

„Werde einen neuen Lift brauchen", zischt Sax, obwohl zumindest das feindliche Feuer verschwunden ist.

Anscheinend kann jeder sehen, dass Sax keine Bedrohung mehr darstellt; der Oratus lenkt sein Skiff nach links, schraubt sich in seinem Sinkflug und gerät in ein wirbelndes Durcheinander eines Kampfes; Agra-Red taucht und dreht sich wie wild, während ein Paar Skiffs an seinem Schwanz kleben und die Luft mit Lasern füllen. Bas scheint einen momentanen Vorteil gegenüber ihrem Gegner zu haben, indem sie den Flaum durch eine enge Schleife schlägt und hinter ihn gelangt, obwohl Sax sich nicht sicher ist, was sie tun wird, da ihre Skiffs keine Waffen haben.

Plake hingegen hat ihr Ziel im Visier und hält einen Miner fest in ihrer rechten Hand. Sie feuert Schüsse über ihre Windschutzscheibe ab, obwohl jedes Mal, wenn sie die Waffe hebt, der Wind ihre Zielgenauigkeit zu beeinträchtigen scheint.

Alles in allem ist Sax' Zwei-für-Eins-Sieg das Beste, was die Gruppe im Moment vorzuweisen hat. Es hat Sax auch etwas Isolation verschafft, die er nutzt. Anstatt den Vorwärtsschub beizubehalten, der das Skiff in einen Sturzflug zwingt, zieht Sax die Luftbremsen und arretiert die Hebel in ihrer Schwebeposition. Das Skiff ist hier nicht perfekt – die toten vorderen Düsen bedeuten, dass Sax immer noch in einem Winkel sinkt – aber jetzt ist er stabil genug, um seine Miner herauszuholen.

„Bring sie in eine Reihe für mich!", ruft Sax durch den Funk.

Agra-Red nutzt als Erstes die Gelegenheit und schwenkt sein nun rauchendes und funkensprühendes Skiff in eine Linie über Sax' Schusswinkel. Da Sax tief fliegt, sehen die Chorus-Flaum ihn nicht und setzen ihre gerade Verfolgung des Whelk fort. Sax hält seine Abzüge gedrückt, lässt die Energie der Miner frei fliegen und liefert eine Stakkato-Serie von Schüssen auf das nächstgelegene Skiff ab, wobei die Bolzen in die Unterseite des Gefährts einschlagen.

Die Schüsse schmelzen die Mikrodüsen weg und lassen den Flaum in einem Skiff zurück, das keinen Aufwärtsschub mehr hat. Die Kreatur ist klug genug zu erkennen, dass sie hier nicht überleben wird, und wendet sich hart aus dem Kampf, sodass Sax auf das zweite zielen kann.

Nur ist dieser Flaum nicht ahnungslos, was seinem Freund passiert ist, und er schlägt eine Schleife nach oben und über, dreht sich in einen Sturzflug auf Sax zu. Der Oratus hebt seine Miner, um das herabstürzende Skiff und seine beiden schweren Kanonen zu begrüßen. Es besteht keine Hoffnung, dieses Feuergefecht zu gewinnen, aber Sax drückt trotzdem die Abzüge.

Die Bolzen des Flaum sprühen um Sax herum und schlagen in das Skiff ein. Sax' eigene Schüsse bohren sich in die Front seines Ziels, und dann springt Sax, denn zu bleiben würde den Tod bedeuten. Während Sax fliegt, dreht er sich, hält seine Miner fokussiert und schüttet Laser in den herabstürzenden Feind. Sein eigenes Skiff explodiert, überhitzt zu einer Mini-Nova, gefolgt Momente später von einem rauchenden, brennenden zweiten Skiff, als Sax sein Ziel über den Punkt der Kontrolle hinaus schmilzt.

Der Oratus befindet sich nun jedoch im freien Fall und stürzt den Rest der Strecke in die Ranken. Sax hat gerade noch Zeit, einen Atemzug zu nehmen, einen Namen auszusprechen.

Dann gibt es einen Anflug von Schmerz, und die Welt wird dunkel.

# KAPITEL 15

# MONDFALL

DER AUFZUG ÖFFNET sich zu einem Eingangsbereich auf der obersten Ebene, der einst vielleicht schön gewesen sein mag, jetzt aber ein Trümmerhaufen aus zerfetzten Möbeln ist, mit einem großen, zerbrochenen Loch, wo ich vermute, dass einst eine Tür stand. Die farbigen Wände – leuchtende Blau- und Gelbtöne – des runden Atriums sind von Brandflecken übersät, und das Licht darüber, ein bronzener Schimmer, der von einer vollen, irgendwie intakten Kugel an der Decke hängt, taucht die Szene in einen nebligen Schein, als würden wir in eine Erinnerung und nicht in die volle, tödliche Gegenwart treten.

„Sieht aus, als wären wir ein bisschen zu spät zu dieser Party", sagt Viera, als wir den Aufzug verlassen.

„Leider", fügt Gar hinzu.

„Ich ziehe es vor, nicht erschossen zu werden", sage ich. Sobald wir alle aus dem Aufzug sind, schließen sich die Türen hinter uns und das Ding beginnt seinen Abstieg. Bald werden Gefangene und mehr Sevora hier oben ankommen. „Lasst uns weitergehen, bevor das kompliziert wird. Viera, Gar, ihr beide übernehmt die Spitze."

Das lässt mich mit Malo zurück, und Lan bildet die Nachhut. Ich denke, ein Oratus auf jeder Seite wird uns am sichersten halten, besonders wenn wir uns vom Atrium in einen breiten Flur bewegen – groß genug für die vierklauigen Echsen – mit vielen Seitenräumen. Hier gibt es mehr Beweise für einen kriechenden Kampf, mit Minenverbrennungen, die stakkato-artige Muster in die Seiten, den Boden und die Decke um uns herum ätzen.

Etwas Größeres ist auch nicht weit voraus detoniert; seine orangefarbenen Plasmaverbrennungen markieren einen Heiligenschein um unseren Weg und hinterlassen eine einst geschmolzene Rille über den Boden.

„Jels Truppen kamen mit Feuerkraft", zischt Lan, während wir langsam vorwärtsgehen. „Seid vorsichtig. Ein Sprengsatz, der in unsere Richtung zurückgeworfen wird, könnte uns alle töten."

„Sie kämpfen um ihr Leben", antworte ich. „Sie werden alles einsetzen, was sie haben."

Ich weiß, ich würde es tun. Ich weiß, wenn ich für das letzte bisschen Menschheit kämpfen würde, würde ich jede Waffe, jede Seele, die ich habe, in die Schlacht werfen, selbst wenn es keine Hoffnung auf einen Sieg gäbe.

Der Flur endet in einer Tür, die die ganze Breite einnimmt und ebenfalls aufgebrochen wurde. Anscheinend waren Nasiyas Truppen nicht in der Lage, die engen Räumlichkeiten zu nutzen, um den Kampf zu beenden. Wir schleichen uns nah heran, drängen uns zusammen und blicken in den riesigen Raum auf der anderen Seite.

Groß genug, um die andere Hälfte der Kugel zu sein, mit dem ordentlichen durchscheinenden Wandeffekt, der sich über die gesamte Decke und entlang der abwärts geneigten Seite von uns weg erstreckt, hat Nasiyas private Andockbucht reichlich Platz. Und jede Menge Leichen.

Wir kommen zu spät, um den Großteil der Action zu sehen; wie in der Lobby übersäen rauchende Leichen den Boden sowohl direkt vor unserer Tür als auch an der Einstiegsrampe des Schiffes, eines großen Diamanten mit einem Rumpf, der die Farben wechselt, selbst während wir es anstarren. Zunächst denke ich, der Wechsel sei zufällig, aber dann wird mir klar, dass er sich der Umgebung anpasst, und die gelb-orangen Streifen, die erscheinen, sind das Ergebnis davon, dass das Schiff die Blitze des Vincere-Bombardements draußen einfängt.

„Wunderschön", sagt Malo leise.

„Sicher", erwidert Viera. „Wenn du es so nennen willst. Was mir aber Sorgen macht, ist, dass hier nichts mehr am Leben ist."

Sie hat Recht. Es gibt Batteriegestelle und Kanister mit Dingen, die ich nicht kenne, die in der Andockbucht verstreut sind, zusammen mit Kisten, die Notvorräte sein müssen, aber nichts bewegt sich, und es ist kein Geräusch zu hören. Zumindest nicht hier draußen.

Die Einstiegsrampe des Schiffes ist jedoch heruntergelassen. Auch sie ist breit genug für einen Oratus. Anscheinend hatte Nasiya seinen Wirt lange genug, um dies mit seiner Größe im Sinn bauen zu lassen.

„Wenn der Kampf vorbei ist, wird derjenige, der gewonnen hat, versuchen zu fliehen", sagt Lan. „Wir müssen uns beeilen."

Ihrem eigenen Befehl gehorchend, brechen Gar und Lan in einen klappernden Lauf über die Andockbucht zum Schiff auf. Ich ziehe Malo mit mir, während Viera sich in die Nachhut einreiht und die Leichen mit gezogenen Minern beobachtet.

„Lauft nicht zu weit voraus!", versuche ich den Oratus

zuzurufen, aber sie ignorieren mich, erreichen die Rampe im Lauf und verschwinden nach oben.

„Sie waren nie wirklich unter deinem Kommando", sagt Malo.

„Oratus gehören nur zum Chor", stellt T'Oli von meinen Schultern aus fest. „Alle anderen sind Verbündete aus Zweckmäßigkeit."

„Dann lasst uns sicherstellen, dass wir es so behalten", sage ich und beschleunige das Tempo.

Die Rampe ist ein silbernes, geschlitztes Ding, wobei die Lücken Halt für Klauen bieten, wie ich sie nicht habe. Als wir die Basis erreichen, lasse ich Viera die Führung übernehmen, da jetzt viele Geräusche aus dem Inneren des Schiffes kommen; Zischen, Knallen und Knurren. Etwas ist da drin am Leben.

„Kannst du alleine stehen?", frage ich Malo, und der Krieger nickt. „Dann deck uns."

Ich gebe dem Krieger einen meiner Miner und nehme den anderen – ich mag nicht treffsicher sein, aber in den engen Räumen des Schiffes wette ich, dass ich etwas treffen kann. Außerdem, mit T'Oli, der sich zu meiner linken Hand hinunterschleimt und sich zu einem Nadelschwert schärft, denke ich, bin ich gut gedeckt.

Trotzdem übernimmt Viera die Spitze, und gemeinsam stampfen wir die Rampe hinauf. Nasiyas Schiff ist mehrmals größer als das Shuttle, und so betreten wir, als wir oben ankommen, einen großen Raum, das dicke Ende der tropfenförmigen Schiffsform. Hier, zumindest, sind Nasiyas Zugeständnisse an Luxus noch erkennbar; diese farbwechselnden Gemälde sind überall, und Juwelen säumen sie und bilden glitzernde Trennlinien zwischen den sich verändernden Szenen.

Anstelle von Netzen ist der Boden des Schiffes das

gleiche Alabaster wie die Plattformen der Röhre, und er verändert sich bei unserer Berührung, verfestigt sich, um unsere Füße aufzufangen und, da bin ich mir sicher, bereit, sich zu formen und uns stabil zu halten, sollte das Schiff beschließen zu starten. Licht scheint von nirgendwo zu kommen, sondern eine sanfte Beleuchtung reflektiert von allem, als würden wir in eine morgendliche Lichtung treten.

Die Geräusche kommen von rechts, also biegt Viera in diese Richtung ab und wirft mir einen kurzen, fragenden Blick zu. Auf der linken Seite befindet sich eine geschlossene runde Tür, quer durch den alabasterfarbenen Raum und in Richtung dessen, was ich für das Heck des Schiffes halte, wo sich, wie ich inzwischen gelernt habe, wahrscheinlich die Triebwerke befinden. Von dort kommen jedoch keine Geräusche und es gibt keine Anzeichen eines Kampfes, also lasse ich Viera vorangehen und halte meinen Miner bereit, während wir uns der Brücke nähern.

Nasiyas Schiff ist ähnlich aufgeteilt wie der unterirdische Getreidespeicher – große Trennwände teilen den Hauptraum vom nächsten Abschnitt des Schiffes ab, mit gewölbten Türen als Durchgänge. Die uns am nächsten gelegene Tür, die nach vorne führt, steht offen, und als wir uns nähern, beginnen Worte herauszuströmen.

„Kein Sevora kann es mit einem Oratus aufnehmen", sagt Gars zischende Stimme. „Egal wie lange du da drin warst, du bist nichts."

Darauf folgt ein raues Lachen. „Nichts? Ich habe eine ganze Armee besiegt. Ich! Fast ganz allein!"

„Und du bist immer noch nichts, und jetzt bist du *wirklich* allein", erwidert Lan.

Ich nicke Viera zu, und wir passieren beide die Tür und betreten die zweite und letzte Kammer von Nasiyas Schiff.

Nasiyas Brücke ist nicht für eine vollständige Besatzung ausgelegt – zum Bug des Schiffes hin verengt sich alles innerhalb des Raumes zu einem einzigen Punkt; ein Netzgewirr ganz vorne, mit zwei langen Bildschirmen, die sich auf beiden Seiten über die kristallblaue Windschutzscheibe schieben. An der äußersten Spitze, wo ich gerade um Nasiyas riesigen Körper herumsehen kann, wie er sich zur Seite lehnt, befindet sich der Steuerknüppel.

Lan und Gar haben Nasiya in die Enge getrieben, obwohl es auf den ersten Blick so aussieht, als würde der Sevora sich nicht wehren. Nasiya hat mehr Verbrennungen als ich je zuvor an einem einzigen Körper gesehen habe, sodass seine goldgelben Schuppen eher ein Gemisch aus aschschwarz und blubbernden rosa Blasen sind. Seine linke Vorderklaue ist einfach verschwunden, und Nasiyas Schwanz liegt schlaff auf dem Boden, mit einigen tiefen Schnitten um die Stelle, wo er an Nasiyas Körper ansetzt.

Keiner der Schäden hat Gar davon abgehalten, seine rechte Vorderklaue an Nasiyas Kehle zu legen und seine Mittelklauen in eine tödliche Druckposition um Nasiyas Bauch zu bringen. Wenn der Sevora mehr als eine Zuckung versucht, habe ich keinen Zweifel daran, dass Gar den Sevora-Anführer vernichten würde, und dass Gar jeden Moment davon genießen würde.

„Du bist allein?", ist das Erste, was ich sage. Ich hatte eine Art Schießerei erwartet, einen zermürbenden Kampf gegen Nasiyas kampferprobteste Truppen, aber abgesehen von den Leichen außerhalb des Schiffes ist hier niemand. „Lan, Gar, habt ihr sonst niemanden gefunden?"

„Wer sollte noch hier sein?", zischt Nasiya zur Antwort, und eine Menge Flüssigkeit fließt mit den Worten nach oben. „Jeder Sevora, der kämpfen kann, ist bereits tot oder fliegt die wenigen Jäger, die uns noch geblieben sind. Wenn meine Spezies ausstirbt, welchen Wert hat es dann, mich zu beschützen?"

Diesen Punkt muss ich ihm zugestehen.

„Du wolltest also allein von hier wegfliegen?", erwidere ich. „Den Rest deiner Spezies dem Tod überlassen?"

„Ich habe gewartet", sagt Nasiya. „Einige von uns wissen von meinem Schiff, ich dachte, sie würden kommen. Wie ihr sehen könnt, haben sie es nicht geschafft."

Lan wirft mir einen Blick zu. „Human, wir müssen gehen."

Ich möchte Nasiya mehr Fragen stellen. Ich möchte verstehen, wie der Sevora-Anführer in diese Lage gekommen ist und wer seinem Wirtskörper solchen Schaden zugefügt hat. Aber ich möchte auch vermeiden, dass ein Mond auf mich prallt.

„Gut." Ich nicke Gar zu. „Schaff ihn weg. Nach draußen."

Gar würde Nasiya vielleicht gleich hier abschlachten, wenn ich es nicht genau sage, und das Letzte, was ich auf unserer kleinen Brücke will, sind die Überreste von Gars Lieblingsbeschäftigung. Nasiya selbst wehrt sich nicht, als Gar den Sevora hinausschleift, sagt nichts außer seinen leisen Zischlauten. Ich höre das Gewicht der Körper auf der Einstiegsrampe, als Lan nach vorne geht, um die Kontrollen des Schiffes zu übernehmen.

„Kann ich starten?", fragt mich Lan.

Malo und Viera sind im Shuttle. Gar wird bald zurückkommen. Lan könnte jetzt abheben, und wir würden alle Gefangenen und die Sevora-Wachen zurücklassen. Wir wären in Sicherheit.

Draußen vor der Windschutzscheibe, als hätten sie meine Gedanken gehört, stürmt die erste Gruppe von Gefangenen in die Andockbucht und rennt auf das Schiff zu. Es gibt ein weiteres rasselndes Beben, heftiger und länger als alle anderen zuvor, und ich muss mich an der Seite der hinteren Brückenwand festhalten, als meine Knie nachgeben. T'Oli bemerkt mein Straucheln, gleitet herunter und formt sich um meine Füße, um mich an Ort und Stelle zu halten. Viera, die nicht so viel Glück hat, holstert ihre Miner und stützt sich gegen die Wand.

„Können wir sie scannen?", frage ich Lan. „Um zu sehen, ob jemand infiziert ist?"

Lan blinzelt mich an. „Nicht hier. Auf einem der Kreuzer, ja. Aber so weit zu gehen, ist ein Risiko, Human. Eines, das Kolas uns nicht eingehen lassen würde."

„Kolas ist nicht hier."

Von der Einstiegsrampe ertönt ein Brüllen, und Lan tippt auf den linken Monitor, woraufhin dieser von der klaren Sicht auf die Andockbucht zu einer Übertragung vom Fuß der Rampe wechselt. Gar steht dort, seine Klauen weit gespreizt. Ich sehe Nasiya nicht, aber die Gefangenen und Sevora-Wachen umringen den Oratus, zwitschern und schreien nach einem Platz auf Nasiyas Schiff.

„Du musst an die Galaxie denken, Human", erwidert Lan. „Diese wenigen Dutzend sind es nicht wert, alles zu riskieren."

Ich schaue hinunter zu T'Oli, aber der Ooblot blinzelt mich nur mit seinen Augen an. Malo ist im hinteren Teil des Schiffes, also wende ich mich an Viera.

„Triff die Entscheidung, Kaiserin", sagt Viera zu mir. „Aber tu es schnell."

Akzeptiere ich den Verlust unschuldiger Leben als notwendig, oder kämpfe ich für jedes einzelne? Vorher, zurück an der Kreuzung, hatte ich die Entscheidung getroffen, die Verwundeten zurückzulassen, diejenigen, die nicht mithalten konnten. In dem Moment hatte ich das Gefühl, wir hätten keine Wahl. Wenn wir es nicht hierher geschafft hätten, wären wir alle gestorben.

Jetzt haben wir eine.

„Wir nehmen sie mit", sage ich.

Lan schüttelt den Kopf, zischt leise, dann beginnt sie, auf den beiden Bildschirmen herumzutippen. Ein sanftes Summen erfüllt das Schiff, und in der Übertragung beginnt sich die Rampe unter Gar zurück ins Schiff zu ziehen.

„Entschuldigung, Human. Das kann ich nicht zulassen", sagt Lan.

Ich hebe meinen Miner und richte ihn auf Lans beachtlichen Hinterkopf. „Lass die Rampe runter, Lan."

Einen Oratus zu bedrohen. Ich treffe vielleicht die schlimmste und letzte Entscheidung meines Lebens. Doch während ich den Miner ruhig halte, direkt auf Lan gerichtet, bereue ich es nicht. Ich stelle es nicht in Frage.

Vater ließ zu, dass Malo und seine Charre-Krieger mich von meinem Stamm wegbrachten, um ihn vor dem zu retten, was vielleicht ein blutiges Aussterben gewesen wäre. Er wählte den einfacheren Weg, ließ mich gehen, anstatt einen größeren Verlust zu riskieren.

Ich bin nicht mein Vater. Ich werde seinen Fehler nicht wiederholen.

„Lass mich das nicht noch einmal sagen müssen, Lan."

Der Oratus macht keine Anstalten, das Terminal zu berühren und die Rampe zu stoppen. „Human, das sind die Kreaturen, die versucht haben, deine ganze Rasse zu vernichten. Du willst sie retten?"

„Es sind nicht alles Sevora." Ich wende meinen Blick zu T'Oli, der seine Augenstiele zwischen Lan und mir aufgeteilt hat. „T'Oli, stopp die Rampe."

„Glaube, sie könnte mich fressen, wenn ich's versuche", erwidert T'Oli.

„Ich erschieße sie, wenn sie es tut."

Die Oratus erhebt sich aus dem Netz, muss aber ihren grünen Hals beugen, um den Kopf unter der niedrigen, abfallenden Decke des Schiffes zu halten. Als sie aufsteht, tippt Lans linke Mittelklaue auf den Monitor, und die Rampe hält inne, sodass Gar gerade über der schreienden Menge steht. Lan dreht sich vollständig zu mir um und macht einen Schritt in meine Richtung. T'Olis Fesseln hindern mich daran, zurückzuweichen, aber Viera, die sich mit der rechten Hand noch immer stabilisiert, zielt mit ihrer linken Hand einen Miner auf sie und unterstützt meine Drohung mit ihrer Treffsicherheit.

„Noch einen Schritt, Lan", sage ich, und ich bin beeindruckt, wie ruhig meine Stimme klingt.

„Billionen", zischt Lan. „Billionen sind aufgrund ihrer Bemühungen gestorben. Sie verschlingen Spezies, sie rauben Freiheit. Du bist bereit, ihre Rückkehr für ein paar Wenige zu riskieren?"

„Ja, das bin ich."

Lan öffnet leicht den Mund, die scharfen Zähne glitzern. Ich weiß, wenn sie entscheidet, dass es sich nicht lohnt, mich am Leben zu lassen, werde ich nicht mehr als einen Schuss abgeben können. Vieras Schuss würde die Oratus wahrscheinlich auch nicht töten.

„Wir fliegen direkt zur *Nunilite*, zu Kolas", sagt Lan schließlich. „Niemand verlässt das Schiff ohne einen Scan. Jeder mit einem Sevora im Inneren stirbt. Du musst es ihnen sagen. Sie müssen zustimmen. Dann müssen wir los."

Ich kann erkennen, dass ich mit der Oratus nicht weiterkommen werde. Lan starrt mich bereits mit purer Abscheu an – und atmet sie aus –, also dränge ich mich an ihr vorbei und aktiviere, von T'Oli geführt, den externen Lautsprecher des Schiffes.

„Gefangene und Sevora", beginne ich. Ich habe noch nie eine Rede gehalten, in der ich eine Gruppe auffordere zu entscheiden, wer von ihnen leben und sterben soll, aber ich habe keine Wahl, also fahre ich fort. „Wir können keiner von Sevora infizierten Spezies erlauben, unser Schiff zu betreten. Wenn ihr frei von Infektion seid, kommt an Bord. Wenn ihr ein Sevora seid, werdet ihr entdeckt und eliminiert werden, daher rate ich euch, anderswo nach eurem Überleben zu suchen."

Während ich diese Worte spreche, senkt Lan die Einstiegsrampe, sodass Gar, als ich fertig bin, wieder auf dem Boden steht und sich mit einer Flut von Körpern auseinandersetzen muss. Die Oratus tritt bei dem Andrang beiseite und lässt die Menge die Rampe hinauf. Die erschöpften Gefangenen bewegen sich erstaunlich schnell und helfen den wenigen, die beim Aufstieg stürzen. Die Einzigen, die nicht versuchen, an Bord zu gehen, sondern zurück zum Aufzug rennen, sind die fünf Sevora-Wachen, die uns den ganzen Weg vom Gelände begleitet haben.

„Sie versuchen es nicht einmal", sage ich, während ich sie auf dem Monitor weglaufen sehe.

„Ein sicherer Tod durch Gars Klauen ist beängstigender als eine unbekannte Chance auf Leben", sagt Lan. „Sie verstehen vielleicht noch nicht, dass ihr Mond auf sie herabstürzt."

Nachdem die Masse der Gefangenen ihren Weg ins Innere gefunden hat, zieht Lan die Rampe ein letztes Mal ein, wobei Gar zusammen mit Viera die Aufsicht über den Haufen Gefangener übernimmt, der den Hauptladeraum des Schiffes verstopft.

Mit den vorbereiteten Triebwerken und ihren Klauen am Steuerknüppel hebt Lan das Schiff vom Boden ab. T'Oli fixiert mich an der Rückwand, wo ich mich abstütze, als wir uns in Bewegung setzen.

„Danke", sage ich zu der harten, keramikartigen Masse unter mir.

T'Oli blinzelt mit seinen Augen in meine Richtung. „Mutige Sache, die du getan hast. Sie werden dir danken. Clarity's Dawn wäre stolz."

„Sogar Sapphrite?"

Der Amigga hatte die abtrünnige Fraktion der nicht-infizierten Spezies unter Vimelias Oberfläche angeführt. Weder T'Oli noch ich haben etwas über ihr Überleben nach unserer ersten Flucht von dem Planeten gehört, was ich so verstehe, dass Clarity's Dawn bei ihrer letzten Mission gestorben ist.

„Sapphrite hätte gesagt, es wolle Rache über alles ande-re", antwortet T'Oli. „Aber es tat alles, was es konnte, um unsere Gruppe zu pflegen und uns eine Mission zu geben. Ich denke, es wäre stolz auf dich."

T'Olis Worte, die durch das seltsame Klatschen glatter Haut gegen sich selbst übermittelt werden und mit all dem emotionalen Gefühl eines klappernden Astes, erfüllen mich nicht mit Freude, aber sie beruhigen das Summen der übelkeitserregenden Angst, dass ich einen schrecklichen Fehler gemacht habe.

Lan tippt auf die Monitore an ihren Seiten, und vor uns öffnet sich eine Lücke in der Wand des kugelförmigen Gebäudes und zeigt eine andere Welt als die, in der wir uns noch Momente zuvor befanden. Wo einst eine riesige Stadt stand, existieren jetzt rauchende Ruinen. Als wir die Deckung des Docks verlassen, sehe ich, dass die Feuer nur teilweise durch Kolas' Bombardement verursacht wurden; die nun konstanten Beben durch die Annäherung des

Mondes lassen den Boden unter uns zu wellen scheinen. Risse spalten die Straßen, und zerbrechen Batterien, Rohre und ganze Gebäude bersten in Flammen, explodieren oder stürzen einfach in große Aschewolken ein.

Darüber hat sich der große weiße Streifen des gestreckten Mondes ausgedehnt und füllt nun den Großteil des Himmels. Die Form des Mondes ist immer noch verzerrt, und zahlreiche Risse durchziehen seine Oberfläche, wodurch die große Kugel in verschiedene Fragmente zerbricht, die sich langsam voneinander entfernen, aber dennoch in Bewegung sind, während ich zusehe. Das erste, eine spitze Sichel, beginnt den ersten Kontakt mit Vimelias oberer Atmosphäre, und entzündet sich in einer blau-orangefarbenen Flamme über seine gesamte Form hinweg.

„Festhalten", sagt Lan, und ich höre die Stimme der Oratus hinter uns widerhallen, als der Befehl an unsere Passagiere weitergegeben wird.

Das Schiff schießt nach vorne und nach oben. Die Beschleunigung ist so hart und plötzlich, dass mir die Luft aus den Lungen gepresst wird, als mein Körper gegen die Trennwand hinter mir gedrückt wird. Obwohl es im Schiff keinen Wind gibt, beginnen meine Augen zu tränen, als die Kraft meinen Kopf zusammenpresst.

Unter uns schrumpfen die Ruinen der Stadt. Mir wird klar, dass wir keine Ausweichmanöver um Kolas' große Laser machen, und als ich wieder zu Atem komme, kann ich Lan die Frage stellen.

„Sie mussten aus dem Weg gehen", sagt Lan. „Der Mond könnte die Flotte ebenso beschädigen wie den Planeten. Jetzt beobachten sie, ob jemand zu entkommen versucht."

„Wie wir?"

„Das hoffe ich." Lans Stimme klingt angespannt, also höre ich auf zu fragen und lasse die Oratus sich konzentrieren.

Über uns zerbricht der rissige Mond noch weiter, als das Feuer sich durch die grau-weiße Oberfläche frisst. Teile und Stücke lösen sich ab und beginnen auf uns zuzufallen, während wir ihnen entgegensteigen. Flammen brennen um die Meteore, und Rauchfahnen markieren ihre Narben, als sie Vimelias sterbenden Himmel durchschneiden.

„Jetzt werden wir sehen, ob die Oratus wirklich fliegen kann", sagt T'Oli zu mir.

Ich nicke nur – jedes Wort könnte Lan ablenken.

Die Oratus scheint jedoch völlig konzentriert zu sein. Sie lenkt Nasiyas Schiff nach links um das erste Fragment herum, einen turmgroßen Felsbrocken, der in kleinere Stücke zerbricht, während er vorbeizieht. Dann lässt Lan das Schiff nach oben und herum schwenken und umfährt die Umrisse eines größeren Stücks, wobei sie den großen Felsen nutzt, um schnellere, kleinere Gesteinsbrocken abzublocken, die um uns herum durchbrechen. Mit einem schnellen Rechtsschwenk bringt Lan uns um die Außenseite des großen Brockens herum, was uns in den Weg eines hügelgroßen Balls bringt, der auf uns zurast.

Ich kann nicht anders – ich schreie. Es hilft nicht, aber es ist alles, was ich tun kann.

Ein hellroter Strahl schießt aus der Spitze unseres Schiffes und trifft den Ball mit reiner Energie, wodurch er sich überhitzt. Zusammen mit der Verbrennung durch die Atmosphäre schmilzt und zerbirst der Felsen, und statt durch feste Materie zu fliegen, knistert die Außenseite des Schiffes, als Tausende von Teilen in seinem Schild verglühen.

„Ein Punkt für mich!", ertönt Gars zischendes Lachen über die Gegensprechanlage.

Auf der anderen Seite des Trümmerfeldes – während ich nach Luft schnappe – befindet sich eine weitere Reihe von Felsbrocken, die glücklicherweise weit genug ausein-ander liegen, sodass Lan sich hindurchschlängeln kann. Dann befinden wir uns in der oberen Atmosphäre, deren Feuer an den Seiten des Schiffes lecken. Um uns herum schwebt, anstelle des blauschwarzen Weltraums, der den Himmel berührt, ein endloses, absteigendes Minenfeld aus Mondgestein. Wie Früchte von einem Baum geben die Fragmente des Mondes der Anziehungskraft Vimelias abwechselnd nach und tauchen aus ihrem allmählichen Abstieg in einen plötzlichen Bombenabwurf ein.

„Wir werden es schaffen", sagt Lan, und die Worte des Oratus sind der erste Hinweis darauf, dass sie den Erfolg nicht für gesichert hielt.

„Dank dir", sage ich.

„Das ist ein gutes Schiff", erwidert Lan. „Das Shuttle, mit dem wir hierher geflogen sind, hätte diesen Aufstieg nicht überlebt."

Wir gleiten durch den Rest des Mondes, bis wir endlich die andere Seite erreichen. Die Vincere-Flotte, die noch größer ist als bei unserem Aufbruch, zeigt sich durch gele-gentliche Explosionen eines Sevora-Schiffes, das einen vergeblichen, letzten Versuch unternimmt zu entkommen.

„Sie müssen weit genug wegkommen, um zu springen", sagt T'Oli, während wir zusehen, wie eine Spezies in kleinen Lichtblitzen vor unseren Augen ausstirbt. „Sonst könnten sie, wenn sie es versuchen, einen Teil des Planeten oder des Mondes in ihren Sprung-Raum mit hineinfalten. Ein fataler Fehler."

T'Oli erklärt dies nüchtern, und ich nehme es zur Kenntnis, aber was ich wirklich denke, ist, dass wir überlebt haben. Wir haben es geschafft. Wir sind auf Vimelias Oberfläche gelandet, haben Malo gefunden und sind lebend wieder weggekommen.

# KAPITEL 16

# WEITERMACHEN

BLITZE; Blinzeln und Momente kommen und gehen. Sax hat den Eindruck, dass er auf dem Boden liegt, das Licht über ihm von dicken schwarzen Linien zerschnitten. Er atmet, aber der Rest von ihm liegt in der Ferne, unberührbar, getrennt, also schläft Sax.

Oratus-Träume sind wie die jeder anderen Spezies – Fragmente des Lebens und Wünsche, die zu Visionen vergangener Zukunft gesponnen werden. Es gibt endlose Stunden mit Bas in hektischen Missionen gegen Sevora-Abschaum, Odysseen durch Dschungel aus Sax' ferner Erinnerung, die neonbeleuchteten Höhlen der Erde, wo die Menschen ihn zum Lager einer wütenden Horde Fassoth führen.

Als der letzte verblasst, öffnet Sax wieder die Augen und sieht ein vertrautes Gesicht, das ihn anstarrt, rosa-golden und wunderbar.

„Hab dich gefunden", zischt Bas leicht.

„Das hast du", bringt Sax hervor. Seine Kehle ist trocken von zu wenig Wasser, sein Kopf pocht – nein, sein ganzer Körper schmerzt. „Wie lange?"

„Es ist immer noch hell, wenn dir das hilft", sagt Bas. „Es sind über dreißig Stunden vergangen."

Die Ankündigung entlockt Sax ein verzweifeltes Lachen. „Dreißig Stunden? So lange habt ihr gebraucht, um die Skiffs abzuschütteln?"

Bas seufzt. „Ich wurde überstimmt."

Sax stellt jedoch fest, dass seine Verbindungen zu seinen Muskeln noch intakt sind. Es ist ein langsamer Prozess, aufzustehen, aber mit Zeit und Anstrengung schafft Sax es. Er bemerkt, als er aufblickt, dass es eine Reihe tiefer Einschnitte in den Ranken über ihm gibt, die den Weg seines Falls markieren.

„Plake?", fragt Sax.

„Die Mission", antwortet Bas.

„Du hast die Mission mir vorgezogen?"

„Ich wollte es nicht, mein Gefährte", sagt Bas und benutzt ihre Krallen, um Sax aufrecht zu halten. „Aber wir konnten nicht wissen, ob du überlebt hast. Agra-Red und Plake haben die letzten Skiffs vertrieben, aber es kamen mehr. Selbst wenn du gelebt hättest, hätten wir keine Möglichkeit gehabt, dich zu tragen."

Die Begründung ergibt Sinn, und es ist unmöglich für Sax, auf Bas wütend zu sein. Das wäre, als würde er auf sich selbst wütend werden.

„Und doch bist du zurückgekommen?"

Bas deutet auf einen Weg, der offensichtlich mit ihren eigenen Krallen geschnitten wurde. Die Ranken dort sind zerfetzt, ihre Stücke bedecken den Boden, während sie zu einer kleinen Lichtung gehen, die ähnlich aufgeschnitten wurde, obwohl die verkohlten Enden hier die Handschrift eines Bergarbeiters zeigen.

Darin steht ein kleines Shuttle, kaum größer als das

Evakuierungsmodul, mit dem sie nach Aspicis hinunterge-flogen sind. Plake und Agra-Red warten davor.

„Hast es also überlebt?", sagt Agra-Red, als Sax in Sicht kommt.

„Sieht aus, als schuldest du mir was", sagt Plake zum Whelk.

„Wann tue ich das nicht?"

„Eines Tages werde ich es einfordern."

„Und das ist der Tag, an dem du herausfinden wirst, dass ich nichts zu geben habe", gurgelt Agra-Red ein feuchtes Lachen. „Alles, was ich habe, ist dieser Bergar-beiter und ein bisschen Loyalität."

Plake schüttelt den Kopf, betrachtet Sax genauer. „Kannst du das immer noch durchziehen?"

„Die Maske hat den größten Teil des Falls abgefangen und die Ranken den Rest", sagt Sax. „Ich werde zwar Schmerzen haben, aber immer noch besser dran sein als du."

Der Whelk lacht wieder, und Plake zeigt einfach auf die offene Shuttlebucht. Sax knarzt als Erster hinein, erwartet enge Verhältnisse und findet es noch schlimmer, als er dachte. Es gibt kein eigentliches Cockpit im Inneren – es gibt nur Frachtraum, und der ist bereits mit Gestellen voller toter Energiezellen gefüllt. So wie es ist, erfordert das Hineinquetschen, dass Sax seine Flexibilität neu einschätzt und sich zu einem Durcheinander von Gliedmaßen verbiegt.

Bas wird nicht besser behandelt und platziert sich im Allgemeinen auf dem Weg, den Sax zwischen den Gestellen dunkler Batterien definiert hat. Plake und Agra-Red bekommen den kleinen offenen Bereich direkt um die Bucht, wobei sich der Whelk mit seinem Angriffsbergar-beiter so niederlässt, dass die Spitze direkt aus der Tür zeigt.

„Wo ist der Pilot?", fragt Sax, als sie drin sind.

„Haben wir nicht", antwortet Plake. „Anscheinend hat Cavignum so strenge Sicherheitsmaßnahmen, dass sie kaum bemannte Fracht reinlassen. Unser Kontakt sagt, unsere einzige Chance ist, mit einem Drohnenshuttle reinzukommen."

Als wolle sie den Punkt unterstreichen, holt Plake ein kleines Gerät heraus und tippt ein paar Signale darauf. Die Drohne beginnt hochzufahren und erhebt sich vom Boden durch die Kraft ihrer Mikrodüsen.

„Wie habt ihr sie überzeugt, uns mitzunehmen?", fragt Sax.

„Ich habe meine Krallen benutzt", antwortet Bas. „Und wir haben den Flaum eine Position an der Spitze der gesamten Energieversorgung von Aspicis versprochen."

Sax zischt ein Lachen. „Ich dachte, der Sinn der Sache war es, Korruption zu beseitigen?"

„Nö", sagt Agra-Red. „Wir wollen nur von der Korruption, die Galaxien zerstört, zur üblichen, betrügerischen Sorte wechseln."

Darauf gibt es nicht viel zu sagen, obwohl Sax spürt, wie sich ein bisschen Traurigkeit in seinen Körper schleicht, während das Shuttle dahinfliegt. Evva hatte sicherlich edlere Bestrebungen, als den Chor durch eine Bande gieriger Pfoten zu ersetzen, die Geschäfte machen, aber was weiß Sax schon vom Regieren? Er konnte keinen Planeten führen, nicht einmal ein Schiff.

Also konzentriert er sich stattdessen auf Dinge, die er kennt; nämlich den Angriffsplan zu wiederholen. Ihre Mission ist ziemlich einfach, jetzt, da sie auf dem Weg nach Cavignum sind. Sobald sie landen, muss die Gruppe einbrechen und eine Ablenkung verursachen, die groß genug ist, damit Nobaa und Engee einen Weg hinein finden können. Dann natürlich lebendig herauskommen und, wenn möglich, sich wieder mit Evva am Spire treffen.

Einfach.

„Habt ihr beide jemals so etwas gemacht?", fragt Sax, nachdem sie den Plan zweimal durchgegangen sind. „Einen echten Angriff auf eine feindliche Stellung?"

„Du sprichst mit einer Händlerin und ihrem Schläger", antwortet Plake. „Wir haben viele Feinde angegriffen, aber nicht so."

„Normalerweise sind es einer oder zwei, ganz nah dran", fügt Agra-Red hinzu.

„Dann lasst Bas und mich den Großteil der Arbeit machen", zischt Sax. „Deckt uns. Haltet die Augen offen für alles, was wir übersehen, und räumt auf, was wir zurücklassen."

„Du lässt es wirklich glamourös klingen."

„Hier geht es nicht um Stolz", sagt Bas. „Das Einzige, was zählt, ist die Mission."

„Dann glaube ich, haben wir ein Problem", sagt Plake, ihre Stimme wird vor Sorge höher. „Denn wir fliegen nicht zum richtigen Ort."

# KAPITEL 17

# EINE SPEZIES RETTEN

LAN SETZT den Kurs in Richtung Kolas' Kreuzer, die *Nunilite*, während wir die letzten Teile des Mondes hinter uns lassen. Jenseits von Vimelias Atmosphäre fällt die Schwerkraft in unserem Schiff auf null, sodass meine schwarzen Haare umherschweben, während T'Oli dafür sorgt, dass ich am Boden hafte.

„Also gleiten wir einfach nach Hause?", frage ich den Oratus. „Und dann?"

„Kolas wird das Schiff nach Sevora scannen lassen, bevor wir es verlassen dürfen", antwortet Lan. „Dann, nach einer Ruhepause, wirst du vermutlich nach Aspicis geschickt, um deine Spezies dem Chorus vorzustellen."

Ich nehme an, das war der ursprüngliche Zweck von Lans Mission.

Zu meiner Linken öffnet sich die Tür, die die Brücke vom überfüllten hinteren Teil des Schiffs trennt, und ich bin überrascht, Malo hereinschweben zu sehen, gefolgt von Viera. Der Charre-Krieger sieht immer noch krank aus, aber er schafft es, mir ein schwaches Lächeln zu schenken.

„Tut mir leid", sagt Malo. „Es ist wirklich überfüllt da hinten, und als alle anfingen zu schweben ..."

„Und das Erbrochene", fügt Viera hinzu. „Wenn du denkst, Menschen, die sich übergeben, wären schlimm, probier mal einen Haufen Flaum. Es ist ekelhaft. Alles in ihrem Fell und-"

„Ich bleibe dann wohl hier oben", unterbreche ich Viera, bevor ihre Beschreibungen meinen eigenen Magen zum Rebellieren bringen, und die beiden lassen sich mir gegenüber an der Seite nieder.

Viera nickt in Richtung Lan, die im Netz sitzt. „Wie geht's unserer Pilotin?"

„Gut", zischt Lan.

„Sie hat sich gut geschlagen", sage ich. „Hat überhaupt nicht die Nerven verloren."

„Es hilft, wenn man den Tod nicht fürchtet", sagt Malo, und der Krieger hustet ein halbherziges Lachen heraus.

„Was?"

„Sie. Die Oratus. Ihr habt vor nichts Angst, oder?", sagt Malo zu Lan. „Nicht wie wir, wie Menschen."

Lan wendet Malo ein gelb-schwarzes Auge zu. „Das Einzige, wovor wir uns fürchten, wenn man es so nennen will, ist, unseren Partner zu verlieren."

· Draußen nähern wir uns den Außenbezirken der Vincere-Flotte. Der offene Weltraum füllt sich mit kleineren Schiffen, die umherschwirren, größere Frachter und was wohl kampfbereite Kreuzer sein müssen, ziehen an uns vorbei in Richtung der Ruinen von Vimelia. Wahrscheinlich um sicherzustellen, dass nichts von Kolas' Plan überlebt.

„Menschen sind auch so", sage ich. „Mit denen, die wir lieben."

„Ich liebe diese Miner." Viera gestikuliert mit den

Waffen in ihren Händen. „Würde sie auch nicht gerne verlieren. Kann aber nicht behaupten, dass ich Angst davor hätte."

„Du bist schrecklich in solchen Gesprächen", sagt Malo zu ihr.

„Ich entscheide mich dafür, schrecklich zu sein, Malo, weil es lustig ist. So bewältige ich diesen Wahnsinn."

Lan gibt Viera zumindest ein leichtes zischendes Lachen für ihre Mühe. Von da an ebbt das Gespräch ab und fließt wieder, wobei Malo uns einen Überblick über seine Zeit auf Vimelia gibt, nachdem wir vom Planeten abgehauen und ihn zusammengebrochen in der Andockbucht zurückgelassen hatten.

Zunächst wachte Malo auf, ohne zu wissen, wo er war, nur dass es dunkel war und die Luft dick und faulig roch. Sein ganzer Körper schmerzte, und Malo konnte sich kaum bewegen, also saß er dort im Dunkeln, bis ihm klar wurde, dass der Geruch derselbe war wie in den Abwasserkanälen, durch die wir alle kurz zuvor gerannt waren. Malo dachte, wenn er wieder dort wäre, dann war er vielleicht von einem der Mitglieder von Clarity's Dawn mitgenommen worden, und begann, Lärm zu machen.

„Es ist schwer zu schreien, wenn dein Hals trocken ist und deine Lungen brennen", sagt Malo. „Aber ich habe irgendwie einen knurrenden Hilferuf ausgestoßen, und jemand kam."

Dieser Jemand stellte sich als Rackt heraus, ein Vyphen-Mitglied von Clarity's Dawn, und Rackt sagte, er sei überrascht, dass Malo noch am Leben war. Niemand wusste, wie der Körper eines Menschen funktionierte. Alles, was sie hatten, waren Experimente, medizinische Cremes für Schuppen oder das pelzige Fell der Flaum.

Aber Menschen sind eben doch nicht so besonders – oder zumindest fand Malo das heraus, als er nicht starb.

„Ich blieb eine Weile im Dunkeln und erholte mich", sagt Malo. „Zuerst dachte ich, wir hätten gewonnen – Rackt sagte, dass ihr es weggeschafft hattet, und ich war froh darüber."

Die Sevora waren allerdings nicht so begeistert von Malo und dem Rest von Clarity's Dawn. Sie schlugen an dem zu, was Malo für den dritten Tag hält, und trafen das Hauptquartier von Clarity's Dawn unter der Oberfläche. Sie nahmen einige Gefangene, diejenigen, die sich nicht zu sehr wehrten, diejenigen, die vielleicht noch als Wirte nützlich sein könnten. Andere, wie Rackt und Sapphrite, verschwanden in einem Hagel brennenden Laserfeuers.

„Als ich begriff, was los war, war es schon zu spät", sagt Malo. „Ich schaffte es, aus meiner Kammer zu kommen, und das war's dann. Sie betäubten mich, und ich habe seitdem jeden Tag mit diesen Gefangenen verbracht und darauf gewartet zu sehen, was die Sevora vorhatten."

Als Malo seine Geschichte beendet hat, kündigt Lan an, dass wir uns Kolas' Kreuzer und dem hinteren Rand der Flotte nähern. T'Oli lockert seinen Griff um meine Füße, und ich schaffe es, zu Malo hinüberzuschweben und den Krieger fest zu umarmen.

„Wir lassen dich nicht wieder zurück", sage ich. „Versprochen."

„Du solltest keine Dinge versprechen, die du nicht kontrollieren kannst, Kaiserin", sagt Malo, aber ich glaube, er scherzt, auch wenn seine Augen einen vorsichtigen Ausdruck haben.

Er erholt sich noch, setzt sich selbst wieder zusammen. Ich wäre auch vorsichtig.

Gars Gebrüll überrascht alle. Wir sind im Landeanflug,

und das krachende, zischende, schmerzerfüllte Geräusch kommt aus dem Nichts. Ich zucke von Malo weg, gerade rechtzeitig, damit Lan mich beiseite schieben kann, als der Oratus vom Netz wegschießt, dem Ruf seines Partners folgend. Ich versuche, durch die Tür zu schauen, aber Lan blockiert sie, und als sie durch ist, sehe ich nur ein wogendes Chaos, als die Gefangenen auf den Oratus einschlagen, schneiden und beißen.

„Sind die wahnsinnig?", sage ich. „Was machen die da?"

„Ein Fall von Weltraumkoller?", meint Viera und zieht ihre Minenarbeiter hoch.

Apropos, ein Paar Blitze zuckt durch die Tür, gefolgt von einem weiteren zischenden Brüllen, diesmal von Lan. Mehr Überraschung, mehr Schmerz.

„Viera, geh", sage ich ihr. „Hilf ihnen. Ich halte mit T'Oli und Malo die Brücke."

„Du willst, dass ich in dieses Chaos gehe?", Viera mustert mich. „Ich weiß nicht ..."

„Wenn Lan und Gar verletzt werden, lässt uns Kolas vielleicht nicht mehr an Bord", erwidere ich.

Viera versteht den Wink, stößt sich vom Boden ab und geht durch den Eingang zurück in den Hauptbereich des Schiffs. Ich sage T'Oli, ihr zu folgen und eine Barriere zwischen der Brücke und dem Rest des Schiffs zu bilden — das Letzte, was wir brauchen, ist, dass derjenige, der dort hinten Probleme macht, seine Klauen oder was auch immer an den Steuerknüppel bekommt.

„Kaiserin", sagt Malo, und ich drehe mich um, um zu sehen, wie er in das Cockpitnetz driftet. „Du solltest dich vielleicht an etwas festhalten."

„Was?"

Malo greift nach dem Steuerknüppel und stößt ihn nach vorne. Das Schiff sackt nach unten, weg von unserem

Landekurs mit der *Nunilite*. Die neue Geschwindigkeit drückt mich gegen die Wand, und ich höre weiteres frustriertes Zischen und einen einzelnen, wütenden Schrei von Viera.

„Was machst du da?", schreie ich, als Malo die Geschwindigkeit des Schiffs erhöht, schneller und schneller, während wir über das Ende der Vincere-Flotte hinausschießen.

„Ich rette meine Spezies, Kaishi", sagt Malo. „Was ich auf der Erde versucht habe. Was ich jetzt nicht verfehlen werde."

„Sevora." T'Oli spuckt das Wort aus, als ich es zusammensetze.

„Ignos?", sage ich einen Namen, den ich für tot und vergangen hielt. „Du lebst?"

„Kaum", sagt Malo, nein, Ignos. Der Sevora lässt Malos Hände in fieberhaftem Tempo tippen. „Wie dein Krieger hier bin ich bei eurer Flucht fast gestorben."

„Du hast das Transportshuttle selbst zum Absturz gebracht!", rufe ich. „Du hast dich entschieden, uns zu verfolgen!"

„Nein, Kaishi", erwidert Ignos. „Ich habe nichts gewählt – alles, was ich getan habe, wurde mir von den Vincere, von deinen Oratus-Freunden aufgezwungen. Glaubst du, wir wollten so von unserem Zuhause fliehen?"

Die Gefangenen. Wir hatten nie einen Scan, um sie nach Sevora zu durchsuchen. Jel oder Nasiya könnten sie alle infiziert haben. Der Gedanke macht mich krank, aber ich schiebe die Übelkeit beiseite. Dafür ist jetzt keine Zeit. Stattdessen drücke ich meine Beine gegen die Wand und stoße mich nach vorne ab, in Richtung des Pilotennetz fliegend.

„Wie viele?", frage ich, während ich auf Malo, auf Ignos zusteuere. „Wie viele von ihnen sind Sevora?"

„Jeder Einzelne", sagt Ignos, und der Sevora dreht seinen Kopf nicht, bis ich das Netz erreiche. Dann blickt mich Malos Gesicht an, zu einem traurigen, stetigen Starren verzogen. „Es war das einzige Mal, dass Nasiya und Jel sich je auf einen Plan geeinigt haben. Einer, der völlig gescheitert wäre, wenn du nicht für uns eingesprungen wärst."

Ich versuche, um das Netz herumzukommen, aber Ignos schüttelt Malos Kopf. „Versuch es gar nicht erst, Kaishi. Berühr mich, und ich töte dich." Mit Malos rechter Hand zieht Ignos ein kleines, glänzendes Messer unter den zerlumpten Falten seiner Kleidung hervor. „Ich werde gleich springen, bevor diese Vincere-Jäger beschließen, dass wir das Risiko nicht wert sind. Such dir einen Platz zum Anschnallen."

Ignos blickt zurück auf die Monitore, und seine rechte Hand lässt das Messer los, lässt es im Raum schweben, um einen Befehl einzugeben. Ich beginne loszulassen, um zur Wand zurückzufallen, wo ich die Beschleunigung überstanden hatte, dann ziehe ich mich um das Netz herum, diesmal zu Ignos' Rechten, und greife nach dem Messer.

Und fange mir einen Ellbogen in den Magen ein. Es ist ein harter Schlag, der mir die Luft aus den Lungen treibt und mich, da ich nichts zum Festhalten habe, auf demselben Weg zurückschweben lässt, den ich einen Moment zuvor vorgetäuscht hatte.

„Der menschliche Körper ist gar nicht so schlecht", sagt Ignos, und jetzt kann ich draußen die ersten wenigen Blitze sehen, als die Vincere zu schießen beginnen. Ich hoffe, sie treffen uns. „Es braucht etwas Zeit, die Nerven in den Griff zu bekommen, aber mit Malo in unseren Einrichtungen und mit meiner Erfahrung aus deinem eigenen Körper hatten wir diese Zeit."

„Du hast ihn gestohlen."

„Kaishi, sei nicht naiv. Du kämpfst für das Überleben deiner Spezies, genau wie wir." Ignos tippt auf ein weiteres grün umrandetes Kästchen auf dem rechten Monitor, und die Alarme des Schiffs gehen los, einen kurzen Sprung-Countdown ankündigend. „Nur weil wir gewonnen haben, heißt das nicht, dass du besser bist als wir."

Das Zischen und Brüllen hinter uns ist verstummt, und ich höre keine sarkastischen Bemerkungen von Viera. T'Oli hat seine Augenstiele geteilt, einen zurück ins Chaos, einen zu uns.

„Sie sind alle betäubt", sagt T'Oli, als ich in seine Richtung schaue. „Sie hatten kleine Mikro-Betäuber unter ihren Lumpen versteckt. Wirklich genial."

Nein. Ein verzweifelter Versuch, der nur Erfolg hatte, weil ich alle Ratschläge ignoriert habe. Lan, Kolas, sogar Viera haben versucht, mich zu warnen. Ich habe versucht, das zu tun, was Vater nicht tun würde, und deswegen habe ich alles verloren.

Der Sprung ist sowohl augenblicklich als auch lang, eine Verzerrung von allem, was ich bin, die gut zu der Gehirnwäsche passt, die ich gerade durchmache. Malos Hinterkopf, bedeckt mit struppigem schwarzem Haar, scheint sich in ein Dutzend Kopien aufzuspalten, die sich um ein Prisma ergießen. Ich schaue nach links und anstatt dieser Seite der Brücke sehe ich T'Oli über den Kosmos verteilt; eine unendliche Weite von Creme, die mit den Sternen verschmilzt.

Dann schnellt das Universum in sich selbst zurück, und ich bin wieder da, gefangen mit einem Haufen meiner schlimmsten Feinde. Draußen, genau vor uns, kann ich ein

Schiff sehen, das definitiv nicht zur Vincere-Flotte gehört: Es ist riesig, zum einen. Größer als die *Cobalt*, obwohl sie ihr rundes Äußeres teilen.

„Ein Saatschiff", sagt T'Oli von seiner ausgebreiteten Position über dem einzigen Durchgang der Brücke, obwohl ich nicht sicher bin, ob der Ooblot es mir mitteilt oder seine eigene Überraschung pfeift.

„Wohin hast du uns gebracht?", frage ich Malo und stoße mich von der Wand ab.

Ein Teil von mir will zur Tür gehen, um nach Lan, Gar und Viera zu sehen. T'Oli sagt, sie seien betäubt, ein Schicksal, das ich wohl teilen würde, wenn ich dorthin ginge. Stattdessen winke ich T'Oli zu, sage dem Ooblot mit meiner Hand, er solle herüberkommen, und T'Oli gehorcht.

„Tiefer Weltraum", sagt Ignos. „Weit abseits jeder kartographierten Route, in der Nähe von keinen bewohnbaren Planeten oder Punkten von Interesse. Ein idealer Ort, um das letzte Heiligtum für unsere Spezies zu parken."

T'Oli wickelt sich um meinen linken Arm und schärft seine Kante zu einer Klinge. Ich gleite auf Malo zu, einen Krieger, für den ich alles gegeben habe, um ihn zu retten, einen, von dem ich verzweifelt wollte, dass er am Leben ist, und diese Verzweiflung hat mich blind gemacht.

Zeit, diesen Fehler zu korrigieren.

„Kaishi", sagt Ignos, als ich näher komme. „Nicht-"

Der Sevora beendet den Satz nicht. Ich stoße mit T'Oli nach vorne, treibe die diamantharte Spitze des Ooblots auf meinen Freund zu. Aber es ist schwer, ohne Gewicht Schwung zu bekommen, und statt des entscheidenden Schnitts, den ich mir erhofft hatte, dringt mein Stoß kaum durch das Netz. Malo hat genug Zeit, um auszuweichen, sich mit dem Rücken gegen die Windschutzscheibe zu pressen, während mein Schwung zu kurz kommt.

„Leg es weg", sagt Ignos und hebt Malos Hände mit den Handflächen nach oben zu mir.

„Nein." Ich schneide das Netz weg. „Du hast mich bei jeder Gelegenheit verraten. Mich benutzt, so wie du Malo jetzt benutzt. Ich werde nie wieder tun, was du sagst."

„Deine Freunde werden sterben, wenn du mich tötest", sagt Ignos, und es ist nicht ein Hauch von Angst in seiner Stimme, selbst als ich meinen Arm für einen weiteren Schlag zurückziehe.

Ignos hat diesmal keinen Platz, sich zu bewegen, nirgendwo, wohin es Malos Körper schicken könnte, um meinem Ooblot-Schwert auszuweichen. Dennoch weiß ich, warum es keine Angst hat. Ich weiß, warum es mich jetzt einfach anstarrt und einen langsamen, tiefen Atemzug nimmt.

Ich kann nicht. Ich kann Ignos nicht töten, wenn es bedeutet, dass der Rest meiner Freunde sterben wird.

„Was passiert jetzt?", sage ich und halte T'Oli waagerecht, bereit. „Was wirst du tun?"

Ignos zeigt auf das riesige Saatschiff, auf die Andockbucht, die sich für unsere Annäherung geöffnet hat. „Wir werden von vorne beginnen. Die Sevora werden wachsen, wir werden eine neue Heimat finden, und wir werden uns ausbreiten."

„Bis der Chorus euch findet und sich dieser ganze Prozess wiederholt."

Ignos lacht. „Wie es schon einmal war, so mag es wieder sein. Wir lernen jedoch, und die Amigga, denke ich, beginnen ihren Griff auf die Galaxie zu verlieren."

„Was meinst du damit?", fragt T'Oli und pattert von einer Stelle zwischen den Augenstielen weg, hinauf zu meinem Ellbogen. „Der Chorus ist so stark wie eh und je."

„Ooblot, du warst zu lange unter Vimelias Felsen begraben. Es gibt eine Fäulnis in eurer Zivilisation, eine, die zu schnell wächst, als dass der Chorus sie eindämmen könnte. Selbst wenn die Amigga diesen Aufstand überleben, werden sie nicht stark genug sein, um gegen uns zu kämpfen."

Zu sehen, wie Ignos Malo in einen prahlenden Clown verwandelt, macht mich nur wütend, und ich drücke die scharfe Spitze gegen Malos Körper und pinne Ignos an die Windschutzscheibe. Nirgendwo in Ignos' Plänen gab es etwas für uns, was bedeutet, dass der einzige Ausweg, den wir haben, derselbe ist, den Malo genommen hat; durch den Geist eines Sevora.

Ich würde lieber sterben, als ein weiteres dieser Geschöpfe in meinen Kopf zu lassen. Viera, Lan und Gar würden das auch.

„Warte", sagt Ignos, und jetzt, zumindest, ist ein Hauch von Angst in dieser Stimme. „Kaishi. Wir können hier einen Deal machen. Einen guten."

„Dann mach ihn."

Draußen treibt unser Schiff in eine weite, blau beleuchtete Andockbucht. Sie ist riesig, und es gibt eine Handvoll anderer Schiffe drumherum, aber im Gegensatz zu jeder anderen Bucht, in der ich war, bewegt sich hier keine Seele. Es gibt keine Roboter, keine herumwuselnden Flaum oder irgendein Zeichen von Leben.

„Ich bin sicher, Nasiya und Jel werden mir zustimmen", sagt Ignos, „wenn wir euch euer Leben versprechen. Du, Viera und dieser hier. Malo. Ich werde ihn dir zurückgeben."

„Was ist mit mir?", sagt T'Oli.

Ignos zuckt mit den Schultern. „Geh mit ihnen."

„Gar und Lan?", frage ich.

Jetzt gibt es ein Zögern, als das Schiff auf dem Boden

aufsetzt, das Heulen der Mikrojets deutlich zu hören ist. Als wir auf dem Saatschiff landen, spüre ich, wie etwas Schwerkraft zurückkehrt und meine Füße auf den Boden drückt. Wenn ich jetzt zuschlagen müsste, wäre der Schnitt schnell. Tödlich.

„Wir können nicht riskieren, dass sie entkommen", sagt Ignos schließlich. „Sie würden zurück zur Vincere gehen und ihnen erzählen, was wir getan haben."

„Das könnte ich auch tun."

„Aber du wirst es nicht", erwidert Ignos. „Bevor du herausfinden könntest, wo und mit wem du sprechen müsstest, werden wir weg sein. Und wenn du uns verrätst, dann wird deine kostbare Erde nicht lange danach einen weiteren Sevora-Samen sehen, und ein anderer Stamm wird ihren Gott finden. Nur diesmal werde ich die volle Kontrolle haben."

Meine Spezies für die Sevora. Ein Handel.

Es gibt nur eine Sache zu tun. Einen Weg zu gehen.

„Ich stimme zu."

# KAPITEL 18

# INNERHALB DER MAUERN

DIE LADEBUCHTÜREN der Drohnenfähre sind geschlossen und es gibt keine Fenster, sodass Sax den ersten Blick auf ihr Ziel erst erhält, nachdem das Schiff mit einem dumpfen Schlag auf etwas eindeutig Metallischem landet. Die Türen der Fähre öffnen sich mit einem Zischen. Es gibt viel lautes Geschrei, Befehle an Plake und Agra-Red, ihre Waffen fallen zu lassen.

Von seiner zusammengequetschten Ecke aus kann Sax nur wenig sehen, aber was er erblickt, ist ein tiefblauer Metallverschlag, ganz anders als die von Ranken umschlungenen Räume, die er bisher auf diesem Planeten gesehen hat. Er kann die Feinde nicht ausmachen, aber sie müssen gefährlich sein, denn Plake lässt ihren Miner fallen und Agra-Red wirft den Energiepack aus seiner eigenen fest montierten Waffe. Beide Gegenstände werden von pelzigen Flaum-Fingern aufgesammelt, sobald sie den Boden berühren.

Die Chancen auf eine Überraschung sind gering, also warten Sax und Bas ab, wobei sich Letztere so positioniert, dass sie sich von Sax weg in Richtung der Fährentüren rollen kann, mit ausgefahrenen Klauen und kampfbereit.

„Entweder ihr beide kommt jetzt langsam raus, oder wir schmelzen die Fähre an Ort und Stelle ein", die Stimme ist das mechanische Wimmern eines Amigga. „Wir haben das Schiff auf dem Weg hierher nach Wärmequellen gescannt. Wir wissen, dass ihr da drin seid."

„Das ist das letzte Mal, dass ich jemand anderem als dir vertraue", zischt Sax seinem Paar zu.

„Es ist nur ein weiteres Abenteuer, Sax", sagt Bas leichthin und klettert dann von Sax herunter nach draußen.

Seine Muskeln sind noch immer verspannt, also braucht Sax etwas Zeit, um sich aus den beengten Verhältnissen der Fähre zu befreien, aber als der Oratus es schafft, in die kühle Nordluft hinauszutreten, verrät ihm der erste Blick, warum es dunkel ist: Das Lager befindet sich am äußersten Rand der Nachtlinie von Aspicis, wobei der weiße Zwerg oh-so-langsam am fernen Horizont untergeht.

Um sie herum erheben sich bedrohliche Metallwände, über die sich Teile verworrener Ranken legen. Keine der Pflanzen dringt jedoch weit in den Verschlag ein, der, wie Sax bemerkt, von einem dunstigen Laserschild bedeckt ist, einer Art Schirm, der nur durch die kleinen Insekten und gelegentlichen Staubpartikel sichtbar wird, die dagegen prallen und dabei verglühen.

Plake und Agra-Red wurden bereits von der Fähre weggebracht, wo ein Quartett Flaum sie bewacht. Ein weiteres Dutzend oder so der pelzigen Kreaturen richtet eigene Miner auf Sax und Bas, während ein Amigga in einem höheren, mit Ketten ausgestatteten und scheinbar waffenlosen Exoskelett über allen thront.

„Plake, wenn das hier vorbei ist, werde ich deinen

Kontakt finden und fressen", ruft Sax quer über den Hof der Vyphen zu.

„Ich werde ihn dir servieren", knurrt Plake zurück.

„Aufhören", befiehlt das Amigga, und Sax widersteht dem Drang, einen Anlauf zu nehmen und das Ding sofort zu zerstören.

Der Oratus trägt eine Maske – wenn auch eine beschädigte – und mit Bas an seiner Seite hätten die beiden eine gute Chance, alle Flaum auszuschalten. Allerdings haben Plake und Agra-Red keinen solchen Schutz, und ihre Gefährten für einen riskanten Zug zu opfern, scheint eine schlechte Wahl zu sein.

„Ihr seid in Fenebris angekommen, und es wird euer neues Zuhause sein, bis der Chorus entscheidet, was er mit euch machen möchte", sagt das Amigga. „Zunächst werden wir natürlich eure Namen aufnehmen. Dann werden wir sie einreichen, damit über euer Schicksal entschieden wird. Ich vermute, dass ihr alle innerhalb der nächsten vierundzwanzig Stunden einen schrecklichen Tod sterben werdet. Jeglicher Widerstand wird dieses Schicksal nur besiegeln."

Flaum treten an Sax und Bas heran, greifen nach ihren Masken und der darin befindlichen Ausrüstung. Sax fängt den Blick seines Paares auf – sollen sie sich wehren? Sie schüttelt leicht den Kopf, und die Entscheidung ist gefallen. Vorerst kein Widerstand.

„Ihr könnt mir meine Miner wegnehmen", sagt Sax zu den Flaum, als sie die Waffen entfernen. „Ich werde immer noch meine Klauen haben, und das ist mehr als genug für euch."

Die pelzigen Kreaturen blicken sich an, und Sax genießt ihre schnellen Schritte von ihm weg eine Sekunde später. Ein wenig Furcht bewirkt viel.

Der Weg vom Landeplatz ist kurz – Sax erwartet Zellen, irgendeine Form von Gefängnis, aber stattdessen gelangen sie von dem weiten Bereich der Landeplattform zu einem noch größeren und weitaus schlampigeren Hof, wo der Boden statt gepflasterter Steine hauptsächlich aus matschiger Erde besteht. Alle paar Meter ragen vier Meter hohe Heizstäbe mit glühend-orangefarbenen Kugeln über ihre gesamte Länge und weichen Ventilatoren an der Spitze aus dem Boden, die die Wärme nach unten blasen, und um diese Stäbe herum ist die traurigste Ansammlung von Kreaturen versammelt, die Sax seit der *Scrapper Station* gesehen hat. Flaum, Whelk, Teven und mehr kauern um einander, reden leise oder scheinen einfach nur auf dem Boden zu schlafen.

In der Mitte des Raums befindet sich ein großer, kreisförmiger Trog. Einige Spezies lungern dort herum und picken an dem, was wie eine Flut von Nährstoffbrei aussieht, der sich langsam durch den Behälter bewegt, an einem Ende nach oben und am anderen nach unten fließt.

Am anderen Ende des Raums, an eine weitere große Mauer gelehnt, steht ein Tor, das etwas höher ist als Sax, und abgesehen von dem Weg, auf dem sie hereingekommen sind – einem ähnlichen Tor – sieht es nach dem einzigen Weg hinein oder hinaus aus diesem Raum aus.

Insgesamt ist der Eindruck, den Sax bekommt, ein deprimierender.

„Das Beste daran, hier zu sein", sagt das Amigga gerade, als Sax wieder in sein endloses Geschwafel einstimmt, „ist, dass ihr euch nie Sorgen machen müsst, wegzugehen. Es gibt keine Träume mehr zu haben, keine Probleme mehr zu lösen. Es gibt nur diesen Raum, den Nährstoffbrei und die Glimmerwürmer."

Glimmerwürmer?

Sax ist nicht der Einzige mit Fragen, wie er an einem Schulterzucken von Plake und ähnlicher Verwirrung mit schief gelegtem Kopf von Bas erkennt. Das Amigga scheint jedoch nicht daran interessiert zu sein, weiter darauf einzugehen; die Kreatur zieht sich zusammen mit den Flaum-Wachen mit gezückten Minern durch das Tor zurück, das schwerfällig herunterrasselt und sich schwer auf den Boden legt.

„Kann nicht behaupten, dass ich das erwartet habe", verkündet Agra-Red schnaubend. „Ich dachte immer, ich würde in einem Feuergefecht sterben, nicht in einem Arbeitslager zu Staub zerfallen."

„Ich wusste gar nicht, dass der Chorus solche hat?", sagt Bas. „Die Vincere haben sie nie erwähnt."

„Ich schätze, wenn man auf Aspicis das Gesetz bricht, machen sie nicht viel Aufhebens um ein ordentliches Verfahren." Plake fegt mit einem geflügelten Arm über den Raum. „Sieh dir all diese elenden Dinge an."

Der Vyphen hat nicht Unrecht. Normalerweise würde Sax einen Haufen wehrloser Kreaturen als Nahrung oder Beute betrachten, aber hier regt nichts seinen Jagdinstinkt an. Der Nährstoffbrei sorgt dafür, dass keine der Arten, die er sieht, verschrumpelt oder unterernährt ist, aber sie sind im Geiste tot. Hier gibt es kein Feuer.

Wenn Plake jedoch Recht hat und dies Verbrecher sind, dann können es keine schwerwiegenden sein. Der Chor hat vor kurzem noch versucht, sie alle in den Skiffs zu töten, aber jetzt begnügen sie sich damit, gefährliche Gefangene in einem Arbeitslager zu lassen?

„Dein Kontakt", sagt Sax. „Sie haben dem Chor nicht gesagt, wer wir sind."

Auf Plakes Blick hin erklärt Sax seine Überlegung. Nämlich, dass die vier von ihnen auf der Stelle hätten erschossen oder betäubt und als Exempel statuiert werden müssen. Warum ein gefährliches Quartett mit Freunden außerhalb am Leben lassen?

„Also haben sie uns nicht komplett verraten", blubbert Agra-Red. „Ich werde sie trotzdem desintegrieren."

„Und ich werde die Reste fressen", zischt Sax. „Was ich aber sagen will, ist, dass wir vielleicht eine Chance haben, hier rauszukommen. Wenn sie nicht wissen, wer wir sind, haben wir vielleicht Zeit."

„Bis sie beschließen nachzusehen", erwidert Plake. „Ich vertraue keinen Moment darauf, dass das Amigga hier nicht unsere Bilder durchläuft und schaut, was dabei herauskommt. Ich sage, wir finden jetzt einen Weg, diese Mauern zu durchbrechen."

Und so verbringen sie die nächsten Stunden. Sax und Bas, Agra-Red und Plake teilen sich auf und umkreisen die breiten Mauern des Lagers, ziehen hier und da wandernde Blicke auf sich, während sie die Barrieren abstreichen. Sie bestehen aus hartem Gestein, obwohl Sax spürt, dass seine Klauen sie durchdringen könnten.

„Und wenn wir drüber klettern, was dann?", sagt Bas, als sie bemerkt, wie Sax seine metallenen Klauen über einen Teil des Steins fahren lässt und dabei eine weiß-abgesplitterte Linie hinterlässt. „Entweder erschießen sie uns oder Plake und Agra-Red."

„Was dann, wir warten?", fragt Sax, und er kann den Spott in seiner Stimme nicht verbergen. Es gibt nichts Schlimmeres als Warten, besonders wenn man nicht weiß, wie lange. „Ich ziehe es vor, etwas zu tun statt nichts."

Ihr Gespräch – wahrscheinlich eher die erhitzten Töne

– zieht die Aufmerksamkeit eines älteren Teven auf sich, dessen schlammbraune Panzerung abgesplittert und rissig ist, und das Sax gar nicht bemerkt hatte, bis sich das stockähnliche Wesen vom Boden nahe ihrer Füße erhebt.

„Habt ihr schon mal von Schlaf gehört?", verkündet der Teven. „Das ist eine Praxis, bei der diejenigen von uns, die den ganzen Tag ihre Haut abgearbeitet haben, ein bisschen Energie zurückbekommen, damit wir es morgen wieder tun können."

Sax fletscht die Zähne gegen das Wesen. Er möchte mit seinen Klauen nach ihm schlagen, weil Aspicis im Großen und Ganzen für ihn ein riesiger Misthaufen war, aber Plake schiebt sich dazwischen und spricht direkt mit dem Teven.

„Hast du gehört, was wir gesagt haben?", fragt Plake.

„Wie könnte ich nicht? Ihr redet alle so, als würdet ihr etwas Großes verpassen, weil ihr hier seid."

„Weißt du viel über diesen Ort?"

Der Teven lacht, immer eine seltsame Sache, da Sax ihre Münder nicht sehen kann, sodass ihr Flöten-Kichern scheinbar aus einiger Entfernung vom Wesen selbst aus ihren Panzern hervorplatzt. Wie ein Echo.

„Ich bin fast mein ganzes Leben hier", antwortet der Teven. „Habe versucht, einen Weg von dieser Welt zu finden, wurde dafür geschnappt, jetzt habe ich so viele Glimmerwürmer gefangen, dass ich sie sehe, wenn ich schlafe."

„Also gibt es keinen Ausweg?"

„Das habe ich nicht gesagt", erwidert der Teven. „Nur keine Möglichkeiten für einen alten Teven ganz allein. Für eine Crew wie eure könnte es Optionen geben. Diese Leute sind Widerstand nicht gewohnt. Wehrt euch, vielleicht werdet ihr feststellen, dass sie nachgeben. Oder vielleicht findet ihr euch geröstet und tot am Boden wieder."

„Eine dieser Optionen klingt gut", sagt Agra-Red.

Sax allerdings hat genug davon, dem Teven zuzuhören. Genug davon, hier herumzustehen. Es gibt keinen einzigen Oratus in diesem Hof, was bedeutet, dass es plausibel ist, dass dieses Gefängnis nicht dafür ausgelegt ist, ein Wesen wie ihn festzuhalten.

„Pass auf", zischt Sax zu Bas, und dann bricht er in einen langen, laufenden Sprint zur nächsten Mauer auf, einer der langen Seitenmauern ohne Tor.

Das spärliche Licht macht es schwer, etwas anderes als glatten Stein auszumachen, der sechs oder sieben Meter aufsteigt, bevor er in einer wellenförmigen Reihe von etwas endet, das wie kleine Stacheln aussieht. Sax springt, bevor er die Mauer erreicht, sein Sprung trägt ihn fast bis zur Hälfte hinauf, bevor seine Metallklauen in den Stein eindringen. Seine Vorder- und Mittelklauen schneiden direkt durch, und Sax klettert ohne zu zögern nach oben.

Er wird Nobaa das nächste Mal, wenn er den Teven sieht, für die Klauen danken müssen.

Sax erreicht die Mauerkrone und es gibt keinen Alarm, keine streifenden Bolzen von einem Bergarbeiter zum nächsten. Über dem Rand sieht Sax zwar jede Menge Ranken, aber da ist noch etwas anderes. Etwas Riesiges, orange Leuchtendes, das sich über die Hälfte des Horizonts erstreckt und in den Himmel ragt. Lichter glühen in der langen violetten Dämmerung, während Dutzende von Skiffs und anderen Transportern in die Struktur ein- und ausfliegen, wobei die abfliegenden in alle Richtungen verschwinden.

Cavignum.

Sax platziert seine linke Vorderklaue zwischen den Noppen, blickt zurück zu seiner Crew, um ihnen zu sagen, was er sieht, als seine Vorderklaue taub wird. Die eisige

Leere breitet sich entlang seines Arms aus, in Sax' Torso und entlang jedes Teils von ihm, bis sogar seine Augen erschlaffen und seine Lider sich zur Hälfte schließen.

Dann, ohne Kraft, die ihn oben hält, stürzt Sax zurück auf den Boden.

AUF MEINE WORTE hin nickt Ignos hinter mir, und ich wirbele herum, um einen rotgefleckten Flaum im Türrahmen zu sehen, der zwei Bergleute in seinen Klauen hält und auf mich zeigt.

„Sie wird keinen Ärger machen", sagt Ignos zum Flaum.

„Das hast du uns beim ersten Mal auch gesagt", erwidert der Flaum. „Ich bin geneigt, sie sofort zu vernichten."

„Du kannst es ja versuchen", antworte ich. T'Oli nimmt meinen Ton an, verbreitert und verhärtet seine Schale, sodass ich praktisch einen Schild an meinem linken Arm habe.

„Nasiya", ich habe das Gefühl, dass Ignos den Namen genauso sehr zu meinem Nutzen wie zu dem der Sevora-Anführerin sagt. „Dies ist nicht der richtige Ort, und du hast deinen Oratus-Wirt nicht mehr. Du bist keine Waffe. Sie könnte dich leicht töten."

Nasiyas Körper hält die Bergleute noch einen Herzschlag lang ruhig, dann lässt sie sie an den Seiten des Flaum fallen. „Du hast einen Deal gemacht, Ignos. Ich werde ihn einhalten."

Wir verlassen das Schiff in Stille. Nicht einmal T'Oli hat Worte für die reglosen Gestalten von Gar, Lan und Viera, als die Sevora-Flaum und -Whelk sie aus dem Schiff tragen. Ich kann sehen, wie sich Vieras Brust hebt und senkt, als sie atmet, aber ihre Augen sind geschlossen. Ihre Hände sind leer und baumeln an ihren Seiten, als sie die Rampe hinuntergetragen wird, die ich auf Vimelia für diese Monster hatte ausfahren lassen.

Wie bei einer zusammengewürfelten Zeremonienprozession führt uns Nasiya durch die Andockbucht in einen seltsamen, riesigen Bereich voller Gebäude mit Fenstern, die vom Boden bis zur Decke reichen. Sie sind kleiner als die turmhohen Strukturen auf Vimelia, aber sie lassen jedes andere Schiff, auf dem ich bisher war, winzig erscheinen. Doch im Gegensatz zu Vimelia und den unterirdischen Behausungen in Marilo, der Heimat der Lunare auf der Erde, sind all diese Fenster dunkel.

Auch die Alleen zwischen den Gebäuden sind düster, nur gelegentlich kommt ein Schimmer von hohen Stangen mit Haken und Ästen. Ich bin mir nicht sicher, wofür die da sind, aber Ignos und Nasiya, die in meiner Nähe an der Spitze der Gruppe gehen, werfen beide für ein paar Schritte einen Blick auf die leeren Stangen.

Was jedoch klar ist, ist, dass dieses Samenschiff für weit mehr als die wenigen von uns bestimmt ist, die hier sind. Tausende und Abertausende könnten in diesen Räumen Platz finden, und diese Andockbucht hatte Ressourcen für Dutzende von Schiffen.

„Ein letzter Ausweg sollte leer sein", sagt Ignos zu mir, während wir gehen. „Trotzdem sollten diese Straßen von Sevora wimmeln. Dieses Schiff sollte vor Möglichkeiten für unsere Spezies summen."

„Ist das nicht der Plan?", erwidere ich. „Falls die Vincere euch nicht wieder in die Luft jagen?"

Ignos ignoriert meinen Seitenhieb. „Das ist der Plan, aber zuerst müssen wir entscheiden, wen wir opfern."

„Opfern?"

„Sevora vermehren sich nicht wie ihr", sagt Ignos, als wir uns einer großen halbmondförmigen Tür nähern, die Nasiya als *Tor* bezeichnet. „Einer von uns wird reifen müssen, und von diesem können wir eine Million weitere hervorbringen."

„Das klingt nicht nach einem Opfer."

„Im Zentrum dieses Schiffes befindet sich ein Gefängnis. Es ist in Ruhm gehüllt, aber es ist trotzdem ein Gefängnis. Der Sevora, der dort einzieht, wird es nie wieder verlassen. Er wird das Samenschiff kontrollieren und sonst nichts."

Der nächste Bereich, den wir betreten, ist wieder voller Gebäude, aber anstatt der blockartigen Zweckmäßigkeit des letzten Abschnitts sind diese in lebendigen, verschlungenen Designs angelegt. Als hätte jemand einen Teil der großen Stadt Vimelias geschrumpft und auf das Schiff verpflanzt. Nur dass diese große Stadt leer ist. Es ist eine Sache, auf die dunklen Fenster unbewohnter Häuser zu starren, eine andere, auf einen großen Platz zu blicken, aus dem ein sich windender Kristallspeer aus einem trockenen Brunnen ragt. Bänke stehen einsam da, makellos und nie benutzt. Terminals, die in Reihen an den Wänden aufgestellt sind, starren uns mit leeren Bildschirmen an.

Wir alle, selbst die Sevora, eilen durch diesen Abschnitt.

Der nächste Bereich schnürt mir die Brust zusammen wie ein Schraubstock. Ich habe keinen echten Samen mehr gesehen, seit ich Ignos vor so langer Zeit in jener Dschungelnacht gefunden habe, aber hier hängen sie Reihe um Reihe um einen großen Ring. Ihre spitzen Nasen zeigen nach unten, zu einem grauen Metallboden weit unter uns.

„Es wird sich öffnen", sagt Ignos, als es bemerkt, dass ich hinschaue. „Wenn es Zeit für uns ist, uns auszubreiten, geschieht es so. Ein einzelner Same kann einen Sevora viele, viele Lichtjahre weit tragen, bis er sein Ziel erreicht."

„Wie lange seid ihr gereist, um zur Erde zu gelangen?"

„Vergleichsweise kurz", antwortet Ignos und gestikuliert, dass ich mit ihnen weitergehen soll, während sie den Ring umkreisen. „Wir wussten bereits von der Erde, dass die Amigga dort eine Art Test durchführten. Ich wurde geschickt, um nach den Ergebnissen zu sehen, um sie zu verfälschen, wenn ich könnte."

„Du hattest Erfolg."

Ignos lacht. „Erfolg? Hier bist du, trotz all meiner Bemühungen, deine Spezies zu Sklaven für meine zu machen. Wenn überhaupt, Kaishi, habe ich deinem Volk geholfen, technologische Meisterschaft früher zu erreichen, als es sollte."

„Aber wenn du es nicht getan hättest, wären du und alle deiner Art jetzt tot."

„Vielleicht, vielleicht auch nicht", sagt Ignos und zeigt dann mit Malos linker Hand auf eine dünne Metallbrücke, die über die Lücke unter den Samen zu einer gedrungenen quadratischen Tür führt. „Das ist es, wonach wir suchen. Die letzte Brücke. Der Sevora, der hinübergeht, wird nie zurückkehren."

Ich erwarte, dass Ignos erklärt, warum, aber es verstummt nach diesen Worten, und ich erkenne, dass Ignos selbst darüber nachdenkt, diese Wahl zu treffen. Der Sevora treibt Malo vorwärts und gesellt sich zu Nasiyas

Flaum-Wirt und einem dritten, einem kleinen limettenfarbenen Whelk am Fuß der letzten Brücke.

„Sie treffen eine Wahl", sagt T'Oli.

„Das hab ich mitbekommen." Ich schaue mich nach den anderen Sevora um. Die meisten beobachten die Diskussion des Trios, und diejenigen, die es nicht tun, schweben über Viera, Lan und Gar. Die Träger haben den Oratus und den Menschen abgesetzt, und sie ruhen steif und regungslos auf dem Boden. „T'Oli, wir müssen einen Weg hier raus finden."

„Ich glaube nicht, dass wir beide sie alle besiegen können."

„Wenn wir es nicht können, werden sie uns auch mitnehmen", antworte ich. „Ich vertraue Ignos überhaupt nicht."

„Richtig. Das erscheint logisch. Diese Sevora hat dich bei jeder Gelegenheit verraten."

„Danke für die Erinnerung." Ich bewege mich, mit T'Oli um mein Handgelenk, näher an die betäubten Körper heran. Wenn einer von ihnen kurz davor ist aufzuwachen, könnte ich die Sevora vielleicht lange genug ablenken, um einen Verbündeten zu bekommen ...

„Ich werde die Ehre für mich beanspruchen!", ruft Nasiya mit hoher, zittriger Stimme, unter der sich trotz des Prahlens Zittern verbirgt. „Ich werde die letzte Brücke überqueren und zur Gründerin unseres neuen Anfangs werden."

Die Worte klingen zeremoniell, aber das Summen und sogar die wütenden Antworten, die Nasiya von den anderen Sevora bekommt, zeigen, dass die Verkündung keine Gewissheit ist. Die gesamte Meute der Sevora, selbst diejenigen, die die Oratus und Viera bewachen, stürzt sich auf das Trio, schubst und schreit sich gegenseitig an.

„Ich nehme an, die Fraktionen haben ihren Kampf doch noch nicht beendet", sagt T'Oli.

„Sie geben uns eine Chance." Ich schaue auf die Körper. Die Schwerkraft des Saatschiffs ist nicht so hoch wie auf einem Planeten – bei einem aggressiven Lauf fühle ich mich, als würde ich vom Boden abheben – aber ich glaube nicht, dass ich einen Oratus alleine tragen kann.

Viera allerdings ist viel kleiner.

Während die Sevora miteinander ringen, gleitet T'Oli von meinem Handgelenk, als ich mich hinhocke und meine Arme unter Vieras Rücken schiebe. Mit meinen Beinen versuche ich, meine Freundin anzuheben. Ich spanne mich an, ziehe kräftig und erwarte Widerstand, den ich kaum spüre. Viera schwebt nicht gerade, aber es gelingt mir, sie aufrecht und nach vorne zu kippen, wo ihr Gesicht auf dem Boden aufzuschlagen droht. Ich fange sie auf und bringe meinen Arm hoch, um Vieras Brust gegen meine eigene Schulter gedrückt zu halten.

Es ist wahrscheinlich nicht bequem für sie, aber da Viera im Moment in betäubter Bewusstlosigkeit ist, mache ich mir darüber keine allzu großen Sorgen.

„Sie bemerken es", sagt T'Oli.

„Dann lenk sie ab", antworte ich und beginne, um den Ring zu rennen.

Vieras Füße und Knöchel schleifen über den Boden, während wir laufen – sie ist größer als ich –, aber mein schwebendes Joggen bringt uns in Schwung. Einige der Sevora schreien, aber kein Miner schießt mir in den Rücken, keine Waffe schlägt mich nieder.

Ich frage mich, ob sie ihr letztes Schiff nicht beschädigen wollen.

Nach ein paar Schritten, mit den Samen, die wie Stacheln über mir hängen, und den glänzenden Außenwänden des zentralen Rings zu meiner Rechten, wage ich einen Blick zurück. T'Oli hat die Kontrolle übernommen. Der Ooblot schwimmt um ein Quintett von Flaum herum, die mich verfolgen, und nutzt seine Fähigkeit, zwischen flüssig und fest zu wechseln, um die Verfolger zu Fall zu bringen und zu irritieren. Jedes Mal, wenn einer der Sevora versucht, einen Miner zu ziehen, verflüssigt sich T'Oli den Körper hinauf und schlürft sich in die Ritzen der Waffe, um sich dann zu verfestigen und sie in Stücke zu sprengen.

Trotzdem ist T'Oli nur ein Ooblot, und schließlich brechen ein paar der Flaum durch und verfolgen mich. Es ist ein Wettlauf, den ich nicht gewinnen werde, aber ich bin jetzt nah genug an der offenen Tür meines Ziels: dem leeren Unterhaltungsviertel.

„Halt!"

Ignos brüllt das Wort. Ich bewege mich weiter.

„Kaishi, halt!"

Der Durchgang ist da, Viera in meinen Armen. Alles, was bleibt, ist ein Fuß vor den anderen.

„Wir werden schießen!"

Ich erreiche die Rampe, die zum Tor hinaufführt. Riskiere einen schnellen Blick hinter mich und sehe die beiden Flaum, die sich in meine Richtung vorarbeiten, mit T'Oli dicht hinter ihnen. Sehe Ignos mit einigen anderen weiter hinten, die Miner in meine Richtung gerichtet.

„Ich habe dir vertraut!", schreie ich zurück zu Malo, zu den Sevora in seinem Kopf.

Und ich renne. Trage Viera durch das Tor und zurück in das dunkle, leere Durcheinander des Unterhaltungsbereichs. Keine Miner-Blitze schießen durch die Stelle, die ich hinter mir lasse. Die beiden Sevora-Flaum überqueren nicht einmal das Tor.

Was bedeutet, dass ich frei bin, Viera durch die

Dunkelheit zu tragen, zwischen Gebäuden hindurchzu-rennen und zu versuchen, einen Ort zum Verstecken zu finden.

Der Ort muss ein Restaurant sein. Die einzigen Hinweise darauf sind die großen Geräte in einem abge-trennten Raum im unteren Stockwerk, sperrige Metallteile, die gut zum Kochen geeignet scheinen. Aber im Erdge-schoss zu bleiben ist ein schlechter Plan, also schleppe ich Viera – die selbst in der niedrigen Schwerkraft allmählich schrecklich schwer wird – zu etwas, das wie ein Aufzug aussieht.

Er bewegt sich nicht.

Natürlich nicht. Die Sevora werden diesen Bereich nicht einschalten, nicht bis es einen Grund dafür gibt, und meine Bedürfnisse sind definitiv kein Grund. Ich habe das Restaurant gewählt, weil es von außen nicht so auffällig wie die anderen Gebäude war, nur ein Namensschild in geschwungenen weißen Buchstaben auf einem schwarzen Banner, das den Ort als „Verdant" kennzeichnete. Ich denke, sie werden schließlich alle Gebäude durchsuchen, also kann ich genauso gut an einem Ort erwischt werden, dessen Namen ich mag.

Wenn ich diesen Aufzug allerdings nicht zum Laufen bringe, werde ich viel zu schnell gefunden werden. Die Idee ist, einige Waffen zu bekommen, mich zu verteidigen und der Menschheit einen letzten guten Auftritt zu verschaffen, bevor die Sevora meine Spezies verschlingen oder der Chorus sie zu kosmischem Staub zermalmt.

„Probleme?", T'Olis klatschende Stimme ist eine Erleichterung in der einsamen Dunkelheit, und ich schaue zum Eingang, wo der Ooblot hereinschleicht.

„Wie bist du entkommen?"

„Das Ding mit Ooblots ist, sie sind sehr schwer zu

töten", antwortet T'Oli. „Es ist mir gelungen, einem von ihnen einen Miner wegzuschleimen, dieses Schmuckstück hier, und dein Freund Ignos beschloss, mich gehen zu lassen, anstatt sich auf ein Feuergefecht einzulassen."

„Ich schätze, das nehmen wir. Irgendwelche Ideen?" Ich seufze und blicke auf die Plattform um mich herum. „Ich möchte in den zweiten Stock, aber ich kann Viera nicht dorthin bringen."

T'Oli kriecht an der Wand neben mir hoch, kommt etwas über meinen Kopf und verfestigt dann einen Teil von sich. „Ein neuer Handgriff. Eine meiner vielen Talente."

„Toll. Viera kommt zuerst."

Gemeinsam heben der Ooblot und ich Viera höher und höher den Aufzugschacht hinauf, wobei ich meine Beine und all meine verbliebene Energie nutze, um Viera einen Meter nach dem anderen hochzuschieben. T'Oli wickelt sich um Vieras Körper und stabilisiert sie für meinen nächsten Schub. Bis ich mit einem letzten springenden Stoß Vieras Schultern auf Höhe der nächsten Etagenöffnung bringe.

Genau wie in den Abwassertiefen von Vimelia formt sich T'Oli zu einem Hebel und zieht Viera hoch und über die Kante.

„Hast du noch einen Sprung in dir?", fragt mich T'Oli einen Moment später.

Ich nicke. Sammle meine Beine und springe. Dies in niedriger Schwerkraft zu tun, ist ein befreiendes Gefühl, das einen Moment lang den Glauben weckt, ich könnte nie wieder herunterkommen. Mit T'Oli, das mich auffängt, komme ich tatsächlich nie wirklich runter. Das Klettern mit dem Ooblot ist überhaupt nicht wie das Klettern auf einem Baum – es ist eher, als würde man seine Gliedmaßen in einen unbeweglichen Schraubstock stecken, dann diesen

Schraubstock als Hebel benutzen, um sich hochzuziehen und mit der anderen Hand in T'Olis ausgestreckten Körper zu greifen, und das Ganze zu wiederholen.

„Wirst du es nie müde, benutzt zu werden?", frage ich T'Oli, als wir oben auf der weitgehend leeren zweiten Ebene sind. Während Verdants Erdgeschoss voller Tische und Kochgeräte war, scheint dieser Bereich einem anderen Typ von Zusammenkunft gewidmet zu sein – lange, breite Tische teilen den Raum, und jeder ist von gepolsterten Sofas umgeben.

„Fragst du, ob ich davon träume, mehr zu tun?", sagt T'Oli. „Denkst du nicht, ich sollte es genießen, nützlich zu sein?"

„Nun, ich ...", beginne ich, aber T'Oli hat recht. Meine beiläufige Frage führt zu einem tieferen Punkt – was will T'Oli? Warum begleitet mich dieser Ooblot?

„Wenn ich sagen würde, dass ich die Sevora tot sehen möchte, würde das funktionieren?"

„Nein." Ich hebe Viera auf eines der Kissen und trete dann zu den breiten Fenstern im ersten Stock. Die schwachen gelben Lichter an der Decke des Abschnitts spenden das bisschen Licht, das wir haben, und alles, was ich auf der Straße sehe, sind statische Schatten. Gebogene Gebäudeecken, gerundete Bürgersteige, die Straßen säumen, die für geschäftige Menschenmengen gedacht sind. „Du bist zu ruhig dafür. Ich habe schon Dinge gesehen, die von Hass getrieben wurden."

Sax, als der Oratus hinter dem Amigga auf der *Cobalt* her war. Der Fassoth, der versuchte, mich in den Höhlen unter der Erdoberfläche zu verschlingen. Sogar die Attentäter nach dem Tod des Kaisers, die glaubten, ich würde das Ende ihrer gesamten Zivilisation sein.

„Was, wenn ich einfach lebe?"

„Ich verstehe nicht?"

„Ich träume nicht, Kaishi", sagt T'Oli, als ob das alles erklären würde – ohne Trauer, ohne Emotion, einfach als Tatsache. „Ich habe so lange unter der Erde auf Vimelia verbracht und so viele gesehen, die sich zu Tode getrieben haben, indem sie unmöglichen Zielen nachjagten, dass ich mein eigenes Bedürfnis danach verloren habe. Stattdessen tue ich das, was ich für das Beste halte, und helfe denen, die ich auswähle."

„Du hast dich entschieden, mir zu helfen?"

„Es ist ziemlich unterhaltsam", sagt T'Oli, das Ooblot schleicht sich an mich heran. „Ich habe keine großartigen Motive. Du bist hier, du bist nett, und dir zu helfen hat mich an Orte gebracht, die ich sonst nie gesehen hätte. Das reicht mir völlig aus."

# KAPITEL 20

# AUF DIE JAGD GEHEN

BAS WECKT ihn mit einem Tritt, Lachen in ihren Augen, als Sax blinzelnd zu sich kommt. Er liegt im schlammigen Dreck unter der Mauer, und der Rest ihrer Gruppe steht um ihn herum. Es ist auch klar, dass er länger als nur ein paar Sekunden weg war.

„Es ist Zeit zu gehen", sagt Bas. „Ich hätte dich länger schlafen lassen, aber ..." Seine Partnerin nickt zum fernen Tor hinüber und Sax steht auf, um eine Phalanx bewaffneter Flaum außerhalb des offenen Portals zu sehen. „Anscheinend müssen wir Glimmerwürmer sammeln."

Dies scheint der Zweck der Gefangenen hier zu sein, da alle, die vorher im Hof herumlagen, nun ohne jegliche Begeisterung zum offenen Tor schlurfen.

Als Sax aufsteht, bemerkt er einige neue Schmerzen, die sich zu den Prellungen von seinem früheren Sturz durch die Ranken gesellen. Er strapaziert die Maske ziemlich, und selbst mit ihrem Schutz nimmt sich Sax vor, in nächster Zeit weite Stürze zu vermeiden – er hat nichts gegen Schmerzen, aber sie jede Sekunde zu spüren, wird ermüdend.

„Weiß überhaupt jemand, was Glimmerwürmer sind?",
fragt Agra-Red.

„Meine Vermutung?", sagt Plake. „Die Amigga haben
alles auf diesem Planeten erschaffen, also müssen sie einem
Zweck dienen."

Bevor einer von ihnen den Gedanken weiterverfolgen
kann, ergießt sich ein loser, tiefer musikalischer Ton aus den
Lautsprechern, die in den Ecken der Gefängnismauern
eingebettet sind. Er ist laut genug, um jedes Gespräch zu
ersticken, und die Gefangenen um sie herum beschleunigen
ihren Gang in Richtung der Tore.

„Kommt, meine Freunde!", schallt die Stimme des
Amigga in ihrer synthetischen Pracht. „Es ist eine weitere
Gelegenheit, meinen Respekt zu verdienen, eine weitere
Gelegenheit, die Galaxie mit Energie zu versorgen, deren
Gaben ihr so ignorant verschmäht habt. Beeilt euch, zu den
Glimmerminen – wie ihr wisst, werden alle Nachzügler
geschmolzen, sobald die letzte Trompete ertönt!"

Sax zuckt zusammen, als die dröhnende Stimme des
Amigga seinen Kopf noch mehr schmerzen lässt. Der Punkt
ist jedoch gemacht, und sie trotten unter dunklen Wolken
im dämmrigen Licht zum offenen Tor. Sie sind die letzte
Gruppe, die hindurchgeht, und die Flaum-Wachen zögern
nicht, Sax und den anderen unter ihren visierbedeckten
Helmen höhnische Blicke zuzuwerfen.

„Soll ich sie ausweiden?", zischt Sax zu Bas. „Es sind
nur ein paar."

Tatsächlich zwei Dutzend. Alle bewaffnet und nervös.
Sax hätte nicht viel Chancen, aber darum geht es ihm nicht;
wenn die Flaum in leichte Panik geraten, wenn sie zurückweichen und ein paar quietschen und ihre Miner heben,
bekommt Sax sein Lachen.

„Du wirst uns alle umbringen lassen", grummelt Agra-

Red. „Will nicht sterben, nur damit du deinen Spaß haben kannst, Oratus."

„Es ist mir egal, was du willst, Whelk", erwidert Sax.

Dann sind sie durch das Tor, das sich in einen breiten, sofort abwärts führenden Tunnel öffnet. Wie der Gefängnishof weist der Glimmertunnel, wie Sax ihn zu nennen beschließt, nur das Minimum an Stützen auf, die die glatten, schwarzen Felswände halten. Der Boden des Tunnels besteht aus gemischten Gesteinsflächen und rutschigem Sand, und mit jedem Atemzug nehmen Sax' Lüftungsschlitze den abgestandenen Geruch von Hunderten ungewaschener, schwitzender Spezies auf.

Bisher ist dies, was Erfahrungen angeht, keine angenehme.

Die Tunnel verzweigen sich schnell und brechen in größere Korridore und winzige Spalten auf. Das Paar Oratus, drei Meter groß, findet sich mit sehr begrenzten Optionen wieder. Plake und Agra-Red, im Interesse, den Spuren der anderen Gefangenen zu folgen, die vermutlich mehr darüber wissen, wo sich diese Glimmerwürmer verstecken, trennen sich ab und lassen Sax und Bas allein.

Sie haben zwei Optionen vor sich – eine, beleuchtet von den üblichen Glühlichtern, die in die Decke gesteckt sind, scheint der meistbegangene Weg zu sein. Der andere, mit einigen in die Wände getriebenen Leuchtstäben, windet und dreht sich nach wenigen Schritten aus ihrer Sicht.

„Keiner dieser Wege wird uns hier rausbringen", sagt Sax. Er zögert teilweise, weil dieser Kreuzungspunkt die einzige Stelle ist, an der er seit einer Weile aufrecht stehen konnte, und sein schmerzender Rücken genießt die Dehnung.

„Sax, mein Partner, haben die Stürze deinen Verstand so sehr zerrüttet, dass du nur noch das Offensichtliche feststellst?", zischt Bas zur Antwort. Sie umhüllt die Worte jedoch mit einem sanften Lächeln, sodass Sax den Stich nicht spürt. „Wir werden nicht entkommen, solange wir hier unten sind, also können wir genauso gut versuchen, eine dieser Kreaturen zu finden."

„Du meinst, eine Jagd?"

„Es ist lange her."

Seit einer echten Jagd, auf ein Tier und nicht einen Kriminellen oder einen Sevora. Ja. Ab und zu hatten sie bei den Vincere Glück gehabt, waren auf eine Mission zu einer wilden Welt geschickt worden, die, nachdem das Ziel gesichert war, die Chance bot, in ihren Instinkten zu schwelgen. Wenn die Gefangenschaft durch die Amigga ihnen überhaupt etwas bieten wird, wird Sax die Gelegenheit nutzen, in sein wahres Selbst zu fallen und sich an der darauffolgenden Jagd zu erfreuen.

Zuerst öffnet Sax seine Lüftungsschlitze und nimmt einen weiteren tiefen Atemzug der vielen Gerüche der Höhle wahr. Da ist der bereits erwähnte Gestank, und darunter der Lehm wachsender Pflanzen, der tropfende Hauch von nassem Staub, aber unter all diesen Dingen ist noch etwas anderes. Ein Ruck, der am Ende jedes Atemzugs hängt.

Der Geruch kommt von rechts, den sich windenden Tunnel hinunter. Sax wendet sich in diese Richtung, als Bas einen Schritt in dieselbe Richtung macht. Ihre Schwänze berühren sich – hier sind keine Worte nötig.

Als sie sich auf den Weg machen, macht Nobaa seine Modifikationen wieder einmal lohnenswert. Sax' Krallen und, wenn er sie gegen die Felswände legt, Klauen nehmen Vibrationen auf. Wie Gerüche trägt jede winzige Erschütterung ein Muster, das Sax durchsortiert, um zu finden, wonach er sucht. Da sind die stetigen Schritte, verursacht von den vielen stampfenden Füßen hier unten, und dazwischen ein Winden, ein konstantes Zittern in der Erde.

„Ich kann es nicht lesen", sagt Bas, ihre Klauen neben Sax' eigenen. „Es ist zu viel Durcheinander."

„Diese können es", sagt Sax und zieht seine Metallklauen weg. „Eine Schlange liegt hier drüben."

Sax übernimmt dann die Führung und geht durch den engen Tunnel. Sie biegen um Ecken, ducken sich unter drohenden Felsen und springen über kleine Bäche. Je weiter sie gehen, desto seltener wird das Licht, bis die Leuchtstäbe ganz verschwinden und die beiden Oratus ihre Masken benutzen, um ihre Augen in Nachtsicht zu hüllen. Was schwarz und braun war, verschiebt sich zu grünen Abstufungen, sodass die beiden ihren Weg fortsetzen können.

Hin und wieder berührt Sax wieder die Wand und vergewissert sich, dass er auf dem richtigen Weg ist. Jedes Mal sind die Vibrationen da, nur deutlicher, da der zusätzliche Lärm der anderen Spezies verblasst. Bas spürt es jetzt auch.

Kein Wort wird gesprochen, bis der Tunnel eine neue, weite Kammer erreicht, deren Wände für Sax perfekt sichtbar sind, wegen des sich windenden Dings, das in der Mitte herabhängt. Dass die neonblau leuchtende Kreatur ein Glimmerwurm ist, ist offensichtlich – nicht nur wegen des blau-weißen Lichts, das das Ding ausstrahlt, sondern auch, weil es ein Loch durch die Decke gebohrt hat und nun dabei ist, sich durch einen großen, funkelnden Geoden zu fressen, der auf dem Boden der Höhle liegt.

Mit einem Blinzeln wird Sax die blendende Nachtsicht los und betrachtet den Glimmerwurm, der größer als Sax zu sein scheint, wenn auch dünn. Seine pulsierende, leuchtende Haut ist mit winzigen Härchen bedeckt, von denen jedes gelegentlich Funken zu einem anderen schickt. Der Wurm hat keine Füße, und der Kopf, der den Geoden verschlingt, ist der einzige dunkle Bereich, wo kleine blaue Zungen hervorschnellen und winzige Stücke von seiner Mahlzeit abreißen.

„Gefunden", sagt Sax.

„Erinnerst du dich an das, was ich über das Offensichtliche gesagt habe?"

„Überhaupt nicht", sagt Sax, während er sich in die Höhle bewegt und langsam zur gegenüberliegenden Seite der Kammer geht.

Die meiste Beute kann weglaufen. Am besten schneidet man jede Fluchtmöglichkeit ab, bevor der Kampf beginnt.

Sax kommt jedoch nicht einmal zur Hälfte des Raumes, bevor der Glimmerwurm seine knirschende Mahlzeit unterbricht. Die Kreatur wendet ihr steinschwarzes Gesicht, mit den kaum sichtbaren Spitzen seiner blauen Zungen im eigenen Licht des Wurms, Sax zu. Beide zögern, dann zuckt Sax ganz leicht mit dem Schwanz.

Lebendig. So sollen sie die Glimmerwürmer abliefern. Tot sind sie nichts wert. Als Bas also auf Sax' Signal reagiert, springt sie auf den Glimmerwurm zu, mit der vollen Absicht, ihn zu tackeln und zu Boden zu treiben.

Stattdessen saugt sich der Wurm zurück in Richtung seines Lochs, was dazu führt, dass Bas unter ihm hindurchfliegt. Sax macht seinen Sprung, sobald sich der Glimmerwurm zurückzieht, zielt darauf ab, den Kopf des Dings zu packen, und schafft es, ihn zu erwischen. Das Gesicht des Glimmerwurms fühlt sich genauso steinartig an, wie es aussieht, und Sax' schweres Gewicht zieht den Wurm aus seinem Loch, wobei der blinkende Körper auf Sax fällt, als der Oratus auf dem Rücken landet.

Jeder Gedanke an einen Sieg geht in einem hellen Blitz

auf, als der Glimmerwurm sein funkelndes blaues Licht aufleuchten lässt. Die Höhle wird in Weiß getaucht, und Sax schließt seine Augen, zieht seine Klauen zurück, um sie zu bedecken, und als das Leuchten verblasst, windet sich der Wurm bereits weiter den Tunnel hinunter.

„Das, das war schrecklich", bringt Sax heraus.

„Wir wissen nichts über diese Kreaturen", zischt Bas. „Diese Amigga spielen mit uns, indem sie uns ohne Vorbereitung auf die Jagd nach Beute schicken."

„Sie werden dafür sterben", sagt Sax. „Aber jetzt will ich diesen Wurm. Stell die Masken ein."

Sax schaltet seine Sicht auf Infrarot um, ein Spektrum, das auf Wärme basiert. Er lässt es nicht dabei – den Wurm durch die Tunnel zu jagen, wird unmöglich sein, wenn sie keine der Windungen und Biegungen sehen können –, aber jetzt wird die Maske zwischen der Nachtsicht und dem Infrarot mit kaum einem Zucken von Sax' Augen wechseln.

Dann, mit auf den Felsen kratzenden Klauen, nehmen die Oratus die Verfolgung auf. Beute zu jagen ist berauschend – jeder Schritt, jeder Atemzug in der Verfolgung von etwas, das jeden Moment nutzt, um zu entkommen. Es gibt keinen reineren Vergleich von Stärke, Geschicklichkeit und Intelligenz als eine Jagd.

Unglücklicherweise für den Glimmerwurm sind die Oratus großartige Jäger, und die Höhlen geben der Kreatur nicht viele Möglichkeiten zu entkommen. Als Sax und Bas aufholen, beginnen sie, den Wurm zu flankieren.

„Er muss irgendwohin gehen", sagt Sax, während er und Bas sich damit begnügen, das blau leuchtende Schwanzende des Wurms im Blick zu behalten.

„Oder er läuft einfach vor uns weg."

„Auf Rathfall fand ich ein Nest, das mich überleben ließ", antwortet Sax, als sie über einen spitzen Felsvorsprung springen und auf der anderen Seite durch einen Bach platschen. „Wenn dieser Wurm sein eigenes Lager hat ..."

„Wir konnten einen von ihnen nicht fangen, und du denkst schon an mehr?"

„Ich plane voraus, Bas."

„Dieses neue Du ist seltsam."

Bas klingt dabei allerdings nicht allzu verärgert.

Der Hinweis, auf den sie warten, kommt kurz darauf in Form eines aufsteigenden Glühens weiter vorne. Von der dunklen Nachtsicht zum grünen Warnsignal, dass es zu hell ist, zu wechseln, ist verwirrend, aber Sax blinzelt gerade rechtzeitig auf Infrarot um, um eine brodelnde Masse von Rosa, Blau und Orange zu sehen.

Es müssen ein Dutzend Würmer oder mehr hier sein.

Derjenige, den sie jagen, taucht in den Haufen ein, aber die sich windende Masse macht keine Anstalten zu fliehen. Die Würmer könnten ständig aufleuchten, soweit Sax weiß – hier wird ihnen das nicht helfen.

„Den Nächsten nehmen?", sagt Sax.

Bas berührt seinen Schwanz mit ihrem zur Zustimmung, und sie machen ein paar Schritte nach vorne, strecken ihre Klauen aus und packen den ersten Wurm. Er kämpft, aber sobald Sax und Bas ihn vom Rest seiner Gruppe befreit haben, scheint der Wurm zu begreifen, dass er gefangen ist, und erschlafft.

„Spielt er den Toten?", sagt Sax, während er den schlaffen Körper in seinen mittleren Klauen hält.

„Dies ist eine Amigga-Kreatur", antwortet Bas. „Alle Instinkte, die sie hat, sind in sie einprogrammiert. Wenn sie diese Würmer wirklich wollen, dann ist meine Vermutung, dass sie darauf programmiert sind, passiv zu werden, sobald sie gefangen sind."

„Warum sollten sie dann aufleuchten?"

„Weil du nicht willst, dass irgendjemand deine Glimmerwürmer nimmt. Nur diejenigen, die mit deiner Erlaubnis wissen, wie man es macht."

So aufregend die Jagd auch war, ein Ende ohne Kampf, ohne Blut und Gemetzel, lässt die Aufregung in Sax' zwei hart schlagenden Herzen verblassen.

Immerhin haben sie einen gefangen.

Sie dürfen den Wurm nicht lange behalten – nachdem Sax und Bas das Ding zurück zum Tunneleingang getragen haben, werden sie angewiesen, den Wurm in den Laderaum eines großen Frachtgleiters zu legen, wo ein Flaum-Pilot vor einem rechteckigen Behälter sitzt. Als der Wurm hineinrutscht und sich zu drei anderen gesellt, fährt der Gleiter hoch und ein sanfter violetter Schimmer erscheint über der Oberseite – einer, der zweifellos jeden, der versucht, ihn zu durchbrechen, einen üblen Schock versetzen würde.

Die Flaum-Wachen, die Sax und Bas beim Abliefern ihrer Beute beobachten, geben den Oratus viel Platz, mehr als zuvor, was Sax seinem ständigen Klauenflexen und Zähnefletschen zuschreibt. Es macht zu viel Spaß, die Flaum nervös zu machen, um damit aufzuhören.

„Batterien", sagt Plake später, als sie sich im überfüllten Hof wieder versammelt haben. „Dafür sind die Glimmerwürmer da."

Diesmal haben Sax und die anderen ihre eigene Wärmelampe. Niemand will sich mit einem Paar Oratus anlegen, also bekommen sie viel Platz. Mit ihren Masken frieren Sax und Bas nicht, aber Agra-Reds Haut ist vor Kälte matt und Plake hat ihre Federn eng angelegt. Wenn es ihre gesamte Crew brauchen wird, um hier rauszukommen, kann Sax genauso gut dafür sorgen, dass sie sich wohl fühlen.

„Warum benutzen sie nicht einfach normale Batterien?", erwidert Agra-Red. „Wie alle anderen?"

Plake schüttelt den Kopf. Sax weiß es auch nicht, aber Bas gibt ein leises Zischen von sich und sie wenden sich ihr zu.

„Es ist alles Eitelkeit. Die Amigga haben Spezies erschaffen, um andere Probleme zu lösen, warum also nicht auch dieses?"

„Das ist eine Menge Aufwand für Stolz", sagt Agra-Red.

Niemand widerspricht dem, und niemand weiß es anders, also lenkt Sax das Gespräch darauf, den Whelk und Vyphen damit aufzuziehen, dass sie keinen eigenen Wurm gefangen haben.

„Wir können euch morgen dabei helfen", sagt Sax schließlich, nachdem er sich stetige Blicke verdient hat. „Wir haben ein ganzes Nest gefunden. Sogar ihr zwei solltet dort einen fangen können."

„Ein ganzes Nest?", fragt Plake, und die Art, wie sie ihren Kopf zu Agra-Red dreht, lässt Sax mehrere Bedeutungsebenen in den Worten lesen.

„Könnte genug sein", antwortet Agra-Red. „Ich habe es noch nie mit einem Glimmerwurm versucht. Könnte einfach explodieren."

„Was?", zischen Bas und Sax gleichzeitig.

Agra-Red wackelt mit seiner losen, gelartigen Haut. „Ich bin ein Whelk. Was ich als Organe habe, schwimmt größtenteils in Wasser herum. Wenn wir einen Glimmerwurm aus dem Tunnel holen können, ohne dass sie ihn einsammeln, sollte ich in der Lage sein, seinen Strom zum Tor weiterzuleiten und es kurzzuschließen."

„Könnte das nicht jeder von uns machen?", fragt Bas. „Wir sind alle organisch."

„Ja, wenn ihr den Strom verdünnen wollt. Ich habe das schon mal gemacht, um Maschinen auf der *Mobius* anzukurbeln."

„Und das bringt dich nicht um?", sagt Sax.

„Piekst ein bisschen", lacht Agra-Red. „Es gibt eine Theorie, dass Whelks entstanden sind, weil Blitze die falsche Pfütze getroffen haben. Steck uns in eine Stromquelle und wir leiten die Energie wie ein Draht weiter."

Der Plan des Whelks erfordert allerdings, dass sie einen Glimmerwurm aus den Höhlen holen, ohne entdeckt zu werden. Da die Würmer gut über einen Meter lang sind, wird das an sich schon ein Kunststück sein.

„Wir werden für Ablenkung sorgen", zischt Sax. „Sie haben schon Angst vor mir – sie werden nicht wegschauen, wenn ich anfange, meine Krallen zu zeigen."

Niemand widerspricht, obwohl Bas Sax die Augen verdreht. Sie weiß genauso gut wie er, dass Sax die Chance will, ein bisschen zu schneiden und zu beißen.

Er weiß, dass sie dasselbe will, auch wenn sie es nicht zugibt.

„ICH BRAUCHE DICH, um hier zu bleiben", sage ich zu T'Oli, als ich mich von den Fenstern abwende.

Die beiden Stiele des Ooblots blicken mich an. Es ist beunruhigend, dass es keinen Ausdruck, kein Gesicht zum Lesen bei der Schleimkreatur gibt, also mache ich mich nach einer Sekunde auf den Weg zur anderen Seite des Raums, zum Liftschacht, der nach unten führt.

„Du wirst Waffen brauchen, weißt du", sagt der Ooblot zu meinem Rücken.

„Ich werde welche finden."

Die Sevora haben die Ausrüstung, die ich auf Vimelia hatte, mitgenommen, und obwohl ich immer noch meine Maske trage, bin ich nicht so dumm zu glauben, dass ich das Nötige mit bloßen Händen erledigen kann.

„Warum fangen wir nicht damit an?", T'Oli gleitet zu mir herüber, kriecht an meinem Arm hoch und verhärtet sich wieder zu einer Klinge, und zeigt mit seinen Augenstielen auf einen der Tische.

Mit drei schnellen Schlägen zerlege ich eines der Beine und schnitze das abgerundete Ende zu einer gezackten

Spitze. Ich mache ein zweites und befestige dann das Paar improvisierter Kurzspieße an meiner Maske, wo sie hängen, als hätte ich sie in Klebstoff gesteckt.

„Du wirst sie beschützen?", sage ich zu T'Oli, als ich mich bewaffnet und leicht gefährlich zum Schacht begebe.

„Ein Ooblot allein wird nicht viel aufhalten können", erwidert T'Oli.

„Halte sie am Leben, bis sie aufwacht, und komm dann zu mir."

„Was hast du vor?"

„Lan und Gar sind die einzigen Dinge auf diesem Schiff, die die Sevora aufhalten können", antworte ich. „Ich werde sie befreien."

„Eine Selbstmordmission? Clarity's Dawn hatte genug Märtyrer. Sie haben nie erreicht, was sie wollten."

Ich lächle schief. „Es ist meine Schuld, dass wir in dieser Situation sind. Ich habe Lan gesagt, er soll die Sevora auf das Shuttle lassen. Ich muss es versuchen."

„Oder wir könnten versuchen, zum Shuttle zurückzukommen."

„Du und ich wissen beide, dass sie denken werden, dass wir dorthin gehen."

Ooblots können nicht seufzen – soweit ich weiß –, aber die ploppenden Geräusche, die dann von T'Oli kommen, klingen verdächtig danach. „Dann tu dir selbst einen Gefallen und bleib am Leben. Die Galaxie macht viel mehr Spaß mit euch Menschen darin."

Den Schacht hinunterzukommen ist einfacher als hinaufzuklettern – ich hänge mich an den Rand, dann stoße ich mich ab in eine Rolle, genau wie beim Fallen von einem Dschungelbaum, obwohl der Boden hier härter ist als die belaubte Erde, an die ich gewöhnt bin. Meine improvisierten Speere kratzen auch über die Fliesen, etwas, das ich mir merken muss, wenn ich versuche, leise zu sein.

Von dort geht es zurück in den düsteren Unterhaltungsbereich, wo ich meine Zeit damit verbringe, mich zum Ringtor zurückzuschleichen. Es gibt immer noch keine Spur von den Sevora hier drinnen, und ich bin überrascht, dass Ignos und die anderen mich für so wenig bedrohlich halten, dass sie nicht einmal ein paar Flaum aufstellen.

Aber dann wieder, Ignos war schon um Menschen herum. Es war in meinem Kopf. Wenn irgendetwas beurteilen kann, wie gefährlich ich bin, dann sind es die Sevora.

Also versuche ich, das mangelnde Interesse nicht persönlich zu nehmen, als ich zum Tor gelange, das geschlossen ist. Ich versuche, das zu tun, was Ignos getan hat, und gehe zu einem schwarzen Knubbel. Ignos hatte durch Malos Auge hineingestarrt, und ich versuche, dasselbe zu tun, bekomme aber keine Reaktion. Es gibt auch kein sichtbares Panel, was bedeutet, dass ich feststecke.

Nein, es bedeutet, dass ich nach einem anderen Weg hinein suchen muss.

Ich gehe schnell meine Schritte zurück – hinter mir liegt der Unterhaltungsbereich. Dann der leere und noch unheimlichere Wohnbereich. Danach folgt der Dockbereich. Letzterer ist der einzige Ort, an dem ich sicher bin, dass die Sevora mich nicht in Ruhe lassen werden – wenn ich zum Shuttle gelange und eine Nachricht an Kolas und die Vincere schicke, wird ihre neue Zivilisation schnell enden.

Nun, ich habe noch nie eine Nachricht durch den Weltraum geschickt, aber Ignos würde das nicht wissen.

Ich gehe zurück, meine Stiefel treten leise auf das Metall. Allein verwandelt sich der Unterhaltungsbereich von einer Kuriosität in eine Höhle voller Schatten. Die

Leere nimmt einen bedrohlichen Ton an, und das leise Surren der Elektronik, die unter der Oberfläche geschäftig ist, durchdringt alles, ein ständiges Wimmern, das mich nervös macht. Was würde ich nicht für einen singenden Vogel oder eine plätschernde Brise durch einige Bäume geben.

Was würde ich nicht für einen Bissen Essen geben – ich habe nichts mehr gegessen seit vor unserem Angriff auf Vimelia, und mein Magen betrachtet das als einen Notfall, der mit dem Dasein als einsamer Aufständischer auf einem Saatschiff gleichzusetzen ist.

Das Tor auf der anderen Seite des Unterhaltungsbereichs ist offen. Hier gibt es einen schwarzen Knubbel auf der rechten Seite, also denke ich nicht, dass es eine andere Einrichtung ist als die ringwärtige Tür. Beide öffneten sich, als ich mit den Sevora durchkam, also wenn jetzt nur eine offen ist ...

Die Sevora stellen eine Falle.

Ich trete schnell zur Seite des Tores und spähe hindurch zurück in den Wohnbereich. Während es keine helle Oase ist, hat sich seit meinem letzten Besuch hier etwas verändert: Die Lichter entlang der Alleen und in einigen der Gebäude leuchten und werfen einen grün-blauen Schimmer durch den Raum. Türen zu denselben Gebäuden, dunkel und geschlossen, als wir zuerst hier durchkamen, stehen jetzt offen und locken in sanft beleuchtete Innenräume voller Bildschirme.

Was ich nicht sehe, sind irgendwelche Bedrohungen – keine Flaum, keine Whelk, nichts. Also mache ich einen vorsichtigen Schritt hindurch. Das Leuchten eines Gebäudes zu meiner unmittelbaren Rechten, ein fünfstöckiges, abfallendes Gebäude, das wie eine in ein Domizil verwandelte Bergseite aussieht, zieht mich zu seiner orangefarbenen Fluoreszenz. Es sind nicht die flackernden Feuer von zu Hause, die ich durch seinen gezackten, gewundenen Eingang sehe, aber die Ähnlichkeit reicht aus, dass ich nicht widerstehen kann, näher zu gehen, meine Kurzspieße bereit.

Es gibt einen pfeifenden Knall von hinten und ich wirbele herum, steche in die Luft. Nichts da. Außer, wie ich bemerke, dem Tor. Es ist geschlossen.

Ich habe keinen Weg zurück.

Dass sich das Tor jetzt schließt, erscheint zu verdächtig, um ein Zufall zu sein. Ich wende mich wieder dem kiesartigen Gebäude zu, aber statt Faszination suche ich nach Fallen, Tricks, Augen im Dunkeln. Jeder Nerv ist angespannt.

Atme, Kaishi. Du wärst schon tot, wenn sie es so wollten. Du bist so weit gekommen – über den Himmel deiner Heimat hinaus, auf einem Schiff einer fremden Spezies, von denen einer den Verstand des Mannes übernommen hat, der dich überhaupt erst auf diese Reise mitgenommen hat, ein Mann, von dem du merkst, dass du ...

Es ist alles zu unmöglich, um Angst zu haben.

Aber ich darf mich davon nicht ablenken lassen.

Der tiefe Atemzug hilft. Ebenso wie mein Griff um die Speere und das leichte Gefühl der Maske auf meiner Haut. Ich bin weit jenseits dessen, was ich kenne, aber ich bin eine Kaiserin. Ich habe bis jetzt überlebt.

Als ich durch den Torbogen in den Eingang des Gebäudes trete, sehe ich die nachgeahmten Feuer, die in Glaskäfigen von einer niedrigen Decke baumeln. Ihre Quelle sind, anstelle von getrocknetem Holz oder Reisig, kleine Scheiben am Boden der Käfige, und ihre sporadischen orangefarbenen und roten Flammen glitzern durch die umschließenden Prismen und tanzen an den Wänden entlang.

Ich sage Wände, aber sobald ich sie als solche erkenne, sobald ich in die Mitte des Eingangs trete, verändern sie sich und verblassen vom felsigen Braun zu einem tiefen Blau, das das Licht des künstlichen Feuers aufnimmt. In großen Blockbuchstaben erscheint eine Frage:

*Wie lautet dein Name?*

Ich starre auf das Bild. Wie lautet mein Name? Was für eine Frage ist das denn?

„Wirst du sie beantworten?"

Ignos' Worte haben den verräterischen Schwung einer Übertragung, einen verdrahteten Ton, der sagt, dass der Klang nicht ganz natürlich ist. Es ist eine verdrehte Version von Malos Stimme und ich hasse es. Es ist jedoch niemand im Raum. Ignos muss mich beobachten – diesmal von außerhalb meines Verstandes.

„Kaishi, du musst mitspielen."

Es gibt keinen Knubbel, den ich anschauen kann. Keine Richtung, in die ich starren sollte. Nur den Bildschirm. Nur diese Worte.

„Ich werde nicht *spielen*."

Der Bildschirm ändert sich nicht. Ignos erscheint nicht aus irgendeiner versteckten Tür. Aber es gibt einen Hauch, das Flüstern eines Seufzers, das seinen Weg durch die magischen Kanäle findet, die Ignos' Stimme mit meinen Ohren verbinden.

„Kaishi, wir kreisen dich in diesem Moment ein. Selbst wenn Malo oder diese Oratus dir genug Training gegeben hätten, um uns auszuweichen, werde ich dich in diesem Abschnitt einschließen. Dieses Schiff ist riesig. Du wirst verhungern, bevor wir darüber nachdenken müssen, es wieder zu öffnen."

Die Tür, durch die ich gekommen bin, ist immer noch geschlossen, also wenn diese Sevora kommen, sind sie noch nicht hier. Es gibt jedoch keinen anderen Ausweg aus dieser Kammer. Nur die blauen Bildschirme. Ignos hat Recht – ich habe nicht viel Spielraum.

„Was ist dann der Sinn?"

„Der Sinn? Kaishi. Der Sinn bist du. Stell dir vor, was passieren könnte, wenn wir einen Samen mit dir darin zurück zur Erde schicken würden? Wie einfach es wäre, die Menschheit mit einem einzigen Schlag zu nehmen? Du und ich hatten die Geburtsbecken in Damantum fast fertiggestellt. Wir könnten vollenden, was wir begonnen haben."

Beleidigungen und trotzige Erklärungen sterben in meinem Mund. Die werden hier nichts nützen.

„Du willst immer noch die Menschheit einnehmen?", bleibe ich in der Mitte des Raumes stehen, meine kurzen Speere bereit.

„Alle Spezies, Kaishi. Sie alle sollten die Chance haben, sich den Sevora anzuschließen", antwortet Ignos. „Sieh dir Malo an. Er lebt, weil ich es ihm erlaube. Ohne die Sevora wäre er in diesem Raumhafen gestorben, wo du ihn zurückgelassen hast."

„Du hast das alles verursacht."

„Weil du deine Augen nicht öffnen wolltest. Jetzt entscheide dich, Kaishi. Wir wollen hereinkommen. Nasiya und Jel, sie vertrauen dir nicht. Ich schon. Ich weiß, du wirst es einsehen. Lass die Sevora in deine Welt, und dein Volk wird es nie an Wundern mangeln. Sie werden allen Übeln trotzen, die der Chor für sie ersinnt. Die Menschheit wird gedeihen."

Ich richte meine Speere auf den Boden. Lasse sie locker in meinen Händen hängen und nicke der Tür leicht zu. Meine Schultern sacken herab, und ich nehme einen tiefen, hängenden Atemzug, während meine Augen sich schließen.

Die Tür öffnet sich ruckartig, und dort steht Malo, ist Ignos, und mein Krieger-Champion wird von einem Paar Flaum flankiert, die Bergarbeiterwaffen halten. Sie sind aufrecht, still. Entschlossen in der Art totaler Sevora-Kontrolle.

Ignos betritt die Kammer, Malos Arme greifen nach den Speeren, und die beiden Flaum folgen. Malos Augen sind von einem trotzigen Blau, auch wenn der Rest von ihm immer noch ausgezehrt, ausgehungert und schwach ist. Irgendwo hinter diesen Iriden ist mein Freund. Ich habe ihn einmal zurückgelassen. Ich werde es nicht wieder tun.

„Die Menschheit wird frei sein", flüstere ich.

Ignos neigt Malos Kopf, und ich bewege mich. Mein rechter Kurzspeer fährt mit meinem Ausfall mit, fegt nach oben, selbst als ich mich unter der blitzschnellen Drehung des Bergarbeiters des Flaum ducke. Als er feuert, fährt der Schuss des Flaum über meinen Kopf hinweg. Mein Kurzspeer geht nicht unter seinen Bauch.

Ignos, mit Malos Körper zwischen mir und seiner zweiten Wache, greift nach meinem linken Arm. Anstatt zu versuchen, dem Zug zu widerstehen, lasse ich meinen Kurzspeer los, lasse Ignos mit seiner eigenen Kraft zurücktaumeln. Der Sevora macht die Linie für seinen Verbündeten frei, gerade als ich mich abstütze und mit meinem rechten Kurzspeer schwinge und den aufgespießten Flaum nach links ziehe. Sein Körper blockiert den zweiten Bergarbeiterblitz, der die Luft mit dem stechenden Geruch von brennendem Fell füllt.

Die geringere Schwerkraft des Samenschiffs hilft mir, meinen Flaum-Schild nach vorne zu stoßen, und der Sevora-Wirt nimmt ein weiteres Paar Bergarbeitertreffer auf den Rücken, bevor ich in den Schützen krache. Bevor ich meinen Speer durch ein Opfer und in ein zweites treibe.

Bevor mein eigener in mich getrieben wird.

Es ist ein betäubender Stoß, eine plötzliche Falschheit in meinem Rücken. Da ist Schmerz, ja, aber er ist weiß-kalt vor Schock. Ignos treibt mich mit dem Angriff nach vorne, hilft mir, die beiden Flaum aufzuspießen und drückt uns gegen die Wand. Wärme verdoppelt sich mit der Kälte, und es fühlt sich an, als würde sich mein Magen um mich herum ausbreiten.

Die Maske ist nicht dafür gemacht, Kurzspeere aufzuhalten.

Ignos zieht die Waffe zurück, und wir drei, die beiden stillen Flaum und ich, brechen übereinander zusammen. Das verbrannte Fell meines ersten streift mein Gesicht – eine wüstengelbe Farbe, jetzt allerdings rot gesprenkelt. Es ist jedoch das erste weiche, angenehme Ding, das ich seit sehr, sehr langer Zeit gefühlt habe. Ich könnte fast einschlafen.

„Hör auf", sagt Ignos hinter mir. „Hör auf zu kämpfen."

Nein. Ich blinzle. Nein.

Ich höre Ignos zurückweichen. „Wir kennen deine Spezies. Ich bin dein Verstand."

Ignos ist ... mein Verstand?

Die Frage durchschneidet den Schmerznebel. Der Sevora und sein Wirt lehnen sich gegen eine der Flammen, halten immer noch meinen Kurzspeer, dessen dunkles Metall rot und nass glänzt. Malos azurblaue Augen sehen die meinen, und selbst von der anderen Seite des Raums erkenne ich sie.

Ich habe Malo einmal zurückgelassen. Ich werde es nicht wieder tun.

Meine Finger finden den Bergarbeiter, reißen ihn frei.

Es tut weh, es zerreißt mich, mich umzudrehen, aber ich brauche den Schuss.

„Hey", sage ich, und meine Stimme klingt nicht wie ich. Sie ist suppig, seltsam und dick, und sie läuft meine Lippen hinunter.

Malo schaut mich an. Ignos umklammert den Speer, öffnet seinen Mund.

„Tu es", sagt Malo.

Ich drücke ab.

DIE REISE zum und vom Nest am nächsten Tag verläuft reibungslos, obwohl Sax das sprachlose Staunen genießt, das Plake und Agra-Red überkommt, als sie die im hinteren Teil der Höhle wirbelnde Blitzkugel erreichen. Das Nest ist über Nacht auch gewachsen – es gibt jetzt ein Dutzend oder mehr Glimmerwürmer hier.

Sax und Bas nehmen einen, greifen hinein und ziehen ihn aus dem Schwarm, dann reichen sie den schlaffen Wurm dem Whelk und Vyphen. Sie nehmen einen zweiten für sich selbst.

„Seht mal, die Oratus haben den Schatz gefunden", sagt eine Stimme hinter ihnen, eine quietschende, alte, die dem Ältesten Teven aus dem Hof gehört. Die Kreatur ist nicht allein; hinter ihm drängt sich eine Gruppe von Flaum, Whelk und anderen. „Hab euch allen gesagt, es wäre schlau, diesen beiden zu folgen. Die Amigga haben bei den Oratus nicht rumgealbert. Ganz und gar nicht."

Ein Moment verstreicht, während beide Parteien, die vier und die zwei Dutzend, entscheiden, was als Nächstes passiert. Ohne Waffen zwischen ihnen wäre es für Sax und

Bas ein Kinderspiel, sich durch all die Gefangenen zu reißen. Welchen Nutzen hätte ein solches Massaker aber?

„Wir haben ein Angebot für euch", schlägt Bas als Erste vor, und als sie die Bedingungen darlegt, gibt es keinen einzigen Widerspruch aus der zerzausten Menge.

Das Angebot erfordert jedoch, dass die beiden Oratus den blitzblau leuchtenden Zug der Wurmträger zur Vorderseite der Höhle führen. Zunächst sind die halben Dutzend Flaum, die das Frachtgleiter bewachen, schockiert, als die Würmer auftauchen, dann, als jedes Paar auftauchender Gefangener mit einem weiteren herauskommt, werden sie misstrauisch.

Also macht Sax seinen Zug.

Die Flaum-Wachen beobachten, wie die nächste Gruppe ihre Würmer in einen plötzlich vollgepackten Frachtgleiter entlädt, als Sax hinter sie tritt, seine Klauen nimmt und zwei der Wachen auf die Schultern tippt. Sie drehen sich um und beginnen bei seinem Anblick zurückzustolpern, als Sax seinen Griff auf ihre Schulterpolster verstärkt. Mit seinen Vorderklauen schlägt Sax jeden der Flaum gegeneinander, zerquetscht ihre Miner und behelmten Köpfe aneinander und lässt sie schlaff und bewusstlos zu Boden fallen.

Das erregt die Aufmerksamkeit der anderen Wachen, die, in zwitschernden Alarm ausbrechend, beginnen, ihre Miner auf Sax zu richten. Der Oratus bewegt sich bereits zum nächsten Paar, während Bas, die sich hinter den beiden positioniert hat, die dem Frachtgleiter am nächsten – und von Sax am weitesten entfernt – sind, ihre Ziele neutralisiert.

Die Gefangenen beginnen mit ihrem Teil des Spiels, stürzen vor und greifen nach den Minern ihrer Unterdrücker. Ein Teven-Paar springt auf den Frachtgleiter und stößt den Piloten herunter, erstickt den kreischenden Flaum am Boden, wo ein kurz darauf ein betäubender blauer Blitz ihn einen Moment später lähmt.

Ein dröhnendes Horn rollt durch den Hof, als der Widerstand sich ausbreitet, und das entfernte Tor, das zur Landeplattform führt, öffnet sich einen Moment später, wobei ein weiteres Dutzend bewaffneter Flaum herausströmt und in den Hof eindringt.

Und alles geht schief.

Es gibt keine Warnung von den Amigga, keinen Aufruf zur Kapitulation – die Flaum-Wachen rücken einfach über das Tor vor und beginnen zu feuern. Die Bolzen sind auch nicht blau, sondern brennend, tödlich rot. Flaum, Teven, Whelk fallen, als sie getroffen werden.

Sax reagiert instinktiv. Zuvor hatte er versucht, die Chorus-Flaum am Leben zu erhalten, in der Hoffnung, sie würden die Seiten wechseln. Jetzt geht es um Leben und Tod. Leben zu erhalten bedeutet, es zu nehmen.

Während einige der Gefangenen, die sich Miner von gefallenen Wachen geschnappt haben, vereinzelte Schüsse zurückfeuern, wählt der Oratus einen direkten Weg; er macht zwei lange Sprünge in Richtung Bas, die niederkniet, ihre Mittelklauen aufsetzt und dann Sax auffängt, als er springt. Der Schub bringt den Oratus hoch genug, um die Spitze eines Wärmestabs zu erreichen.

Oratus sind riesige Kreaturen, groß und schwer mit endlosen Muskelsträngen unter ihren Schuppen. Als Sax auf die Spitze des Wärmestabs prallt, biegt er sich, bricht und schleudert Sax zurück Richtung Boden. Was der Wärmestab auch tut, ist hell aufzuleuchten, eine Schockwelle aus komprimiertem Licht und Energie, die plötzlich auf den Hof losgelassen wird.

Es ist ein blendender Blitz, begleitet von einer Explosion, die Sax, dessen Klauen sich an der Spitze des Wärmestabs festklammern, über den nassen, schlammigen Hof in Richtung der Flaum schleudert. Die momentane Betäubung durch den Blitz lässt die Flaum gerade ihre Hände von den Augen nehmen, als sie sehen, wie Sax von seinem Ritt mitten in ihre Formation springt.

Schlamm, Fell, zerrissene Rüstung fliegt in die Luft und springt über den Boden, als Sax peitscht und schnappt. Seine Klauen reißen, sein Schwanz bringt zu Fall, und mit jedem Biss seines Mauls entwaffnet Sax einen Feind. Bas stößt Sekunden später dazu und kracht von der anderen Seite in die Reihen der Flaum. Der Feind ist unterlegen, überrumpelt, und es dauert nur Momente, bis die Wachen des Gefängnisses nichts mehr sind als zerfetzte Snacks, über die die verbliebenen Gefangenen herfallen.

Sax trifft sich mit seiner Partnerin in der Mitte, ihre Schuppen, wie seine, bedeckt mit allen Beweisen ihres Sieges. Nach einer schnellen Bestätigung, dass keiner von ihnen mehr als leichteste Verbrennungen trägt, gehen sie durch das offene Tor in die Landezone des Gefängnisses.

Der einzige Turm und die Baracken, die den Wohnbereich des Gefängnisses ausmachen, befinden sich auf der gegenüberliegenden Seite der Lichtung. Der Amigga wird dort drin sein.

„Bereit?", zischt Sax zu Bas.

„Absolut."

Sie laufen über die Landeplattform und sind fast ganz drüber, als ein wachsendes Mikrodüsengeheul sie stoppen und umdrehen lässt, bereit für eine neue Bedrohung.

Stattdessen ist es Plake, die am Steuer des Frachtgleiters sitzt. Agra-Red, der Angriffsbergmann, der wieder mit einer Energiequelle verbunden ist, sitzt hinten auf einem Haufen betäubter Glimmerwürmer.

„Zeit zu gehen", verkündet Plake.

„Es ist noch ein Amigga hier", protestiert Sax. „Es verdient dasselbe wie diese Flaum."

„Oratus, jetzt ist nicht die Zeit für deine Blutgier", erwidert Plake. „Denk mal größer, zum ersten Mal in deinem schuppenhirnigen Leben. Wir müssen hier raus, bevor die Verstärkung dieses Amigga eintrifft."

Plake hat natürlich Recht. Sie sollten in diesen Gleiter springen und die Vyphen Sax und Bas in den Himmel tragen lassen.

Aber.

„Dieses Gefängnis endet jetzt", zischt Sax, und er stürmt in Richtung der Baracken, während Plake hinter ihm die Luft mit Flüchen füllt.

Die Baracken und ihr Turm haben eine breite Doppeltür, die den Eingang blockiert, aber sie ist nicht so verstärkt wie die Tore. Es gibt auch keine Wachen außen, was Sax erlaubt, mit der ganzen Kraft seines anstürmenden, reißenden Selbst auf die Barriere zu treffen. Das Metall reißt, die Tür gibt nach innen nach und fällt dann völlig aus ihren Halterungen.

Drinnen befindet sich ein großer Raum, eine Kombination aus Speisesaal und Aufenthaltsbereich. Am anderen Ende steht ein Aufzug, der breit genug für den Amigga und sein Exoskelett ist, und Sax steuert direkt darauf zu. Es sind noch andere Leute drin, mehr Flaum, aber diese sind entweder das Gefängnispersonal oder sie haben beschlossen, dass es nicht in ihrem Interesse liegt, zerfleischt zu werden, denn sie drücken sich gegen die Wände des Raums.

Sax ist zufrieden, sie vorerst am Leben zu lassen.

Jemand beobachtet von oben, denn der Aufzug ruckt, bevor Sax ihn erreichen kann. Die Türen schließen sich, als er seine Fahrt nach oben zum zweiten Stock beginnt. Sax bewegt sich weiter, gräbt seine Krallen ein und springt. Er dreht seine Schulter im Flug, sodass der Oratus durch die Wand und die Aufzugstüren kracht und in den aufsteigenden Aufzug stürzt. Sax schwingt seinen Schwanz hinein, bevor er von der Bewegung des Aufzugs erfasst wird, dann dreht er sich um, damit er bereit ist, wenn der Aufzug das nächste Stockwerk erreicht.

Er ist bedeckt mit Mörtel, Staub und zerbrochenen Metallstücken. Bisher hält die Maske seine Schuppen jedoch intakt, und abgesehen von den ständigen Schmerzen in seinen Knochen von den Stürzen ist Sax bereit loszulegen.

Das Gefühl hält an, bis sich die Aufzugstüren öffnen und der Amigga, vollständig ausgerüstet, Laserbeschuss durch die sich öffnenden Türen sprüht. Das Feuer zieht eine Linie in die Rückwand des Aufzugs und verfehlt Sax, der sich an die Decke klammert. Nach ein paar Sekunden hört das stetige Feuer auf, und das abgestimmte Lachen des Amigga ergießt sich den Flur hinunter.

„Willst du dich für immer da oben festklammern?", sagt der Amigga. „Verstärkung ist unterwegs, Oratus. Sie werden deinen kleinen Aufstand ohne Schwierigkeiten niederschlagen."

Ein übermütiger Amigga? Unmöglich.

Sax zischt, dann benutzt er seine Vorderkrallen, um die Deckenplatten des Aufzugs auseinanderzureißen und lässt sie auf den Boden des Aufzugs prasseln.

„Du wirst uns nicht einmal verlangsamen!", fährt der Amigga fort. „Ich werde neue Sammlungen anordnen, und wir werden jede Menge weiterer gebrochener Flaum hier haben, die Glimmerwürmer sammeln, bevor ein weiterer

Tag vergangen ist. Du wirst nichts erreicht haben, außer unschuldige Soldaten zu töten!"

Sax hört den letzten Teil kaum noch, als er aus dem Aufzug und in den engen Schacht darum herum klettert. Über ihm ist nicht viel Platz, abgesehen von den Magneten, die den Aufzug stabilisieren. Sax braucht jedoch nicht viel. Die Wände in diesem Gebäude sind dünn, offensichtlich für Bequemlichkeit und nicht für Widerstand gegen Angriffe gedacht. Er presst sich gegen die Rückseite des Aufzugsschachts und stürzt dann nach vorne, krachend durch die Wand.

Als Sax durchbricht, stößt er sich mit seinen Krallen nach vorne ab und springt, während die Wand einstürzt. Der Amigga steht vor ihm, trägt seinen Exoanzug, der mit einem Paar rudimentärer Bergbaugeräte ausgestattet ist, die an den Seiten an Kardangelenken befestigt sind. Nichts im Vergleich zu dem aufwendigeren Sortiment, das der Amigga trug, dem Sax und Bas vor der Magnetschwebe-bahn-Station begegnet waren.

Nicht, dass irgendeine Ausrüstung hier einen Unterschied machen könnte.

Der Amigga versucht, sein Ziel anzupassen, versucht auf diesen Ketten zurückzuweichen, aber alles, was er schafft, ist ein schneller, fehlgehender Schuss, bevor Sax mit seinem Exoskelett kollidiert. Sax gräbt seine Krallen in den gefliesten Boden und schiebt, den Amigga – der jetzt schreit und Sax anfleht aufzuhören – über den Boden, durch die Reihe von Terminals und den Funkenregen, den sie erzeugen, als die Rüstung des Amigga ihre zerbrechlichen Bild-schirme zerstört, und aus den Fenstern hinaus.

Der Amigga stürzt hinab und kracht in einer Schlamm-fontäne auf den Boden. Gefangene, die sich aus ihrem Hof befreit haben, stürzen sich auf das Wesen und zerschlagen seinen Schutz mit der wahnsinnigen Intensität von Spezies, die wissen, dass ihr Leben verwirkt ist und ihre letzten Momente in Rache verbringen wollen.

„Jetzt bereit?", ruft Plake, als sie den Frachtgleiter vor das zerschmetterte Fenster manövriert.

Sax trifft auf sein Paar, das hinten mit Agra-Red sitzt, und Bas nickt ihm zu. Das ist alles, was er braucht. Mit einem weiteren Sprung landet Sax im hinteren Teil des Gleiters, und Plake schießt mit ihnen davon. Die Vyphen hält sie tief, lässt ihre Positionslichter in der Dunkelheit ausgeschaltet.

Es ist jedoch leicht zu sehen, wie die Chorus-Shuttle zum Gefängnis hinabsinken, und die Nacht wird durchbrochen, als ihre schweren Laser in den Hof zu blitzen beginnen.

Zumindest sind sie zu weit weg, um die Schreie zu hören.

# KAPITEL 23

# DIE MISSION

IGNOS STELLTE seine Falle nahe dem Portal auf. Dasjenige, das sich hinter mir geschlossen hatte, durch das Ignos gekommen war, steht sperrangelweit offen, als ich Malos Körper darauf zuschleppe. Ignos hatte behauptet, es sei verriegelt, dass ich gefangen sei. Ich sollte von einer weiteren Lüge von Ignos nicht überrascht sein, und es reiht sich einfach in den Rest meiner Misere ein.

Jeder Schritt, selbst bei der sanften Landung der niedrigen Schwerkraft, geht mit Schmerzen einher. Mein Körper wird langsam taub, und ich stolpere, schaffe es aber, ein Bein auszustrecken und mich abzufangen. Ich bin mir nicht sicher, ob ich mich nochmal aufrappeln könnte, nach der blutigen Pfütze, die der erste - und letzte - Versuch hinterlassen hat.

Meine linke Hand hängt hinter mir, fest um das steinhart gefrorene Handgelenk von Malo geklammert. Der Krieger atmet noch, was bedeutet, dass der Sevora in seinem Kopf auch noch am Leben ist. Lan hatte mir gezeigt, wie man zwischen den Modi eines Miners wechselt, und der blaue Blitz funktionierte, wie der Oratus es vorausgesagt hatte. Malo lebt, auch wenn ich vielleicht nicht mehr lange durchhalten werde.

Das Portal ist ein breiter Durchgang, wenn es offen ist, am oberen Ende einer Rampe, die sich verfärbt, während ich sie hinaufhinke. In meiner rechten Hand halte ich meinen Speer - der Miner ist für mich nutzlos, es sei denn, ich bin höchstens einen Meter vom Ziel entfernt - und als ich oben auf der Rampe ankomme, beschließt mein rechtes Bein, dass es genug hat, und ich fange meinen Sturz mit dem Schaft der Waffe ab.

„Scheint, als müssten wir von hier an kriechen", sage ich zu meinem Freund.

Nicht, dass ich einen Plan hätte. Vielleicht zurück zu T'Oli. In Wahrheit weiß ich, dass ich es nicht so weit schaffen werde. Ich hoffe aber, dass ich nah genug rankomme, damit T'Oli Malo finden kann. Vielleicht hat der Ooblot eine Möglichkeit, den Sevora zu entfernen. Das zu tun, was ich nicht konnte, und meinen Freund zu retten.

Ich krieche durch das Portal. Über die Schwelle zu den goldenen Flimmern des toten Vergnügungsviertels. Die schwachen Lichter verschwimmen und dehnen sich, blinzeln weg und huschen in ihrem eigenen Rhythmus zurück. Das Schiff selbst scheint sich zu neigen. Haben die Sevora das Saatschiff auf die Seite gedreht? Würde das passieren?

Nein. Ich bin umgefallen, das ist alles. Und ich bin nicht allein.

Vier Flaum erscheinen auf der Rampe, jeder trägt einen Miner. Zwei heben ihre Waffen und richten sie auf mich, als könnte ich irgendwie die Energie aufbringen, mich zu wehren. Jeder Atemzug fordert seinen Tribut, erfordert ein Durchschlängeln durch ein verworrenes Netz gebrochener Nerven und klappernder Knochen. Alles, was ich tun kann, ist zu starren, als sie Malo von mir wegreißen. Mit Ignos in sicherer Entfernung, richten die zwei Henker ihre Waffen für eine tödliche Salve aus.

Ich hab's versucht, Malo. Viera. Ich hab's versucht.

Meine Ohren klingeln, mein Gehör schaltet sich auch ab, sodass die Blitze wie ein Traum ablaufen. Schweres Karmesinrot, die Schüsse übertönen die Dunkelheit. Die beiden Flaum, die auf mich zielen, fallen zuerst. Sie werden von hinten getroffen, und ihr fadenartiges Fell fängt Feuer, als die Strahlen sie durchdringen. Die anderen beiden, bei Malo, schaffen es kaum, sich umzudrehen, bevor der Angriff sie trifft.

Rauch umgibt mich, als dieses Viertel seine erste echte Show bekommt.

„Noch am Leben?", sagt T'Oli, obwohl der Klang von einem anderen Körper kommt.

Viera bahnt sich ihren Weg durch den verstreuten Rauch, taumelt vorwärts, während der Ooblot ihre Gliedmaßen bewegt, ihre Knie und Arme beugt, obwohl ich bemerke, dass ihre Augen aus eigenem Antrieb blinzeln. Ihr Mund verzieht sich auch zu einem angespannten Stirnrunzeln, als ich ihr ein Lächeln schenke, obwohl ich, da mein Gesicht taub geworden ist, nicht wirklich weiß, was ich tue.

„Leider kann ich keine drei Menschen tragen", sagt T'Oli, und der Ooblot lässt Viera sanft neben mir zu Boden. „Es sieht so aus, als wärst du schwer verletzt, Kaishi. Ich bin zwar kein Experte für menschliche Anatomie, aber das ist eine Menge Blut."

Ich öffne meinen Mund - ich kann spüren, dass ich das tue, weil meine Brust noch nicht taub ist, und der Hauch von Luft, der in meinen Körper eindringt, verrät meine Bewegung -, aber ich schaffe nur einen Husten.

„Ja, das ist die Situation." T'Oli verwandelt sich zurück in seine cremige Pfütze, beide Augenstiele huschen um mich herum und schauen genauer hin. „Wie wäre es, wenn wir das Loch gleich hier stopfen?"

Eine plötzliche, lähmende Kälte trifft mich am unteren Rücken. Meine Augen reißen auf, ich sauge Luft ein, versuche zu schreien und schaffe es nur halb. Bevor ich mich von dem polaren Stechen erholt habe, umschlingt T'Oli meinen Körper. Ich spüre, wie der Ooblot durch meine Finger knetet, während er sich dünn ausbreitet.

„Du wirst mir helfen müssen, okay?", flüstert T'Oli - ein leichtes Klatschgeräusch, da der Großteil seines Körpers mich bedeckt. „Ich bin nicht besonders gut darin, Menschen zu bewegen."

Ich will dem Ooblot sagen, dass ich mir nicht helfen kann, aber dann bewegen sich meine Hände ein wenig; ein Schub von T'Olis sich verhärtendem, zusammenziehendem Körper. Ich gehe mit, leihe meine winzige Kraft der Anstrengung. Es reicht irgendwie, um mich auf die Knie zu bringen. Von dort aus sammelt sich T'Oli unter und hinter mir, verhärtet sich dann langsam und schiebt sich hoch, bringt mich zum Stehen.

Die ganze Zeit über blinzelt mich Viera vom Boden an. Ich glaube, ich sehe ihre Beine und Arme zucken, aber dann bringt mich T'Oli schon taumelnd zurück ins Wohnviertel.

„Niemand wird in der Partystadt Erste Hilfe haben", klatscht T'Oli. „Aber wo sie wohnen? Das scheint wahrscheinlicher."

Ich dachte, ich wäre jetzt tot, aber T'Olis Unterstützung gibt mir Energie, gibt mir Hoffnung, und ich klammere mich daran. Die dunkle Verschwommenheit lauert noch am Rand, meine Muskeln zucken und schmerzen, meine Lungen fühlen sich an, als wäre ich unter Wasser, aber wir gehen weiter. Vorbei an dem orangefarbenen Ort, wo Ignos mich in die Falle locken wollte, zum nächsten Gebäude, einem gewöhnlichen quadratischen Bau mit ovalen Fenstern und einer dunklen Tür.

„Ich werde dich für einen Moment hier anlehnen", sagt T'Oli, und der Ooblot tut genau das, drückt mich in der Nähe der Tür gegen die Seite des Gebäudes.

Der Ooblot schleicht zur Tür selbst, einer kleineren, gedrungenen, durch die ich kaum aufrecht hindurchpassen würde, und presst sich gegen das Metall. Nach einem Moment erschaudert T'Oli, und die Tür bebt. Es ertönt ein Geräusch von reißendem Metall, dann bricht etwas auf der anderen Seite auf und die Tür fällt mit einem lauten Knall nach innen ins Haus.

„Gut, dass es so wenige Sevora auf diesem Schiff gibt", sagt T'Oli, als es zu mir zurückkehrt. „Sonst wären wir jetzt überrannt. Aber ich denke, zwischen uns beiden haben wir ein Drittel von ihnen ausgeschaltet. Nicht schlecht für eine weiche Spezies wie dich."

Anders als das Haus, zu dem Ignos mich geführt hat, sieht dieses Gebäude gewöhnlicher aus. Gerade Flure mit Türöffnungen an den Seiten. Im Gegensatz zum Eingang stehen diese in den lichtlosen Gängen weit offen. Ignos mag Energie in seine ausgewählte Struktur geleitet haben, aber dieses hier ist noch nicht eingeschaltet. In gewisser Weise bin ich dankbar für die Dunkelheit.

Ich bin so weit gekommen, und jetzt, versuche ich T'Oli zu sagen, bin ich am Ende. Meine Beine scheinen sich nicht mehr heben zu können, selbst mit der Unterstützung des Ooblots bei jedem Schritt. T'Oli versteht und wir schwenken in einen offenen Raum, wo ich mit T'Olis sanfter Hilfe auf etwas zusammenbreche, das wie ein großer rötlicher Schwamm aussieht.

„Bin gleich zurück!", zwitschert T'Oli, und der Ooblot verschwindet.

Mit ihm schwindet auch mein Bewusstsein.

Ich erwache mit einem Ruck, im selben dunklen Raum. Das einzige Licht kommt durch das Fenster, Flackern der verstreuten blauen Lampen in der Sektion. Das Erste, was ich tue, ist atmen, und es ist unglaublich. Fantastisch.

Ich lebe.

Irgendwie lebe ich.

„Kaiserin", Vieras Stimme ist leise, und sie lehnt an der Wand mir gegenüber. „Kaishi. Es tut mir leid."

„Warum?", versuche ich zu sagen, und es kommt als kratzig heiseres Durcheinander heraus.

„Ich habe dich im Stich gelassen", Viera blickt auf die Miner in ihren Händen, als würde sie auch die Waffen für ihr eigenes Versagen tadeln. „Ich hätte auf der Brücke bleiben sollen."

„Es wäre genauso geendet", sage ich. „Wie lange war ich bewusstlos?"

Viera schüttelt den Kopf. „Es gibt hier keine Möglichkeit, die Zeit zu messen, aber ich glaube nicht lange. T'Oli hat ein paar starke Salben gefunden. Sie haben auch mich vollends aufgeweckt. Ich habe dem Ooblot gesagt, Malo nichts davon zu geben."

„Er ist immer noch besessen."

„Das dachte ich mir, als ich die Panik in seinen Augen sah, als ich ihn anschaute."

„Wo ist er?"

„Eingesperrt auf der anderen Seite des Flurs."

„Und T'Oli?"

„Hält Wache", sagt Viera. „Dieser Ooblot ist bösartig. Nachdem er dich hierher zurückgebracht und mich wiederbelebt hatte, hat T'Oli jeden einzelnen der Sevora in diesen

Flaum-Körpern aufgespießt. Sagte, der einzige Weg, sicher zu sein, sei, die kleinen Biester selbst zu erwischen."

Nach allem, was der Ooblot durchgemacht hat, ein genetisches Experiment, gezwungen, in die Kanalisation unter der Sevora-Stadt auf ihrer Heimatwelt zu fliehen, hat T'Oli wahrscheinlich noch reichlich Wut übrig.

„Gut", antworte ich.

Meine Arme und Beine auszuprobieren, ist eine Kaskade von Wundern. Jeder funktioniert, und obwohl es viele juckende, stechende Schmerzen gibt, schaffe ich es, mich aus dem Bett zu rollen. Viera fängt mich auf, als ich vom Schwamm falle, und sie hilft mir aufzustehen. Ich trage jetzt eine Garnitur locker sitzender Kleidung, die Westen und Hosen für einen Flaum gedacht, und eines der Beine rutscht unter meine Füße und bringt mich fast zu Fall.

„Hast du ein Messer?", frage ich Viera, und sie zieht eine seltsam aussehende Klinge hervor, eine gezackte Schneide an einem silber-schwarzen Griff.

„Sei vorsichtig damit", erwidert Viera. „Ich habe es einem der Flaum abgenommen. Wenn du diesen Knopf hier drückst, wird es interessant." Sie tut es, und die Schneide summt, leise und scharf.

Ich bin vorsichtig und benutze die Klinge, um die Kleidung so zurechtzuschneiden, dass sie weniger wie ein erstickender, unordentlicher Haufen und mehr wie ein Satz funktionaler, wenn auch hässlicher Lumpen aussieht. Niemand wird mich für eine Kaiserin halten, aber zumindest werde ich nicht auf die Nase fallen.

Jetzt gibt es zwei Prioritäten. Ein paar Meter von mir entfernt sitzt der Krieger, den ich versucht habe zurückzubekommen, seit dem Moment, als ich ihn verlor. Weiter weg, irgendwo auf diesem Schiff, befinden sich zwei tödliche Oratus, die mit jeder Sekunde näher an ihre eigene Gefangennahme durch die Sevora gebracht werden.

Ich möchte Viera fragen, was zu tun ist, aber ich weiß es bereits. Es gibt nur eine Entscheidung, die ich bereuen werde, wenn wir hier nicht lebend herauskommen.

„Lass uns zu ihm gehen."

Ignos und Malo sind immer noch steif und benommen. Ihr Körper, Malos Körper, liegt flach auf einem anderen dieser Schwämme, die wohl in der Galaxie als Betten durchgehen. Malos Augen zucken zu mir, als Viera und ich den Raum betreten, obwohl ich nur erkennen kann, dass sie sich bewegen, weil Malos Pupillen den schmalen Streifen blauen Lichts vom Fenster einfangen. Ansonsten ist der Raum zu dunkel, um viel zu erkennen.

„Geh und hol T'Oli", sage ich, nachdem wir Malo einen Moment lang angestarrt haben. „Es ist Zeit, dass wir Malo seinen Körper zurückgeben."

Viera legt eine Hand auf meine Schulter. Drückt sie. Dann verschwindet sie in das Gebäude. Ich nehme ihre Haltung ein, lehne mich an die Wand und schaue Malo an.

„Ignos, ich konnte Menschen hören, während ich betäubt war, also nehme ich an, du kannst mich hören", sage ich. In gewisser Weise macht die Dunkelheit es leichter – es fühlt sich an, als würde ich mit Ignos sprechen wie früher, in den Höhlen meines Geistes. „Du hast mir gesagt, ich sei zu Größerem bestimmt. Dass ich die Quelle von Wundern sein würde, dass ich meinen Stamm retten würde. Du hast gelogen, aber du hattest recht. Du hast mir gesagt, dass Viera eine gute Freundin sein würde, dass Malo Möglichkeiten hätte. Du hast mich benutzt, aber du hattest recht."

Ich stehe auf, bewege mich zum Schwamm. Lege meine Hände auf seine weiche Oberfläche, während ich mich hinüberbeuge und versuche, nicht wegen des anhaltenden Schmerzes zusammenzuzucken.

„Du bist bei mir geblieben während der Sitzungen auf der *Cobalt*, du hast mir gesagt, ich solle keine Angst haben, und obwohl du diese Dinge nur gesagt hast, damit ich dich nicht zurücklasse, hattest du recht." Ich starre in diese Augen und weiß nicht, ob es Malo oder Ignos ist, der zurückblickt. „Wegen all dem habe ich auf Vimelia beschlossen, dich zu verschonen. Ich habe das getan, wovor du mich gewarnt hättest – ich habe meinem Feind eine weitere Chance gegeben."

Ich höre ein Tapsen, ein schleichendes Geräusch vom Flur. Die Zeit ist fast um.

„Du hast diese letzte Lektion gelehrt, als du für mich zurückgekommen bist. Danke, Ignos. Und leb wohl."

T'Oli braucht keinen Befehl, um zu wissen, was zu tun ist, und der Ooblot erfasst die Stimmung des Moments und sagt nichts, als sein cremiger Körper den Schwamm hinaufgleitet, Malos Kopf umschließt und ein Stück von sich selbst hineingleiten lässt.

Ich zwinge mich hinzusehen. Jeden kleinen Teil des Sevora zu beobachten, während T'Oli ihn kämpfend aus Malos Ohr zieht. Während T'Oli das sich windende Nest spitzer Tentakel auf den Boden setzt. Der Lauf des Miners ist fast größer als der Sevora selbst.

Ich darf nicht daneben schießen.

Wir drei treffen uns im Eingangsbereich des Gebäudes. Malo liegt immer noch flach auf dem Schwamm, seine Nerven sind von dem schweren Schlag, den ich ihm vor kurzem verpasst habe, völlig außer Gefecht gesetzt. Dementsprechend besteht mein Kriegsrat aus drei Personen: mir, in Roben gekleidet, die für eine andere Spezies gedacht sind, und noch immer geschwächt von einer kaum verheilten tödlichen Wunde. Viera, die Gesündeste von uns, hält ein Paar Miner in ihren Händen und starrt aus der Tür hinter mir, ständig auf der Suche nach der nächsten Bedrohung.

Dann ist da noch T'Oli, ein perlweißer Klumpen, geschmückt mit zwei Augenstielen. Von uns allen hat der Ooblot wohl den triftigsten Grund, hier zu sein. Von den Sevora erschaffen und von ihnen verlassen, ist T'Oli seit seiner Entstehung auf einem langsamen Pfad der Rache.

„Du wirst Malo zum Shuttle bringen", sage ich zu T'Oli. Ich stehe nicht so sehr, als dass ich mich auf meinen kurzen Speer stütze, der Schmerz in meiner Seite saugt die Kraft aus meinen Beinen. „Ihr beide müsst von hier verschwinden und zurück zur Erde springen."

„Wenn du glaubst, dass eine Warnung an die restlichen Menschen ihnen beim Überleben helfen wird", antwortet T'Oli, „überschätzt du deine Spezies. Jeder Angriff der Sevora wird sie überrollen."

„Beim letzten Mal haben wir sie abgewehrt", sagt Viera.

„Wir hatten Glück, und die Sevora waren vom Angriff der Vincere auf Vimelia abgelenkt. Wenn ihr Überleben auf dem Spiel steht, werden sie keine Spielchen mehr treiben. Sie werden infiltrieren, destabilisieren, infizieren und zerstören."

„Ich mochte dich lieber, als du nicht so deprimierend warst."

„Deshalb musst du Malo zurückbringen." Ich übernehme das Gespräch. „Er hatte Ignos in seinem Kopf, er kennt die Sevora, so wie du. Und unsere Leute werden ihm folgen."

So wie sie mir folgten, als sie es mussten.

„Wir könnten alle zum Shuttle gehen, weißt du", sagt Viera. „Wir hätten Zeit, eine weitere Nachricht abzusetzen, lass diesen großen, hässlichen Kolas und den Rest ihrer Echsenfreunde Lan und Gar retten."

Ich habe über diese Option nachgedacht. Sie bis zu den möglichen Enden verfolgt – was passiert, wenn Kolas dieses Schiff nicht erwischt? Wenn die Sevora entkommen und diesen Krieg, der schon so lange andauert, neu entfachen?

„Es gibt eine Chance, es hier zu beenden", antworte ich. „Wenn wir sie aufhalten und dieses Schiff übernehmen, dann sind die Sevora erledigt. Es wird keinen weiteren Krieg geben, keine andere Spezies wird verloren gehen."

„Seit wann bist du so großartig geworden?", fragt mich Viera, aber sie sagt die Worte mit einem leichten Lächeln. „Das Mädchen, an das ich mich erinnere, wollte nur eine Rolle in ihrem eigenen Stamm spielen."

„Mein Stamm ist jetzt viel größer."

T'Oli leistet keinen weiteren Widerstand, obwohl der Ooblot mir hilft, noch mehr Metall zu zerbrechen, damit ich einen langen Gehstock zu meinem kurzen Speer habe. Viera hat ihre Miner, und nachdem wir ein letztes Mal von Malo Abschied genommen haben, der zu uns aufblinzelt, machen Viera und ich uns auf den Weg.

Es gibt nur einen Ort, zu dem wir gehen können, und das ist zurück zum zentralen Ring. Von dort aus müssen wir Glück haben und herausfinden, wo die Oratus sind. Dann müssen wir richtig viel Glück haben und die Sevora erwischen, bevor sie Lan und Gar in die tödlichsten Sklaven verwandeln, die man sich vorstellen kann.

Wir tauschen die blauen Lichter des Wohnbereichs gegen das sanfte Gold des Unterhaltungsviertels ein, und ich versuche, nicht zu zögern, als wir an den Körpern der Sevora Flaum vorbeigehen.

„Scheint, als würde noch niemand nach ihnen suchen", sagt Viera, als wir vorbeigehen. „T'Oli hat wirklich geholfen. Ich konnte mich kaum bewegen, Kaishi. Ohne diesen Ooblot hätte ich nicht einmal den Abzug dieses Dings betätigen können."

„Wir haben damals den richtigen Abwasserkanal zum Abtauchen gewählt."

Die Überquerung des Unterhaltungsbereichs dauert eine Weile, da Viera die Führung übernimmt und vorausschaut, während ich hinter ihr mit meinem Stab hinterherhinke. Was auch immer T'Oli benutzt hat, um mich wieder auf die Beine zu bringen, es ist definitiv kein vollständiges Wunder. Vielleicht hätte ich zum Shuttle gehen und den Ooblot mit Viera auf die Rettungsmission schicken sollen.

Aber ich bin nicht der Typ, der jemand anderen schickt, um mein eigenes Chaos aufzuräumen.

„Das Tor ist zu", sagt Viera, als ich sie auf der kleinen Anhöhe einhole, die zurück zum zentralen Ring führt. Wie bei den anderen gibt es auch hier einen schwarzen Knubbel daneben, der überhaupt nicht reagiert, als ich mit der Hand darüber winke. „Hab das auch schon probiert. Entweder beobachtet uns niemand, oder sie sind zufrieden damit, uns hier zu lassen."

„Nun, ich bin nicht zufrieden damit, hier zu bleiben."

Es braucht nicht lange, um einen Weg durch das Tor zu finden; Viera hat zwei Miner mitgenommen, aber über all die verbrannten Flaum verteilt gibt es noch mehrere. Wir nehmen die zusätzlichen Waffen, stapeln sie gegen das Tor und gehen weit zurück. Viera richtet das Ziel ein, sieht mich an.

„Bereit? Denn danach gibt es keine geheime Mission mehr. Sie werden wissen, dass wir kommen."

„Das ist mir egal."

Viera lacht. „Lügnerin."

Sie hat Recht, und sie schießt geradeaus.

Der Feuerball ist laut und kurz, voller sich verformendem Metall und dem ausgehungerten Knistern momentaner Flammen, die nichts als Stahl zum Beißen haben. Der Rauch ist flüchtig, ein Nebel, der von unsichtbaren, nicht spürbaren Brisen weggeweht wird und ein gesprengtes Loch in der Mitte des Tores zurücklässt.

„Diese Türen halten nicht viel auf, oder?", sagt Viera.

„Sind deine schweren Türen tief in deinem eigenen Zuhause?", erwidere ich, hebe dann meinen Stab und gehe vorwärts. „Lass uns gehen. Lan und Gar brauchen uns."

„Ja, das hast du deutlich gemacht", antwortet Viera und hält ihre Miner hoch und bereit. „Versprich mir nur eins."

„Was denn?"

„Wenn wir ihre schuppigen Hintern retten, bringst du sie dazu zuzugeben, dass sie unsere Hilfe brauchten."

Der Ring ist bedrohlicher, wenn er leer ist. Hell und silbern, aber all die Samen, die oben hängen, sehen aus wie Zähne aus einem Albtraum. Dass der riesige Korridor sich in beide Richtungen endlos erstreckt, fügt auch eine unheimliche Note hinzu, als ob wir in ein Spiegeluniversum getreten wären, in dem die Dinge einfach ewig weitergehen.

„Ich denke, wir haben zwei Möglichkeiten", sage ich zu Viera, als wir über den schwarzen Stahlboden starren. „Entweder versuchen wir, in den Kern des Samenschiffs zu gelangen und hoffen, dass wir ihre Aufmerksamkeit auf uns ziehen, oder wir versuchen herauszufinden, in welchem Viertel die Oratus sind."

„Oder eine dritte", sagt Viera und tritt vor mich. „Wir fangen einfach an zu schießen."

Das Geräusch von Stiefeln auf Metall klingt von rechts zu uns herüber, und ein Trio von Whelk kommt um die

Ecke geschlängelt. Zwei von ihnen haben Miner, und einer trägt ein Paar kurzer schwarzer Stäbe.

Ihr Schwung trägt sie in unser Blickfeld, selbst als Viera das Feuer eröffnet und die ersten beiden in Sekundenschnelle niedermäht, ihre gelartigen Körper überhitzen und in Fontänen klebriger Flüssigkeit zerplatzen. Der letzte, mit seinem Miner, versucht einen verstreuten Rückzug und feuert Schüsse ab, die es schaffen, ein sinnloses Muster von Brandspuren in die Wände um uns herum zu ätzen.

„Schieß nicht drauf." Ich lege meine Hand auf Vieras Arm. „Was wettest du, dass dieses Ding genau dahin geht, wo wir hin wollen?"

„Ich mag, wie du denkst, Kaiserin", erwidert Viera, und dann geht's los.

Oder zumindest Viera. Ich sage ihr, sie soll vorangehen und der Spur des Whelks folgen, während ich mich vorwärts schleppe. Bei einer Verfolgungsjagd bin ich nicht viel nütze – keine Ahnung, wie gut ich in einem Kampf wäre –, aber meine völlige Nutzlosigkeit in dieser momentanen Begegnung veranlasst mich dazu, meinen kurzen Speer für einen der verfluchten Bergbaugeräte der Whelks einzutauschen. Ich mag kein besonders guter Schütze sein, aber vielleicht könnte ich jemanden lange genug ablenken, damit Viera ihn erledigen kann.

Der Whelk läuft den halben Ring entlang – wobei er ein großes, geschlossenes Tor umgeht – bevor er durch ein weit offenes Portal in einen neuen und anderen Ort huscht. Ich bin überrascht zu sehen, als ich keuchend Viera einhole, dass dieser Abschnitt nicht wie die anderen in Dunkelheit gehüllt ist. Er ist sogar heller als der Ring selbst; ein fast sengend weißes Licht.

„Zusammen?", frage ich Viera, als sie mir einen Blick

zuwirft, der Bände darüber spricht, wie kampfbereit sie mich einschätzt.

„Kaishi, du kannst zurückbleiben. Nach meiner Zählung waren nur ein paar Dutzend Sevora auf diesem Schiff. Wir haben fast die Hälfte erledigt. Vielleicht sogar mehr. Ich kann das hier bewältigen."

„Ich lasse dich nicht allein."

„Dann bring mich auch nicht um."

Diesmal packe ich fest ihren Arm und zwinge Viera, mich anzusehen. „Die Oratus haben Priorität. Nicht ich. Du holst sie raus, und sie werden dafür sorgen, dass die Sevora erledigt sind."

Ich suche in ihren Augen, bemerke die Strähne ihres zunehmend schmutzigen und zerzausten weißen Haares, die über Vieras Stirn hängt. Damals im Dschungel, vor so langer Zeit, hielt die ständige Feuchtigkeit Vieras Haar kraus, zumindest bis sie nachgab und dieselben Salben benutzte, die wir jahrelang aus Pflanzen gewonnen hatten. Jetzt, in der trockenen, stickigen Luft dieser Schiffe, ist es fast perfekt.

Abgesehen vom Schmutz, dem Schweiß, den verstreuten Flecken von Blut und Asche.

Viera muss nicht antworten. Ein einfaches, leichtes Nicken zeigt, dass sie versteht.

KAPITEL 24
## DAS KRAFTWERK

CAVIGNUM SIEHT WÄHREND ASPICIS' langen Nächten aus wie ein gefrorener Feuerball, der sich in den Himmel ausdehnt. Ein orangefarbenes, brodelndes Glühen, das irgendwie in eine fast perfekte Kugel gezwängt ist. Der untere Teil schneidet in eine riesige Struktur ein, die von einem glitzernden Heer von Lichtern beleuchtet wird. Skiffs flitzen ein und aus, obwohl Plake zögert und tief und versteckt in einigen Ranken schwebt, bevor sie ihr eigenes gestohlenes Gefährt zu dem Haufen hinzufügt.

„Wir können nicht einfach so reingehen", sagt Plake. „Wir haben keine Ausweise, und ich mag zwar gut reden können, aber der Rest von euch wird uns geradewegs erschießen lassen."

„Es gibt noch ein anderes Problem", sagt Bas. „Wir müssen Nobaa und Engee Bescheid geben, wann sie in die Station kommen sollen."

„Hoffe, du erinnerst dich an den Kanal, auf dem sie hören", grummelt Agra-Red. „Denn ich tu's nicht. Nicht nachdem sie uns alles weggenommen haben."

Sax lacht zischend. „Ich musste mir so viele Codes und Koordinaten merken. Keine Sorge, Whelk. Wenn wir die Ablenkung geschaffen haben, können wir die Nachricht senden."

„Großartig." Plake, im Umgebungslicht nur schwach zu erkennen, winkt mit einem gefiederten Arm zu den vorbeifliegenden Skiffs hinauf. „Irgendwelche Ideen, wie wir reinkommen? Ich frag gar nicht erst nach einer Ablenkung, weil ich weiß, dass deine Antwort ‚Sachen zerstören' sein wird."

„Können wir die hier benutzen?", fragt Bas und hält einen der Glimmerwürmer hoch. „Du meintest, sie könnten Batterien sein?"

„Vielleicht", antwortet Plake, und der Vyphen wirft einen langen Blick auf das sich windende Geschöpf. „Wenn sonst nichts, könntet ihr euch darunter verstecken und mich uns reinbringen lassen."

„Oder ich könnte", bietet Sax an. „So kann ich kämpfen, falls es schief geht."

„Wenn du sofort kämpfen musst, sind wir alle tot", sagt Plake. „Wenn niemand eine bessere Idee hat, schnappt euch ein paar Würmer und macht's euch gemütlich."

Der Frachtskiff ist nicht groß genug, um zwei riesige Oratus liegend aufzunehmen, zumindest nicht mit irgendeinem Grad an Komfort. Sax und Bas müssen sich vollständig umeinander wickeln, Arme und Beine in jede mögliche Ritze quetschen und sich mit ihren Schwänzen umschlingen. Plake und Agra-Red machen sich daran, das Paar mit Glimmerwürmern zu bedecken, wobei jeder Sax wie ein matschiges Päckchen Nährstoffschleim trifft.

Agra-Red quetscht sich dann zwischen einige der Würmer und ruht wie eine Beschichtung zwischen den beiden Oratus. Whelks haben zwar nicht ganz die Flexibilität von Ooblots, kommen aber ziemlich nah ran. Ein Vorteil, stellt Sax fest, ist, dass Agra-Red nicht sprechen kann, wenn es so ausgebreitet ist.

„Hoffe, ihr seid alle bequem", sagt Plake.

Zusammengequetscht im hinteren Teil des Frachtskiffs kann Sax nur durch das Gefühl seines Gewichts erkennen, was Plake tut, als der Skiff absinkt, dank der leichten Brise, die es durch die Schichten schafft. Er ist nicht begeistert davon, wie ein Stück Fracht verstaut zu werden, aber es schien keine Alternativen zu geben, und-

„Sax", sagt Bas zu ihm, und ihr Zischen erinnert ihn daran, dass ihre Köpfe sich tatsächlich berühren. „Geht's dir gut?"

„Perfekt", antwortet Sax, was sowohl weit von der Wahrheit entfernt als auch nah genug dran ist, dass es keine Rolle spielt.

„Gut. Es wäre sonst nicht fair."

„Was wäre nicht fair?"

„Wenn es losgeht? Ich möchte nicht das Gefühl haben, dass meine Punktzahl nicht zählt, nur weil du verletzt bist."

Es ist eine Weile her, seit sie Punkte gezählt haben. Lässige Missionen fühlen sich so lange her an; als ihr Team in eine Kriegszone oder eine Sevora-Einrichtung mit einfachen Such-und-Zerstör-Befehlen abgesetzt wurde. Damals war es einfacher, etwas zusätzlichen Spaß im Gemetzel zu finden. Jetzt nicht mehr so sehr, nicht wenn die Konsequenzen so viel höher erscheinen.

Andererseits bedeuten die hohen Einsätze vielleicht, dass ihre Spiele noch wichtiger sind. Was würde es schon ausmachen, wenn sie lebend aus diesem Konflikt herauskämen, aber sich selbst dabei verloren hätten?

„Ich liege schon vorne", antwortet Sax. „Ich habe

mindestens sieben Flaum da hinten erledigt. Und den Amigga."

„Du hast den Amigga nicht getötet, das waren die Gefangenen."

„Aber ich-"

„Die Regeln, Sax. Ich habe fünf Flaum im Gefängnis erledigt. Du hast also vorerst einen leichten Vorsprung."

„Vorerst."

Der Skiff bewegt sich lange Zeit langsam, während Plake allen sagt, sie sollen ruhig bleiben, als sie an einem anderen Schiff vorbeikommen. Es ist eine langweilige Fahrt, aber Sax ist nicht enttäuscht von den sanften Momenten mit Bas. Früher, bei den Vincere, fühlte sich Sax immer unbesiegbar. Dass er und Bas es immer bis zum nächsten Mal schaffen würden.

Jetzt ist dieses Gefühl verschwunden, ersetzt durch einen grimmigen Fatalismus. Die Erfolgschancen sind so gering, die Bedeutung so hoch, dass Sax es für besser hält anzunehmen, dass er es nicht bis zum Ende schaffen wird, und ersetzt Angst durch eine makabre Entschlossenheit.

„Nähern uns dem ersten Tor", sagt Plake. „Sieht aus, als wären die Landeplattformen dahinter. Bleibt still."

Der Skiff wird langsamer, dann hält er an.

„Manifest?", verkündet eine quiekende Flaum-Stimme.

„Äh, Glimmerwürmer", antwortet Plake.

Es folgt ein Moment der Stille, dann sieht Sax ein kriechendes blaues Licht über ihren Frachtbereich gleiten. Es ist ein langsames Kriechen, detailliert.

„Hast du von dem anderen Gefängnis gehört?", sagt Plake plötzlich laut.

„Welches Gefängnis?", antwortet der Flaum-Wächter.

„Dort hinten, scheint, als hätten sich die Gefangenen aufgelehnt?"

„Du bist ein Vyphen, nicht wahr?", sagt der Wächter nach kurzem Zögern. „Ziemlich seltsam, einen von euch hier zu sehen, und dann noch Fracht transportierend?"

Plake wird es vermasseln. Sax spannt sich an, bereit, aus der Glimmerwurm-Deckung hervorzubrechen und den Wächter auszuschalten. Nicht dass sie danach sehr weit kommen würden, aber im Kampf zu sterben wäre besser, als hinten in einem Karren liegend und mit Würmern bedeckt erschossen zu werden.

„Siehst du, was in der Galaxie los ist?", sagt Plake. „Überall herrscht Chaos. Zumindest hier kannst du einen stabilen Job bekommen. Glimmerwürmer zu transportieren ist viel besser, als da draußen zu sterben."

Das bringt den Flaum irgendwie zum Lachen. „Stimmt. Ich war eine Zeit lang bei den Vincere, und ich dachte jeden Tag, ich würde bei einem weiteren Angriff als Kanonenfutter enden. Als sich die Chance ergab, hierher versetzt zu werden, habe ich sofort zugeschlagen."

Das Licht, das über ihrem Frachtraum schwebt, erlischt.

„Sieht nach einer guten Ladung aus", sagt der Wächter. „Fahrt zu Plattform B und lasst die Würmer dort ab."

„Alles klar." Plake setzt das Gleitboot wieder in Bewegung und lenkt es tiefer und nach rechts.

„Ich hätte nicht gedacht, dass wir da durchkommen", sagt Plake eine Minute später. „Ihr schuldet mir alle euer Leben."

„Nachdem wir dich im Gefängnis gerettet haben?", zischt Sax zurück. „Wir sind quitt."

„Mich gerettet? Der Whelk und ich waren völlig in Ordnung. Wir brauchten eure Krallen nicht."

Sax weiß, dass Plake ihn aufzieht, und er antwortet gar nicht erst. Das Gleitboot wird jetzt für die Landung langsamer, was bedeutet, dass ihre Tarnung bald auffliegen wird.

Sax kann es kaum erwarten.

„Überall sind Wachen und Personal", sagt Plake. „Ich habe einen neuen Plan. Haltet euch fest."

„Was?", bringt Sax gerade noch heraus, während Bas ein fragendes Zischen von sich gibt.

Plake lenkt das Gleitboot plötzlich in eine enge Rechtskurve, und eine Sekunde später hört Sax ein überraschtes Quietschen, gefolgt vom Knirschen einer Metall-auf-Metall-Kollision. Aus ihrem eigenen Gleitboot ertönen Knallgeräusche, das in der Luft wackelt, während Mikrodüsen versuchen, den Ausfall ihrer nun funktionsunfähigen Kollegen auszugleichen. Der wacklige Moment wird jedoch abrupt beendet, als Plake das Gleitboot nach vorne wirft und es in eine harte Beschleunigung zwingt.

„Jetzt raus!", schreit Plake.

Sax versteht nicht, aber Bas schon. Seine Gefährtin benutzt ihre Krallen, um die Rückseite des Gleitboots aufzuschlitzen und dabei das dünne Geländer in einem Funkenregen zu zerbrechen. Sax dreht seinen Kopf, sodass er zum ersten Mal tatsächlich nach hinten sehen kann, und er erblickt die weite, bronzefarbene Fläche der Landeplattform, die verschiedenen Gleitboote, die darauf landen, und all die Menschen, die zu einem anderen Gleitboot rennen, das offenbar abgestürzt ist und am Boden brennt.

„Abstoßen!", zischt Bas, und Sax folgt ihrer Führung, drückt sich mit seinen Krallen ab und kriecht aus der Rückseite des Gleitboots.

Unterwegs schnappt Sax mit seinem Schwanz Agra-Red und zieht den Whelk hinter ihnen her, als sie die wenigen Meter zur Oberfläche der Landeplattform fallen. Kaum sind sie gelandet, als das Frachtgleitboot hinter ihnen gegen etwas prallt und in knisternde Flammen ausbricht. Sofort ertönen Alarmsirenen, obwohl die katastrophale Abfolge der Ereignisse Cavignums Wachen zu verwirren scheint.

Plake, weit von den anderen dreien entfernt, läuft bereits auf die nächsten Wachen zu, wirft sich mit ihrem gefiederten Körper herum und stößt empörte Drohungen über das Gleitboot aus, das angeblich ihres gerammt hat.

„Sie verschafft uns Deckung", zischt Bas, obwohl Sax denkt, dass die Rauch- und Feuerschwaden einen besseren Job machen als die Vyphen.

Ein Blick in Richtung der Explosion zeigt, dass Plake nicht zufällig gezielt hat – um das verbogene, zerbrochene Wrack ihres Gleitboots herum ist die ähnlich zerstörte Form eines Ladetors zu sehen, das in das Innere von Cavignum führt. Es ist eine Öffnung, die Sax und Bas nur allzu gerne nutzen.

„Tragt ihr mich?", sagt Agra-Red, als sich die Oratus zum Aufbruch wenden. „Ich kann mit euren Riesenschritten nicht mithalten."

Nach einem verächtlichen Schnauben von Sax übernimmt Bas die Ehre und hebt den Whelk auf, während sie zur Tür sprinten. Sax schließt seine Ventile, hält den Atem an, als sie durch die rauchenden Funken rennen, und dann sind sie auf der anderen Seite.

Im größten Kraftwerk der Galaxie.

Sie haben zwei Ziele – einen Weg in die Basis finden, den Nobaa und Engee nutzen können, und dann sicherstellen, dass dieser Weg offen ist, wenn die beiden Teven versuchen zu fliehen.

„Hat Cavignum ein Kontrollzentrum?", fragt Sax, als sie durch die zerstörte Tür in einen breiten Frachtkorridor stürzen.

Es ist ein silberner Raum, das Metall bearbeitet und poliert, um die extremen Temperaturen zu bewältigen, die in dem, was im Grunde ein riesiges Loch ist, das Wärme aus dem Planetenkern saugt, möglich sind. Die Temperatur im Inneren ist bereits ziemlich warm, besonders im Vergleich zur kühlen Nacht draußen, und die Decke des Korridors ist mit Löchern übersät, die zu Lüftungsöffnungen an der Oberseite führen.

Sax erhält diese Informationen von der Maske, ohne sie zu spüren, da der transparente Anzug sein Bestes tut, um Sax' Körper auf optimaler Betriebstemperatur zu halten. Die Maske dämpft auch den Geruch von brennenden Dingen und lässt Sax sich auf das konzentrieren, was vor ihnen liegt – nämlich ein Wald von verzweigten Wegen, Türen und Rampen, die zu anderen Ebenen führen.

Fast alle diese Ein- und Ausgänge haben sich bewegende Schilder daneben, darüber hängend oder auf dem Boden eingeprägt. Nur ein paar scheinen eingeschaltet zu sein, und das liegt daran, dass Frachtschlitten in ihre Richtung kommen, wobei die Schilder Lieferungsnamen und Richtungen anzeigen.

Außer dass jetzt alles stillsteht und Dutzende von Augen den Korridor hinunter auf sie starren.

„Seid ihr immer so offensichtlich?", sagt Agra-Red. „Natürlich hat es ein Kontrollzentrum. Wir müssen nur herausfinden, wo das ist."

„Ich mochte dich besser, als du nicht reden konntest."

„Ich habe dich noch nie gemocht."

Bas hat anscheinend keine Zeit für sie, denn sie rennt los. Sax folgt ihr, denn was kann er sonst tun, außer der zu folgen, die er liebt? Hinter ihnen schreit Agra-Red, sie sollen langsamer machen, aber jede Sekunde bedeutet mehr

Wachen, und der Whelk ist das Scheitern der Mission nicht wert.

„Wo läufst du hin?", zischt Sax nach vorne zu seiner Gefährtin, als sie an der ersten Gabelung des Korridors vorbeiläuft, mit Rampen auf beiden Seiten, die nach oben und unten führen.

„Die Amigga sind besessen davon, im Zentrum ihrer Schöpfungen zu sein", sagt Bas. „Wenn dieser Ort eine Kontrolle hat, wird sie so nah wie möglich an diesem Mittelpunkt sein."

„Was ist mit den Meridia? Der Chorus sitzt ganz oben."

Bas kommt schlitternd zum Stehen und starrt Sax an. „Sie leben in der Mitte. Vertrau mir."

Er hatte noch nie ein Problem damit, das zu tun, und hat auch jetzt keins, also folgt Sax, als Bas ihren Lauf wieder aufnimmt.

Sie kommen an diesen Frachtschlitten vorbei, und die Flaum, die sie steuern, machen sich nicht die Mühe zu rufen. Auch nicht die uniformierten Arbeiter, die sich von einer Station zur anderen bewegen, noch die Delegation, die wie Inspektoren aussieht und ihre pelzigen Flaum-Körper in komplett weißen Uniformen durch die Station führt.

Nein, die ersten Hindernisse tauchen auf, als sie sich dem Ende des Korridors nähern. Ein Trio von Flaum, aber welche in schweren Exo-Anzügen. Sax muss fast lachen — das sind Vincere-Relikte, die vor der Machtübernahme der Oratus benutzt wurden, um den Flaum einen Kampfvorteil zu verschaffen. Sie sind aus schwarzem Metall und geben den Flaum zusätzliche zwei Meter Höhe, konzipiert für Erkundung und feindliche Unterdrückung.

Normalerweise würde Sax erwarten, ein breites Schultergestell mit Bergarbeitern in den Exo-Anzügen zu sehen.

Diese tragen jedoch keine Laserwaffen, sondern scheinen ihre Gestelle zu großen Hämmern umgeschmolzen und umgeformt zu haben, zwei pro Anzug. Sax vermutet, dass sie industrielle Anwendungen haben könnten, aber diese drei sind eindeutig aufgestellt, um die anstürmenden Oratus daran zu hindern, durch die kleinere Tür hinter ihnen zu gelangen.

Es ist schwer zu sagen, was komischer ist – die Vorstellung, dass drei Flaum allein gegen die Oratus bestehen könnten, oder dass sie dachten, diese Exo-Anzüge würden ihnen eine Chance geben.

„Links", zischt Sax, als sie näher kommen.

Bas versteht den Hinweis, und als sie noch ein Dutzend Schritte von den Flaum entfernt sind, die ihre langsamen Fäuste heben, um ... irgendetwas zu tun, springen die beiden Oratus an die Wände, ihre Klauen und Krallen graben sich durch die Seiten, während sie weiter vorwärts klettern.

Die Flaum in ihren eisernen Arbeitsanzügen können nicht schnell genug reagieren. Sax ist auf der linken Seite, und sein Ziel macht einen unbeholfenen, schwerfälligen Schritt und Schwung nach ihm. Der Schlag zielt zu tief und würde Sax' untere Klauen kaum streifen, wenn der Oratus nicht von der Wand springen und auf dem ausgestreckten, schlagenden Arm landen würde. Mit einer Drehung, während seine Klauen das Metall zerreißen, reißt Sax den Arm des Konstrukts aus seiner Fassung.

Unglücklicherweise hat die Maschine des Flaum einen zweiten Arm, und sie unterstützt ihren gefallenen Partner, indem sie nach Sax schlägt, der auf dem abgerissenen Glied zu Boden geritten ist. Flach auf dem Rücken liegend, gräbt Sax sich mit seinen Klauen ein und tritt, rutscht sich selbst aus dem Weg des Hammerschlags, in Richtung des Flaum und seines Anzugs. Als die Faust des Flaum den Boden trifft, zersplittert sie die verchromten Fliesen, als wären sie aus Glas. Was die Faust nicht tut, ist Sax daran zu hindern, seine Vorderklauen hinter seinem Kopf auf den Boden zu setzen und den Schwung und ihre Hebelwirkung zu nutzen, um sich nach oben und über zu werfen.

Sax landet auf der Brust des Exo-Anzugs, wobei der Flaum einen schrecklichen Blick auf Sax' Klauen bekommt. Der Oratus beginnt zu reißen und zielt auf alle Drähte. Funken fliegen und knallen in Sax' Mund, jeder einzelne sticht mit dem Geschmack des Sieges. Er spürt, wie der Exo-Anzug zur Seite kippt, als das rechte Bein die Kraft verliert, und Sax ist gerade dabei, nach oben zu klettern und den Piloten anzugreifen, als etwas gegen die Rückseite des Exo-Anzugs kracht und ihn nach vorne kippt.

Sax kann nicht entkommen – seine Klauen sind alle mitten im Zerreißen gefangen – und der ganze Anzug fällt auf ihn, drückt den Oratus zu Boden. Die Glasscheibe, die den Flaum abschirmt, zerbricht und presst das pelzige Wesen gegen Sax' Oberkörper, während der Oratus versucht zu atmen. Die Exo-Anzüge sind, wie sich herausstellt, schwer, und Sax ist nicht in der Position, ihn zu bewegen.

Der Druck auf Sax' Kiemen ist zu intensiv; seine ganze Luft entweicht. Sax schnappt mit seinem Maul nach dem Exo-Anzug, aber es ist eine sinnlose Geste – alles, was da ist, ist Metall, und es gibt keine Möglichkeit, dass er sich befreien kann, bevor er erstickt, selbst wenn die Maske verhindert, dass das Gewicht seine Knochen zermalmt.

Von allen Möglichkeiten zu sterben. Von einem Flaum getötet zu werden.

Hitze brennt durch den Exo-Anzug, und Sax spürt, wie der Flaum-Pilot sich auswirft, durch den Metallkäfig rennt, der diese Glasscheibe stabilisiert hatte. Die Hitze lässt jedoch nicht nach, und plötzlich fühlt sich der Exo-Anzug leichter an, ein klingelndes Scheppern hallt durch den Gang, als sein anderer Arm zu Boden fällt.

„Komm schon, du dummer Oratus", dringt Agra-Reds Stimme durch. „Ich habe nicht genug Energie, um das ganze Ding zu zerschneiden. Heb!"

Ein bisschen Inspiration kann viel bewirken, wenn es um Kraft geht. Sax nimmt den Ansporn des Whelk an und drückt. Der Exo-Anzug bewegt sich leicht. Alle vier Klauen, Krallen und der Schwanz reichen jedoch nicht aus, um sich selbst zu befreien. Dennoch ist dieser winzige Spalt genug für Sax, um seine gequetschten Kiemen zu öffnen und etwas dringend benötigte Luft einzusaugen.

„Kann nicht!", schafft Sax zu zischen.

„Dein Paar ist mit den anderen beiden beschäftigt", kontert Agra-Red. „Willst du, dass sie stirbt? Nein? Dann beweg dich endlich."

Es gibt einen weiteren Hitzeschub, und der Fuß des Exo-Anzugs fällt in der Nähe von Sax' Kopf ab. Diese wenigen Kilogramm, gepaart mit der Adrenalin-Angst um Bas und dem Hauch frischer Luft, geben Sax genug Motivation für einen weiteren Kraftakt. Diesmal hebt er den Anzug nicht gerade hoch, sondern versucht sich durchzuquetschen, rutscht über den Boden, während er den Anzug ganz leicht kippt. Gerade genug, damit er herausschlüpfen kann.

Genug für Sax, um aufzustehen, sich umzusehen und Bas zu sehen, die an der gegenüberliegenden Wand lehnt und lacht, während der Whelk den Kopf schüttelt, sein schwerer Bergbau-Angriffslaser glüht von seiner eigenen Hitze.

„Sie hat mir gesagt, du müsstest lernen, geduldig zu

sein", gluckst Agra-Red. „Du stürzt dich direkt hinein, ohne das Schlachtfeld zu lesen. Du hättest warten können, bis ich jedes dieser Dinge aus sicherer Entfernung niedergebrannt hätte – oder hast du nicht bemerkt, dass sie nur große Keulen hatten?"

Bas ... hat ihn beobachtet? Sax wäre fast gestorben. Er sieht sein Paar an, wissend, dass Frustration und Verrat sich auf seinem scharfen, grau geschuppten Gesicht zeigen.

„Hör auf damit", zischt Bas, als sie es bemerkt. „Du hättest dich fast umbringen lassen. Beim nächsten Mal, wenn du ohne nachzudenken hineinspringst, könntest du uns alle in Gefahr bringen."

„Was hätte ich denn tun sollen?"

„Die Strategie erkennen!", brüllt Bas zurück. „Mit mir kommunizieren, mit unseren Verbündeten. Als Team arbeiten, für einmal."

Sax schüttelt den Kopf. Teamarbeit? Bas ist sein Paar. Sie *sind* ein Team, immer. Er atmet tief ein, ist kurz davor, ihr genau zu sagen, was sie mit ihrem Vorschlag machen kann, als Agra-Red sich umdreht und einen Probeschuss mit seinem Bergbaulaser auf die schwere Tür abgibt, die ihren Weg nach vorne blockiert.

„Hat jemand eine Idee für diese hier?", fragt der Whelk. „Falls ihr mit euren Beziehungsproblemen fertig seid, meine ich. Ansonsten bin ich gerne bereit zu warten, bis die Horden über uns herfallen."

Sax hat eine übliche Methode, um durch Türen zu kommen; nämlich seine Klauen und Hacken und Schlagen damit, bis sich eine Öffnung ergibt. Diese Tür, wie Sax mit ein paar Probeschwüngen feststellt, ist sowohl verchromt als auch voller dickem, verstärktem Metall. Es gibt keine Möglichkeit, dass sie da durchkommen.

Ein schneller Blick zurück den breiten Korridor

hinunter zeigt eine Menge Flaum, die auf sie zukommen – Cavignums Wachen haben endlich begriffen und kommen, um ihre Station zu verteidigen. Das bedeutet, es gibt nur einen Weg für sie: die Rampen hinauf.

„Folgt mir!", zischt Sax und macht sich auf den Weg.

Wieder einmal darf Bas den Träger für den Whelk spielen und hetzt mit dem Gelwesen, während die beiden Oratus die Frachtrampen hinaufrennen und -springen. Der erste Sprung bringt Sax auf die schräge Oberfläche, dann ein paar Schritte und er erreicht einen weiteren Korridor, ähnlich dem ersten, aber anstelle eines sanften orangefarbenen Glühens von pulsierender Energie trägt dieser einen blauen Farbton von den durchscheinenden Kabeln, die den Gang säumen – die Energie beginnt, in Akkupacks und ausgehende Verbindungen zu fließen.

Gepaart mit dem Chrom ist es ein wunderschönes Farbspektrum, das zwischen den kalten Tönen changiert. Eines, das Sax länger als eine Sekunde betrachten könnte, wenn das nicht dazu führen würde, dass er von einem Haufen wütender Wachen zu geschmolzenem Brei verarbeitet würde.

Es gibt jedoch noch einen weiteren Rampensatz, also macht Sax einen weiteren Sprung und hört das Kreischen von Bas' Krallen, die sich hinter ihm in das Metall graben. Dann sind sie auf der obersten Ebene, und hier ist das Licht ein normales, mattes Gelb-Weiß; die Energie ist an diesem Punkt zu ihrer nutzbaren Form verfeinert. Und wie auf den unteren Ebenen gibt es eine Tür.

Der Unterschied? Diese hier ist offen.

Neben dem Kontrollpanel steht Plake, die einem Flaum-Wächter einen kleinen Miner an den Kopf drückt.

„Hat ja lang genug gedauert", sagt Plake. „Lass uns gehen."

„Wie?", bringt Sax heraus zu fragen.

„Alle sind euch hinterhergejagt, also hab ich mir hier einen Freund gemacht, der mir gesagt hat, welche Türen sich im Notfall als letztes verriegeln würden. Also sind wir zu dieser hier gekommen, und als ich euer wahnsinniges Zischen hörte, dachte ich mir, ihr würdet in meine Richtung kommen."

Man hört viel Lärm, als die Wachen ihren Weg um und über die Rampen machen, also rennen Sax, Bas und Agra-Red – den Bas auf den Boden fallen lässt, sobald sie anhalten – durch die Tür. Plake schlüpft hinter ihnen durch und zieht ihre Geisel mit sich. Sie befiehlt dem Flaum, die Tür zu schließen und zu verriegeln.

Dann sehen sie sich um, und Sax' Herzen sinken.

Vor ihnen stapeln sich Batterien, die saphirblauen Enden der aufgestapelten Zylinder zeigen an, dass sie geladen und versandbereit sind. Dieser Abschnitt ist ein riesiger Ring, der sich zu krümmen beginnt, wenn Sax nach links und rechts blickt. Die Krümmung ändert langsam ihre Farbe, die gestapelten Batterien zeigen weniger Ladung, je weiter der Ring sich rundet.

Die Wände hinter den Batterien bestehen aus massiven Kabeln, die die auf den vorherigen Ebenen von reiner Wärme verfeinerte Energie zu den Batterien leiten, die sie speichern sollen. Darüber, durch was Sax für meterdickes Glas hält, leuchtet Cavignums großer orangefarbener Ball. So nah kann Sax die dünnen Linien erkennen, die das Nano-Netz zusammenhalten, das die Wärme aus Aspicis' Kern einfangen und speichern soll.

Was dieses technologische Wunderwerk für sie allerdings nicht hat, sind Terminals. Wo auch immer das Kontrollzentrum sein mag, es ist nicht hier.

„Wir brauchen das Kontrollzentrum", zischt Sax Plakes Geisel an.

Der Flaum kauert sich zunächst zusammen, findet aber irgendwo in seiner dunkelblauen Uniform sein Rückgrat. „Ihr seid drei Ebenen zu hoch. Es ist darunter, wo es sicherer ist."

„Irgendwelche guten Ideen, wie wir dorthin kommen?", sagt Agra-Red zur Geisel. „Denk gut nach, denn dein Leben hängt davon ab."

Und angesichts des plötzlichen Hämmerns an der Tür hinter ihnen könnte ihr eigenes Leben auch davon abhängen.

„Denk nach, während wir uns bewegen", sagt Bas, ein Vorschlag, den sie in die Tat umsetzen.

Im Gegensatz zu den früheren Korridoren ist der zentrale Batteriering jedoch nicht mit Türen gesäumt. Während sie sich bewegen, bemerkt Sax, wie die Batteriefarben von Blau zu Grün und schließlich zu Gelb verblassen, und immer noch kein Ausgang. Schließlich, mit nur einer endlosen verchromten Wand zu ihrer Linken und unendlichen Batterien zu ihrer Rechten, zischt Sax, dass alle anhalten sollen.

„Gibt es einen Weg hier raus?", fragt Sax die Geisel, die ein zwitscherndes Kichern von sich gibt.

„Ein Weg rein und raus", sagt der Flaum. „Die Batterien werden hier hochgeleitet und dann durch die Tür, durch die wir gekommen sind, hinausgebracht."

„Hochgeleitet von wo?"

Der Flaum schüttelt jedoch den Kopf. Plake drückt den Miner gegen seine Seite und betont die Drohung mit einem tödlichen Flüstern, aber der Flaum antwortet nur mit einem weiteren kurzen Kopfschütteln.

„Ich sage euch nichts mehr", sagt der Flaum. „Ich werde sowieso sterben, weil ich euch so weit gebracht habe."

„Wir versuchen, euch allen zu helfen", versucht es Plake und wechselt von ihren aggressiveren Mitteln zur Diplomatie. „Den Chor zu stürzen, wird der Galaxie helfen."

„Das denkt ihr? Dass es uns helfen wird, wenn man uns die einzige Sicherheit nimmt, die wir je gekannt haben?" Der Flaum zwitschert ein weiteres schwaches Lachen.

Sax reißt die Kreatur aus Plakes Griff und wirft sie den Ring hinunter, zurück in die Richtung, aus der sie gekommen sind. „Wir haben keine Zeit dafür."

Plake blickt in Richtung der Geisel, als ob sie darüber nachdenkt, den Flaum zurückzuholen, aber dann kommt das pelzige Wesen auf die Füße und beginnt zu rennen. Plake hebt den Miner, schüttelt dann den Kopf und steckt ihn weg.

„Lass uns gehen", sagt die Vyphen. „Manche Leute werden es nie verstehen."

„Sie werden es verstehen, wenn wir gewinnen", fügt Agra-Red hinzu, als sie ihren Lauf um den Ring wieder aufnehmen.

Es ist nicht schwer, den Trichter zu finden, den die Geisel erwähnt hat; es ist eine breite Lücke in der Reihe der Batterien, teilweise gefüllt mit verchromtem Gerüst und einem Hebemechanismus. Ein Blick nach unten zeigt leere Batterien, die weit unten von präzisen Förderbändern geladen werden.

„Es ist ein enger Durchgang", sagt Bas und späht hinein.

„Siehst du einen anderen Weg?", sagt Agra-Red. „Ich sehe keinen, und ich trage keine Maske, also würde ich lieber nicht erschossen werden."

Als hätte der Whelk es gehört, hallt das schnelle Stampfen von Füßen auf Metall um den Ring. Agra-Red schleimt sich näher an die Lücke heran und beginnt zu überlegen, wie es da hineinpassen kann. Plake zieht ihren Miner, deckt sie, während Sax und Bas in die andere Richtung blicken.

„Schaffst du es?", fragt Plake den Whelk.

„Kein Problem für einen Schleimklumpen wie mich", sagt Agra-Red. „Du bist auch winzig, Käpt'n."

„Nenn mich nicht winzig."

„Fakten sind Fakten", erwidert Agra-Red. „Was die großen Monster angeht, weiß ich nicht, wie es bei euch aussieht."

„Los", zischt Sax. „Wir werden schon eine Lösung finden."

Um das Rätsel noch zu vergrößern, haben die schnellen Schritte aufgehört, anscheinend gleich um die Biegungen des Rings. Es folgen ein oder drei Herzschläge Stille, dann ein sehr deutliches Kratzen eines schweren Nagels auf Metall. Ein Geräusch, das Sax kennt, weil er es die ganze Zeit über selbst gemacht hat.

„Verschwindet", sagt Sax. „Jetzt."

„Das musst du mir nicht zweimal sagen", sagt Agra-Red, und der Whelk verschwindet in der Lücke, rutscht und gleitet mit seinem schleimigen Selbst an den Stangen entlang.

„Überlebt das hier", sagt Plake, als sie dem Whelk folgt. „Ich hätte nie gedacht, dass ich das mal über ein Paar Klauenwedler sagen würde, aber wir brauchen euch."

Die Vyphen verschwindet mit flatternden Flügelarmen und lässt Sax und Bas allein im Gang zurück. Die Kratzer kommen jetzt, absichtlich laut. Sax nutzt die Bedrohung, um selbst einen Blick durch die Batterielücke zu werfen.

Es besteht kein Zweifel - die Oratus, die über drei Meter groß sind und dicke Schwänze haben, werden dort niemals durchpassen. Es sei denn, Sax fängt an, ein größeres Loch zu schneiden, und dafür ist keine Zeit mehr. Es ist für nichts mehr Zeit.

Zu beiden Seiten von ihnen, allein in der Mitte des Korridors stehend, befinden sich zwei gespiegelte Oratus. Ihre Schuppen reflektieren die Batterien und das weiße Licht und geben ihnen ein schimmerndes Aussehen, wobei ihre Umrisse leichte Verzerrungen in dem zeigen, was Sax sehen kann. Bei jeder ihrer Bewegungen biegt und verdreht sich das Licht um sie herum, sodass Sax kaum erkennen kann, wo sich die Kreatur befindet, geschweige denn, wo sie sein wird.

„Nur ihr zwei?", zischt Sax und blickt auf den, der ihm zugewandt ist, wissend, dass Bas dasselbe mit dem tut, der sie ansieht.

Ihre Schwänze berühren sich, ganz leicht.

„Mehr als genug, um mit ein paar Vincere-Verrätern fertig zu werden", sagt sein Oratus, und Sax erkennt die Stimme, dieselbe wie vom Bahnhof. „Wo ist der Rest eurer Bande?"

„Ich habe ihnen gesagt, dass wir ihre Hilfe nicht brauchen, um mit euch fertig zu werden."

Kah zischt ein Lachen – anders als Sax' eigenes, ist es ein seltsames Ding, verzerrt und mechanisch. Diese Kreaturen mögen lebendig sein, aber sie sind genauso konstruiert wie die Maschinen, die die Batterien um sie herum bewegen.

„Zumindest hast du noch dein Selbstvertrauen", sagt Kah. „Aber hast du auch noch deinen Verstand? Der Chorus hat ein Angebot für dich: Im Austausch für das, was du über deine Anführerin Evva und ihre Pläne weißt, ist der Chorus bereit, dich auf deinen früheren Posten zurückzuschicken."

„Wird nicht passieren."

„Nein? Wir haben eine Spur zur Heimatwelt der Sevora, Sax. Komm jetzt zu uns zurück, und du kannst es immer noch bis zum Ende des Krieges schaffen, den du dein ganzes Leben lang gekämpft hast."

Die Heimatwelt der Sevora? Sax war nicht sicher, ob die überhaupt existierte – er hatte sich damit abgefunden, die letzten der kleinen Schnecken auf irgendeinem treibenden Saatschiff zu finden. Wie die Sevora es geschafft hatten, einen ganzen Planeten so lange zu verbergen ...

Nein. Das ist nicht der Punkt. Er kämpft diesen Krieg nicht mehr.

„Ich kämpfe nicht mehr für den Chorus", sagt Sax. „Ich kämpfe für unsere Spezies. Für das Leben, das wir verdienen zu führen."

Sax erwartet ein weiteres Lachen oder ein weiteres Angebot. Stattdessen bekommt er eine leichte Verbeugung.

„Ich respektiere einen Krieger mit einer Sache, auch wenn er ein Verräter an den Seinen ist", erwidert Kah.

„Kannst du ihn nicht endlich töten?", flüstert Bas. „Mit jeder Sekunde, die wir hier reden, sind Plake und Agra-Red da unten in Gefahr."

Ein einzelner verspiegelter Oratus hätte Sax fast das Leben gekostet. Jetzt sind es zwei, und Bas weiß nicht, womit sie es zu tun hat. Und anders als am Bahnhof gibt es hier keinen Platz für einen Minenarbeiter-Showdown. Es wird hautnah und brutal werden. Bevor Sax ihr jedoch irgendwelche Warnungen geben kann, stürmen ihre Feinde vorwärts und greifen mit einem langen Hieb ihrer scharfen Klauen an, während sie heranschießen.

Mit leichtem Druck auf seinen Schwanz weiß Sax, in welche Richtung Bas gehen wird, und er springt nach rechts, weicht dem Hieb aus und landet an der Außenwand des Rings. Bas klammert sich an die Innenseite und hängt über dem leeren Loch für die Batterien, während die beiden verspiegelten Oratus in der Mitte sitzen und sich jeweils ihrem Ziel zuwenden.

Sax fängt Bas' Blick von der anderen Seite des Rings auf und geht in die Hocke. Er stößt sich vom äußeren Ring ab, zielt auf den Boden und fängt sich mit seiner linken Vorderklaue, dann mit seiner linken Mittelklaue, zieht hart, um seinen Körper und vor allem seinen Schwanz in Richtung der beiden Oratus zu schleudern. Kah, der Sax beobachtet, sieht den Schlag kommen, aber der, der Bas beobachtet, ist damit beschäftigt, ihrem eigenen Sprung, ihrem hohen Schlag auszuweichen. Sax' Schwanz fegt den anderen verspiegelten Oratus zu Boden, während Bas Kah rammt, der springt, um Sax' Schwanz auszuweichen. Bas tackelt Kah von hinten und treibt ihn vorwärts in den äußeren Ring, wobei ihre Klauen und ihr Maul ganze Arbeit leisten.

Dann bricht ein wildes Gerangel aus, als Sax den Vorteil des am Boden liegenden verspiegelten Oratus nutzt, seine Schultern packt, während die Kreatur versucht aufzustehen, und, seine Krallen benutzt, um sich am Boden festzuhalten, sich dreht und den Oratus in den äußeren Ring schleudert, neben die Stelle, wo Kah sich gerade von der Wand weggestoßen hat. Kah versucht, Bas zurück auf den Boden zu drücken, aber Bas löst sich, weicht dem Gegenstoß seitlich aus, sodass Kah ohne Widerstand stolpert, was Bas' folgenden Schwanzschlag ermöglicht, der Kah links ins Gesicht trifft.

Der Schlag treibt Kah in Richtung Sax, der einen Krallentritt gegen das rechte Knie des verspiegelten Oratus ausführt und Kah in die Knie zwingt. Dann beißt Sax mit seinen linken Klauen zu und schleudert den verspiegelten Oratus in seinen Gefährten, der sich gerade von der Wand abpellt. Die beiden kollabieren zu einem Haufen gegen den äußeren Ring.

„Ich hatte vergessen, wie schön es ist, mit dir zu kämpfen", zischt Sax in Richtung seiner Partnerin.

„Weil du immer allein losziehst."

„Ich bin jetzt hier." Sax sagt die Worte, während sie sich beide umdrehen, die Klauen bereit, während die beiden verspiegelten Oratus sich voneinander lösen. „Bereit?"

Bas nickt. Sax spannt sich zum Sprung an.

Und der Boden explodiert unter ihnen.

# KAPITEL 25

# GESCHEITERTE RETTUNG

DURCH DAS TOR gelangen wir in einen tiefroten und violetten Bereich. Zuerst denke ich, das Licht sei ein Alarmsignal, das wir ausgelöst haben, irgendein Sicherheitsmechanismus der Sevora, der jeden hier warnt, dass ein Paar rebellischer Exemplare frei herumläuft.

Dann sehe ich die Ranken.

Sie sind in riesigen Tanks eingeschlossen; Glashüllen, die vom Boden aufsteigen und weit unter der Decke enden, wo jeder einzelne Tank mit seinen Nachbarn verschmilzt und einen großen Raum bildet, in dem sich die Ranken ineinander verschlingen und verdrehen, gelegentlich eine große, violette Blüte hervorbringend. Das rote und violette Licht kreuzt sich zwischen den dicken Stängeln und wirft schattenhafte Versionen der Pflanzenmuster auf jede Oberfläche.

„Schau mal", sagt Viera und zeigt mit ihrem Miner auf den Boden eines der Tanks. Jeder ist mit einem silbernen Becken ausgekleidet, und jedes ist voll – einige sind übergelaufen und haben die dunkelviolette Flüssigkeit über den schwarzmetallenen Boden verteilt. „Nährstoffbrei. Sieht so aus, als würde in dieser Galaxie niemand echtes Essen zu sich nehmen."

Im Moment bin ich froh, keine Flaum zu sehen. Obwohl dieser Raum groß genug ist, um dem Unterhaltungs- und Wohnbereich zusammen zu entsprechen, läuft kein einziger Sevora auf uns zu. Keine Minerschüsse kommen in unsere Richtung.

„Wenn du dir jetzt Sorgen ums Essen machst...", beginne ich, aber Viera winkt ab.

„War nur ein Scherz, Kaiserin."

„Dann lass uns weitergehen. Die Oratus müssen auf der anderen Seite dieses Abschnitts sein."

Ich weiß es natürlich nicht sicher, aber es ist ein Gefühl. Es ist Hoffnung. Was alles ist, was ich im Moment habe.

Während wir unter den riesigen Pflanzen entlanggehen, überdenke ich meine Einschätzung der Sevora ein wenig. Offensichtlich hassen sie nicht alles Leben und züchten hier Nahrung für ihre Wirte. Sie haben einen Unterhaltungsbereich und Orte, an denen ihre Spezies leben kann, die zwar nicht luxuriös, aber durchaus bewohnbar erscheinen.

Wenn da nicht der ganze ‚Übernahme deines Verstandes'-Aspekt wäre, würde ich die Spezies ähnlich wie unsere eigene finden.

Wir nähern uns dem Ende des Abschnitts, als ich plötzlich einen Schmerzschub in meinem Bauch spüre, genau dort, wo Ignos seinen Speer hineingestoßen hat. Ich drücke für einen Moment meine linke Hand, die den Miner hält, auf die Stelle, und das Gefühl lässt nach.

Viera bemerkt es jedoch. Ihre nervösen Augen verraten noch etwas anderes.

„Was verschweigst du mir?", frage ich.

Ihre Augen huschen zu meiner Wunde. „T'Oli hat mich

gebeten, es dir nicht zu sagen. Der Ooblot meinte, die Hälfte der Behandlung hänge davon ab, dass die Person glaubt, es wird alles gut. Ich persönlich finde es besser, Bescheid zu wissen."

„Was soll ich wissen, Viera?"

„Es ist nur ein Pflaster, Kaiserin. T'Oli hat dich mit etwas aufgepeppt, das es Stim nannte. Es hat ein Päckchen bei einem der Sevora Flaum gefunden und meinte, es würde dich für eine Weile zusammenhalten."

Ihre Worte bringen Klarheit. Viera hat nicht widersprochen, als ich vorschlug, dass Malo mit T'Oli gehen sollte. Selbst der Ooblot hat nicht viel Widerstand geleistet. Sie wissen, dass Malo die Menschheit wird aufwiegeln müssen, wenn wir scheitern, nicht weil ich vielleicht sterben werde, sondern weil ich es mit Sicherheit werde.

„Wie lange habe ich noch?"

„T'Oli wusste es nicht. Es hat das noch nie bei einem Menschen gemacht." Das schwache Licht macht es schwer zu erkennen, aber ich glaube, in Vieras Augen könnten Tränen sein. „Es spielt keine Rolle, Kaishi. Lass uns uns auf die Mission konzentrieren."

„Leicht für dich zu sagen."

„Nein, es ist nicht leicht für mich, das zu sagen."

Ich glaube ihr und respektiere sie, also wende ich mich von dem Gespräch ab. Schiebe Gedanken an eine zerbrechliche Sterblichkeit beiseite und strecke meinen Stab nach vorne. Gehe einen Schritt und dann noch einen. Wenn mein Leben abläuft, dann habe ich vor, die letzten Momente davon nützlich zu gestalten.

Das nächste Tor, wie das, durch das wir hierher gekommen sind, ist offen. Und wieder steht es frei, ohne Wachen. Entweder sind die Sevora, die mit uns von

Vimelia geflohen sind, keine Soldaten, oder Ignos hat die einzigen mitgenommen, die es waren.

„Oder es ist eine Falle", sagt Viera, als wir die halbmondförmigen Stufen zum Eingang hinaufgehen.

„Der letzte Abschnitt hatte genug gute Stellen für einen Hinterhalt. Wenn sie uns hätten töten wollen, hätten sie uns da angreifen können."

„Vielleicht warten sie auf den perfekten Moment."

„Vielleicht traust du den Sevora zu viel zu. Haben sie nicht seit Beginn dieses Krieges verloren?"

Viera gibt mir recht, als wir oben auf den Stufen ankommen. Hier wäre der ideale Ort für einen Strom von Minerfeuer, um uns beide niederzustrecken, aber stattdessen bekommen wir nur einen großartigen Blick auf etwas, das ich schon einmal gesehen habe, obwohl es einen Moment dauert, bis ich die Erinnerung diesem Ort zuordnen kann, da dieser Abschnitt so leer ist.

Als wir das erste Mal von Vimelia geflohen sind – dass ich diesen Zusatz machen muss, lässt mich erschaudern – taten wir es, indem wir ein Sevora-Wirtszentrum vergifteten; ein Ort, an dem Wirte abgegeben und neue gewonnen wurden. Dieser neue Abschnitt erstreckt sich in Weiß und Blau, ein harter Kontrast zu den dunkleren Tönen, die wir hinter uns lassen, und die Farben ergänzen sich, beleuchten verschiedene Becken. Jedes, ob in Himmelblau oder Weiß erleuchtet, hat Metallstangen, die hinein- und herausführen, wobei die Winkel deutlich machen, welche Richtung bevorzugt wird.

Fast alle Becken sind jedoch leer. Bis auf eines, genau in der Mitte.

„Sie verstecken sich nicht besonders gut", flüstert Viera.

Ein Dutzend Flaum und Whelk, einschließlich unseres Flüchtlings, umringen den Pool, den einzigen, der mit der tintenschwarzen Flüssigkeit gefüllt ist, die ich schon zu oft auf meiner eigenen Haut gespürt habe. Näher bei uns, ausgestreckt innerhalb des Sevora-Rings und anscheinend immer noch betäubt, liegt Lan. Von Gar keine Spur.

Was bedeutet, dass der Oratus wahrscheinlich unter diesen violetten Wassern ist.

Alle Augen sind auf den Pool gerichtet. Angesichts der vielen Kämpfer, die sie in unsere Richtung geschickt haben, bin ich nicht allzu überrascht. Wer könnte sich vorstellen, dass ein paar Menschen und ein Ooblot eine Chance gegen die allmächtigen Sevora hätten?

Von hier aus wird allerdings keine Seite viel zerstören können. Viera könnte vielleicht ein paar Schüsse aus dieser Entfernung landen, aber ich würde wahrscheinlich Lan treffen. Oder die Tinte treffen und Gar einen Stromschlag verpassen. Stattdessen deute ich mit dem Stab auf die einzigen anderen Dinge im Raum; Reihen über Reihen von Kleidung, Rüstungen und Waffen.

Was wäre das Erste, was ein Sevora mit seinem neuen Wirt machen würde? Ihn mit der richtigen Ausrüstung ausstatten.

Es gibt Hunderte von Bergarbeitern, die hohe Stapel säumen, und Dutzende von hängenden Roben, Westen und Schalen, die an Haken an dünnen Strukturen hängen, deren Basisstreben Bedienfelder haben, die, da bin ich mir sicher, ein bevorzugtes Teil auf Flaum-Höhe rotieren könnten. Eine zentrale Lücke führt durch zu den Pools, und das ist es, worauf Viera und ich starrten, als wir zuerst den Abschnitt betraten. Jetzt formieren wir uns auf der linken Seite davon, auf der Rückseite eines Bergarbeiter-Regals. Viera übernimmt die Spitze und späht um die Ecke.

„Gar ist immer noch nicht draußen", flüstert Viera mir zu. „Wir haben eine Chance."

„Dann lass sie uns nutzen."

Die Strategie tritt zurück und lässt den Instinkt unseren Angriff leiten. Viera gleitet um das Regal herum, hebt ihre Bergarbeiter-Waffen und eröffnet das Feuer, rote Bolzen blitzen in Richtung der Sevora-Gruppe. Ich folge, ziele mit meiner linken Hand, drücke den Abzug und trage zum Chaos bei, ohne eine einzige Seele zu treffen.

Aber das ist in Ordnung, denn was unser Ansturm uns erkauft, ist Panik. Die Sevora versuchen sich zu zerstreuen, aber Viera nimmt sie einen nach dem anderen aus, zumindest bis einer sie mit einem Gegenschuss erwischt. Mir stockt der Atem, als Vieras rechte Brustseite brennt, aber meine Freundin hört nie auf zu schießen.

Wenn sie ihren Schmerz durchstehen kann, kann ich meinen auch durchstehen.

Einer der Flaum bricht nach links aus, steuert auf einen der leeren Pools zu und feuert wild um sich. Ich setze meinen Stab auf den Metallboden, stütze meinen Arm dagegen und lege den Bergarbeiter auf meinen rechten Unterarm. Der Flaum erreicht das nächste Geländer, als ich mein Ziel fixiere, und die Entscheidung des Sevora, darüber zu klettern anstatt darunter durchzutauchen, gibt mir das Ziel, das ich suche.

Diesmal schieße ich rot. Diesmal treffe ich ins Schwarze.

Viera stößt mich zur Seite und wir beide taumeln hinter eine Reihe hängender Kampfanzüge, nicht unähnlich dem, den Viera trägt – alle in verschiedenen Größen, alle künstlich und steif wirkend.

„Geht's dir gut?", ich schiebe mich von Viera weg und halte meine Augen auf der Suche nach Bewegungen. Ich weiß nicht, wie viele Sevora noch übrig sind oder ob sie versuchen werden, uns anzugreifen, aber ich würde lieber nicht aus Unachtsamkeit sterben.

„Ich geselle mich vielleicht bald zu dir in der Todesecke", sagt Viera, und es liegt viel unterdrückter Schmerz in ihrer Stimme. „Aber ich bin noch nicht so weit."

„Warum hast du uns dann gestoßen?" Ich lege mich flach auf den Bauch, ignoriere den schneidenden Stich in meinem Unterleib und ziele unter den Westen hindurch. Da draußen bewegen sich Füße, die aussehen, als würden sie uns umkreisen. Zwischen den Kleidern neben uns und dem starren Bergarbeiter-Regal zu unserer Rechten wäre es leicht, uns in die Falle zu locken. „Ich zähle mindestens vier von ihnen, die noch übrig sind."

„Weil wir kurz davor waren, gegrillt zu werden." Viera richtet sich auf ihre Knie auf, immer noch Bergarbeiter-Waffen in beiden Händen haltend. „Deinen Stab aufzustellen und still zu stehen ist nicht der Weg, um ein Feuergefecht zu überleben, Kaishi."

„In die Luft zu schießen wird auch nicht helfen."

„Dann kümmere du dich um den Oratus und überlass die Sevora mir."

Ich bin ein wenig überrascht von der Schärfe in ihrer Stimme. Dem Stress. Sie denkt, ich müsse betreut werden, bewacht werden. Hitze steigt mir ins Gesicht, als mir klar wird, dass sie hier, nun ja, recht hat. Ich werde nicht viel helfen können, aber ich kann zumindest auf mich selbst aufpassen.

„Sie gehören ganz dir." Ich krieche unter den Westen hindurch, gelange auf die andere Seite, und mit den Kleidern, die über mir hängen, setze ich den Bergarbeiter auf den Boden und feuere ein paar Schüsse auf den einzigen Flaum ab, den ich sehen kann.

Ich verfehle ihn und treffe stattdessen die weiß

getünchte Wand am anderen Ende, wo verbrannte Kreise als Beweis für mein spektakulär schlechtes Schießen zurückbleiben.

Der Flaum hebt seine eigene Waffe, und ich greife mit meinem Stab nach oben, schnappe mir ein Paar der Westen und ziehe daran, als der Sevora sich zum Schießen bereit macht. Die Kleider fallen über mich, als die Bolzen einschlagen, die Hitze sickert durch zu meiner rechten Schulter, erreicht aber nicht ganz meine Haut.

Zwitschern und Kreischen hallt aus anderen Teilen des Abschnitts wider, also leistet Viera zumindest gute Arbeit, während ich mich unter den Westen verstecke. Hoffend, wartend ... und da kommt es, das verräterische Klacken von Klauen auf Metall, als der Flaum näher kommt. Die Westen, die über mir liegen, verschieben sich, als der Flaum an ihnen zieht, und sobald die letzte weg ist, sobald ich das pelzige Gesicht sehe, das auf mich herabblickt, feuere ich.

Stellt sich heraus, dass sogar ich aus dieser Entfernung treffen kann.

Lan sieht unberührt aus, still und perfekt auf dem Boden liegend, ihre grünen Schuppen glitzern gegen die weißen Fliesen. Ihre Augen sind offen und sie verfolgen mich, als ich näher komme. Bevor ich meine Deckung unter den Kleidern verließ, wartete ich, bis die Schüsse nachließen, bis die quietschenden Schreie aufhörten und bis Viera wieder in Sicht kam, ihre Augen suchend umherschweifend, die Bergarbeiter-Waffen folgend.

„Sie lebt noch?", fragt Viera mich – sie hält sich vom Oratus fern, bleibt dort, wo sie sowohl den Eingang zu diesem Abschnitt als auch die Räume zwischen den anderen Regalen im Blick behalten kann.

„Sie lebt noch."

„Du kannst nicht sagen, ob sie infiziert ist, oder?"

„Weil ich mal einen in mir hatte?" Ich kauere mich neben Lan und schaue ihr fest in die Augen. „Nein, ich habe keine Ahnung."

„Es wäre jetzt einfacher, weißt du", Viera lässt den Satz unvollendet.

Lan hinrichten, bevor sie ihr möglicherweise besessenes Selbst zurückbekommt. Es macht Sinn, wenn man herzlos ist. Oder verletzt, müde und ums Überleben kämpft.

„Nein." Ich richte mich auf und wende mich dem Pool zu. „Wir geben nicht so leicht auf."

Ich erwarte, dass Viera protestiert, aber sie lacht nur keuchend. „Du änderst dich wirklich nie, Kaishi."

Jede Antwort, die ich mir überlege, verschwindet, als der Pool Lebenszeichen zeigt. Die tiefe purpur-schwarze Tinte bewegt sich, Wellen gehen zu den Rändern hin. Ich weiche zurück und überlege kurz, Lan mitzuschleifen, aber mein verwundetes Ich meldet sich mit einem Stich, also lasse ich den betäubten Oratus, wo er ist. Viera richtet ihre Bergarbeiter-Waffen auf das Wasser.

„Warte nicht", sage ich. „Sobald es offensichtlich ist, dass Gar übernommen wurde, musst du ihn töten."

„Kein Mitleid für diesen hier?"

„Nicht dieses Mal."

Lan ist immer noch eine offene Frage. Eine Hoffnung für die Zukunft. Ich weiß, dass Oratus von Sevora kontrolliert werden kann, und wenn Gar so lange da unten war, ist er wahrscheinlich fest in der Hand des Parasiten, der das glückliche Los gezogen hat, seinen Verstand zu übernehmen.

Ein Paar dünner Klauen erscheint am Rand, ihre Spitzen graben sich in den Boden und hinterlassen silbrige Kratzer. Dann ein Kopf. Gars. Die Augen weit geöffnet und funkelnd, während die Tinte von seinen Schuppen tropft.

„Halt", rufe ich ihm zu. „Komm noch einen Schritt weiter und wir schießen."

„Was soll ich denn sonst tun?", zischt Gar. Es klingt nach ihm, aber Sevora verändern die Stimme eines Wirts nicht. „Für immer hier hängen?"

Es ist ein plötzliches Rätsel – wie soll ich feststellen, ob ein Sevora in Gar steckt? Gibt es ein verräterisches Zeichen? Ignos konnte in meinen Verstand, meine Erinnerungen eindringen und sich ein Wissen über die Menschheit aufbauen. Es gibt keine Frage, die ich stellen könnte, die es verraten würde. Ich hatte gehofft, mir würde ein Plan einfallen, dass es einen offensichtlichen Weg gäbe, aber mir fällt keiner ein.

Also gehe ich mit dem einzig Sicheren, das ich habe.

„Viera, betäub ihn."

Die Lunare zeigt keine Anzeichen oder verräterischen Gesten, kündigt ihren Schuss nicht mit einem Kampfschrei oder einer Bewegung an, aber Gar schießt aus dem Becken heraus und springt so hoch, dass Vieras Schüsse unter dem Oratus hindurchgleiten.

Doch die Schwerkraft, die Gar den Schub gab, verrät ihn jetzt – der Fall zurück ist langsam, und der Oratus ist hilflos in der Luft. Viera richtet ihre Waffen nach oben, zielt und drückt ab.

Sie klicken. Harmlos.

„Viera?", sage ich.

„Ich wusste, dass ich bald leer sein würde – du bist dran!", ruft Viera mir zu und dreht sich dann um, um zum anderen Gestell mit Minern zurückzulaufen.

Ich glaube, meiner hat noch Energie, und richte den Miner auf Gar, als er auf dem Boden aufkommt. Mein Schuss geht los, aber Gar dreht sich auf diesen Krallen und ich verfehle ihn rechts, über das Becken hinweg und in die hintere Wand des Abschnitts. Ich denke, Gar wird auf mich zukommen, aber stattdessen stürzt der Oratus auf Viera zu.

„Pass auf!", schreie ich und ziehe eine Linie blauer Blitze hinter Gar her, während ich die ganze Zeit über mich selbst fluche.

Dann ist Gar aus meinem Blickfeld verschwunden, die Mittellinie hinunter. Ich komme mit meinem Stab dorthin, gerade rechtzeitig, um zu sehen, wie Gar Viera erwischt, als sie Miner aus dem Gestell zieht. Rechtzeitig, um zu sehen, wie sich diese Klauen in Vieras Rüstung graben und sie schleudern, bis sie zappelnd gegen die Wand über dem Durchgang knallt, durch den wir gekommen sind.

Gar wendet sich dann mir zu. Starrt in meine Richtung, sein Mund breitet sich zu einem messerscharfen Grinsen aus.

„Du bist nicht Gar", sage ich und richte den Miner direkt auf den Oratus.

„Aber du kennst mich, Kaiserin der Menschen", erwidert Gar, seine zischende Stimme ein Raspeln.

„Tue ich das?"

„Ich habe dich einmal in mein Zuhause eingeladen", antwortet Gar. „Ein Zuhause, das du zu zerstören versuchtest, als wir dir Frieden anboten. Jetzt werden wir zu deinem gehen und uns nehmen, was du nicht geben wolltest."

Jel. Der Sevora, der die Gegenpartei zu Nasiya anführt, jemand, von dem Ignos sagte, er sei auch auf dem Schiff. Natürlich würde Jels Rang ihm die erste Wahl bei neuen Wirten geben.

„Wir hätten dich damals auf Vimelia töten sollen." Ich feuere den Miner erneut ab.

Diesmal treffe ich. Schlage ein und verbrenne Gars

Brust. Der Oratus taumelt, aber Jel hält Gar auf den Beinen. Ich versuche es erneut, aber wie bei Viera klickt mein Miner nur. Nichts, und ich kann nicht an Jel vorbei zum Miner-Gestell. Der Oratus stolpert auf mich zu, Gars rechte Seite zuckt und schleift, während Jel den Körper in Bewegung hält.

Ich bin verletzt, ich habe keinen Miner, aber ich habe einen Stab.

„Eure Spezies ist ein Fehler", raspelt Jel durch Gars Mund, während der Oratus auf mich zukommt. „Ihr wart als Heilmittel für unser ‚Problem' gedacht, aber die Amigga haben versagt. Du hast Ignos gesehen. Wir haben gelernt, wie man eure Art übernimmt, und wir werden euch alle übernehmen."

„Das habt ihr schon einmal versucht." Ich verlagere den Stab in beide Hände und halte ihn quer vor meinen Körper. „Ihr seid gescheitert."

Wenn Jel von meinen Worten getroffen ist, zeigen es der Sevora und sein Oratus-Wirt nicht. Stattdessen springt Jel auf mich zu, die vier bekrallten Arme weit gespreizt, als wolle er mich in einer scharfen, tödlichen Umarmung zerquetschen. Ich kann es dem Oratus nicht an Kraft gleichmachen, ich bin nicht schneller, also stelle ich meine Beine fest und stoße den Stab nach vorn, um diese fiesen Klauen von mir fernzuhalten.

Jel stürmt einfach durch den Angriff, packt meinen Stab und schiebt mich zurück, bis ich stolpere und zu Boden falle. Ich, der Stab und ein drohender Oratus-Mund, alles Zähne und höhnische Wut. Jel zischt tief und langsam und gibt mir einen vollen Blick auf mein bevorstehendes Verderben.

Alles, woran ich denken kann, ist Zeit zu schinden. In der Hoffnung, dass Lan oder Viera aufstehen und kämpfen werden. Selbst wenn ich sterbe, dass einer von ihnen Jel erledigen wird.

Also schiebe ich den Stab zwischen uns. Fixiere meine Arme gegen seine grau-metallische Linie und unterbreche Jels schnappenden Mund. Bis Jel in den Stab beißt und ihn in zwei Teile zerbricht. Der Biss kommt hart, und für einen Moment ist der Oratus direkt an meinem Gesicht, Gars glatte Schuppen streifen meine Haut.

In meinen Händen habe ich jetzt aber zwei Stücke. Zwei zackige Stücke und ein Ziel an der richtigen Stelle. Ich mag nicht besonders stark sein im galaktischen Maßstab, aber jetzt, mit all der Verzweiflung und Wut und Angst, die mich wie eine Feder spannen, stoße ich zu und ramme jedes spitze Fragment in Gars Kopf. Dorthin, wo diese kleinen Dellen, diese winzigen Ohrenhöhlen und ein Sevora sitzen.

Jel zuckt zurück, zischt laut und lang, taumelt für einen Moment und bricht dann auf dem Boden zusammen, wobei eines der Fragmente abbricht, während das andere wie ein schrecklicher Grabstein in die Luft ragt.

# KAPITEL 26

# DIE ENTSCHEIDUNG

EIN AUGENBLICK freien Falls durch eine Wolke aus Feuer und Trümmern, ein Moment, in dem Sax' Magen versucht, aus seinem Körper zu springen, in dem er dankbar ist, dass die Maske die Splitter brechenden Metalls davon abhält, in seine Kiemen und Augen zu stechen, und dann schlägt Sax auf dem Boden auf.

Die Maske kann nicht das ganze Unbehagen der Landung auf Trümmern abmildern, und Sax dreht sich im Fall so, dass seine rechten Vorder- und Mittelklauen die Wucht des Aufpralls abfangen, aber die Explosion gibt Sax den nötigen Adrenalinstoß, um den Schmerz zu überwinden und sich mit einem Schwung seines Schwanzes und einem Graben seiner Krallen hochzustemmen.

Sax' erster Blick bestätigt, dass Bas lebt und sich aus ihrem eigenen Haufen aus Kabeln und verchromten Bodenfliesen befreit. Sein zweiter sucht nach der Quelle der Explosion und findet Plake und Agra-Red in der Nähe einer breiten Tür, die aus dem Raum führt. Sie starren, obwohl Sax bemerkt, dass Agra-Reds schwerer Bergarbeiter misstrauisch zur Decke gerichtet ist.

Die gespiegelten Oratus sind jedoch nicht gefallen. Das Loch im Boden hat zwar die Mitte des Batterierings darüber zum Einsturz gebracht, aber die Ränder für ihre Feinde zum Drüberschauen gelassen.

„Wollen wir abhauen oder warten, bis diese Dinger kommen? Ich hab die Batterien nicht umsonst hochgejagt", sagt Agra-Red.

„Sie waren dabei zu verlieren." Sax hält sich kaum zurück, behält seine Klauen an den Seiten. „Wir hatten sie in der Tasche."

„Wahrscheinlich 'ne Falle", Agra-Red schüttelt Sax' Blick ab. „Man kämpft nicht gegen gespiegelte Oratus. Man haut ab."

„Nächstes Mal lass uns einfach."

„Dieses Mal hauen wir ab. Jetzt." Plake gibt den Befehl, und da die gespiegelten Oratus oben anscheinend ihre Wunden überprüfen, beschließt Sax, ihm zu folgen.

„Denk an die Mission", zischt Bas, als sie hinter ihm auftaucht.

Warum steht dieser Satz immer seinem Spaß im Weg?

Jenseits des Batterieraums wird klar, dass sie einen anderen Teil von Cavignum betreten haben. Nicht mehr über der fließenden Energiequelle, weist der Boden ein Design auf, das weniger für Hitze und mehr für Vergnügen geeignet ist; sich windende grüne und violette Linien, die Aspicis' Landschaften nachahmen, bedecken den Boden, und die Wände sind zwischen den Türen mit Piktogrammen unterbrochen, die Sax als Ansichten aus der ganzen Galaxis erkennt; verschiedene Planeten, Highlights aus den Reichen, die der Chor kontrolliert.

„Ich würde es fast schön nennen, wenn ich nicht wüsste, wofür es steht", sagt Plake, während sie sich vorwärts bewegen.

Theoretisch werden sie irgendeine Anzeige des Kontrollraums finden, aber Sax sieht nichts außer verschlossenen Türen mit grellroten Lichtern. Ein Alarm mit tiefem Ton setzt ebenfalls ein und erklärt Cavignum für abgeriegelt. Dass es denjenigen, die diesen Ort leiten, so lange gedauert hat, ihr Eindringen als Notfall zu deklarieren, zeigt Sax, wie zuversichtlich sie in Bezug auf ihre Kräfte sind.

Nicht, dass Sax nicht schon viele Leute bei dieser Wette eines Besseren belehrt hätte.

„Es ist trotzdem schön", erwidert Bas. „Wir versuchen nicht, diesen Ort zu zerstören - wenn wir den Chor zu Fall bringen, wird dieser Planet, diese Galaxis Aspicis immer noch brauchen."

„Sie können es haben", sagt Agra-Red, während es sich den Boden entlang schleimt. „Dieser Planet ist Müll."

Als hätte es die Beleidigung des Whelk gehört, flackern die Lichter im Korridor und erlöschen, tauchen sie in absolute Dunkelheit. Sax schaltet die Maske auf Nachtsicht um und scannt hin und her. Findet den Grund dafür. Die Türen, an denen sie vorbeigekommen sind, öffnen sich, und Flauma und andere Spezies brechen in den Korridor ein und rennen den Weg zurück, den sie gekommen sind.

Sie evakuieren die Geiseln. Der Alarm übertönt die Geräusche der Schritte, und es wird nicht gesprochen.

„Halt mal kurz", sagt Sax. Er interessiert sich nicht für die fliehenden Arbeiter, sondern für die Räume, die sie zurückgelassen haben. „Formiert euch."

„Willst du uns führen?", fragt Plake. „Denn Vyphen kann im Dunkeln nicht sehen."

„Halt dich an Bas' Schwanz fest", sagt Sax.

Er wird eher sterben, als den Vyphen seinen Körper

berühren zu lassen. Bas versteht es, lässt ein kurzes Lachen hören, widerspricht aber nicht. Sie kennt Sax zu gut.

Es ist ein schneller Sprint den Flur hinunter und in den ersten offenen Raum auf der rechten Seite. Die Lichter sind immer noch aus, aber die sich öffnenden Türen bedeuten, dass Cavignum nicht völlig ohne Strom ist. Terminals im Raum glühen noch und zeigen die Art von Grafiken, die Sax denken lassen, dass dies einer der Orte ist, die den Fluss von unter der Oberfläche kontrollieren.

Nicht das, worum es ihm geht, aber Terminals sind flexibel.

Plake begreift die Idee auch – was gut ist, da Sax seinem eigenen Können im Umgang mit einem fremden Terminal etwa genauso viel vertraut wie Plakes Chancen im Eins-gegen-eins mit einem gespiegelten Oratus. Während der Vyphen sich an die Arbeit macht, bezieht Sax Wache an der Tür und nutzt gelegentlich die Chance, vorbeieilende Spezies mit einem leisen Zischen zu erschrecken.

Andere Türen entlang des Flurs sind jetzt auch offen, und immer mehr Personal strömt weg. Sax könnte ausstrecken und sie in Stücke reißen. Sie weichen ihm aus, während sie vorbeieilen, rennen schnell. Ein kalkuliertes Risiko – Sax und die anderen haben keinen Wert darauf gelegt, zufällige Zivilisten anzugreifen, aber sie haben eine Menge Zerstörung angerichtet. Raus hier, Leben retten.

Sax respektiert den Amigga, der diesen Ort leitet, fast – er ist sicher, dass irgendwo eines dieser kugelförmigen Monster hier ist: Leben zu retten scheint immer ihre letzte Sorge zu sein.

„Ich hab's gefunden!", verkündet Plake mit einer begeisterten Blase. „Tatsächlich ganz in der Nähe. Nur den Gang runter, auf der linken Seite." Es folgt eine Pause, lang genug, dass Sax seinen Kopf dreht und gerade fragen will, warum sie sich nicht bewegen. „Und Bas hatte Recht. Es ist in der Mitte – nur dass die Mitte nicht dort ist, wo das Loch hochkommt."

„Toll", sagt Bas. „Können wir jetzt gehen?"

Plake gibt sein Einverständnis und sie sind wieder auf dem Flur. Die verbliebenen Mitarbeiter drehen sich um und rennen in die andere Richtung, als sie Sax' Schritte auf sich zukommen hören. Sie verschwinden in Nebenräumen, in die ihnen niemand zu folgen gedenkt. Schließlich erreichen sie die Tür, die einzige, die noch verschlossen ist.

„Hast du noch eine Batteriebombe?", fragt Sax den Whelk, wohl wissend, dass das Wesen nichts hat.

„Wenn einer von euch daran gedacht hätte, einen weiteren Minenarbeiter mitzunehmen, könnte ich eine machen", schießt Agra-Red zurück. „Dieses Ding hat zwar ordentlich Wumms, aber es wird niemals durch so eine dicke, hitzefeste Tür kommen."

Sax legt eine Klaue an die Tür. Sie ist hart, gut geschmiedet und konstruiert, um selbst normalen Oratus-Klauen standzuhalten. Andererseits hat er keine normalen Oratus-Klauen mehr, nicht mehr.

„Deckt mich", sagt Sax und macht sich an die Arbeit.

Die ersten Kratzer scheinen keine Delle zu hinterlassen – in der Dunkelheit ist es schwer zu erkennen, ob er überhaupt Fortschritte macht. Ein Hieb, zwei, drei, und Sax fragt sich schon, ob seine Klauen abbrechen werden, als sich plötzlich der Klang ändert und ein Schlag einen langen Streifen der schützenden Hülle der Tür abschlägt.

Und sein nächster Schwung beißt sich fest. Reißt ein gutes Stück des Metalls ab.

„Endlich hast du etwas gefunden, worin du gut bist", sagt Plake.

Sax kommt nicht dazu zu antworten. Die Lichter im

Gang gehen grell und blendend an, sodass Sax von der Tür zurücktaumelt, was sich als günstig erweist, da der Platz, an dem er gestanden hat, plötzlich von rotem Laser erfüllt wird.

Offenbar ist das Eindringen in den Kontrollraum ein Schritt zu weit für Cavignums Sicherheit, denn sie haben einen Trupp Flaum – und Sax erkennt das verräterische Schimmern der verspiegelten Oratus hinter ihnen – in den Gang geschickt, den sie nun mit tödlichem Laser füllen.

Agra-Red feuert ein paar Schüsse zur Erwiderung ab, während Bas mit ihrem Gewicht und ihren Klauen gegen eine weniger geschützte Tür auf der gegenüberliegenden Seite des Ganges hämmert. Ein paar Hiebe gegen die dünne Barriere, und sie bricht ein, sodass die vier in den Nebenraum taumeln können. Sax zieht sich einige Verbrennungen zu, die größtenteils von seiner zunehmend beschädigten Maske abgelenkt werden, als Preis dafür, dass er als Letzter drinnen ist.

„Nette Wahl", sagt Plake, als sie einen besseren Blick ins Innere werfen.

Es ist ein Pausenraum. Es gibt ein paar Tische, verstreute Stühle, einen großen Wandbildschirm, der irgendwelche lokalen Aspicis-Nachrichten zeigt, in denen gerade ein akribisch gepflegter Flaum über eine Luftaufnahme von ... Cavignum spricht.

„Wir sind berühmt", Agra-Red lacht hoffnungslos glucksend. „Hätte nie gedacht, dass ich sterben würde, während eine Milliarde Augen zusehen."

„Noch sind wir nicht tot", zischt Sax und schaut zurück zur Tür, über den Gang zu dem Ort, wo sie hin müssen. „Wenn ich noch zwei oder drei Schläge landen kann, kann ich die Tür öffnen."

„Du wirst verkohlte Schlacke sein, bevor du einen

landest." Plake bietet keine bessere Lösung an, starrt stattdessen auf die Übertragung. „Seht ihr das alle? Sie sagen, Reparaturtrupps warten draußen, sobald dieser Ort gesichert ist."

„Ist das nicht normal?", meint Sax.

„Das ist die Lösung für die Teven", sagt Plake. „Wir müssen nur sicherstellen, dass sie in diesem Trupp sind, und dann von hier verschwinden."

Vor dem Glimmerwurm-Gefängnis hatten sie Kommunikatoren. Sie hätten Nobaa und Engee anrufen und ihnen den Plan mitteilen können. Jetzt hat Sax aber nur die Maske, und deren Schmalband-Welle wird seine Worte nicht weiter als ein paar Dutzend Meter tragen.

Der Pausenraum hat auch keine solchen Geräte, aber er hat ein einzelnes Terminal, das mit Aspicis' globalem Netzwerk und darüber hinaus mit der Galaxis verbunden ist. Es ist ein kleiner Bildschirm, und Bas ragt groß darüber, ihre Klauen tippen auf die Icons, wie sie erscheinen.

„Ich kann sie hierüber erreichen", sagt Bas. „Gebt mir eine Minute."

Sax weiß, wie er ihr mehrere verschaffen kann. Er geht zurück zur Tür, steckt seinen Kopf in den Gang, um zu sehen, wie der Sicherheitstrupp auf sie zukommt. Eine schnelle Salve Minenfeuer lässt Sax seinen Kopf wieder zurückziehen, als Bolzen den Rahmen und die Decke um seinen Kopf herum treffen.

„Versuchst du, dich umbringen zu lassen?", Agra-Red, mit seinem Minenarbeiter hinter Sax aufgestellt. „Wie soll das helfen?"

„Halt die Klappe." Sax zischt, streckt dann eine einzelne Vorderklaue aus und winkt sie auf und ab. „Ich habe ein Angebot!", brüllt Sax laut genug, dass es in den Gang trägt.

Als nichts versucht, seine winkende Hand zu verbrennen, versucht Sax erneut, seinen Kopf hinauszustrecken – in einer anderen Höhe als zuvor, nur für den Fall – und er sieht, dass die beiden verspiegelten Oratus Plätze an der Spitze der Flaum-Kolonne eingenommen haben, wobei die pelzigen Kreaturen ihre Minenarbeiter bereit dahinter halten.

„Was ist dein Angebot?", fragt Kah. „Wisse, dass du keinen anderen Ausweg hast, und wir dich leicht töten könnten, sollten wir uns dafür entscheiden."

„Das ist beim letzten Mal nicht so gut für euch gelaufen." Sax tritt in die Mitte des Ganges.

Er ist hier ein leichtes Ziel, aber er hofft, dass seine Selbstaufgabe Bas die Zeit verschafft, die sie braucht, um die Nachricht an die Teven zu senden. Es bringt ihn auch näher an die Kontrollraumtür; selbst wenn diese Taktik scheitert, glaubt Sax, dass er ein oder zwei gute Schläge landen kann, bevor die verspiegelten Oratus oder die Flaum ihn niederbrennen.

Das wird reichen müssen.

„Wie auch immer", sagt Kah, und Sax gefällt der Ärger in seinem zischenden Ton. „Ergebt euch. Aspicis und seine Energie sollten nicht unter eurer Sache leiden."

„Ich will, dass das Leben meiner Freunde garantiert wird", sagt Sax. „Sie sollten Cavignum verlassen dürfen. Das war meine Idee, und ich habe sie dazu gezwungen."

Kah lacht, und es hallt den Gang auf und ab. „Deine Idee? Sax, wir haben deine Akten. Du bist kein Missionsplaner, kein Kommandeur. Du bist ein Gruppenführer, eine Waffe, geschaffen, um die Aufgaben derer über dir auszuführen. Tu nicht so, als wären wir dumm."

Sax versteift sein Rückgrat. Sie haben natürlich Recht.

Sax ist eine Waffe. Er war sowieso noch nie besonders gut im Bluffen.

„Gesendet", zischt Bas leise aus dem Raum zu seiner Linken.

„Also ist das ein Nein?", fragt Sax Kah.

„Wir hätten dich viel lieber tot", sagt Kah und tritt zur Seite des Ganges.

Kaum hat der Oratus die Worte ausgesprochen, stürzt Sax zur Kontrollraumtür. Er holt zu einem kräftigen Schlag aus, der das unbeschichtete Metall in Fetzen reißt. Blitze erfüllen den Flur, und Sax erwartet, während er weiter mit seinen Klauen um sich schlägt, jeden Moment in Flammen aufzugehen, doch das Feuer bleibt aus. In seinem peripheren Sichtfeld blitzt es zwar heftig, und ein paar Streifschüsse jagen brennenden Schmerz durch seine Seite, aber Sax überlebt.

„Schneid weiter, du große Echse", kichert Agra-Red hinter ihm. „Ich halte sie vorerst in Schach, aber irgendwann werden sie ihr Rückgrat wiederfinden!"

Sax führt einen weiteren Hieb aus, dann noch einen, bis die Tür nur noch aus Metallstreifen besteht. Er hebt seine Klauen erneut, als etwas sehr Schweres von hinten in ihn kracht, ihn durch die verbliebenen Metallstreifen bricht und sie beide in den Kontrollraum rollt.

„Konnte nicht länger von dir fernbleiben", zischt Bas, während sie von ihm herunterklettert und auf die große Reihe von Terminals zusteuert.

In dem großen, leeren Raum befinden sich Dutzende von Bildschirmen, zusammen mit Stühlen und Netzen, um verschiedene Spezies, die sie überwachen sollen, bequem zu halten. Sogar an der Decke ist eine projizierte, wirbelnde Anzeige zu sehen, die die aktuelle Kerntemperatur von Cavignum zeigt. Sie ist, wie erwartet, sehr, sehr hoch.

„Fasst nichts an!", ertönt die monotone Stimme eines Amigga, übersetzt durch seine Interkoms.

Dieses hier, von bernsteinfarbener Farbe und aussehend wie ein ausgetrocknetes Stück altes Obst, sitzt in einem Stuhl am anderen Ende des Raumes. Es ist weniger ein Anzug als eine Wiege, und Sax kann keine einzige Waffe daran erkennen.

„Wenn ihr das Falsche zerstört, könnte die ganze Anlage explodieren", fleht der Amigga. „Ihr würdet nicht nur euch selbst töten, sondern auch viele, viele mehr auf Aspicis könnten sterben."

„Vielleicht ist das ja unser Ziel?", sagt Bas, ihre Klauen schweben über den Bildschirmen.

„Wenn dem so ist, dann kann ich nichts tun, um euch aufzuhalten", sagt der Amigga. „Aber ich weigere mich zu glauben, dass Oratus sich einer Mission der reinen Zerstörung ohne weiteres Ziel verschrieben haben. Wir haben bei eurer Spezies nicht so kläglich versagt."

Sax möchte die Kreatur für diese Worte niederschlagen, aber ein Schmerzensschrei eines Whelk aus dem Flur erinnert ihn daran, dass ihnen nicht viel Zeit bleibt. Agra-Reds Bergarbeiter wird irgendwann die Energie ausgehen, und dann werden sie überrannt.

Trotzdem müssen sie diesen Ort irgendwie beschädigen, damit Nobaa und Engee einen Vorwand haben, als Teil der Reparaturcrew hierher zu kommen. Also dreht sich Sax um und schlägt auf die Bildschirme der Terminals ein. Er zerschneidet das Glas, zerfetzt das Gehäuse, lässt aber das Innere unangetastet. Bas versteht und macht dasselbe mit den Bildschirmen neben ihr.

„Was tut ihr da?", fragt der Amigga. „Bitte, schneidet nicht zu tief!"

„Finde einen Ausweg für uns", sagt Sax. „Oder wir werden alles zerstören."

Der Amigga hat keine Augen. Überhaupt keine sichtbaren Sinnesorgane, aber Sax hat das Gefühl, dass die Kreatur ihn anstarrt und versucht zu entscheiden, ob der Oratus es ernst meint.

„Wir haben unsere Botschaft übermittelt", fügt Bas hinzu. „Gezeigt, dass wir überall zuschlagen können, wenn der Chorus nicht auf unsere Forderungen eingeht. Lasst uns gehen, und ihr behaltet eure Station."

Lügen. Bas ist so viel besser darin als Sax, und ihre Argumentation treibt den Amigga zum Handeln. Der Anzug der Kreatur summt, und plötzlich ertönt ihre Stimme aus Lautsprechern von überall her.

„Stellt das Feuer ein!", ruft der Amigga. „Lasst die Eindringlinge gehen, oder sie werden Cavignum vollständig auslöschen."

Der Befehl erfüllt seinen Zweck, und Agra-Reds Schießerei hört eine Sekunde später auf.

„Sie werden euch zu einem Ausgang bringen", sagt der Amigga. „Bitte, beschädigt nichts weiter. Ihr habt unser Leben schon schwer genug gemacht."

„Das ist uns egal", erwidert Sax, obwohl er sich nicht bewegt. „Bas, geh mit ihnen."

Seine Gefährtin zögert, sieht Sax an. „Was?"

„Der einzige Grund, warum wir überhaupt hier rauskommen, ist, dass diese die ganze Station bedrohen", sagt Sax. „Ich bleibe, sie werden euch nichts tun. Wenn wir alle gehen, werden sie uns schnappen, sobald sie diesen Raum gesichert haben."

Ihr Blick dauert nur einen Moment, aber es ist ein Moment, den Sax sich einprägt, während Bas aus dem Raum stürmt, während sie Agra-Red und Plake durch eine

Kombination von Gängen mit sich nimmt und hinaus in den Dschungel von Aspicis.

Diese rosa-goldenen Schuppen um ihre goldenen Augen. Sax sah darin die Akzeptanz, das Verständnis für die Mission. Dass sie an erster Stelle steht.

Außer, dass es hier nicht so war. Sax machte das Angebot, Sax opferte sich nicht für die Mission, sondern für sie, weil nichts anderes zählt.

ZUERST WARTE ICH. Ich liege einfach da, den Kopf aufgestützt, und beobachte den Körper. Jel muss wieder aufstehen. Es kann nicht tot sein. Ich habe noch nie einen Oratus fallen sehen, abgesehen von Saxs überraschendem Blast auf *Cobalt*, dank Coorvin, dem gefangenen Flaum der Station. Vor allem kann ich nicht glauben, dass ich der Grund dafür bin.

Um mich herum summt der Bereich. Das Schiff brummt. Diese Geräusche, die Vibrationen, sind neu. Als ob das Sevora-Schiff um mich herum zum Leben erwacht. Ignos hatte gesagt, es würde Zeit brauchen, das Samenschiff wieder zum Laufen zu bringen. Dass es allmählich passieren würde, wenn der Auserwählte, der von den Sevora zum Steuern des Schiffes bestimmte, begänne, mit dem Schiff selbst zu verschmelzen.

Die Geräusche erinnern mich jedoch daran, dass wir noch nicht fertig sind. Also rappele ich mich auf, langsam und schrittweise, zuerst auf die Knie, dann auf die Hände – die Handflächen flach auf den Fliesen – bevor ich mich mit einem letzten Schub auf die Beine stelle. Gar liegt immer noch am Boden. Keine Bewegung. Ich schaue zurück zu Lan, und sie zuckt. Ihre Krallen beginnen sich zu bewegen, ihr Schwanz schwingt ganz leicht hin und her.

Gar ist ihr Partner. Was passiert, wenn der Partner eines Oratus stirbt?

Ich kann diese Frage nicht beantworten, also gehe ich an Gars Körper vorbei und weiter. Vorbei an den Regalen mit Westen und Kleidung, vorbei an den Waffen, alle ordentlich und glänzend. Bereit für einen Krieg, von dem ich hoffe, dass er vorbei ist. Auf dem Weg sehe ich die Körper von Vieras früheren Opfern. Ich möchte alles andere sein als am anderen Ende ihrer Wut.

Sie liegen alle am Boden, alle. Rauchend, bewegungslos.

Aber das tut sie auch. Viera liegt flach auf dem Boden, ausgestreckt, aber atmend. An ihrer Kopfseite klafft eine Wunde, die einen Teil ihres weißen Haares rosa färbt und verfilzt. Ihr linker Arm hängt in einem seltsamen Winkel von ihrem Körper weg. Und ihre Augen sind geschlossen, als ich näher komme und mich hinunterknie.

„Kannst du mich hören?", sage ich zu ihr. „Viera?"

Ich bekomme keine Antwort von ihr, also mache ich mich daran, Streifen von den Roben zu reißen, die sie unter der Rüstung trägt, und stelle Verbände her. Ich will ihren Arm nicht bewegen, weil ich nicht weiß, was damit nicht stimmt, also tue ich mein Bestes, um sie umzudrehen. Ich stille die Blutung und lege sie wieder hin. Ich schaue zurück über den Bereich und stelle sicher, dass sich nichts anderes bewegt, und sehe, dass ich immer noch der Einzige bin, der auf den Beinen ist.

Was bedeutet, dass ich der Letzte von uns bin. Was bedeutet, dass es an mir liegt, das Samenschiff zu stoppen.

Zuerst gehe ich zurück zum Waffenregal. Ich nehme

ein Paar Miner, nehme die kurze Hälfte des Stabes, der aus Gars Kopf herausgesprungen ist, als er fiel. Und dann gehe ich los. Ein Miner über meinen Rücken geschlungen, der andere in meiner linken Hand, während ich mit der rechten meinen halben Stab schwinge und ihn als Krücke benutze, wenn ich muss.

Ich gehe zurück zum Ring, der sich leerer anfühlt als je zuvor. Für einen kurzen Moment denke ich darüber nach, zurückzugehen, die Andockbucht zu finden, Malo und T'Oli. Wir könnten vielleicht zu dritt entkommen. Aber nein, das würde nur hinauszögern, was getan werden muss.

Ich muss die Sevora aufhalten. Für Viera, Gar, Lan und all die anderen.

Also umkreise ich den Ring und gehe unter diesen glitzernden Samen entlang, die wie Dolche über meinem Kopf hängen. Ich atme stetig sauberere Luft ein, während neu aktivierte Luftaufbereiter das Schiff von dem Mief reinigen, der sich in den Jahren und Jahren des Treibens hier, verlassen im Schwarz, angesammelt haben muss, wartend darauf, gerufen zu werden. Die letzte Hoffnung einer bösen Rasse.

Ich finde mein Ziel auf der gegenüberliegenden Seite des Rings, in der Nähe der Stelle, wo die Sevora zuvor fast gegeneinander gekämpft hätten. Als Nasiya sein Recht auf das Zentrum des Schiffes beanspruchte.

Der silberne Gehweg über den Ring führt zu einer breiten, quadratischen Tür im tiefgrauen Zentralkern. Eine Tür, von der Ignos sagte, sie würde versiegelt sein. Ein Einwegübergang für den Sevora, der sein Leben für den Rest seiner Spezies geben würde.

„Ich schätze, du bist zu langsam", murmle ich, als ich meinen ersten Schritt auf den Gehweg mache. Um mich herum, unter mir, erstreckt sich der Ring hinunter in die schwarze Leere des Weltraums. Ich kann alles sehen, unendlich. Es macht mich für einen Moment schwindelig, und ein Teil von mir fühlt, als sollte ich einfach springen. Hinuntergleiten und all das vergessen.

Und vielleicht hätte ich das getan, aber der Gehweg bebt. Etwas setzt einen Prozess in Gang, der nicht rückgängig gemacht werden kann. Hinter mir, am Rand des Rings, beginnt der Gehweg sich zurückzuziehen. Zieht sich zum Zentrum zurück. Ich bewege mich. Haste über das Metall zur Tür ohne Bedienfeld. Eine, die sich vielleicht nicht öffnet, die mich vielleicht auf einer verschwindenden Kante stranden lässt.

Also ziele ich, während ich vorwärts stolpere, der Schmerz in meinen Seiten hält mich davon ab, zu schnell zu gehen, mit meiner linken Hand, schalte den Miner auf den dritten Modus, einen, den Viera mir einmal gezeigt hat, den ich aber nie benutzt habe. Der Abzug des Miners ist leicht, gebaut für kleinere Flaum-Hände. Als ich ihn drücke, schießt der Miner statt verstreuter Schüsse seine Energie in einem soliden Strahl heraus, während ich renne und mit meinem eigenen drohenden Untergang um die Wette zur Tür jage.

Das Muster, das ich zeichne, die Öffnung, die ich brenne, ist nicht hübsch. Sie ist nicht groß. Aber das längliche Oval reicht aus, seine Kanten glühen orange vor Hitze, damit ich hindurchfallen und auf der Innenseite landen kann. Ich bin genau dort angekommen, wo ich nie gedacht hätte, zu sein. Im Herzen meines Feindes.

Es ist ein seltsamer Anblick, als ich aufstehe. Ich erhebe mich vom Boden und starre, wie hinter mir die dünne Tür, die ich durchgeschnitten habe, durch herabkrachende äußere Platten ersetzt wird. Eine Versiegelung, die zu dick ist, als dass je ein Miner sie durchdringen könnte. Vor mir ist ein hoher, schwarzer, zylindrischer Raum. Er ist perfekt gerundet, glatt. Ohne jeden sichtbaren Eingang, den ich erkennen kann.

Ich gehe um die Außenseite herum. Ich suche nach einem Eingang und finde nur das, was Behälter für Nährstoffbrei sein müssen, für Essen und Trinken. Es gibt Verbindungen zu Rohren, die von oben kommen, schmal und dünn. Zu klein, als dass jemand hindurchschlüpfen könnte. Außer vielleicht ein anderer Sevora.

Was ich aber auch finde, ist ein völliger Mangel an einem Eingang. Es gibt keine Tür, kein Bedienfeld. Keine wehende Fahne, die sagt: Hier, hier ist das, wonach du suchst. In Ermangelung all dessen, nur mit dem Brummen des Schiffes als Begleitung und dem Gefühl völliger Einsamkeit, lasse ich mich an der Außenwand niedersinken und setze mich. Einen Miner in meiner linken Hand, meinen kurzen Stab in der rechten, und meinen zweiten Miner über meine Schultergurte geschlungen. Bewaffnet, gefährlich, verletzt und zwecklos.

„Was würdest du tun?", frage ich die Luft. Ich frage Viera, Malo.

Viera würde wahrscheinlich einfach anfangen zu schießen. Behaupten, dass es keinen Grund zur Sorge gibt, solange man Energie hat. Solange man sich durchbrennen kann. Wer weiß, ob diese Wand von einem einfachen Handminer durchdrungen werden kann? Wer weiß, was auf der anderen Seite ist? Wenn ich hier meine ganze Energie verbrauche, was passiert dann? Würde Nasiya mich einfach in Stücke reißen? Könnte ich einen Flaum, der von einem der bösartigsten Sevora kontrolliert wird, nur mit meinem Stab besiegen?

Malo wäre vielleicht strategischer. Würde nach einem anderen Weg suchen, aber ich habe nichts Offensichtliches gefunden und mir läuft die Zeit davon. Ich kann es spüren, wie Viera es mir versprochen hat; T'Olis vorübergehendes Heilmittel beginnt nachzulassen. Die Schmerzen nehmen nur zu, und die Ränder meiner Zehen und Finger werden schwächer, tauber. Ich muss das beenden, und ich muss es schnell tun.

Und T'Oli? Was würde der Ooblot tun? Irgendwelche Fakten herunterrasseln über ... Nein, warte. Ich schaue auf mein linkes Handgelenk. Es ist genau da, die Antworten, die ich brauche. Also nehme ich, was von meinem geschwächten Geist übrig ist, und sende es in den Cache. Grabe in seinen Tiefen, um das Saatschiff zu finden und wie ich seinen Kern zerstören kann.

Die Antwort ist einfacher, als ich dachte: Der zentrale Sevora wird von den Hauptkernwänden geschützt. Das Einzige, was sie zum Einsturz bringen wird, ist eine große Kraft oder, wenn nötig, Vorräte. Der Bedarf an Nahrung und Wasser, besonders am Anfang, wenn der Sevora noch heranreift. Das ist es. Alles, was ich tun muss, ist sicherzustellen, dass das Essen ankommt, und diese Wände werden für mich herunterkommen.

Ich verlasse den Cache und sein smaragdgrünes Aufblitzen und hoffe, dass Ignos' Geschenk an mich das Ende seiner Spezies sein wird. Ich stehe auf und gehe zurück zu dem Becken mit den kleinen Rohren, die dorthin führen. Daneben befindet sich ein kleines Panel mit einer sehr einfachen Aufforderung. Ein grüner Knopf, der den gesamten Bildschirm bedeckt. Ich drücke ihn, und es gibt ein Rumpeln, ein rauschendes Geräusch, als tief lila Schleim beginnt, aus dem Rohr zu tropfen und sich am Boden des Beckens zu einer Pfütze zu sammeln. Eine Falle, die vom eigenen Schiff des Sevora gestellt wird.

Dann höre ich es. Das Klicken, Winden und Surren

von Zahnrädern außer Sichtweite. Die schwarzen Wände gleiten eine nach der anderen herunter, als ich mich umdrehe, um zu sehen, wie ein Sevora aussieht, dem endlich die Chance zum Wachsen gegeben wurde.

Ein jüngeres, naiveres Ich hätte geschrien. Wäre weggerannt beim Anblick dieses Dings vor mir. Dass es ein Flaum ist, ist offensichtlich, aber es ist ganz und gar kein Flaum mehr. Der pelzige Körper steht an einer Reihe von Terminals, und aus diesem Fell sprießen, als hätten sich Poren zu neuem Leben geöffnet, fädige rote und gelbe und grüne Tentakel, die sich nach oben und unten wölben, sich an die Computer klammern und sich in Räume unter dem Flaum und dem Gitterboden, auf dem er steht, eingraben. Doch der Flaum lebt noch. Ich sehe, wie er tippt, ich sehe, wie er atmet, und ich sehe, wie sich diese blutroten Augen mir zuwenden, als die Wände fertig heruntergefahren sind.

„Der Mensch", sagt Nasiya. Es ist eine Stimme, weit entfernt von dem quiekenden Getrippel eines normalen Flaum und eher zu einem kratzigen, gebrochenen Geräusch tendierend. Wie eine Person am Morgen nach einer zu späten Nacht mit zu wenig Wasser zum Trinken. Muskeln ausgefranst und am Ende ihrer Bestimmung.

„Ja, ich bin ein Mensch", sage ich. „Und ich bin hier, um dich aufzuhalten. Um deine Spezies aufzuhalten. Um diesen Krieg zu beenden."

„Es ist mir egal, warum du hier bist. Ich will nur, dass du stirbst." Nasiya unterstreicht die Antwort, indem er von den Terminals zurücktritt.

Als der Flaum sich bewegt, zittern die Tentakel, die aus seinen Armen und seinem Rücken und seinen Schultern kommen, und ziehen sich zurück, bis sie sich um Nasiyas Flaum wie ein Heiligenschein aus zottigem Haar anordnen.

Es ist seltsam, aber ich bin zu wütend, zu müde und zu verletzt, um noch Angst zu haben.

Ich ziele mit dem Miner und feuere.

Ein langer Energiestrahl schießt hervor – ich merke, dass ich vergessen habe, die Waffe von der Einzelstrahleinstellung umzuschalten – und prallt auf die Reihe von Terminals neben Nasiya. Die Bildschirme und ihre Metallgehäuse verbrennen, explodieren in Funken und regnen Feuer über den zentralen Zylinder. Mein Schuss erreicht Nasiya, der ein heiseres, tiefes Geräusch von sich gibt, als ich eine schwarze Brandnarbe quer über seine Brust ziehe, und auf mich zukommt. Aber der Sevora hat seinen eigenen Wirt geschwächt, und der Flaum taumelt, stolpert sogar, als diese Tentakel in meine Richtung kommen. Gerade als mein Miner keine Energie mehr hat.

Ich benutze das Becken und stoße mich zur Seite, weiter um den Ring herum, während Nasiya aus seinem Gitterheim hinter mir hertaumelt. Für jeden Schritt, den der Flaum macht, bewegen sich seine Tentakel noch schneller. Sie scheinen auch zu wachsen und jagen mir nach wie Unkraut, das sich in meine Richtung über den Boden ausbreitet. Mit meiner linken Hand lasse ich den leeren Miner fallen und schwinge meine Schulter, ziehe meine Ersatzwaffe um meine Brust, wo ich sie fange, während meine rechte Hand und der kurze Stab mich aufrecht und von der Kreatur wegtaumelnd halten.

„Bleib stehen und kämpfe", sagt Nasiya hinter mir.

„Es ist nicht meine Schuld, dass du langsam bist", antworte ich. Ich werfe einen schnellen Blick auf den Miner, um sicherzugehen, dass er die schnellen Salven von Bolzen abfeuern wird, und drehe mich. Ich stelle meine Füße fest und wende mich um, ignoriere den stechenden Schmerz, an den ich mich schon so gewöhnt habe, und ziehe den Abzug. Halte ihn fest, während rote Bolzen quer durch die Innenseite der Kammer sticken.

Die meisten verfehlen ihr Ziel, als Nasiya sich duckt, aber ein paar treffen seinen Körper, brennen Löcher in seine Schultern, und Nasiya fällt nach vorne. Aber die Tentakel hören nicht auf. Sie wickeln sich um meine Beine, kriechen meine Waden hoch und über meine Knie, und ich schlage mit meinem Stab nach ihnen. Ein Paar grüne Ranken klammert sich an den grauen Metallstab, als ich zuschlage, und während sie ihn nicht wegziehen, stoppen sie seinen Schwung. Ich muss loslassen, um meine Hand zurückzubekommen, um ein weiteres Set gelber Ranken wegzuschieben, die sich meinem Hals nähern. Ich trete und stoße, aber ich kann den Dingern nicht entkommen, während sie sich vermehren und scheinbar von überall herzukommen und mich wie ein Netz zu bedecken scheinen.

Sie sind jetzt an meinem Hals. In einer Sekunde werden sie meine Augen, meinen Mund erreichen oder mir die Luft abschnüren. Ich tue das Einzige, was mir einfällt: Ich ziele mit dem Miner tiefer und peppere mehr Bolzen, mehr heißes Rot, in Nasiyas Körper. In den Flaum, bis er Feuer fängt.

Die Tentakel klettern über mein Kinn, ich spüre sie in meinen Haaren, um meinen Hals herum.

Jetzt, endlich, schreie ich. Aber es ist keine Angst. Es ist Wut, Entschlossenheit, Verzweiflung, alles bricht aus mir heraus, während ich den Abzug gedrückt halte und auf meinen Feind schieße. Nicht für mich, sondern für meine Freunde, für meine Spezies, für diese Galaxie, die anscheinend so viel unter den Händen dieser bösen Kreaturen gelitten hat.

Ich will einfach nur, dass es aufhört.

Und selbst als die Tentakel den Schrei nutzen, um in meinen offenen Mund zu klettern, tut es das.

Nasiya hat keinen letzten Schlachtruf. Es gibt keine große Verkündung, keinen Beweis meines Triumphs außer dem harschen Knistern der Flammen und dem Geruch von schmelzendem Fleisch, während die Tentakel beginnen, schwarz zu schrumpeln. Sie sterben ab und ich spucke sie aus meinem Mund, streife sie von meinen Beinen und meinem Rücken und starre auf das, was einst der Anführer der Sevora war. Auf den letzten Überrest einer Spezies, die von so vielen so gehasst wurde.

„Viera, Malo, ich hab's geschafft", sage ich zu mir selbst. Es ist sonst niemand hier. Es gibt nur mich, gefangen im zentralen Kern. Jedes Terminal, das ich benutzen könnte, ist verbrannt und zerstört.

Stattdessen mache ich mich auf den Weg zum Becken mit dem Nährstoffbrei. Probiere ein bisschen von der Substanz, nur um den Geschmack von Nasiyas Tentakeln aus meinem Mund zu bekommen. Während mein Körper schlaffer wird, der Schmerz zunimmt und meine Augen zu tränen beginnen, während jeder Atemzug schwerer wird als der letzte, drücke ich mich gegen die Wand und beobachte, wie das letzte Feuer der Sevora erlischt.

# KAPITEL 28

# SCHICKSAL

NATÜRLICH BETÄUBEN SIE IHN. Sie stürmen in den Kontrollraum, die Bergleute feuern, und sie hören nicht auf, bis Sax als verbranntes, bewegungsunfähiges Wrack am Boden liegt. Kah reißt Sax die Maske herunter und hält nur inne, um über Nobaas metallene Flicken zu spotten und Beleidigungen auszustoßen. Dann packen sie Sax und schleppen ihn weg.

Sax erlebt das Ganze wie in einem Traum; es ist eine Reihe verschwommener Bilder, während seine verbliebenen Sinne versuchen, den durcheinandergeratenen Informationsfluss zusammenzusetzen. Im Keller von Cavignum befindet sich ein Magnetschwebebahn, zu der er gebracht wird, wobei die beiden verspiegelten Oratus die Führung seiner Eskorte übernehmen. Sie räumen einen ganzen Waggon für Sax, was dem Oratus die prestigeträchtigste Fahrt beschert, die er je in einem Transportmittel hatte.

Der Zug schießt schnell durch den endlosen nächtlichen Lianenwald, und das Innere ist nur in den tiefen Blautönen eines Ozeans beleuchtet, da ihr Angriff auf Cavignum offenbar bis in die Schlafzykluszeit andauerte.

Nicht dass irgendjemand in Sax' Waggon – außer vielleicht Sax selbst – Schlaf bekommt.

So sieht jeder die Meridia, als sie in Sicht kommt. Zu sagen, dass die Meridia ein Lichtstrahl ist, wäre zu simpel; sie ist gleichzeitig Wohnraum, Festung und Zentrum öffentlicher Verwaltung. Es gibt zwar allerlei blinkende Lichter, aber jedes sendet eine andere Botschaft: Die Konstellationen aus stetigem Rot markieren Abwehrgeschütze, die breiteren, helleren Weiß- und Gelbtöne geben den Bewohnern Hinweise, während Grün und Blau Andockplätze für Kurierdrohnen, kleine Schiffe und mehr beleuchten.

Das andere prägende Merkmal der Meridia ist, dass es vom Boden aus kein erkennbares oberes Ende zu geben scheint. Die Atmosphäre und die Dunkelheit des Weltraums dahinter verwischen die Konturen des Konstrukts lange bevor es tatsächlich endet, wie ein Berg, der in den Wolken verschwindet. Für Sax ist es, als wäre der Horizont von einer Axt gespalten worden, die sich dick und stark von der Oberfläche erhebt.

Wie Parasiten, die sich an einen Wirt klammern, gibt es eine riesige Stadt, die die Meridia umgibt, mit vielen anderen Gebäuden, die hoch hinausragen und neben der bedeutendsten Struktur der Galaxie immer winzig erscheinen. Auch diese glitzern in der Nacht, und ihre Lichter blinzeln durch die Zugfenster oder leuchten von unten herauf, wenn die Strecke darüber hinwegführt.

Der Zug ist nicht das Einzige, was sich am Himmel bewegt – trotz der scheinbar späten Stunde verstopfen Skiffs, Shuttles und Schiffe, die die Grenzen des atmosphärischen Eintritts ausreizen, den Himmel über den Gebäuden, obwohl die Meridia auch hier wie ein Filter wirkt und nur wenigen erlaubt, innerhalb des vorgeschriebenen Umkreises zu gleiten.

Der Zug gehört nicht dazu und gleitet in eine massive, plattenartige Station in der Nähe, aber nicht zu nahe an der Basis der Meridia. Sax, durch ein paar weitere Höflichkeitsbetäubungen erneut betäubt, wird auf einen wartenden Frachtschlitten geladen und, mit den beiden verspiegelten Oratus, die ihre Eskorte fortsetzen, entlang einer breiten Allee in Richtung des Turms geführt.

Sax glaubt nicht, dass sein endgültiger Zielpunkt allzu hoch in der Meridia liegt, aber ohne Fenster ist es schwer zu sagen. Er wird in einen Raum geschoben, durch eine Decke in eine Zelle hinabgelassen, wo seine Eskorte ihn schließlich verlässt.

Der Oratus macht sich nicht die Mühe, sich zu bewegen – er weiß, was kommt, er hat es schon oft genug gesehen; wenn der Chorus entscheidet, wird Sax einen einfachen Tod haben, hinausgeschickt in die Galaxie, um das Ende eines weiteren vergeblichen Versuchs zu markieren, den festgelegten Lauf des Universums zu ändern.

———

Die Sevora wurden besiegt, und nun stehen sich Kaishi und Sax auf gegenüberliegenden Seiten gegenüber, mit der mächtigsten Kraft der Galaxie zwischen ihnen.

Setz Kaishis Abenteuer mit *Der letzte Zyklus*:

# DANKSAGUNG

Dieser Roman ist das Ergebnis davon, dass meine Familie und Freunde einen Traum nicht sterben ließen. Meine Frau Nicole, die mir erlaubte, früh morgens zu schreiben und dafür sorgte, dass ich nicht verhungerte. Meine Brüder und Eltern für ihre ständigen Kommentare, ihre Unterstützung und ihren Enthusiasmus.

Und natürlich dir, dem Leser, dafür, dass du mir einen Grund zum Schreiben gibst.

# ÜBER DEN AUTOR

A.R. Knight spinnt seine Geschichten in einem frostigen Haus in Madison, WI, das hauptsächlich von zwei Katzen bewohnt wird. Nachdem er während der Wirtschaftskrise 2008 in den Arbeitstrott geraten war, fand er sich in langweiligen Meetings wieder, in denen er gedanklich durch den Weltraum schwebte und große Abenteuer erlebte.

Schließlich, nach einiger Zeit mit Podcasting, Drehbüchern, Kurzgeschichten und anderen Romanen, fand er eine Geschichte, in die er eintauchen konnte, und eine Reihe von Charakteren, die sowohl unterhaltsam als auch herzerwärmend waren.

A.R. Knight plant, in andere Welten zu springen und neue Geschichten zu erzählen, die in den grenzenlosen Weiten unserer Vorstellungskraft entstehen.

Wie immer, danke fürs Lesen!

*Für weitere Informationen:*

www.adamrknight.com

*Für Kathy und Paul*